弗吉尼亚·伍尔夫
当代文论思想研究

郑茗元　著

中国水利水电出版社
www.waterpub.com.cn
·北京·

内 容 提 要

弗吉尼亚·伍尔夫作为英国一名极富才情的现代女作家,她的文论理念和文学创作有着极其深宏广博的艺术审美体验和文心本体规律。这位独立自主的女性作家结合现代先进的学术理念和自己创作的经验感悟,最终构筑了其自成一体的深刻透彻的诗学论题批评鉴赏体系,成为 20 世纪世界文学史上一位获得巨大学术成就并值得后人深入研究的文论阐释家和大文艺家。

本书适合喜爱英国现代文学和弗吉尼亚·伍尔夫的读者、高等院校英语语言文学专业的本科生与研究生阅读。

图书在版编目(CIP)数据

弗吉尼亚·伍尔夫当代文论思想研究/郑茗元著.
—北京:中国水利水电出版社,2017.10
ISBN 978-7-5170-6026-0

Ⅰ.①弗… Ⅱ.①郑…   Ⅲ.①伍尔夫(Woolf,
Virginia 1882—1941)—文学理论—思想评论   Ⅳ.
①I561.065

中国版本图书馆 CIP 数据核字(2017)第 274495 号

书　　名	弗吉尼亚·伍尔夫当代文论思想研究
	FUJINIYA·WUERFU DANGDAI WENLUN SIXIANG YANJIU
作　　者	郑茗元　著
出版发行	中国水利水电出版社
	(北京市海淀区玉渊潭南路 1 号 D 座 100038)
	网址:www. waterpub. com. cn
	E-mail:sales@ waterpub. com. cn
	电话:(010)68367658(营销中心)
经　　售	北京科水图书销售中心(零售)
	电话:(010)88383994、63202643、68545874
	全国各地新华书店和相关出版物销售网点
排　　版	北京亚吉飞数码科技有限公司
印　　刷	三河市天润建兴印务有限公司
规　　格	170mm×240mm　16 开本　18 印张　233 千字
版　　次	2018 年 7 月第 1 版　2018 年 7 月第 1 次印刷
印　　数	0001—2000 册
定　　价	86.00 元

前　言

　　弗吉尼亚·伍尔夫作为英国一名极富才情的现代女作家,她的文论理念和文学创作有着极其深宏广博的艺术审美体验和文心本体规律。这位独立自主的女性作家在研读西方文学经典典籍的过程中,能够坚持从具体的艺术创作现象及事实出发,并结合现代先进的学术理念和自己创作的经验感悟,以其圆通开阔的研究视野力求在与异性求同存异的双向基础上展开性别诗学之间的平等对话与互动抒发,最终构筑了其自成一体的深刻透辟的诗学论题批评鉴赏体系,成为 20 世纪世界文学史上一位获得巨大学术成就并值得后人深入研究的文论阐释家和大文艺家。她的诗学思想设定了当代文艺理论研究的基本方向,在与以往的女权思想理论和后世的女性主义诗学研究的对照中表现出了非政治性、个体经验性、整体开放性等首创特征。而本书的目的,就是希望在国内外弗吉尼亚·伍尔夫当代文论思想研究资料的基础上,通过采用文本细读、连类比较等论证方法来进一步全面透彻地探究和挖掘出其内在精深的学术价值和丰润的文论质素。本书是 2016 年度河南省高等学校青年骨干教师培养计划"当代西方文论若干问题辨识的学思研究"(2016GGJS—078)的阶段性著述成果。书中多处广采博引了国内外伍学研究和西方文艺理论的学术观点及相关成果 , 都按照学术研究规范和惯例进行了标注,特此说明。衷心期盼这部学术著作的出版能使我国的西方文论研究更上一层楼。

　　本书适合喜爱英国现代文学和弗吉尼亚·伍尔夫的读者、高等院校英语语言文学专业的本科生与研究生、从事英美文学与西方文论研究的学者以及进行文学创作的作家阅读。

目 录

第一章　绪　论

　　20 世纪初期的英国著名女作家弗吉尼亚·伍尔夫(Virginia Woolf,1882—1941)与西方文论的诗学革命有着不同寻常的渊源关系,她在西方诗学思想史上占据着"先驱"的重要地位。事实上,这不仅是因为她的写作突出了现代文学价值体系的女性意识与社会处境,更因为她那些富于创造力的经典作品揭露了人类语言艺术领域里的新建构经验,这标志着文学新秩序的重建和现代主义理论的系统创立。所以,在她去世后的几十年中,国内外文评界受其影响至深,尤其是西方文艺理论的研究领域,对伍尔夫的研究兴趣有增无减、持续升温。在男性主导的英伦文学历史之中,作为英国 20 世纪最著名的女作家,伍尔夫的诗学思想以截然不同的表达方式深入到了文学写作与批判的理论共同体中心,其诗学思想指导下的女性主义、现实观、伦理观、雌雄同体等观点改变了当时文学批判流派的传统维度,引领了当代西方文论追求创新精神的"博学化"和"评论化"倾向。

　　伍尔夫出生在特别强调道德意识的维多利亚时代,她的特殊家庭背景造就了她的特殊性格和特殊经历。然而,文学成就斐然的伍尔夫并未接受过任何正规教育,因文学创作成功而风光无限的她,私下里却饱受着"狂郁性精神病"的顽疾折磨而痛苦不堪;与丈夫伦纳德·伍尔夫(Leonard Woolf,1880—1969)感情甚笃,却又过着无性的婚姻生活;与诸多知名男性保持良好友谊的同时,却又从与其他女性的亲密同性恋关系中获取灵感、保持距离。这个成为特殊矛盾集合体的女作家一生都在谴责父权制,致力于女性历史和西方文学史的建构,她那"通过女性先辈思考过去"的诗学观成就了现代意识流小说流派的语言论转向和非理性转向，并向世纪文坛和未来的文学趋势提出了许多颇具真知灼见的重大问题，值得世人的持久品评和高度借鉴。

第一节　研究意义

膺获过诸多荣誉的伍尔夫一生著作颇丰，有长篇小说 10 部、短篇小说 45 篇、政论文 2 部、传记 1 部、喜剧 1 部、散文和随笔 350 余篇。另外，还有她去世后由他人编辑出版的自传 1 卷、书信集 6 卷以及日记集 5 卷。这些作品自 20 世纪初期起就已经被译成世界上的主要文字，出版发行于欧洲、北美、拉丁美洲和亚洲的许多国家。伍尔夫的文学地位非常特殊，是当时伦敦文学生活的一颗璀璨明珠。许多著名文学家、评论家都给予她很高的评价。譬如，著名艺术批评家克莱夫·贝尔（Clive Bell）就认为，"没有几个人达到了伍尔夫身上那种世界性和世界大同主义。"伍尔夫的思想是世界性的，这一点是毋庸置疑的。美国著名的女性主义者、伍尔夫研究专家简·马柯斯（Jane Marcus）也认为，"伍尔夫就像沃尔特·本雅明一样，既是一个马克思主义者又是一个神秘主义者。……如果我们能够既为社会批判又为诗歌欣赏来阅读普鲁斯特，那么我们也可以用同样的方式来阅读伍尔夫。"（Briggis，2005：89）她抓住了生活的意义以及文学的真正本质，尤其是她本人对现代主义的经典阐释，被多个学科领域奉为是"具有划时代意义的标志型代言人"（Roe，2000：76）。伍尔夫的诗学思想和文学意识早已超越了她所生活的时代疆域，她的诗性写作和散文题材从纵深发展的繁杂维度实现了西方文论审美中心的内在转移，既包容、复杂，又丰富、矛盾。这种崇尚整体性与和谐观的价值体系和思维模式业已成为她作品中的主要议题和论述内容。最难能可贵的是，时值西方文论在中国也已成为"显学"的今天，对伍尔夫诗学思想及其创作实践的研究将有助于国内学术界更好地了解这位女性主义先驱人物在世界文学史中的重要地位和影响力,还可以为最前沿的文艺理论研究资源及 20 世纪的英语文学史概观综述提供理论支撑的依据和杰出范例,希冀能将中国对西方文论的认识空间推向更广更深的方向发展。

第二节　国内外研究现状

国际学术界对伍尔夫的文学思想和创作手法进行了全方位的解读和考察,产生了许多有价值、有意义的学术研究成果。由于历史的原因,虽然中国学术界对她的研究始于 20 世纪 30 年代,但整体性的全面研究却始于 80 年代。虽然零零星星的散件成果不乏多见,但是系统化的诗学论著研究却为数不多;对伍尔夫的文学思想与创作风格进行研究的学术成果更是不遑多让,但对其文艺理论体系中的核心内容——诗学思想——及其在文学作品中的体现方式和实践形态进行专题研究的感悟成果却尚付阙如。

一、国外研究现状

国际学术界对伍尔夫本人和她所创作的作品研究具有成果多、分布广、涉及面大、从业人员多、持续时间长的特点。概括性而言,这些成果中既有对伍尔夫创作的强有力赞赏之辞,其间也不乏猛烈的批评攻击之意。英国、美国、法国、加拿大、德国、澳大利亚等主要西方国家,再加上中国和日本这样的亚洲国家,以及如阿根廷和巴西等拉丁美洲国家,早在 20 世纪二三十年代就对伍尔夫研究产生了浓厚的兴趣。从时间跨度上分,国际学术界的伍尔夫研究可分成以下四个阶段:1950 年之前为第一阶段,1950—1970 年代为第二阶段,1980 年至 1990 年代为第三阶段,21 世纪开始为第四个阶段。虽然在第一与第二阶段之间有个相对的低潮,但从第二阶段开始,伍尔夫研究一直兴盛不衰。每个阶段都与时代发展的鲜明特色紧密相关,而到了第二和第三个阶段,伍尔夫研究的方向与女性主义的理论背景紧密相连,并随着女性主义流派的发展而发展。在研究主题上,伍尔夫研究虽然涉及面极广,但重点突出、目标明确,几乎与 20 世纪以来的各种文学理论和人文学科都有关联。

伍尔夫的成功之处主要落在其先锋姿态的意识流写作技巧上,她的声誉和成就吸引了世人太多的注意力。无论作为散文家、小说家还是文学批判家,伍尔夫为"现代主义"文学所作出的贡献就在于她对"现代小说"的捍卫与框定上。较之于伍尔夫研究的后三个阶段,20 世纪初期的研究成果并不多,而且文学界或文学批判界对伍尔夫作品的政治立场和女性意识还没有充分地认识、涉及的面也比较狭窄。这个时期的研究主要围绕伍尔夫小说写作的语言建树而展开。最有代表性的成果有:英国小说家维尼弗莱德·霍尔特比(Winifred Holtby)的《弗吉尼亚·伍尔夫:批评传记》(*Virginia Woolf*: *a Critical Memoir*, 1932)、法国学者弗洛里斯·德拉特(Floris Delattre)的《弗吉尼亚·伍尔夫的心理小说》(*The Psychological Novel of Virginia Woolf*, 1932)、德国学者英吉伯格·巴顿豪森(Ingeborg Badenhaosen)的《弗吉尼亚·伍尔夫的语言:对现代英语小说文体学的贡献》(*Virginia Woolf's Language*: *a Contribution to the Stylistics of the Modern English Novel*, 1932)、英国小说家 E. M. 福斯特(E. M. Forester)的《弗吉尼亚·伍尔夫》(*Virginia Woolf*, 1941)、德国学者艾瑞西·奥尔巴赫(Erich Auerbach)的《模仿:西方文学中的现实表现》(*Mimesis*: *The representation of reality in Western literature*, 1946)等等。这些成果大都从文体分析的研究视角出发,聚焦于伍氏作品中的句法、形容词和副词以及自由间接话语的使用方法上,其中还涉及了伍尔夫小说世界的主观化陈述、多视角表现和形式主义等特点。以上代表性研究主题虽然不够宽泛,但是它们都为日后伍尔夫诗学研究的议题内容奠定了基调。

伍尔夫在性别差异观的基础上提出了"社会性别"的重要概念,即女性价值观与男性价值观同等重要的思想概念。她在强调"性别差异"的基础上要求两性平等的政治主张,因此成为妇女解放运动第二次浪潮(1950－1960 年)的前奏曲。她对女性价值体系的探讨和披露、对女性意识与体验经历的关注和表达都成为女性写作的思想典范和理论源泉。1960 年代后期,由英国伦敦霍加斯出版社(Hogarth Press)出版的 4 卷本《弗吉尼亚·伍尔夫随笔全集》(1966－1967)就为学者提供了许多论述女性主义思想的论文、散文、随笔等丰富的讯息和资源。于是,国际学术界掀起了一股全面研究伍尔夫文学思想体系的热潮。至此,伍尔夫研究随之也进入了第二阶段。

第二阶段的伍尔夫研究范围明显深入扩大,涉及人物传记、雌雄同体、现代主义等子课题的研究活动,更有效地表达出这位女作家对人生的诸多感悟和各类思考。该时期的代表性成果有:美国学者赫伯特·马德(Herbert Marder)的《女性主义与艺术:伍尔夫研究》(*Feminism and : a Study of Virginia Woolf*,1968)、伍尔夫姨侄昆丁·贝尔(Quentin Bell)的《伍尔夫传记》(*Virginia Woolf : a biography*,1972)、美国学者卡洛琳·赫尔布伦(Carolyn Heilbronn)的《走向雌雄同体》(*Towards androgyny : aspects of male and female in literature*,1973)、德国学者英吉伯格·韦伯·布兰迪斯(Ingeborg Weber Brandies)的《伍尔夫的〈海浪〉:意识流小说的解放潜能》(*Virginia Woolf's TW: the emancipatory potential of the stream of consciousness novel*,1974)、美国学者菲利斯·罗斯(Phyllis Rose)的《女作家:伍尔夫传记》(*Woman of letters : a life of Virginia Woolf*,1978)、美国著名的女性主义文学批判家伊莱恩·肖尔瓦特(Elaine Showalter)的《她们自己的文学》(*A literature of their own: British women novelists from Bronte to Lessing*,1978)等等。这些学者大多从宏观的角度出发,并根据伍尔夫的性格和特殊经历将其生活与写作的各个方面都呈现在读者的面前。虽然《她们自己的文学》暗示了伍尔夫对前辈女性主义诗学思想的继承和创新，分析非常独特，但这一逃避性别特征、去性别化（de－sexual-ization）的雌雄同体观概念就是"一个无性与不育的超性别的整体论隐喻"（Wheare，1989：116）。以上这些富有成效的研究专论为第三阶段的伍尔夫研究奠定了坚实的基础。

随着伍尔夫研究热的兴趣高涨，到了1980年代中后期，人们开始了解到一个完全不同的伍尔夫，她的重要性和研究范围进一步扩大，随即步入了第三阶段。该时期的研究成果从现代主义、心理分析学、生平传记、雌雄同体、女性主义和后现代主义等不同视角对伍尔夫的生活和创作等翔实资料进行了全面的考察与探索，其中以赫敏恩·李（Hermione Lee）撰写的长达900多页的传记《弗吉尼亚·伍尔夫》（Virginia Woolf，1997）最为著名。此外，林多尔·戈顿（Lyndall Gordon）的《伍尔夫的作家生涯》（Virginia Woolf：a writer's life，1984）、阿莱克斯·兹威德灵（Alex Zwerdling）的《伍尔夫与现实世界》（Virginia Woolf and real world，1986）也都对伍尔夫的一生做了"里程碑式的"（Yaseen，1994：125）的详尽描述和评价。第三阶段的研究有这样一个突出的特点，即伍尔夫女性主义文学批判视角的全面开花和充分挖掘。其中最著名的代表性成果莫过于借用解构主义的观点来解读伍尔夫的雌雄同体观对男女性别身份二重性的认同和辩论。简·马科斯的《伍尔夫女性主义新论文集》（New feminist essays on Virginia Woolf，1981）、《伍尔夫：女性主义倾向》（Virginia Woolf：a feminist slant，1983）、伊丽莎白·阿贝尔（Elizabeth Abel）的《写作与性别差异》（Writing and sexual difference，1982）、托利·莫伊的《性/文本政治》、艾琳·巴瑞特和帕特里西亚·卡莱默（Eileen Barrett & Patricia Cramer）共同主编的《伍尔夫：女同性恋阅读》（Virginia Woolf：lesbian readings，1996）、卡特琳娜·基兹－米塔柯（Katerina K. Kitsi－Mitakao）的《伍尔夫小说中关于身体的女性主义阅读》（Feminist readings of the body in Virginia Woolf's novels，1997）、雷切尔·波尔比的《关于伍尔夫的女性主义目标及其他论述》(*Feminist destinations and further essays on Virginia Woolf*, 1997)都是将伍尔夫的私人文档与作品结合起来进行艺术与愤懑等主题研究的经典例证。

二战期间,伍尔夫的心理分析学写作也引起了研究者的兴趣。她对心理分析学创始人西格蒙德·弗洛伊德(Sigmund Freud)及其学派的认知与态度不仅熟悉,而且还将后者对俄狄浦斯情节、潜意识的理论和概念应用到自己的创作实践中去。伊丽莎白·阿贝尔的《伍尔夫与心理分析小说》(*Virginia Woolf and the fictions of psychoanalysis*, 1989)、路易·德萨尔沃(Louise DeSalvo)的《弗吉尼亚·伍尔夫:童年性情妇对其生活与工作的影响》(*Virginia Woolf : the impact of childhood sexual abuse on her life and work*, 1989)、托马斯·卡拉马格诺(Thomas Caramagno)的《心灵飞翔——伍尔夫的艺术与狂郁精神病》(*The flight of the mind : Virginia Woolf's art and manic-depressive illness*, 1992)、玛丽·雅克布斯(Mary Jacobus)的《首要事情:文学、艺术和心理分析中的母性意象》(*First things : the maternal imaginary in literature, art and psychoanalysis*, 1995)等成果都从母女情节和母亲身份认同的中心命题出发,分析了伍尔夫写作过程中所屡次使用的重复技巧和性别身份价值观,不仅颇具心理学的发展内涵,而且还富于洞见。与乔伊斯和普鲁斯特等大师齐名的伍尔夫,生前就以现代主义先锋写作而闻名于世。她的女性主义审美策略、文本主体问题、语言游戏实验、视觉政治艺术以及叙事方式等现代主义写作技巧颠覆了父权社会秩序对传统文学本身的定义和拷问,且一直延续到后现代主义时代。

21世纪的到来拉开了伍尔夫研究第四阶段的序幕。该阶段的伍尔夫研究的力度不仅没有减弱,反而有加强之势。第一,普及性研究著作的传播趋势相当明显。苏·罗伊与苏珊·塞莱斯(S. Roe & S. Sellers)的《剑桥文学指南:弗吉尼亚·伍尔夫》(*The Cambridge companion to Virginia Woolf*, 2000)、间·戈德曼(Jane Goldman)的《伍尔夫剑桥指南》(*The Cambridge in-*

troduction to Virginia Woolf，2006)、安娜·斯奈斯(Anna Snaith)的《帕尔格雷夫指南:伍尔夫研究》(Palgrave advances in Virginia Woolf studies，2007)和迈克尔·维特沃斯(Michael Whitworth)的《牛津作家系列:弗吉尼亚·伍尔夫》(Oxford's authors in context：Virginia Woolf，2006)等著作的出版与发表都将这位神秘而又高高在上的女性作家带进了各类学校的课堂，遂成为教科书中必读的文学经典之一。第二,相关性研究的主题范围进一步扩大。例如,《现代主义专家、弑母和现代文化:伍尔夫、福斯特和乔伊斯》(Expert modernists，matricide，and modern culture：Woolf，Forster，Joyce，2004)、《现代主义、记忆与欲望:艾略特与伍尔夫》(Modernism，memory，and desire：T. S. Eliot and Virginia Woolf，2008)、《这场永久战斗:伍尔夫亲密圈子中的爱与失》(This perpetual fight：love and loss in Virginia Woolf's intimate circle，2008)、《伍尔夫与十九世纪小说》(Virginia Woolf and the nineteenth－century domesticnove，2007)、《伍尔夫的小说与文学过去》(Virginia Woolf's novels and theliterary past，2006)等等,都论述了伍尔夫在女性文学历史中的地位和影响度,涉及面较广。第三,跨学科的伍尔夫研究趋势渐占上风。即研究者同时使用两种或两种以上的交叉理论(如:生物科学、人类学、历史学、伦理学、现代主义、心理分析学、后现代、经济学和后殖民主义等科学理论)进行渗透式研究。这种综合性研究平面均以伍尔夫的日常生活为基础,通过解读伍尔夫还原现实生活的创作方式,从不同侧面将她与同时代的其他女作家放在一起进行考察,不仅进一步稳固了女作家伍尔夫在英美文学乃至世界文学史上的地位与作用,而且还昭示着伍尔夫研究的纵深发展方向和现代文学主题(Moody，1963：95)。例如,罗宾·海克特(Robin Hackett)的《萨孚风格:现代小说关键文本中种族、阶级与性的生产》(Sapphic primitivism：productions of race，class，and sexuality in key words of modern fiction，2004)安－卡特琳·约翰逊(Ann－Katrin Jonsson)的《关系:〈尤利西斯〉、〈海浪〉和〈奈特伍特〉中的伦理学》（*Relations：ethics and the modernist subject in James Jotce's Ulysses，Virginia Woolf's The Waves，and Djuia Barnes's Night－wood*，2008）、艾丽莎·卡尔（Alissa G. Karl）的《现代主义与市场：赖斯、伍尔夫、斯坦恩和纳森作品中的文学文化和消费资本主义》（*Modernism and the marketplace：literary culture and consumer capitalism in Rhys，Woolf，Stein，and Nella Larsen*，2009）、德波拉·拉什科（Debrah Raschke）的《现代主义、形而上学与性》（*Modernism，metaphysics，and sexuality*，2006）、劳拉·温吉尔（Laura Win Kiel）的《现代主义、种族和宣言》（*Modernism，race，and manifestos*，2006），等等，不一而足。第四，注意力再度聚焦于伍尔夫的传记研究上，尤其是伍尔夫的内在生活再度引起了世人的重视和青睐。仅 2000 年一年之内，就有七本英文传记出版、问世。如米歇尔·利斯卡（Mitchell Leaske）的《花岗岩与彩虹：伍尔夫的秘密生活》（*Granite and Rainbow：The Hidden Life of Virginia Woolf*，2000）、埃里森·赖特（Alison Light）的《伍尔夫与佣人：布鲁姆斯伯里亲密的家庭生活史》（*Mrs. Woolf and the servants：an intimate history of domestic life in Bloomsbury*，2007）就是最具代表意义的伍尔夫传记研究之作。

除了上述研究阶段以外，还有以下诸多伍尔夫研究的国际综合性刊物值得一提，如：美国佩斯大学（Pace University）出版的《伍尔夫研究年刊》（*Woolf Studies Annual*，1994－）和半年刊《伍尔夫研究汇编》（*Virginia Woolf Miscellany*，1971－）、英国伍尔夫协会出版一年三期的《伍尔夫简报》（*Virginia Woolf Bulletin*，1999－）以及日本伍尔夫协会出版的年刊《伍尔夫评论》（*Virginia Woolf Review*，1984－）。这些刊物的出版不仅及时宣告了国际学术视野下的伍尔夫研究新动向和新趋势，而且还能以第一手资料的翔实姿态让伍尔夫的最新研究成果与读者见面。

综上所述的伍尔夫研究成果，不论是从政治、社会、历史的文化角度切入，还是从语言学、叙事学、女性主义、精神分析的文论流派角度切入,都对伍尔夫的个人生活、文学创作乃至二者之间的互动呼应关系做了全方位的评判与考察,前辈们的努力和见地,好的坏的,正面的负面的,一同造就了这位20世纪最杰出的女性文学先驱人物的独特与芳名(Zwerdling,1986:114—115)。

二、国内研究现状

早在1920年代,伍尔夫的名字及其代表作品《达洛维夫人》《到灯塔去》《海浪》等伴随着意识流小说的风靡时尚进入中国学术界和中国读者的视野。文学史家赵景深先生是最早评论和关注伍尔夫意识流创作的中国学者。他发表在《小说月报》(1929)上的《20年来的英国小说》及其专著《1929年的世界文学》(1930)称伍尔夫是"小说家的爱因斯坦"(瞿世境,1982:107),并将她与詹姆斯·乔伊斯和多萝西·理查逊一起归纳起来,作为齐名的心理小说家进行评述。概括起来,中国的伍尔夫研究可分为译介和研究两个不同的解读部分。

第一部分是译介,主要是伍尔夫本人的著述、研究伍尔夫的科研论文等相关文献成果的翻译。伍尔夫研究的翻译阶段也可明显分成两个部分,一是在1949年之前,二是在中国大陆改革开放之后。国内的叶公超先生是最早翻译伍尔夫作品的"中国第一人"(殷企平,1988:84),他翻译的短篇小说《墙上一点痕迹》(*A mark on the wall*,1917)一举成名。到了20世纪三四十年代,被翻译成中文的伍尔夫作品也只有几部。1941年,伍尔夫去世以后,冯亦代(1944)、白桦(1946)、柳无忌(1947)等人也只是汉译了一些国外学者纪念或评述伍尔夫的文章。接下来,到了改革开放以后的80年代,伍尔夫短篇小说、长篇小说和时政论文均被汉译了出来,不过遗憾的是,绝大部分翻译成果都是对三四十年代已经翻译过的那些作品的简单重复,难免有裹足不前之嫌。之后,自1990年代至2003年短短十几年的时间里,国内萌发出一股伍尔夫作品的翻译热潮,几乎她的所有作品(书信和日记除外)都被汉译成两种或两种以上的译本，并且一版再版。同时，最令人瞩目的是由上海社科院的瞿世镜先生执笔、出版的《伍尔夫研究》(1989)的翻译论文集，该部论文集融汇了从20世纪20年代到80年代间，国外文评界解读、论述伍尔夫的多种视角和观点。

第二是研究阶段。巧合的是，国内的伍尔夫研究时段，与翻译几乎一样，也明显分为两个不同的部分。1930年是国内伍尔夫研究时段的始端。最早可追溯到赵景深先生在《1929年的世界文学》和《英美小说之现在及其未来》(1931)中对伍尔夫夫人的极力赞赏之辞："也许英文小说中最好的现代小说家是吴尔芙。"(张烽，1988:55)次年，武汉大学的费鉴照先生也在《英国现代散文作家华尔孚佛琴尼亚》的文章中介绍了伍尔夫的创作风格与个人生活。到了1940年，国内的伍尔夫研究之势如雨后春笋般迅速蓬勃发展、壮大起来，呈现出一派欣欣向荣的景象。谢庆垚的《英国女作家吴尔芙夫人》(1943)、吴景荣的《吴尔芙夫人的〈岁月〉》和萧乾的《吴尔芙夫人》(1948)、《吴尔芙与妇权主义》(1948)、陈尧光的《吴尔芙夫人》(1948)等都以纪念性的文字介绍为主，掀起了一个小小的伍学高潮。1936—1937年，国立清华大学文科研究所的吴可淜先生开设了伍尔夫研究的外国文学课程；国立武汉大学的现代主义文学研究之热潮也因伍尔夫姨侄朱利安·贝尔(Julian Bell)的到此任教而再度兴起。不过，真正意义上的国内伍尔夫研究是从20世纪80年代后期才肇始的。在此阶段，瞿世镜先生作为国内全面考察伍尔夫作品的"第一人"，在专著《论小说与小说家》(1986)、《意识流小说家伍尔夫》(1989)和《音乐·美学·文学：意识流小说比较研究》中，对伍尔夫的意识流小说理论、写作技巧都做了到位、细致的深入研究。

1980年代后期，伍尔夫著作的汉译本为中国学者和读者了解、研习她的生平与创作提供了第一手的资料。可以说，国外伍尔夫研究的第三阶段进行了将近10年之后，中国国内的伍尔夫研究才开始步入1990年代以后的高潮之际。该阶段的研究主题涉及伍尔夫的雌雄同体、内心独白、女性主义、诗化结构、现代小说观、意识流、语言观，等等，且有日趋广泛之势。据不完全统计，自 20 世纪 80 年代以来，国内伍尔夫研究的成果有期刊论文近 600 篇之多，其中，仅 1994—2010 年，中国知网的"核心期刊"平台中就有近 200 篇，之外，还有评传（传记）著作 3 部、专题研究（专著）10 部、博士论文 8 篇。主要代表性成果有：瞿世镜的《弗吉尼亚·伍尔夫的小说理论》（1986）、高奋的博士论文《弗吉尼亚·伍尔夫生命诗学研究》（2007）、殷企平的论文《伍尔夫小说观补论》（2000）、高奋的文章《小说：记录生命的艺术形式——论弗吉尼亚·伍尔夫的小说理论》（2008）等。其中，瞿世镜先生对伍尔夫小说理论与文学观点的微观分析和宏观考察是国内 1980 年代伍尔夫研究最重要的学术成果，他从人物中心论、实验主义论、时代变迁论、突破传统框子论、未来小说论、文学理想论、主观真实论这 7 个方面系统概括了伍尔夫对小说及小说理论的见解。高奋教授的博士论文以其代表作《海浪》为范例、以中西诗学为观照语境，从本质、创作、批评、形式、境界五个方面论证了英国作家弗吉尼亚·伍尔夫小说诗学的渊源、内涵和价值，并昭示出"文艺诗学本质上是美学与艺术相融合"（高奋，2008：53）的思想要旨。

中国学术界近 600 篇的论文中，有很大一部分是探讨伍尔夫的先锋派叙事艺术与现代主义创作技巧的，其中代表性的成果有：郝琳的博士论文《弗吉尼亚·伍尔夫小说叙事研究》（2005）和李红梅的博士论文《伍尔夫小说的叙事艺术》（2006），马小丰的文章《伍尔夫小说语言风格初探》（1997）、秦红的文章《永恒的瞬间——〈到灯塔去〉中的顿悟与叙事时间》（2002）等，但真正有深度的成果并不多见。郝琳用双声性话语和多角度叙述的叙事学方法揭示了伍尔夫富于女性主义特色的小说文本观、自我观和语言观。秦红认为，伍尔夫的"顿悟"叙事手法以有限的时间跨度为文本框架，在漂浮的意识之流中采用时间单位的"静止之点"（吴俊，1982：68）融汇了主观现实与客观现实的过去与现在，襄助读者领悟到了作者笔下的人生真谛。李红梅在论述伍尔夫小说叙事艺术的过程中，从叙事学的"互释"关系角度对伍尔夫小说的叙事特点和人学观念进行了内在真实的深层动机剖析,挖掘了伍尔夫现代小说实验的"人"的意义和潜隐的文化策略与生命规律思考。

中国女性主义学者对伍尔夫女性主义思想的关注也毫不逊色:首先是三篇博士论文的专题研究——吴庆宏的《弗吉尼亚·伍尔夫与女权主义》(2002),吕洪灵的《情感与理性:论弗吉尼亚·伍尔夫的妇女写作观》(2003)以及张昕的《对弗吉尼亚·伍尔夫小说"双性同体"的探索》(2006);其次是期刊论文,吕洪灵的《伍尔夫〈海浪〉中的性别与身份解读》(2005)和《走出"愤怒"的困扰:从情感的角度看伍尔夫的妇女写作观》(2004)、王建湘的《论弗吉尼亚·伍尔夫的女性立场》(2000)、王文和郭张娜的《理性与情感相融合的女性表达:弗吉尼亚·伍尔夫意识流小说〈到灯塔去〉的女性主义解读》(2005)、束永珍的《区别与整合:〈到灯塔去〉的女性主义解读》(2001)等。吴庆宏的论文梳理了伍尔夫女性主义思想的发展脉络,研讨了19世纪末20世纪初旧女性主义片面强调男女平权的不足之处,洞察了20世纪90年代后女性视角的发展方向和解构立场。吕洪灵的论文在辨析女性写作情感问题的同时,从情感与理性的关系切入,从不同角度探讨了伍尔夫有关妇女文学创作思想的理论核心——理性的重要性。张昕以伍尔夫的四部长篇小说为"雌雄同体观"探索的论证对象,探讨了伍尔夫在文学领域对人类双性真正发展进步这一理想境界的体现和超越。

作为意识流文学创作的杰出代表人物之一,伍尔夫作品的研究成果在中国学术界的辨析视野中一直都占据着极为重要的一席之地。其中的代表性成果有:瞿世镜的专著《意识流小说家伍尔夫》(1989)、李森的《评弗·伍尔夫〈到灯塔去〉的意识流技巧》(2000)、李涛的《时间技巧与伍尔夫的意识流小说》(2003)、上官秋实的《弗吉尼亚·伍尔夫的意识流小说创作及理论》(2003)等。瞿世镜以非个人化的方法为手段、以形而上的人物意识为内在真实的探讨目标,深入研究了伍尔夫艺术观背后的综合性意识流形式和深层结构。李森以《到灯塔去》中的人物内心世界为表现对象,探讨了伍尔夫是如何使用自由联想、时间蒙太奇、间接内心独白等意识流技巧来真正揭示生活本真的文学创作目的的。李涛则将表现了"时间的浓缩"(王建华,1993:21)的《达洛维夫人》、传达了"时间的空缺"的《到灯塔去》和阐释了"时间的象征"的《海浪》这三部极具代表意义的意识流小说并置,巧妙地论述了时间问题的结构美对伍尔夫小说主题的构建意义和情感作用。

与此同时,伍尔夫批评史研究的学术成果在中国学术界也大放异彩,其中有杨莉馨的专著《二十世纪文坛上的英伦百合:弗吉尼亚·伍尔夫在中国》、高奋和鲁彦的论文《近20年国内弗吉尼亚·伍尔夫研究述评》(2004)、罗婷和李爱云的论文《伍尔夫在中国文坛的接受与影响》(2002)、崔海妍的论文《弗吉尼亚·伍尔夫"双性同体"理论在中国的接受和影响》(2009)等。杨莉馨教授的专著分上下两篇,是国内迄今为止,伍尔夫批评研究史中资料最详尽、内容最全面的一部著作,理应重视。该书从伍尔夫作品在中国文坛的接受历程切入,论述了中国现当代文坛中的众多作家与伍尔夫独具特色的关联与契合。高奋、鲁彦的文章从女性主义的主题形式和小说理论的创作实践等多个方面回顾了中国学术界近20年来的弗吉尼亚·伍尔夫研究历程,并指出了伍尔夫作品批评中的研究视野和主体意识问题。

除了综上所述的专题研究成果之外,还有部分综合性研究的学术成果值得一提,例如:陆杨、李定清的《伍尔夫是怎样读书写作的》(1998)、伍厚恺的传记《弗吉尼亚·伍尔夫——存在的瞬间》(1999)、毛继红的博士论文《寻找有意味的形式:弗吉尼亚·伍尔夫的小说写作与绘画艺术》(2002)、林树明的文章《战争阴影下挣扎的弗·伍尔夫》(1996)等。伍厚恺对伍氏作品《奥兰多》《一间自己的房间》和《三枚金币》中的女性主义思想进行了全面的探究和溯源,并从性别差异、雌雄同体、妇女写作观的评价视角重点考察了"女性的声音"和"女性的思想",发人深省。毛继红的博士论文将荷兰后印象派画家凡·高(Vincent Willem van Gogh)的简化原则与构图原则与伍尔夫作品中的色彩组合原则作了比较,探讨了绘画与文学的意味关系。

诚然,国内伍尔夫研究的可观成果与国外相比还存在着一定的差距,但前途是光明的(童燕萍,1995:14)。虽然国内伍尔夫研究的论文有近1889篇之多,但是全面而系统的研究不够,绝大部分论文的研究对象都选定在《达洛维夫人》《到灯塔去》《海浪》等几部长篇小说上,多个著名短篇文本的考察有严重的缺失现象,即,首先,伍氏全部作品的综合考察亟待填充。其次是系统而深入的研究也不够。不少趋于表面化的专著研究成果缺乏相关理论和资料等最前沿信息的支撑,也缺乏对伍尔夫所处的时代意识、文化思想及其在整个西方文学史上的地位的全面了解和独特见解。因此,诸多成果也仅仅是泛泛而谈之流,不免有些遗憾。

第三节　研究内容

一、研究思路

本书主要沿以下思路展开:首先试图在西方文论的历史脉动中,紧扣伍尔夫诗学思想的主旨及其贡献,结合西方妇女解放运动的三次浪潮研究,争取将其女性主义的影响和其诗学思想的地位结合在一起进行综合式的品评。然后,将伍尔夫的理论与实践相结合、伍尔夫的生活与创作相结合,把握住伍尔夫诗学观中的核心概念,并由此出发,借鉴前人时贤的研究成果,运用大量妇女写作观中的文本资料,从女性主义的情感体验、雌雄同体的解构与重构、诗化小说的内容特色以及伍尔夫现实观、历史观、伦理观、生命哲学观等方面来解读伍尔夫诗学思想的形成、脉络与精神,及其对后世文学写作与批评的深远影响。

二、研究方法

本书采用唯美与纪实、性别叙事与生命哲学的文学批评方法，以西方文论的专题研究要略与整体发展为论证背景，以西方文艺理论为研究基础，以伍尔夫的相关创作实践文本（包括部分长篇小说、短篇小说、政论议文、散文随笔、通信、日记）等为阐释对象，对伍尔夫的诗学思想及其在时代批评实践中的文学创作方式进行再现和考察，力图弥补国内伍尔夫研究在"诗学"眼光与"后现代"认识上的空白之缺。

三、研究内容

本书的主要内容如下。

第一章为绪论，主要介绍选题的意义、研究现状、研究方法、研究思路以及主要研究内容等。第二章讨论伍尔夫女性主义理念的形态、轨迹和影响。伍尔夫那以性别差异思想源泉为理论基础和核心内容的妇女创作观为西方妇女解放运动的第二次高潮指明了方向，提高了女性意识对其现实处境和社会地位的了解和认识。第三章重在探索伍尔夫的诗化小说理论，其中包括诗化质素与女性写作的关系。伍尔夫致力于探寻女性小说自己的价值体系和风格特质，建构出小说诗化艺术的指导思想和理论策略，具有划时代的意义。第四章论述伍尔夫双性同体情结的意象概念与文脉体验，涉及主流文化价值观念和女性身体真实经历描写的情感写作等问题，再一次为后来的女性文学写作提供了典范、开辟了新领域。第五章将结合伍尔夫的散文、政论文和小说文本，具体考察她的意识流叙事手法、言语组织方式和独白表达技巧，旨在挖掘和重建伍氏小说中的意识流前景构建主题。第六章基于中西诗学的比较理论，概述了伍尔夫的现实观，研究对象涉及伍尔夫现实观中的文论内蕴、对立结构和补偿经验。第七章追寻了伍尔夫的历史观,再次彰显了文学与历史的渊源及共生关系。伍尔夫对民族历史、世界历史的记叙和书写不遗余力地为女性历史的"遗漏"或"挤压"重构了一片补遗缺失的回归舞台,在世界女性历史和文学史中留下了许多丰功伟业的痕迹。第八章从性别、家庭、社会的考察视角解读了伍尔夫的伦理观,其力量超过一切阶级和种族的权力制度界限,为妇女解放的社会改良觅得了另一有效的宣泄口。第九章聚焦于伍尔夫生命哲学观的反思与批判,探讨她努力挖掘生命根基、记录生命形式、诉求生命意义的中心根源和精神意义。第十章是结论部分,重在归纳伍尔夫诗学思想的创新姿态和包容意识。总而言之,她的诗学观念和内在真实的艺术理想为人类生活瞬间的无意识追问建构了一个永恒和谐的精神家园,值得我们索解和汲取。

第二章 弗吉尼亚·伍尔夫 的女性主义理念

弗吉尼亚·伍尔夫,这个一生自觉为女性写作的作家,评论了许多渗透着浓郁女性意识的妇女著作和诗学文章。因而,在女性主义诗学发展的历史征程中,她都是一个举足轻重的里程碑式的人物。诚然,英国在女权运动方面有着悠久的历史,不能不提。早在 18 世纪,女权主义者玛丽·沃斯通克拉夫特(Mary Wollstonecraft)的女权运动后世经典《女权辩护》(A Vindication of the Rights of Woman)一书就提出了系统而又激进的女权思想。此书对男女两性在智力和能力上的平等要求,在行为上更倾向于向男性社会争取包括公民权、政治权、选举权、受教育权和劳动就业权等在内的各种平等权利。可以说,伍尔夫之前的女权运动,主要强调女性应着力与外部世界进行抗争。但是到了伍尔夫这里,女权运动在争取男女平等等必要的经济、政治条件的同时,又增加了一个新目标,即女权运动的锋芒不仅要从外部关注改善女性的社会地位和生活条件,还要注重在女性主体的内部引导重建一个完美和谐、独立自足的精神世界。

在伍尔夫之前,西方文论的诗学体系是没有性别之分的,更确切地说,只为男性思维方式及价值观念所统治的西方诗学中,根本就没有女性声音的回荡和女性真实形象的存在。为了改变这种情况,要求女性"要成为自己"(朱望、杜文燕,1996:67)的伍尔夫,第一个通过女性写作将女性主义的思想全面引入诗学,实现了女性自身的价值,摆脱了因男性而存在的女性固有身份和传统地位。她将启蒙运动以来的女性诗学思维视角介入另一种理论文本的可能性维度,将批判父权理论的声音和男性文化的观念引入诗学话语的表述领域中,使女权及女性主义的研究方法在文学批评中脱颖而出,进而成为西方200年来女权运动的重要成果。难怪一位西方的研究学者会这般如是说:"伍尔夫以自己的力量、失败及困惑成为女性主义批评的主要建筑师和设计者。"(Moi,1985:111)这些首创的富有特色的唯美因素使得伍尔夫的女性主义诗学思想具备了一种静穆优美、意象澄明的"纯艺术"品质。

第一节 伍尔夫女性主义的文论思想形态

一、整体性

当今的女性主义诗学,不是像法国的女性主义诗学那样,从语言、心理等层面致力于消解女性主体内部的革命,就是像英美女性主义诗学那样,操起可以运用的性别理论来试图从边缘转移到中心,走到政治化的老路上去。这些收获颇丰的探索成果不免都有些顾此失彼,使当今的女性主义诗学陷入了片面偏颇的理论危机之中。但伍尔夫在以自己作为女性的独特话语策略,来向我们表述和维护其女性主义诗学思想的整体性时,甚至刻意避免运用表面看起来逻辑严谨、实则武断褊狭的男性理论话语来表达她的诗学观念,而是力求构筑一种独特的理论文本,以完整地反映她的女性主义诗学思想。

首先,伍尔夫的女性主义诗学思想既关注外部世界对女性的压抑,又强调女性主体的内部属性。这一表现女性主体独特"复杂力量"的价值观念与女性的现实生活状况有着紧密的联系,它在处理女性主体与外部世界的整体性关系时,表现出了女性主体的自身精神世界和创造能力的建设对必需的现实条件(包含物质条件和社会条件)的诉求与祈盼。女性主体的精神世界无论如何独特,都必须依附于现实的客观生活而存在,并要通过女性主体自身来发挥效应。换句话而言,不论外部世界的影响力如何强大,女性主体的精神世界和她们所处的现实构成总是一个不可分割的整体。

其次,伍尔夫的女性主义诗学在处理男女两性关系时,从来没有将男性排除在诗学问题的思考范围之外。同样,她在为女性价值寻求创造性希望的同时,并没有像当今某些女权主义者那样,高举"分离主义"的立场旗帜,专门针对男性社会对女性进行的种种压迫和禁锢而设置一些不可涉足的禁区并加以批判,反而强调头脑里男女双性因素的和谐质素才是合作生产的成功前提。至此,不难看出,伍尔夫所思考和运用的女性主义诗学角度绝不止于女性,她想要解答的实则是具有普遍意义的诗学答案。

最后,伍尔夫女性主义诗学思想的系统内部也呈现出纷呈多样的逻辑联系。这些观点自成一体,分别从女性写作的物质条件、双性同体的创造机制、女性价值观念的诗学传统及写作目的等方面,对女性自己的诗学体系相对全面、系统地进行了全过程的思考(陆扬、李定清,1998:62—63)。

从主客观两方面的原因看,伍尔夫的女性主义诗学思想之所以具有鲜明的整体性,乃是因为她认识到:女性的解放不能只停留在社会上层建筑的政治层面,还应该内外兼修地从内部的精神世界整体全面地重建女性主体的发展现实,尤其是女性写作的历史地位和诗学问题。作为女性主义诗学的开山者,伍尔夫的世界观、人生观及其女性作家的身份和经验也决定了女性主义诗学的各种态度与理想主题。正因为这些,反对分裂偏执、追求和平安宁的伍氏作品中不乏大量反映社会冲突和两性间紧张关系的例证。同时,充满了人生艰辛的伍尔夫不仅痛恨战争,还亲身感受过两性间的鸿沟所招致的精神分裂症的种种折磨与痛苦。因此,她的作品中最重要的主题实则是世界整体的和谐,这种和谐既有社会的和谐,也有两性的和谐,更有内心的和谐,是伍尔夫最大的人生理想与艺术追求。可惜,遗憾的是,这位女性作家最终也因无法实现这种整体和谐的最高理想而投河自尽。

二、开放性

植根于所谓"女性本质"并坚持要"成为自己"的伍尔夫女性主义诗学理论虽然宣扬女性独特的意识与价值,但它并没有步入一种纯粹封闭的建构范式中,反而呈现出一种自足开放的多元态势。在强调女性主体意识的时候,伍尔夫的女性诗学理论并不像艾思泰尔那样主张"妇女要过一种摆脱男人的生活"(胡滢,2008:79)、要斩断女性与一直在压迫、歧视她的社会现实之间的联系;也不像后世法国女性主义诗学那样,单纯从心理学、语言学等理论知识层面建构女性的主体世界。首先,她要建立的女性主体意识乃是与男性、与社会现实紧紧联系在一起的,当然也是向历史开放的主体意识。因此,伍尔夫在要求重建女性主体的时候,更关心的其实是男人女人的性别世界与广袤世界之间的一种合作的、和谐的关系。这种关系不仅要求女性要走出私人领域、进入公共生活,而且还从双性同体的理论角度出发,对这个现实世界的两性关系重新进行了划分与界定,即社会中的任何个人本质上都是半雄半雌的。换句话而言,"在我们之中每个人都有两个力量支配一切,一个男性的力量,一个女性的力量。在男人的脑子里男性胜过女性,在女性的脑子里女性胜过男性。最正常,最适意的情况就是在这两种力量在一起和谐地生活,精神合作的时候。若是男人,他脑子里女性那部分一定也有影响,而一个女人也一定和她里面的男性有来往。"(伍厚恺,1999:123)由此可见,伍尔夫所提倡的女性主体是一种既不从属于男性、也不依赖于男性,既能与男性一起自觉自主地栉风沐雨、又能与男性共创世界的独立于社会之中的主体。

其次,伍尔夫的女性主义诗学思想中所强调的女性价值观念,并非是天生地存在于女性身体内的某个特殊部分之处的,它对所有外在事物的自身价值评判也不为男性所拥有,确切来说,这种价值观念是开放的,也恰是历史赋予女性主义诗学的使命使然。这里,女性"价值"所标举的复杂力量和人文关怀应该唤起全人类的注意,这种力量也正是男性应该重视的。它既是在历史中形成的一种现实存在,又是一笔可以与男性共享融合、同时也面向"每一个瞬间"的共有财富。

最后,在伍尔夫的论证中,她对女性主义诗学问题的提出、认识、思考和探讨时,运用的是一种整体观照的思辨方式,但问题没有完结,结论始终没有觅得。既然问题已经提出,伍尔夫所赞赏的女性诗学思想给人一种没有答案的感觉,并无明确的形态和框架。正如人生向大家提出的一个又一个的生活问题那样,如果诚实地统揽一下她的女性主义诗学思想,这些问题只会在读者的阅读中不断成长,不断地与读者进行交流、对话,既没有武断的结论也没有清晰的答案。它的结论是不可能得到解答的,只能在读者的耳边反复回响,一起探索,一起揭秘,面向所有的人开放。

三、经验性

首先,在后世女性主义诗学理论的宏观对照下,伍尔夫的女性主义诗学思想中到处都弥漫着可贵的经验气息。她将女性主义思想引入诗学领域的初衷都得益于她个人的女性经验,而在此之前的女权主义主要是一种性别政治学,她自己也深深感受到了这一点,并一直致力于建构一种从零开始思考的、没有任何理论可以借鉴的女性诗学传统。要建立这样一种性别诗学传统,她自己作为女性的生活经验无疑会成为最直接的来源和素材。她的女性主义诗学思想中提出的一系列问题,从诗学传统到女性的基本写作条件,从双性同体的和谐观到女性存在的价值等问题,都直接萌生于一个女性的直接生活感受,这些也都反映了她这种女性经验的洞察力,这种对生活的忠诚写照本身就是对审美感受的一种深化表现。

其次,她在论及"我姑母的遗产把蓝天呈露出来给我看"(瞿世镜,1988:22)的探讨过程中,直接运用的是浸透着她个人女性经验的生存经验来说服读者的。"一间自己的房间,每年五百镑收入"的物质条件并不是小说家的逻辑论证方式,而是一位女性作家徜徉在艺术与现实之间的根本性生存保障。再者,在论述女性作家的头脑里为何也要双性同体的和谐合作之时,她同样谈了一些自己的切身感受来回避理论的论证:"当我看见一对男女走进汽车的时候,我才真切地感受到:我的心境好像在分开以后,又很自然地融合在一起。很明显的理由就是两性之间最自然的就是合作。我们有一种深邃的即使是无理由的本性,赞成那种理论,就是说男女结合可以达到最大的满足,最完美的快乐。"(瞿世镜,1989:118)这种简易直接的表达方式让读者相信,"真实的存在瞬间就是一个两性合二为一的整体"(伍厚恺,1999:128)。同时,伍尔夫的女性诗学思想所一再标榜的女性价值、女性意识、女性创造力也并不是先验的、本质的,而是数千年来最严厉的经验规矩换来的,没有别的替代品可以促其成形。数千年来,一个受压抑的女性角色所获得的种种独特社会经验也是后天形成的,并不是建立在一种先验的女性本质上的。这种依赖于切身个人经验的女性话语策略和理论思考方式具有强大的情感穿透力,它所表现出来的真诚信念虽令人感到难以准确把握,却颇具理性的说服力,感人至深。

四、非政治性

伍尔夫一生对社会权力结构和运作都极感兴趣,从社会政治性的分析角度出发,不难看出,她的作品一再受到社会批评家的挑战以及改革社会权力关系的愿望驱使,她的女性主义诗学思想中有强烈的社会性和经验主义色彩。同样,她所有的小说里也都具有这些特点和属性。由于历史的原因,伍尔夫的女性主义文学批评理论中带有强烈的政治色彩,她对文学批评观的最重要的贡献就是她对文学作品的政治性和社会性的注重与坚持。但是,由事而观,笔者却对这位"宁要艺术家而不要改革家"(蒋虹,2008:63)的女性作家持另一种看法:"伍尔夫是一个象牙塔里清高孤傲的精神贵族,是自亚里士多德创造了政治动物一词以来最不具有政治性的人。"(吕洪灵,2007:13)具体表现在如下一些方面。

第一,在对待男性权力占主导地位的社会现实上,伍尔夫面对男女两性关系、面对社会政治的态度是非政治性的。她说:"我发现我对于作别人的伴侣,作与别人相等的人,以及去影响这世界为了去达到更高的目的都没有什么高尚的感觉。我只很简单很平凡地说,成为自己比什么都要紧。"(沈渭菊,2008:67)据此,伍尔夫强调的两性间的和谐与合作并不像早期的女权主义者那样,只是一味地为女性要求平等的政治权力。虽然伍尔夫在《一间自己的房间》和《三个基尼》等作品中表现出了一股对男性的不可抑制的怒气,但这只是一种将自己的个性置于其中的私人化语言策略,与政治无关。

第二,伍尔夫的女性主义诗学思想所追求的最终目的就是要求女性要通过诗学来实现"女性自我",找回自己、成为自己。这种女性观是非政治性的,是一种平等、健全的女性主体意识的重建机制问题,况且这也是伍尔夫最为关心的问题。要说有历史原因的话,到了伍尔夫的时代,因为前辈们在政治上的不懈努力,女权运动已经获得了较大的成功和进展,那时的妇女已经有了参与社会工作的平等权利。在伍尔夫看来,女性主体意识的重建该是对女权有更高要求的时候了。她不想为这个由男人造成的混乱世界背负任何责任,所以才一再指出"愉悦"就是写作的原则,阅读的目的也是"取乐"。在写作上,历史的原因造成的正是伍尔夫的非政治性和非功利性。由于她自己的家庭背景和社会地位,不用为生计而烦心的她,喜欢写作乃是因为创作能带给她一种"高雅的乐趣"(周霜红,2008:96)。难怪孔小炯在《伍尔夫随笔集》的译序中有这样一段评述:"作为当代女权运动的一个先驱人物,伍尔夫也常常会在她的散文中,有意无意地或直接或间接地透露出她那激烈的女权主义观点。她有一个这样古怪的念头：这个世界是男人创造的，而作为一个女人，无需对这个世界的混乱负责，因此她从来不去考虑改进社会与世界的事情。除了张扬女权，她至多就是指出这个世界的缺陷，随后就打道回府了。"（赵婧，2008：124）

第三，伍尔夫选择通过写作来实现"自己"，这一用来达到目的的手段也是非政治性的。在写作中，在女权主义者可以采取的各种手段中，伍尔夫要求女性作家应以一种平和的心智来表现女性独特的价值观念和主体的心理真实。由于她对"真实"的独特理解，她的写作更注重对女性自己创造力的把握和发展。如果按照后世女性主义批评家所主张的"个人的就是政治的"（潘建，2008：100）"女性主义"立场，那么伍尔夫个人的女性观思考立场无疑又带有点政治性。尽管她对"女权主义"这一称谓十分反感，但是她的女性主义诗学思想从来都没有忽视过女性与社会现实之间的关系。因此，就其整体态度和根本立场来说，伍尔夫的女性诗学思想虽具有一些政治色彩，但总体而言，无疑还是非政治性的。

伍尔夫，作为将女性主义引入诗学领域的第一人，她的诗学确立意义和女性研究影响非常深远。她的女性主义诗学思想所表现出来的鲜明理论形态，给当下的女性主义诗学思考研究提供了宝贵的镜鉴。随着21世纪的到来，中国也必须具备自己鲜明特色的女性主义诗学画卷。此时，这个世界也一直在企盼一种更为理想的男女两性关系和一个更适合女性生存的现实环境的确立，再加上女性主义诗学的发展也正面临着重大的困惑和转机，对此，伍尔夫在女性主义诗学发展历程中的地位和伍氏女性诗学的形态特色可以给予大家更多有益的启示和认识。

第二节 伍尔夫女性主义的文论思想轨迹

弗吉尼亚·伍尔夫的女性主义诗学思想改变了西方两百年来理论文本批评话语的惯有方式,是女权运动的重要成果。在当代女性主义诗学的发展历程中,她的诗学思想踪迹以女性主义的批评力量,从女性经验的整体性出发,成为后世女性主义诗学解决方案的主要建筑师和设计者,并为这一文论领域的疆界拓荒确立了前进的起点和基本理论框架。

一、伍氏女性主义诗学的设定条件

在伍尔夫思考的所有诗学问题中,"写作的必备条件"(段艳丽,2007:105)是众多沉思内容中最为基本的问题,用伍尔夫自己的话来讲,就是要有"一间自己的房间,每年五百英镑的收入"(瞿世镜,1986:79)。因为只有这样,按理,女性才有"自己"可言,才能拥有替自己打算的力量,最终摆脱现实强加给她的不利和困境。为此,表面上已经获得了与男性平等的社会政治权利的女性,尤其是在一些少数族裔如黑人女性和第三世界国家的女性那里,平等、民主的价值观念还远远没有成为遍及全世界的社会共识。第三世界中的女性主义理论不仅关注着自己社会内部的种族压迫、性别歧视和阶级压迫,甚至跨越国界,看到了第三世界国家中不平等的权力结构以及这些国家在国际秩序中所处的被统治地位。诚然,首先诸上种种的不公正现象就是妇女受压迫和歧视的重要根源。其次,在西方发达的商业化社会中,被出版集团定义为"盈利作品"的许多妇女小说也仍然是女性主义诗学研究的一个重要维度。即使为了表现女性自己的写作环境,勉强获得商业成功而形成的一些男性化的阅读方式及制度化的手段,也总是试图通过在社会政治层面强调女性作者的"独立性",而重新为

"阅读妇女"和"妇女阅读"(谢江南,2008:81)的写作行为创造适宜必备的社会文化心理条件。以往的写作经验都是一种男性的经验。这种意义会冲击或破坏女性主义的批评方法。至此,致力于抹杀传统性别等级的女性诗学理论,为了与"阅读妇女"一起,创造出当代女性文学批评的意义体系和建构机制,才毫不余力地从女性自我的内心深处来培育真正的"属于女性自己"(谢文,2008:37)的写作土壤。

(一)女性诗学传统的建构

长期以来,为了发掘没有自己历史的女性诗学传统,伍尔夫在面临女性写作困难的时候,第一件事就是先仔细考察女性写作的历史。她曾说:"即便是女性作家们背后没有一个局部的、现成的、可供使用的诗学传统,从萨福、紫式部,到简·奥斯丁、夏洛蒂·勃朗特等著名女性作家,她们也会拿起笔为自己、为自己的女性同胞们写作。"(袁静妤,2008:90)伍尔夫的女性主义诗学议题一直是中外西方文论专题研究探讨的热点。我们可以通过对妇女文本和妇女文学史的详细阅读,来发展、挖掘女性主义的批评理论和女性作品的普世价值。

"阅读妇女"的文学史清理行动,是为强调阅读男性文本中的女性形象而进行的。在古典和通俗的男性文学作品中,把妇女描绘成天使或怪物,乃至把妇女排除在文学史之外的模式化事实揭露了文学实践中的男性霸权以及"厌女现象"(沈渭菊,2008:66)。与此同时而开展的女性文本的阅读行为,则旨在重新发现被埋没的女性文学传统,谱写女性作品的新人文情怀。20世纪70年代以来,如1977年,各个国家和各个历史时期的妇女文学曾一度崛起,并引起了世人重新阅读的兴趣,其间,最值得一提的是肖瓦尔特的《她们自己的文学》,这部关于19~20世纪英国女性作家的文学史对女性作家的状况进行了全面的阐述。至此,经过多年的不懈努力,妇女作品中的清晰连续性才有史以来第一次成为英美女性主义诗学研究的工作思路和全部重点。此外,因有"母亲之声"而成为一切女性创作源泉的伍氏女性主义诗学传统,还主张要回到既在血缘中、又在经验中的女性世界那里去,这种太初女性空间的"理想理论王国"在文学史的重新清理层面上重新获得了恢复和延续。

(二)女性价值的发掘和表现

在艺术和生活之中,为了发展女性独特的价值观念和创造力,伍尔夫不惜在妇女写作中"忠直"地表现女性自我,并希望以此来改变那些既定的男性价值观念的严肃性和重要性。她特别指出,"要把男人所认为重要的东西看得微不足道,就应当在女性写作中始终如一地去表现独特的女性价值观念。"(刘爱琳,2007:135)当今的"女性美学"(Female Aesthetics)和"女性写作"(Ecritrzre Femine)探索思想都可以在伍尔夫的女性话语抱负中找到源头。女性独特的话语方式和结构方式要求有一个以女性经验来界定女性主义批评文体的发明和出现,这种文学体裁的阐释方法和思想特性到了当代女性主义这里,显得更为迫切、更为清晰。事实上,在批评话语中使用女性语言的"女性美学"(何亚惠,2007:113)尝试是一种松散、串连的文体反映,它在运用独特的女性语言形式来表现女性意识的同时,突出强调的是女性生存经验的自然和超拔。同时,由西苏在《美杜莎的笑声》中首次提出的"女性写作"术语,也被伍尔夫变成为文学批评理论中的一个模式。它刻意针对妇女与语言之间的关系问题,并通过其他超现实主义和先锋派写作技巧(如密码语、新词语、双关语、暗示、停顿等)的广泛使用,来实现女性自身的独特价值,最终"成为自己"。

(三)双性同体的创作机制

站在女性立场之上,将双性同体文学创作的思维机制作为文学批评的一般标准来对待的文学家中,伍尔夫是第一人。她说:"一个半雄半雌的脑子是会起反响的,多孔的;它是能毫无隔膜地传达情感的;它是天生能创造的,炉火纯青而且完整的。"(潘建,

2008：96)据此,我们可以相信,伍尔夫头脑中的创造性艺术家应该是一个双性同体、半雄半雌、且能彼此互融互调的统一体。早年,艾尔曼(Mary Ellmann)在《想念妇女》中就曾关注过双性同体诗学的性别立场,她要求通过双性同体的文学认识来取消两性分化。西苏在《美杜莎的笑声》里也提出了"既不排除差异也不排除其中一性"(蔡岚岚,2008：12)的双性同体理论主张。这种主张是一种承认两性差异并超越两性间隔的双性同体诗学论。她认为女性不会因为双性同体而更具女性特质或消除了女性特质、像男性。上述方面对当代女性主义诗学的理论框架产生了不小的影响,尤其是在伍尔夫的诗学课题上也留下了些许的思想印痕。有些学者甚至认为,伍尔夫女性主义批评中所关注的女同性恋、女性姐妹情谊等问题多带有后现代主义的文学色彩。这些问题"不仅关注真相,而且关注真相是怎样得以假定的。"(张昕,2007：117)

二、当代西方女性主义诗学研究的新方向

伍尔夫所提倡的女性主义诗学思想不仅讨论了外部现实的社会条件,还讨论了女性主体的自身建设条件。她要表现的女性"自己"既受制于女性写作的物质条件和文化条件,又取决于女性写作的智力条件和心理条件。来自于女性几千年生活经验的诗学女性价值,换来的不仅有女性与自我、语言与身体的"结合力量",还有女性与男性、女性与现实的"关系心声"(孙萍萍,2007：69)。面向外部社会现实和内部女性主体意识的伍氏女性主义诗学研究,同时关注着内部世界和外部世界的替换更迭,开辟了黏附于女性经验之上的诗学新篇章。

(一)外部方向

伍尔夫女性诗学思想的观念背景是建立在她对女性哲学、社会学层面的思考基础之上的。为了发掘女性本质,她对女性历史

地位、不利状况和社会现状不满的现实思考就是作为其女性诗学思想的前提基础而存在的。因此,从 20 世纪 60 年代开始的英美女性主义诗学研究也在当下接过了伍尔夫"相信语言能反映现实"(马强,2007:88)的这一思考,并热衷于将"现实主义"女性人物的描写方法作为"生活的真实写照"的一个视点加以分析和运用。早在《性的政治》中,米利特就对现实主义的文学观持崇尚态度,认为"女性人物对应于男性作家"(黄涛梅,2006:64)的理论立足点就是语言对应于现实的典型形态。所以,伍尔夫女性诗学的实质内容就是经验主义和现实主义的,它的符号系统与象征秩序就是以构建女性叙事权威、发出女性声音为己任的。

在面对女性主义诗学的一些基本问题时,伍尔夫关注现实、思考现实、批判现实的政治性立场在女性与现实的关系上并不如人们想象得那么一致。也许,存在于社会现实和男性之外的女性意识,在父权制的女性文化荒野地带还抱有从事写作或批评的文学幻想,它们对表达媒介的选择和对性别认同的审查更决定着女性小说艺术追求的成败与得失。因此,我们可以说,伍氏女性主义诗学的想象空间是通向广阔的社会现实重现之路的。

(二)内部方向

伍尔夫热衷于话语革命,追求女性主义诗学的理论化和逻辑化。她选择的道路与拉康的精神分析理论和德里达的解构主义哲学框架不同,伍尔夫试图通过"女性写作"的符号话语革命来颠覆男性主义的中心思想,认为女性写作一再受阻的历史和现状根源于原欲上的人性压抑之态。为此,在伍尔夫的小说中,任何言辞的交流都可以与话语问题联系起来看待,并能凭借着直觉的力量,在沉默的自我中深刻地意识到对方的存在。她对"女性"主体的独特理解其实是女性寻找"自主"的一种声音,它很少与政治直接挂钩,也不怎么用女性主义的批评模式去分析或比较女性形象,只是在精神的孤独中代表着多元女性主体反抗惯例文化和语言的一种反叛态度,这昭示了现代主义和后现代主义的心理分析趋势和解构方向。

由此可见,伍氏女性诗学的建构机制强调从心理、语言层面切入女性与社会、现实、政治之间的关联。相对于英美法女性主义诗学的外向之路(面向社会现实)而言,伍尔夫的女性主义诗学道路是向内转的,它是从女性心理、语言开始的一种面向女性主体内部意识的新道路。它注重的是一种新的人性,是一种看重"生活本身"和"永恒人性"(刘爱琳,2007:111)的生命艺术。而这一道路在伍尔夫的笔下拓展得更为宽敞,并由女性经验的细小片段和意识瞬间创造出一个"唯美"的整体世界供世人把玩。关于这两种方向的反映和解读,伍尔夫的女性主义批评是理性的,她选择"镜子"的方法形象地将文学比喻成社会环境的产物,并将文学批评的文本解释行为视为能分析并改变社会环境的一种主观能动活动。这种认识作为伍尔夫小说艺术的一种精神真实状态,探索并维护了隐藏在表象背后、由经验酿成的纯美感受意义,表征了现代人分裂而破碎的生命体验。在伍尔夫这里,永恒的瞬间与瞬间的永恒是同时存在的。它们以规定代替描述,视女性欲望为力量的源泉和分析的主题,并将这两者的基本生存状态以一种"追溯渊源"的自然认识联系起来,这一认识与女性经历息息相关(张发,2007:113)。

诚然,女性主义诗学一直在企盼更适合自己生存的语言世界,也在祈求更理想的两性关系呼唤中面临着重大的困惑和转机。究竟是应该在政治化的道路上进一步消解女性主体的外部约束力、进行更深层次的内部革命,还是该操起女性主义诗学的性别理论来试图使女性话语的暗哑状态从边缘转移到中心?这些疑点的审视和考察不仅有助于再次厘清伍尔夫女性主义诗学思想的当代运行轨迹,而且更有助于我们重新认识伍尔夫在西方文论发展里程中的历史意义和先驱地位。

第三节　伍尔夫女性主义的文论思想体系

作为现代派文学的代表人物、女权主义先驱英国作家弗吉尼亚·伍尔夫不仅有意识地将自己的写作纳入总体文学,同时也对其加以改造,无论在叙述内容还是叙述形式上,都希望发出女性自我的声音。无论作者、读者还是文本意义都受到社会习俗和文本常规的影响。对女性作者而言,同样不是"某种本质属性或孤立的美学规则"决定了女性写作的特质,她们的写作从叙事结构到叙事内容都无法摆脱文本常规和意识形态的影响。伍尔夫也不例外,其小说中的叙述者也常常处于矛盾状态:既质疑既往男权文学的文本常规,同时又不由自主地对其表示赞同。通过对伍尔夫小说叙事理论及其小说实践的研究,可以看出弗吉尼亚·伍尔夫整个女性主义诗学思想的建构过程,以及这一思想与作者、文本常规和社会语境之间交互作用在文本中的体现。

一、在小说主题及人物话语中呈现女性主义观点

不论作者是否承认,在小说的内容上(故事层),我们都能或多或少地找到作品内容和时代语境之间的联系,而小说的叙述形式与作者之间及其时代语境的关联,却不是那么易见。因此,在既往的文学研究中常常将注意力集中于小说作品的内容分析。实际上,小说作品的内容和形式都与作者、社会语境密切相关,而且形式比内容更能确凿地反映三者之间的关系。在伍尔夫小说理论和叙事实践中,她对叙事方式的选择,也明确地体现出其女性主义的叙事观念与社会语境、文本常规之间的交锋与融合。

(一)"客厅"生活的视角与"人生意义"主题的结合

维多利亚时代的女性写作由于生活环境的限制,常常以客厅

生活为写作的主要题材。因此许多评论者认为过去女性所写作的小说是微不足道的，他们在小说中虽然能读到女性的不同观点，但也明显感受到小说弥散着一种软弱、琐细和多愁善感的情绪。他们认为如果一部小说描写了客厅里妇女的感情而不是讲述了战争，那么它就是一本不重要的书。妇女的价值观不仅自然而然与男性的观念截然不同，而且社会上总是男性的价值观占优势。那种足球和体育"相当重要"；时装和购衣"微不足道"的价值观念也不可避免地转移到小说之中。因此，采用非个人化叙事态度，对于伍尔夫而言就具有双重含义，一方面与其他现代派小说家一样，力图使小说更具有艺术性，更加符合文学发展的潮流；另一方面，对女性创作小说而言，非个人化将帮助妇女创作小说突破狭窄的视野局限，并将其创作融入人类共同关注的人生主题，使女性作家的作品获得更多读者的关注。当妇女更大程度地参与社会生活，成为"一名选举人、一个挣工资者、一位负责的公民"之后，"她的注意力，就从过去局限于住宅、个人的中心，转向非个人的方面，而她的小说，自然就具有更多的社会批评和更少的个人生活分析性质"（袁素华，2007：92）。这种变化将会使她们像诗人一样，不仅仅关注细节和事实，而且能够超越个人感情，关注人类命运和人生意义等各种问题。

身为女性主义者的伍尔夫，表达女性自我是其内心的执着追求。因此伍尔夫在其小说里，采取了两者结合的态度，既描写客厅里女人们的故事，又不限于个人情绪的宣泄，采用非个人化的叙事态度，并尽量保持女性作者个人与女性小说作品之间的距离。伍尔夫的小说依然写的是琐碎的日常生活场景，与其他的女性小说家并无二致。维多利亚时代的女性没有广阔的社会生活经验作为写作的基础，女性身体是受到束缚的，伍尔夫深深意识到："……女小说家只有勇敢地承认女性的局限性，才有希望取得杰出的成就。"（吕洪灵，2007：45）无论男性还是女性思想的翅膀总是自由的。在伍尔夫小说中，描写客厅和女性情感的渺小空间在人物内心世界的细致描绘和人物意识的自由流动中获得了延展。她将注意力集中于人类所面临共同问题,因为纵使女性拥有"丰富的感受力或敏锐的理解力都无济于事,除非她能将转瞬即逝的个人因素建造成持久不倒的大厦"(陈倩,2007:111)。女性作家不应局限于对小说人物跌宕起伏的命运进行讲述,更重要的是呈现人类共同的"理想、梦幻和诗意"(王晶,2007:79),让人物成为人类精神生活的一种象征,让读者体验个人与人类、宇宙融为一体的审美意境。让"小说不再是囤积个人情感的垃圾堆"(刘星,2007:202),而是展现具有人类普遍性的、共同的思想和感情。

(二)揭示并反思男权意识形态对人物思想的影响

伍尔夫的小说不仅创造了许多优秀的女性人物如《达洛维夫人》中的达洛维夫,《到灯塔去》中的拉姆齐夫人,她们虽然主要在家庭里活动,却不乏对人性和人生意义的深刻洞察。同时,伍尔夫也相对应地创造了许多有传统男权思想的男性,这些男性人物往往作为这些优秀女性人物的对立面而存在。男性人物常常说出维多利亚时代对女性蔑视的语言。小说《远航》中,派帕尔先生认为自己从没有遇到过一个真正令人尊敬的女人。圣·约翰·赫斯特先生评价女性时说:"她们都如此愚蠢。"(胡滢,2008:79)理查德·达洛维先生更是发表了大段蔑视妇女的冗长议论,并谴责妇女运动的无用性——"战斗的妇女"是"愚蠢的、无用的、透顶的",《夜与日》中的威廉·罗德尼,《到灯塔去》中的查尔斯·坦斯利,《幕间》中的吉尔斯·奥利维尔,他们都有许多蔑视女性的言辞。难怪伍尔夫通过《远航》的女性人物之口得出这样的结论:"(男人和女人)应该分开生活:我们不能相互理解;我们在一起只能产生最坏的结果。"(何亚惠,2007:115)即使在爱情故事《夜与日》中男主人公也希望控制和统治凯瑟琳,他要"控制她,拥有她"(马艳辉,2007:76)。

小说中女性人物话语也往往充斥这种传统女性观的影响。在《到灯塔去》中拉姆齐夫人虽然对失去自我的生活并不满意,但是依然顺从丈夫、依赖丈夫,甚至不愿意"哪怕一秒钟感到比她的丈夫好"(卢婧,2007:120)。虽然专心研究自己的绘画艺术,可是总还是觉得自己顶多是个二流画家,自己的画"永远不会被人看见,甚至不会被挂起来,还有个斯坦利先生在她耳朵边嘀咕:'女人不会画画,女人不会写作,……'"(林鹤之,2004:98)。维多利亚时代女性先天低劣的思想已经在许多女性人物思想和情绪里留下了深深的烙印。即使是激进的女权主义者如《远航》中的伊芙琳·马格特洛伊德,虽然高谈阔论,一再标榜自己要为女性争取与男性同样平等的权利,可仍以当时的成功男性为学习楷模,希望能够复制他们的成功。伍尔夫在小说中塑造了这样的人物,也不停地反思这些人物的行为。她认为女人们依然说着男性社会认可的"天使"的语言,并用"天使"的德行写作小说。美国当代女权主义心理学家卡罗尔·吉利根指出:"天使的声音是通过妇女躯体讲出来的维多利亚式男人的声音。"(李乃坤,1986:112)她认为弗吉尼亚·伍尔夫已经对这一问题有了清楚的认识:妇女必须"消除虚假的女性声音",要让女性开口说话,"就必须扼制住这个天使"(白晓冬,1986:84)。伍尔夫"杀死房中天使"(瞿世镜,1982:36)的思想,不仅深刻揭示了社会意识形态对男性和女性人物思想的控制与影响,而且深刻反思了维多利亚时代对女权主义思想发展只注重形式上消除两性差异,而没有在实质上根本改变男女不平等面貌的状况。

二、在小说叙述形式上实践"雌雄同体"的小说理念

任何一位女性作家写作都是一种谋求话语权威的过程,正如写作小说行为本身以及署名,都有意识或无意识地为了实现"一种为了获得听众,赢得尊敬和赞同,建立影响的企求"(范易弘,1990:81)。伍尔夫在叙事视角和人物话语的内容上,体现自己的女性主义思想,其目的是告诉我们她想"说什么",可是"如何说?"才能获得社会的尊敬和认可呢?伍尔夫对这个问题的解决之道是打造一种新的文体形式,一是散文与小说的结合,在文体上实

现"雌雄同体"的叙事策略；二是在叙述结构中减少和淡化具有作者特征的叙述者干预，追随进而引领文学主潮，以此获得更多更广的读者群和社会权力话语的支持。

（一）强调散文、诗歌与小说文体形式的结合

伍尔夫对散文和诗歌的偏爱与其广博的学识和开阔的文学视野密不可分。其父为英国著名学者莱斯利斯蒂芬爵士，不仅学识渊博，而且为她创造了一个良好的读书环境，这使伍尔夫拥有与其他女性作家所不同的广阔文学视野。而从 1905 年开始就持续不断地为《泰晤士报文学副刊》撰写书评，经过长期而持续的写作，成为英国当时著名的散文和小品文作家。她分析了大量的传统文学和现代文学作品，从简·奥斯汀、乔治·艾略特、笛福、托马斯·哈代、约瑟夫·康拉德、戴·赫·劳伦斯等人的作品，并对小说文本形式与内容提出了很多开创性的真知灼见。甚至站在世界文学的角度，阐述和评价了《俄国人的观点》《论美国小说》《论心理小说家》《对于现代文学的印象》等等。从文体角度看，散文和小品文比小说更适宜于表达个人的观点和看法，这种长期的散文写作也影响到了伍尔夫的小说创作。她甚至尝试用小说的形式写论文，《岁月》的副标题就是："根据伦敦/国家妇女事务协会宣读之论文而创作的小说体论文。"（吴俊，1993：68）运用散文点评和小说段落交替的形式，描写了在几十年间，一个家族妇女生活的全部记录。

小品文以及散文是侧重于表达内心体验和抒发内心情感的文学样式，作者的主观情绪往往融入客观的社会生活和自然图景的描绘中，并以作者内心深处的真情实感打动读者作为其主要审美特征。因此，散文也成为作家们表达自我情感的重要体裁，这种能够打动读者的情感往往是能超越时限，具有自觉、纯净、永恒的艺术特质。伍尔夫在《现代散文》中，对散文有着一种坚定的信念，认为读者和作者之间的关联是如此密切，无论人们如何定义散文"但好的散文必须具有一种永恒的性质；它必须为我们拉上

帷幔,但这帷幔必须把我们关在里面,而不是在外面"(瞿世镜,1987:144)。这个"我们"是作者和读者,而"永恒的性质"则是由作者、文本和读者共同建构的一种情景交融的审美境界。在伍尔夫小说中存在大量诗意化的书写,与伍尔夫对这种文学体裁熟捻运用不无关系。K. K. 鲁文斯在《女性主义文学研究引论》中曾坦陈:"在文学历史上,性与小说是密切相联的,且女性卵巢的性功能和小说艺术在人类大脑中注定有某种内在联系。"(韩世铁,1994:114)伍尔夫运用诗歌的形式创作小说,实际上正是一种结合男性特质与女性特质的"雌雄同体"的写作策略。正如伍尔夫在《赞助人和藏红花》中表明其写作态度:"作家是没有性别的。"(穆诗雄,1996:47)纯粹男性的脑子和纯粹女性的脑子都不能创作出伟大的作品,只有结合男性和女性特征的脑子才能创造出伟大的作品。在维多利亚时代或者之前的时代,往往认为男性作家擅长文学样式是散文和诗歌,女性作家擅长写作小说,并在小说刚刚兴起的时代占据了首要的地位。但这些小说也常常为评论家所诟病,正如伍尔夫自己在《妇女与小说》中对女性小说所进行的反思一样:"昔日妇女小说之优点,往往在于其天赋的自发性,就像画眉八哥的歌声一般。它不是人工训练的;它纯然发自内心。然而,它也往往像鸟儿啁啾一般唠叨不休——这不过是洒在纸上的闲话,留着待干的斑斑墨迹而已"。(姜云飞,1999:39)

　　因此,女性写作必然面临一种"失语"的状态,无"语"可用。每当女性提笔写作的时候,总是会发现:"男人思想的分量、速度和步伐,和她的大不相同,因此她难以成功地从他那儿挖掘到任何实质性的东西。那位模仿者距离太远,难以亦步亦趋。"(杨跃华,1999:40)女性作者心中纵有千言万语,但当笔尖触及稿纸之时,却发现无法找到适合的句子来表达。针对女性写作的这种"失语"状态,伍尔夫提出了自己的看法,认为当女性应该自由地施展自己的才华,用适于女性自己的形态写作小说,在《狭窄的艺术之桥》中,伍尔夫构想了未来小说的形式,在那些新的所谓小说的作品中,"很可能会出现一种我们几乎无法命名的作品。它将用散文写成,但那是一种具有许多诗歌特征的散文"(吴俊,1993:69)。因此在伍尔夫的小说创作实践中,象征和隐喻等方法得到了充分的运用。在其著名小说《达洛维夫人》中,达洛维夫人缝补衣服的一个细节,被无限延长到主人公头脑中无尽的诗意情思;《到灯塔去》第二部分的诗意化联想已超越于人物的意识,变得无拘无束,人物故事甚至成为诗意联想的背景;《海浪》一书更是达到了极致,故事性几乎为零,所有人物语言都是一种诗意化的陈述。

(二)减少甚至消除小说叙述者的叙述干预

伍尔夫一生创作了四部小说,其中《雅各的房间》《达洛维夫人》《到灯塔去》《海浪》四部作品是伍尔夫最具代表性的作品。对伍尔夫四部代表作《雅各的房间》《达洛维夫人》《到灯塔去》《海浪》进行细致分析后发现:伍尔夫四部作品的叙述者逐渐隐退,向非个人化叙事方向发展。

在伍尔夫的四部小说中,叙述者干预的情况各不相同。从《雅各的房间》《达洛维夫人》《到灯塔去》到《海浪》叙述者干预逐渐减少。在《雅各的房间》中,既有对故事的干预也有对话语的干预,包括对人物行为的解释、道德评价,也有对故事内容的概括。但在对人物的评价态度上,已经尽量保持客观。《达洛维夫人》中几乎看不到叙述者的痕迹,叙述者尽量站在人物的角度来表达自己的观点。《到灯塔去》则是两者的综合,非人物的叙述者与人物犹如两条时有交叉的平行线,通过话语的自由连接,各自表达自己的对事件的看法。二者既有融合,又相互独立,从而创造出了一种情与景、自我与他者交融共生的审美境界。但是,《海浪》则是非个人化叙事的极端化特例,非人物叙述者已经被"完全"隐藏,在形式上也难觅其踪。内容上,人物却活脱脱说着隐含作者的话,人物无论性别、年龄、身份,都不区分话语风格,仿佛由不同人物展现了隐含作者不同的思想侧面。

伍尔夫虽是现代主义小说的代表人物,但其小说理论及实践已经超越了这一时代。现代主义小说的美学原则是强调小说艺术的独立性,小说叙事形式的非个人化,小说人物描写着重内心的主观真实。这一时期的小说对个人化叙事方式的强调,直接将矛头指向了作者。认为作者在小说中要尽量隐藏自己的踪迹,尽量不干涉或评价人物的行为,尽量不影响读者对小说的阅读和评判。福楼拜是最早开始倡导非个人化叙事的作家之一,他认为在小说中,一定要消除作者的个人化色彩,否则小说就会变得毫无力量。他常常反省自己的写作:"我总是在这方面感到有罪过,因为我总是把自己带入所写的一切事物中。"(瞿世镜,1986:119)亨利·詹姆斯继承和发展了福楼拜的观点,强调小说要客观展示,要求在小说中"排除作者的武断"(萧易,2005:126)。这种反对作者介入小说,小说家必须要完全避免纯粹的叙述,已经走向了极端化和教条化,因此也为后来许多学者所诟病。布斯《小说修辞学》的一个重要贡献就是在对小说细致分析中,有力地批驳了"反对作者介入"(蒋虹,2008:62)的观点。区分了"真实作者"和"隐含作者",认为隐含作者是作者的"隐含的替身""作者的第二自我"(高奋,2008:55),他与作者不同,可也与作者有着必然的联系。对于细心的读者,小说中作者的判断意识总是明显存有些许印迹,即"虽然作者可以在一定程度上选择他的伪装,但是他永远不能选择消失不见"(李蓝玉,2007:104)。

伍尔夫继承和发展了亨利·詹姆斯倡导的小说观念,认为小说不是对人生的模仿,而是作家创造的独立的艺术世界。伍尔夫认为,小说就应该按照其自身的内在逻辑来发展,小说家人格必须要避免介入,如果小说反映了小说家的自我意识,就会促使小说走向狭隘,自然也会妨害小说艺术。因此,表现在其小说创作中,就尽量消灭作家的自我痕迹,形式上不干涉小说故事的发展,不评价人物的行为及性格,这都体现了她的小说整体观和"作者退出"的观点。但是在伍尔夫小说实践中,作者的力量依然强大,她运用了复杂的技巧来操控小说,虽然很多人"乐于时而严肃地写作,时而以写作取乐,却极少有人能像她那样自如地操纵这两种冲动,使它们相互推进"(何晓涛,2007:104)。伍尔夫在小说中减少叙述干预,话语中强调作者观点的做法也是有其实际的特殊意图,一方面与文学创作形式发展的潮流保持一致,甚至有意走到前端;另一方面,减少与作者关系密切的小说叙述者干预也确保女性作者的作品获得一种良好的社会反响。在小说中减少了女性作者在叙述形式上的现身,尽量不干预读者的阅读判断,在文本层面促使读者更加关注人物及故事所表达的观点,而不会因为作者的女性身份而对文本形成拒斥态度。

三、女性主义思想在叙事实践中的张扬与消解

伍尔夫是一位自我意识非常强烈的女性作家,她的女性主义观点在小说人物话语中得到强调:"一个女人一旦能识文断字,你能够教会她相信的只有一件事,那就是相信她自己。"(夏庚华,2007:110)她有意在小说叙事形式上,减少叙述干预,强调非个人化,在小说内容上,强调人物话语的内容,通过人物表达女性观点。这种叙述形式是她作为一个具有开阔视野的女性作家,不断探索新的小说形式的过程中形成的。这种新的小说将与男性作家创作的伟大小说比肩起飞。她的最终目的是要让读者在小说叙述中捕捉不到女性作者的身影,却时时刻刻沉浸在小说的女性思想里"无所在"却又"无所不在"。她已经真正"像一个女人那样写作,但这是一个忘记了自己是女人的女人"(王丽丽,2008:43)。

尽管伍尔夫本人一再强调让作品非个人化,让叙述形式与作者的女性身份尽量保持距离,但这仅只是一种叙事技巧上的改变,就其实际创作而言,人物、叙述者的观念并未获得真正独立,而是作者伍尔夫思想观念的一种延伸。实际上,伍尔夫的女性主义观点在小说诗意表达中变得模糊不清。这种情况发展到极端的例子如:《海浪》,几乎毫无情节,人物语言缺乏个性,甚至可以说《海浪》就是一部有一定情节的长篇散文诗。对读者而言,散文诗式的小说作品虽可以表达作者细腻的诗情,可以给读者带来更多情感的真切感受,但散文诗的模糊性和不确定性,也促使小说的意

义变得飘忽不定,难以捉摸。之所以得出这样的结论,是因为伍尔夫有意减少了读者可理解性和可认识性的因素。伍尔夫并不认为小说写作是认识世界的一种方式,她也不想通过写作小说来阐释世界:"她只想同世界保持一种并列的邻里关系。……她的形象主要表现为幻象和幻觉,她并不想借助某种形象来演绎人生的意义……"(黄涛梅,2006:63)

当伍尔夫一再强调自己女性思想在作品中的自由传达,其目的是建构一种表达女性思想的小说叙事模式,可就创作结果而言,这种表达湮没在一片模糊、抽象的诗意语言之中,让人无法准确窥见其要义。因此,从某种意义上说,也证明了小说本身的特征:小说虽与作者密切关联,却永远保持其独立性(李红梅,2007:102)。伍尔夫女性主义叙事观既在其小说理论和小说创作中得到建构,也在其小说创作实践结果中被消解了。伊莱恩·肖瓦尔特在《她们自己的文学》中"弗吉尼亚·伍尔夫与双性同体的溃逃"一章里,认为弗吉尼亚·伍尔夫并不认为双性同体是一种现实的东西,只不过"它能帮助弗吉尼亚·伍尔夫避免与她自己的痛苦的女性气质相遇"(刘海燕,2007:59),她的心中充满了难以遏制的"怒火和野心",进行双性同体的诗学建构,实际上是要对自己的女性气质和独特的女性经验进行压抓。"这对于标举反抗和差异的女权主义是十分不利的。"(马艳辉,2007:77)

从伍尔夫小说理论到写作实践的分析和探讨中,充分证明了在作者创作小说的过程中,特别是女性作家创作小说谋求叙述权威的过程中,充斥着来自社会习俗、文本常规和作者个性以及创作意图之间的一种博弈。在这种博弈中,既有伍尔夫对女性主义思想的建构,也有文本实践结果中对这种女性主义思想的瓦解。小说之可爱,是它多像一只万花筒,构成了一个多义的、开放的世界,等待人们深入探索和再阐释,同时小说之可恨,是它像一个逃脱作者母体的孩子,它走在自己选择的道路上,有时候作者能够握其方向,有时候却也事与愿违。

第三章　弗吉尼亚·伍尔夫的诗化小说理论

　　"她总是从她那棵着了魔的诗歌之树上伸出手臂,从匆匆流过的日常生活的溪流中抓住一些碎片,从这些碎片中,创造出一部部小说。"(胡华芳,2007:82)福斯特说:"伍尔夫,从本质上是一位诗人。"(高奋,2000a:109)的确,对于伍尔夫的某些作品,我们只有把它们当成诗来阅读,才能把握其中的意味,因为其具有诗化小说的特质。所谓的诗化小说,并非用诗的格律、诗的外在形式来写作,而是用诗的透视、诗的技巧、诗的语言来写小说,构造诗的意境;它不像一般小说那样着眼于人物的刻画,而是对人类命运的哲理思考;不是人们肤浅的喜怒哀乐,而是隐秘的内心感受。

第一节　伍尔夫小说的诗化质素

　　诗化小说采用诗歌的透视法。首先它是宏观、抽象的,而不是微观、具体的,"它很少使用作为小说标志之一的那种惊人的写实力"(瞿世镜,1988:213),而是后退一步站在离生活远一点的地方,思考万物蕴含的生命意义。在伍尔夫的小说中很难看到人物的具体冲突或每个阶段的遭遇,甚至连人物容貌都不甚了解,只是一个大致的命运轮廓。小说中大都并非描写个人,而是推而广之,扩大为全人类的命运。如《达洛维夫人》中赛普蒂姆斯的命运反映了战后西方一代人心灵的创伤和对前途的迷惘。同时,伍尔夫突破了传统的叙述方法,对于达洛维夫人的外表,以及人物的判断、回忆、比较等内心活动,她都不置一词,完全通过书中其他人物的眼光来观察达洛维夫人。这种多角度的叙述方法,既可以表现出被观察者身上相互矛盾的各方面,又体现出每个观察者的不同身份、处境和个性。内心意识的流动跃然纸上,使读者感受到这个流程中每一个微妙曲折的变化。

伍尔夫曾在日记中写道:"在这本书里,我要描述生与死,理智与疯狂;我要批判当今的社会制度,揭示其动态,而且是最本质的动态。"(Gordon,1986:178)她本人这一说法与《达洛维夫人》所表现的颇为一致。而《海浪》结构独特。全书共九章,代表着人生九个阶段。正文全部由人物独白组成,对于人物和场景,作者不做一丝一毫的客观描述,亦不做任何外在补充和交代。可以说,作者退出了小说,使此书的叙述完全内在化了。在人物塑造上,作者对于人物共性的关注,显然超过了对个性的考虑。在人物身上,体现出一种纵向的一致性,或者说是人类历史的共性。路易为了表达不同时代人类之间的内在联系,把自己比作一株植物,它的根扎到人类历史的深处。"在高处,我的眼睛是一片片绿色树叶;在底下,我的眼睛就是尼罗河畔沙漠中一座石像没有眼睑的眼睛"(谷启楠,1997:4-5),传达出一种广泛的人类历史共同性观念。

一、抒情性

除了诗的透视性,伍尔夫小说中人物的内心独白,接近于诗的抒情性而不同于一般散文的逻辑性,思绪跳跃和变化也与诗歌相仿。其中,《海浪》犹是抒情独白的大荟萃。全书九章由人物的抒情独白组成,反映他们的思绪变化和对人生的感悟。六个人物若离开了抒情独白,就等于失去了生命。最强有力的一段抒情告白在于结尾,伯纳德对六个人生命历程进行总结:"我感觉到一种新的欲望,犹如某种东西从我心中升了起来,就像一匹骄傲的骏马,骑手先用马刺一催,随即又紧紧地勒住马头。现在,我骑在你背上,当我挺直身子,在这段跑道上跃跃欲试的时候,我们望见那正在朝着我们迎面冲来的是什么敌人啊?那是死亡。死亡就是那个敌人。我跃马横枪朝着死亡冲了过去,我的头发迎着风向后飘拂,如同一个年轻人,如同当年在印度赤诚的波西瓦尔那样。我用马刺策马疾驰。死亡啊,我要朝着你猛扑过去,决不屈服,决不投降。"(谷启楠,1997:231-232)

在这里,伯纳德已经代表着人类,人的喜怒哀乐集于一体。他看到了永恒的轮回,用"永不投降"的姿态,向死亡猛扑,完成了一个人类的生死造型,铸成了一曲悲壮之诗。在《达洛维夫人》一开头,达洛维夫人打开门,一组感叹句就一气呵成:"多好的早晨,多美好!多痛快!空气多新鲜,多宁静。"(谷启楠,1997:3)在这部小说中,达洛维夫人对生死问题的几段独白,虽没有莎士比亚的哈姆雷特独白那样惊心动魄,但深度却毫不逊色。最后一段抒情独白是克拉丽莎听到赛普蒂姆斯自杀消息后的顿悟,"生命有一个至关重要的中心,而在她的生命中,它却被无聊的闲谈磨损了,湮没……死亡乃是挑战,死亡企图传递信息,人们却觉得难以接近那神秘的中心……如果现在就死去,正是最幸福的时候,不知怎的,她觉得自己和他很像那自杀了的青年。他干了,她觉得高兴;他抛掉了生命,而他们照样活下去"(谷启楠,1997:188)。经过这一段生与死的思辨,克拉丽莎由平凡的贵妇人跨进了哲理的殿堂,思想境界升华了,诗意便从哲理的涵蕴中产生了。

二、象征性

在伍尔夫的小说中,各种意象不断化为象征,触发各种联想。最主要的一系列象征意象与水有关,不论波涛还是大海都具有多层次的意义,通过她作品的整体显现出来。其中,大海既具有传统的象征,生命和死亡;动荡起伏的潮流,永恒不竭的源泉,也被赋予了崭新的意义,象征着人生命的两重性:一方面,个人是永恒不息的生命之流中的组成部分,是大海中的一滴水;另一方面,个人又像浪花一般,昙花一现,转瞬即逝。《海浪》中,白天波涛是美丽的,在阳光照耀之下,闪烁着金色光芒。但太阳落山之后,绚丽的色彩褪尽了,灰蒙蒙的海面与黑沉沉的天空混沌难辨。在油腻腻的水面上,还漂浮着枯枝败叶和破船烂板。海浪既体现了生命的循环,又孕育了死亡的种子。气势磅礴的波涛汹涌而至,又悄然退回到寂静的大海,但接踵而来的却又是一阵新的浪涛。这些交叉重叠的意象,暗示着生与死的循环,以及心灵的复苏和新生。同时,伍尔夫对象征意象的巧妙运用也凸显在《达洛维夫人》中。在小说开头,有这样一个寓意深刻的中心象征意象——大本钟,"国会大厦上的大本钟敲响。听!那深沉洪亮的钟声响了。先是前奏,旋律优美;然后报时,铿锵有力。那深沉的音波逐渐消失在空中"(谷启楠,1997:4)。这个意象先后在小说中出现了十次之多,每当钟声敲响时,总能引起女主人达洛维夫人心中无限的感慨和惆怅。钟声使她意识到岁月的流逝,世事的变幻,生命的短促,因而她经常有一种因为时光飞逝而产生的焦虑之感。大本钟的报时声提醒她,她已成为年届五十二岁的达洛维夫人,失去了自己的闺名乃至自我身份,完全依靠她所在阶级的社会角色和家庭主妇角色。她深感自己扮演的外在角色和其独立人格之间的冲突,以及不由自己控制的行动与内心真实感受之间的矛盾。达洛维夫人对时光的这种反思和顿悟就像存在主义哲学家。她所感受到的难以名状的焦虑表明,她已经"陷入一种存在主义困境"(李森,2000:63)。因此,小说中的大本钟不仅代表物理时间的流逝,同时也是达洛维夫人内在生命的一种体验,它成为她生命的一部分,是生命的象征。

三、音乐性

伍尔夫小说中的主导意象是受音乐家瓦格纳乐句中的启发。瓦格纳用一个特定的,反复出现的旋律来表现某个事物或人物的特性；同时，音乐中的复调，由两条或者更多独立对等的旋律线构成，两条旋律线以反向进行的方式同时进展，相互交织成一个整体。伍尔夫在小说中所使用的多角度叙述方法，就是受此启发。她常用特定的意象来表示人物、事物的特征。此时的主导意象起了一种暗示线索和标题式联想的作用，一方面把多角度的不同人物的独白交织贯串，经常从一个人物的意识过渡到另一个人物的意识，视角不断地转换。另一方面又把它们加以区别，不致混淆（瞿世镜，1988：216－217）。《达洛维夫人》展现了两个并列在一起的世界：达洛维夫人和她周围的人们构成了一个世界，战争的结束给这个世界带来了胜利的欢乐，克莱丽莎眼中所看到的是飘扬的旗帜，心中所想的是庆祝的晚宴；然而赛普蒂姆斯和他的周围构成了另一个世界，战争给其带来了失业和恐慌，赛普蒂姆斯觉得这个世界在"动摇，在颤抖"（谷启楠，1997：87）。伍尔夫让两个并列世界形成鲜明对比，凸显出前一世界的欢乐是建立在后一世界的痛苦之上，而后者的阴影，又始终笼罩着前者。第一次世界大战后，连克莱丽莎这样的人物也觉得，黑暗笼罩着人生，虽然她要点亮灯火，照明屋宇，用她的宴会给人们带来一点友情和温暖，但也始终无法摆脱死亡的阴影。

　　在《海浪》里，六个人物代表着不同的乐器和旋律。随着六个旋律的渐次展开，六位人物同步走完从幼年到老年的生命历程，而这些旋律组合起来形成混响，最终成为一曲叙说人类生命悲壮历程的颂歌。当伯纳德在回忆好友时，书中如此写道："又像是在说音乐了。多么宏大的一曲交响乐啊，包括它里面的和声和不和谐和音，它的高音清亮，低音重浊，接着又昂扬激越起来！每个人奏着自己的曲调，用小提琴，长笛，小号，定音鼓，或者其他各种各样可能的乐器。奈维尔奏的是'我们来谈谈哈姆雷特'。路易奏的是沉寂，珍妮奏的是爱。"（谷启楠，1997：199）同时这首颂歌以海浪的韵律为基调，将小说的各部分连接成一个有机的整体。各章正文前引子的主题具有一种音乐性的结构，犹如交响乐一般展开了生命历程中总的主题模式，通过日影推移，波涛流动，草木枯荣奏响了人类诞生、成长、成熟、衰老和死亡之篇章。

四、绘画性

古希腊诗人西摩尼德斯说过："画是一种无声的诗,诗是一种有声的画。"（纪卫宁、韩小敏,2004:125）所谓诗画相通,不论是诗还是画,都追求某种意境,抒发某种感情;"所有伟大的作家都是善用色彩的画家,正如他们同时又是音乐家一样"（Batchelor,1989：40）。印象派绘画对于伍尔夫的小说有着深刻的影响。印象派画家致力于捕捉瞬间印象,善于描绘天光云影的瞬息变幻,空气和水光的自然颤动,借此表现一种稍纵即逝的艺术意境。瓦尔特·赫斯认为,在印象派画家手中,"绘画艺术好像发现了一个新的世界,在这里,迄今束缚在物体上的色彩,不受阻碍地喷射出放光的力量。颜色被分解成一堆极细微的分子,愈来愈纯,形成一个飘荡着的彩色光幕"（Murray,1998：118）。

与印象派画相似,在小说中,伍尔夫通过内心分析,将意识分解,构成一个意识屏幕。在这屏幕上映现出来的,也是一种流动、消逝着的美。例如《海浪》第四章的引子,"此时的太阳已完全升起来了,它不再留恋绿色的床褥,投射出的光芒映透了晶莹剔透的宝石。波涛在这一瞬间,荡漾起钢铁般的蓝光和钻石般的银光。河水变得泛蓝,并显出层层褶皱,还有那水边的草地,绿莹莹充满了光泽。"（谷启楠,1997:81）这一段诗情画意的描写,充满了各种颜色和光线的交织,浓墨重彩地将太阳高悬空中的迷人景色牢牢抓住,展现出一幅色彩多变的风景画。

在《达洛维夫人》第一部分,克拉丽莎上街买花,一路上意识流动,思绪跨越三十年的时间,既有对过去的回想,也有对眼前的触景生情。思绪之纷扬,展现出光色交错的朦胧画面。"六月的气息吹拂得花木枝叶繁茂……闹哄哄的阿灵顿街和皮卡迪利大街,似乎把公园里的空气都熏暖了,树叶灼热而闪烁,漂浮在克拉丽莎喜爱的神圣而活力充沛的浪潮上。她和彼得分别了好像几百年"(谷启楠,1997:7),三十年前的恋人彼得,剩下的只是一点忆念依稀可见;空气的清新,只是女主人公的醉意朦胧;大街上的车流,公园的人流,虽一切都是现实,但都是快速地在达洛维夫人的眼前闪过,形成可见而不可辨的画卷。在达洛维夫人的脑海中,生活之流、意识之流与时间之流缠绕在一起。现实被虚化了,给人的感受不是强烈的冲击,而是淡远、朦胧的印象,展开的是深邃而幽香,如醉如梦的画面。

五、伍尔夫诗化小说的成因

伍尔夫小说的诗化,源自她对小说诗歌化重要性的深刻认识以及她的女性主义诗学,也是西方文艺思潮发展到一定阶段的必然结果。在写作生涯中,伍尔夫自始至终都在寻觅诗歌的境界。并且,作为女性意识极为强烈的作家,她认为女性的独特处境和视角使女性理应拥有不同于男性的文体和语言,女性作家可以用诗意的方式描述世界,探索世事人生,形成诗化的哲理思考,表现出对人性的普遍关怀和对生命本质的终极追求(瞿世镜,1986:58)。至于时代背景,第一次世界大战打破了世界稳定的格局,引起了人们对现存社会秩序的强烈怀疑,摧毁了长期以来赖以生存的精神支柱。小说家们深感传统的现实主义手法已远不能表达如此动荡混乱的外部世界和人的内心世界。于是各个作家均以自己的个性寻求不同的文学突破。伍尔夫以诗人气质在诗歌的透视法、象征性、抒情性,以及其优美性上找到了突破口,由此成就了她诗化小说的道路。

以《达洛维夫人》《海浪》为代表的伍尔夫小说,已超出了一般意识流小说范畴,发展成为一种诗小说,优雅清丽。伍尔夫本人在"狭窄的艺术之桥"中指出,诗化小说,"将会像诗歌一样,只提供生活的轮廓,而不是细节。它将表现人与自然,人与命运之间的关系,表现人的想象和幻梦"(瞿世镜,1986:327-328)。在作品中,作家隐退于生活之后,并非采用传统小说的微观透视,而是诗的透视法,从而得到一种诗歌的宏观视野;她的小说不是叙事而是抒情的;意象具有诗的象征,气势恢宏,意境深邃;语言节奏,流畅悦耳,谱写命运之曲;色彩鲜明,光影交错,构成如梦印象之画。可以说,她的作品成就了一首首意蕴深刻的精美诗篇。这就是伍尔夫对于小说艺术的一个重大贡献,标志着她漫长艺术探索历程中新的里程碑。

第二节　伍尔夫小说的诗化风格

弗吉尼亚·伍尔夫在 20 世纪西方文学史上有着重要的地位,被划入意识流小说大师的行列。她的作品以女性细腻的笔触和清纯的风格,抒写着女性独特的心境,散发着一种优美的诗意,正如爱·摩·福斯特评价她的作品“充满了诗意,并且被包裹在诗的氛围中”(Levenson,2000:65)。伍尔夫的作品中大多以女性作为抒写的对象,女性特有的直觉力和感悟力加上意识流手法的运用,便于作家表现女性人物丰富的内心世界,女性生活中那种难以捕捉、瞬息万变又令人回味久长的心灵震撼被作家细细体味,娓娓道出,女性的一种独特心境被优雅地表述出来。《达洛维夫人》就是伍尔夫以“精神主义”的创作原则写就的一部“诗化小说”,它在看似不动声色的日常生活行为的表象下,展示人物内心意识的流动,表现女性主人公对人生的思考和对生命的悲观意识。

1925 年出版的《达洛维夫人》是伍尔夫写作风格成熟的标志性作品,也是意识流小说的代表作,充分体现了作家的艺术追求。小说在文体和结构上不同于传统,它追求人物内心的真实,实践了“精神主义”的写作宗旨,也达到了诗意之美的境界。小说主要有两条平行的叙事主线。一条是生活在上层社会的达洛维夫人的意识流,另一条是因战争经历而精神失常的下层职员、退伍兵赛普蒂莫斯·史密斯一天的生活。表面看来两个人物生活在完全不同的空间,生活并没有交叉点,但他们又共同经历着相似和相关的精神危机,在史密斯的精神无常及至自杀和达洛维夫人的心理活动中,充满着对人生终极价值的绝望怀疑与追问。

达洛维夫人的内心活动从1923年6月中旬的某一天早晨上街为晚会购买鲜花开始,以顺利举办晚会结束。身处上流社会的达洛维夫人在漫步伦敦街头时思绪万千。从她的思想活动中,透露出一种心境,她在富有悠闲的生活中感到了莫名的恐惧感。小说在她的意识流动中叙写了她与初恋情人彼得、丈夫理查德、女友萨莉、家庭女教师基尔曼、女儿伊丽莎白等的关系,通过达洛维夫人的思绪,展示了她的初恋爱情、夫妻之情及同性恋倾向和与家庭教师争夺女儿的微妙心理,表现出达洛维夫人的空虚、惆怅和淡淡的哀愁,这种心境中也透露出作家的生命悲观意识。

彼得是克拉丽莎·达洛维的初恋情人。他们彼此并没有忘记,彼得在见到克拉丽莎以后"回顾长达三十年之久的友谊……克拉丽莎比他认识的任何别的人对他影响都大。她总是不等他想便这样来到他的面前,很冷静,非常有教养,持批判态度;或者是妩媚,浪漫,使人想起田野或英国人的收成。"(谷启楠,1997:185)克拉丽莎也"有很多感触:她在吻他手时曾一度感到后悔,甚至嫉妒他,或许激起了他曾说过的什么话——也许是如果她嫁给他的话,他们会怎样去改变世界……她会想她究竟能做些什么来使他快乐,他能想象她泪流满面地走向写字台,奋笔疾书的那一行字,就是后来映入他眼帘的那行字……'见到你太高兴了!'她说的是真心话。"(谷启楠,1997:193)在50多岁时再次相见,带给他们的是一种无法言说、无可奈何的感伤心境。达洛维夫人在婚姻中最终选择了理查德。她是一个能将自己的分裂完善地加以整合的女性。她知道在这个世界上该怎么好好地生活。而理查德就非常适合这个世界,他是一个单向的人,又具备一些自省的智力。而且他不会去过问太太的另一面,这是他的优点。在婚姻关系中,对于朝夕相处的两个人来说必须有一点个人自由和独立性,理查德和她能相互给予对方这些。彼得不是一个可以整合自己的人,他对这个世界来说是"笨拙"的,并且不会改变。克拉丽莎用理查德的一切成就了自己好好生活的这一面,但是她也完整地留下了自己的空间,这隐蔽的珍贵的空间只对彼得和萨利两个人开放着。

萨莉·西顿是达洛维夫人的旧日女友,在晚会上见到她时,"快乐的感觉"就在克拉丽莎的"全身燃烧","她明白自己缺少什么。不是美貌,也不是智慧,而是一种从中心向四周渗透的东西,一种温暖的东西,它冲破表层并在男女之间或女人之间的冰冷接触中掀起微波。因为她能够朦胧地感觉到那种东西。……她有时不由自主地屈服于妇人的而不是姑娘的魅力……她这时会毫无疑问地产生与男人同样的感受。"(谷启楠,1997:221)在她眼里,萨莉的天才和性格具有惊人的魅力。萨莉画画、写作,大胆热情而有活力,她们谈论生活,谈论她们将如何改造这个世界,她们一起读柏拉图、读莫里斯的书,读雪莱的作品。"她经历了一生中最美好的时刻。萨莉停下来,摘了一朵花,吻了一下她的嘴唇。整个世界似乎翻天覆地了! 其他的人都消失了,只有她和萨莉单独在一起。"(谷启楠,1997:224)克拉丽莎觉得她对萨莉的感情是纯洁和完美的,是彻底无私的,它只存在于女性之间。当她穿着白色罩袍下楼与萨莉相会时她相信自己感受到了幸福,"如果现在就死去,现在就是最幸福"(谷启楠,1997:228)。达洛维夫人觉得,她与萨莉的旧日关系就像是一次恋爱。与女友的亲密关系,是达洛维夫人的心灵一隅,萨莉带给她的不仅是一种安慰,还有她不知道的一切。

基尔曼女士是达洛维女儿伊丽莎白的家庭教师,"可她从来没有幸福过,因为她长得那么笨拙而且又那么贫穷"(谷启楠,1997:194)。她的祖先是德国人,大战爆发后,因为她不愿意假装承认德国人都是坏人而被学校开除,她的哥哥也被杀害。在她的生活中充满着无法摆脱的悲剧因素。她和女主人之间也隐藏着无法解脱的冲突。基尔曼作为家庭教师,与伊丽莎白的关系更亲密。克拉丽莎感到她正在夺走自己的女儿而产生一种强烈的痛苦。克拉丽莎觉得，"这个女人是个基督教徒！这个女人抢走了她的女儿！她跟一些不可见的神灵有联系！她虽然笨拙、丑陋、平庸，既不和善又不优雅，但她却懂得生活的意义！"（谷启楠，1997：199）基尔曼想，"克拉丽莎曾嘲笑她丑陋、笨拙，曾重新引起她的肉体的欲望，因为她站在克拉丽莎身旁时总是很在乎自己的长相。……当克拉丽莎·达洛维嘲笑她的时候，她差一点掉下眼泪。她觉得这个世界鄙视她、讥讽她、抛弃了她，怀有一种来自内心的不公平感。"（谷启楠，1997：201）而对于达洛维太太来说，就是这样的一个女人却亲近着她的女儿，夺走了她的女儿，让她时常感到不安和痛苦。

作品在记述久病初愈的达洛维夫人的内心活动时，描述最多的还是她心中的忧虑。伦敦街头是喜气洋洋的气氛，克拉丽莎却有一种莫名的疑虑和隐约的恐惧，她总是感到，哪怕再活一天也是危险的。当她买完花回到家里，房子像"墓穴一般阴森"（谷启楠，1997：199），周围的一切又唤起她心中的悲观意识。现在的克拉丽莎已年过半百，她不禁叹息起年华流逝，担心被人忘记，害怕死之将至。她感到生活的沉闷与无聊，却只能以这样默默地思索来抒发无奈和悲哀。她会突然无缘无故地感到非常烦恼，"然而，日子一天一天在流逝：星期三，星期四，星期五，星期六；她仍在早晨醒来，仰望天空，去公园散步，碰见休·惠特布雷德，紧接着彼得突然来了，然后是这些玫瑰花；这就足够了。在这之后，死亡是多么令人难以相信呀！难以相信生命必须完结，难以相信全世界将没有一个人知道她曾多么热爱这一切，多么热爱这每分每秒……"（谷启楠，1997：200）可以看出，在达洛维夫人的生活中，总是充满着某种难以排解的悲哀情调。"整个人生太短暂了，即便一个人取得了品味人生的能力，也无法尝出它的全部滋味，无法从中摄取每一盎司的快乐和每一层的意义。"（谷启楠，1997：203）她的生活中，一切似乎都进行得那么顺利，朋友、地位、金钱，宴会也顺利地开始了。直到那个陌生的年轻人赛普蒂莫斯自杀的消息传来，达洛维夫人完善的内心世界才顷刻间分裂了。实际上裂缝一直都存在着,只是她平时要么看着裂缝的这一边,要么看着那一边,她看似自如地跳来跳去,巧妙地避免了去面对那裂缝本身。而那一刻她不得不去看那道深深的裂缝,注视着它无可选择。小说里不止一次提到海浪,那波涛汹涌的重复的运动,涌动,呼啸,冲上岸,破碎,消逝,就像达洛维夫人的心境,起伏不定,跃动不息。

赛普蒂莫斯·史密斯和利西娅的痛苦则是战争所留下的无法抹去的阴影。赛普蒂莫斯在第一次世界大战中因受爆炸的惊吓而精神失常,虽然暴力和流血已经过去,但死去的战友会时常出现在他面前,街上汽车轮胎爆炸的声音也使他惊魂未定,让他生活在死亡的恐怖之中无法自拔。他时而惊跳起来哈哈大笑,或者一连几小时沉默不语。他总是说:"'多美啊!'然后眼泪就顺着面颊流下来;这在她(利西娅)看来是最可怕的事,看着一个像赛普蒂莫斯这样参战、表现勇敢的男人痛哭流涕。他常躺着倾听,然后会突然惊叫他在跌落,跌进火焰里去!"(谷启楠,1997:203)赛普蒂莫斯常想:永远孤独,这就是他的悲惨命运,"我们要自杀"(谷启楠,1997:204)是他常挂在嘴边的一句话。小说通过夫妻两人的意识活动,写到了他们永远无法摆脱的痛苦和死亡的阴影。

伍尔夫主张"精神主义"的创作,以对主人公内心真实的追求而不是故事情节的跌宕来抒写人物的心境。主张文学中采用一种伸缩自如的模式,来记录人们的内心意识流动。在《论现代小说》中,作家说道:"让我们按照那些原子坠落到人们心灵上的顺序把它们记录下来;让我们来追踪这种模式,不论从表面看来它是多么不连贯,多么不协调。"(Levenson,2000:85)第一次世界大战和战后的现实生活,曾经给伍尔夫强烈的刺激和震动。对她来说这种刺激和震动的感觉和印象,比造成这种刺激和震动的客观现实本身更为鲜明强烈。所以她在创作中十分重视人物的内在心理真实,也就是人物对客观世界的主观感受。在《达洛维夫人》中,作家像她所主张的,把普普通通的人物达洛维夫人在普通的一天中的内心活动进行了一番考察,对其做细致的心理分析和心理刻画,以表现其内心世界的动荡变化,在心理活动中构建了故事。故事情节虽不鲜明,却再现了真实,抒写了人物瞬间的印象以及对于往昔岁月的飘忽而永恒的回忆;抒写了把一天的日子剥去外皮之后剩下的东西;抒写了往昔的岁月和人们的爱憎所留下的东西;抒写了积累在人们内心深处而又不断地涌现到意识表层的各种印象。对达洛维夫人等人物悲观意识的真实记录,使作品笼罩在一种沉闷、忧伤的氛围之中,让人感到一种淡淡的哀愁。战后的现代社会、精神的危机、灵魂的空虚,悲观意识成为一种情绪,一种心情低落的表现。但这种情绪在《达洛维夫人》中又是耐人寻味的,呈现出一种忧伤的美。它比纯粹的悲剧故事美得有分寸,显得优雅,因为它没有撕心裂肺的绝望,也说不上悲惨,而是一种体验,一种心境。对这种心境的优美抒写所形成的作品的格调,带给读者的是一种高品位的精神享受。因为它把“更深入更潜伏的感情”(周韵,1994:93)表达了出来,不仅抒写了主人公的心境,表达了作者的忧郁无奈,同时也把读者的情绪感染得淋漓尽致。我们在咀嚼作品中的友爱、痛苦和无以表达的心绪时,也在品味自己的生活,从而产生一些共鸣,得到一些心理满足。读者在进入一个忧伤的世界,品味一种淡淡的哀愁时,扩大了自己的感受力,提高了审美的品位,丰富了心灵,体验到心灵世界的神奇韵味。

伍尔夫认为:“最优秀的文学作品之感染力,在于它使用了一种新颖的透视方法,把新的情景、新的人物、新的概念介绍给我们;或者,它以一种崭新的洞察力,把陈旧的观念或场景呈现出来,使我们也随之而用一种新的方式来观看我们原来所熟悉的东西。这样的文学,超越于现实之上,又与现实保持着一种基本的联系。它从现实生活后退一步或上升一步,但是并未完全脱离现实生活。它呈现出一幅完整集中的图景,在其中,灵魂与躯体、主观与客观、精神与物质、现实与幻想、散文与诗歌交织在一起,构成了一个不可分割的整体。”(瞿世镜,1986:177—178)小说中的语言是诗化和散文化的。“诗化小说”也是伍尔夫对小说形式的一种创新。在小说中表现诗意之美是伍尔夫意识流小说风格的重要标志。作家认为,小说完全可以像诗歌和戏剧那样,可以脱离对于现实生活的直接依赖,依靠它本身的力量来吸引读者,并深化审美效果。小说只有摆脱了对于客观世界的从属地位,打破日常生活的固定程式的局限性,才能成为真正的艺术品。

在《狭窄的艺术之桥》中,伍尔夫谈到未来小说应该是一种诗化小说,它将采用现代人心灵的模式,来表达那些复杂的感情。作家要疏离生活,站在从生活后退一步的地方来写,从而得到一种诗的宏观视野,这种小说"将会像诗歌一样,只提供生活的轮廓,而不是它的细节。它将很少使用作为小说标志之一的那种令人惊异的写实能力。它将很少告诉我们关于它的人物的住房、收入、职业等的情况。它和那种社会小说、环境小说几乎没有什么血缘关系。带着这些局限性,它将密切地、生动地表达人物的思想感情,然而这是从一个不同的角度来表达。它将不会像迄今为止的小说那样,仅仅或主要是描述人与人之间的相互关系,以及他们的共同活动;它将表达个人的心灵和普通的观念之间的关系,以及人物在沉默状态中的内心独白。"(吴俊,1993:68—69)

伍尔夫的文学创作实践着她的"诗化小说"的理论,在她的小说以及大多数文论中,都洋溢着诗的韵律与激情,包含着诗的意境。《达洛维夫人》中采用第三人称自由内心独白的意识流手法,以接近直接引语的间接引语语言方式,保留了人物语言的特点和说话的风格,并把人物的思想意识呈现在了读者的面前。意识的自然流动便于对小说中人物的精神世界进行探索与把握,借鉴诗歌的创作方法,语言的诗化和散文化,使作品主人公的悲怆的心理活动以优美的方式得以表现。小说中写到关于生与死的内心独白,突出表现了人物的主观情感,融情于境、借境传情,像一首首优美的诗,并富有哲理。

达洛维夫人"觉得自己非常年轻,与此同时又不可言状地衰老。她像一把锋利的刀穿入一切事物的内部,与此同时又在外部观望。每当她观看那些过往的出租车时,总有只身在外、漂泊海上的感觉；她觉得日子难握，危机四伏。"（谷启楠，1997：101）看赛普蒂莫斯的意识流动："有一个上帝存在。要改变这个世界。别再有人因仇恨而残杀。要让人们知道（他记了下来）。他在等待。他在倾听。一只栖息在对面栏杆上的麻雀叫着'赛普蒂莫斯，赛普蒂莫斯'，重复了四五遍，然后拉长调子继续尖声唱起希腊文，叙述世间如何没有罪恶；另一只麻雀也加入进来，他们一起用刺耳的长声唱着希腊文，从河那边死者经常出没的生命草场的树丛里，叙述着世间如何没有死亡。这边是他的手；那边是死去的人。"（谷启楠，1997：108）在赛普蒂莫斯的意识里，死亡始终无法摆脱，一边是麻雀唱着世间如何没有仇恨和死亡，一边是真实的死亡印记，"他曾经出生入死过，是全人类最伟大的人，是前来复兴社会的上帝（他躺着，像一张床单，像一块只有太阳才能融化的雪毯，永不损耗，永远受苦），是替罪的羔羊，是永远蒙受苦难的人……他痛苦地呻吟着，挥了挥手把那永久的苦难、那永久的孤独赶开。"（谷启楠，1997：111）而二十四岁的柳克利西娅陪伴着精神失常的丈夫的生活是这样的："由于眼泪的作用，那宽路、保姆、灰衣男人、童车变得有些模糊，在她的眼前时起时伏。她命中注定要被这个可恶的折磨人者摇来晃去。可究竟是为什么呢？她像一只小鸟躲在一片树叶形成的薄薄空间里，当这片树叶摇动时她对着阳光眨眼，而当一根干枝断裂时她又大吃一惊。她得不到任何保护，她被巨大的树木和大片的云朵所环绕，四周是一个冷漠的世界……她受着折磨……"（谷启楠，1997：116）。海伦娜姑妈则"会像一只寒霜里的小鸟，死去时仍用力抓住树枝。她属于另一个时代，但是由于她是那么完整、那么完美，她会永远站立在地平线上，像石头一般洁白，非常突出，像一座灯塔，标志着过去的某个阶段，在漫长的冒险航海旅途中……在这没有终极的人生里。"（谷启楠，1997：118）伍尔夫的人物在思考生命时，是一种"我中有你，你中有我，相互依赖的生存"（周韵，1994：93），它是人的生活和自然万物的一部分，其死亡成为生命的延续，成为一种挑战，一种解脱。再如"她像一棵白杨，她像一条小河，她像一朵风信子"(谷启楠,1997:121),"她的叹息声轻柔而愉悦,好似晚间外面树林里的风"(谷启楠,1997:122),"然而,阳光依然炎热。人依然渡过了难关。生活依然日复一日地运转"(谷启楠,1997:129)都是充满了诗意的句子,小说中俯拾即是。这样以人物内心独白的方式流泻出的诗化语言,自然流畅地表达着人物的内心世界,使读者在阅读优美文字的同时感受着人物的喜怒哀乐。

《达洛维夫人》并没有展示现代社会的广阔画面,但伍尔夫通过对人物精神世界的开掘展示了一种真实的心境,同样反映了当时社会普遍存在的危机和困惑,也自觉不自觉地流露出作家本人的生活经历及其悲观意识。藏于书后的是一个心智活跃的富于幽默感的女性,一个真挚的、蕴含着纯洁的高贵、洁癖和聪慧的女性,大方至诚地显露着她的虚无感和绝望,而又不使人觉得悲惨。伍尔夫笔下的人物都有一种奇妙的单纯,就如年过五十的克拉丽莎却时常保有着年青女性的心性一般。但是我们又不能完全了解她(他),即便你已经跟随她(他)的内心独白或个人视角走了很长的一段路,依然不能完全确定从我们所读到的文字中了解的就是她(他)的全部,而是感到她(他)是活生生的,却又有什么隐藏着掩饰着,永远读不尽,看不透。就像克拉丽莎·达洛维感觉到她的生命、她的自我飘散得何等遥远,她的一生究竟梦想着什么、追寻着什么并不重要。重要的是这个世界所经历的事情在所有人——男人还是女人的心中都孕育着一汪泪水。泪水和忧伤磨炼出的勇气和忍耐力,就是坚韧的生活态度。悲哀追随着它,像是一个伴随着美的影子(殷企平,1988:91)。

伍尔夫的《达洛维夫人》本着"精神主义"的创作原则,以诗化的语言激起的是读者的另一种审美情趣。作品中传达的人类共有的心灵和思想,流露的真实和深刻的悲剧意识,弥漫的淡淡的酸楚情绪,形成的一种心境,使其具有长久的魅力和认识价值。

第三节　伍尔夫小说的诗化艺术

英国小说家、理论家戴维·洛奇在《现代主义、反现代主义、后现代主义》一文中说出了一个事实："现代小说家发现他们在创作中越来越依赖于属于诗歌,特别是属于象征主义诗歌的那些创作技巧。"(胡家峦,1992:58)伍尔夫在《狭窄的艺术之桥》中说道："我们渴望理想、梦幻、想象和诗意。"(吴俊,1993:66)这种追求小说诗意的现象在英国作家伍尔夫身上得到了最充分的验证。

毋庸置疑,弗吉尼亚·伍尔夫是意识流小说的开创者之一,但笔者认为贯穿她一生创作的不是意识流,而是诗意,因为她一生的九部长篇小说,只有四部是意识流小说。因此,仅用意识流来涵盖伍尔夫一生的创作有失偏颇。英国小说家爱·默·福斯特一语中的,"她是一位诗人,却想写一点尽可能接近小说的作品"(童燕萍,1995:19),她是用诗的手法来描写小说的独特的作家。的确,她的小说像一首首长诗优雅而清丽,而这浓浓的诗意,恰恰是乔伊斯和福克纳等意识流小说大师笔下所缺乏的,正如法国评论家吉斯兰·杜南所言:"伍尔夫大显小说中的诗的雄心,这是同时代人乔伊斯和普鲁斯特所望尘莫及的。"(叶青,1996:41)

伍尔夫小说的诗化并不是偶然的现象,它是西方文艺思潮发展到一定阶段的必然结果,它是时代变迁、文学观念更新的必然产物。第一次世界大战打破了世界稳定的格局,造成了人们肉体和精神的巨大创伤,引起了人们对现存的社会秩序的强烈怀疑,摧毁了长期以来他们赖以生存的精神支柱。小说家们首先震惊,继而迷茫,如何表现当时一代人的心灵创伤?他们深感传统的现实主义手法已远不能表达如此动荡混乱的外部世界和人的内心世界,那种只重躯体不重心灵,只重客观事物,忽视人本身的物质主义表现手法早已过时,应予淘汰,他们竭力寻找突破传统、突破旧有规范的新视角、新手法、新模式,于是各个现代主义作家均以自己的个性寻找到了不同的文学突破口,伍尔夫以她的诗人气质在诗歌的抽象性、宏观性、优美性上找到了突破口,她的诗人的个性决定她选择了诗化小说的道路(闫保平,1996:76-77)。

首先,所谓诗化小说,并非是用诗的格律、诗的外在形式(如分行排列)来写作,而是用诗的透视、诗的技巧、诗的语言来写小说,构造诗的意境,它不像小说那样着眼于人物的刻画、叙述故事、表现人物的悲欢离合,而是着眼于对人类命运的哲理思考,对大自然之美的赞叹,以及对于梦幻与理想的追求。它预言未来的小说将成为一种诗化小说,它将采用现代人心灵的模式,来表达人与自然、人与命运的关系,表现人的想象和梦幻,这种表现近乎抽象的概括而非具体的分析。用伍尔夫自己的话来说,"是后退一步站在离生活远一点的地方,思考万事万物到底蕴含了什么样的生命意义。"(孙红洪,1998:19)伍尔夫的小说是以现代西方人复杂的心灵为题材对象的,要反映的是一般观念和哲理的思想。这种哲理是抽象的、形而上的,带有普遍意义。

其次是非个人性,伍尔夫的诗化小说并非描写个人的命运,而是关注全人类的命运,从她的小说中很难看到人物的性格、人物之间的具体冲突、人物每个阶段的遭遇,甚至连人物的容貌都不甚了然,只有一个大致的命运轮廓,而且她将本来就很不具体的个人的命运又推而广之,扩大为全人类的命运。如《达洛维夫人》中塞普蒂姆斯的命运反映了战后一代西方人心灵的创伤及对前途的迷惘,由个体推向全体,着眼点不在个体而在全体。再次,传统的小说家站在一种全知全能的角度,采用定点直线透视法,从一个固定的角度扫视世界,描写芸芸众生,这是表现客观世界的透视方法,而伍尔夫一反这种单一的模式,采用散点透视,时时变换角度,从不同人物的意识出发来洞察人的心灵世界,描写人的记忆或印象,偏重于客观世界在人物意识屏幕上的投影和折光,这是表现主观世界的透视方法。如《到灯塔去》,伍尔夫分别从拉姆齐夫妇、莉丽、詹姆斯、班克斯、塔斯莱等人的角度来描写对灯塔之行的不同态度,反映了他们理想主义的人生观和现实主义的人生观的对立。这种散点透视具有很大的灵活性和丰富性,便于多角度、多层次地演绎主题,描写纷繁多绪的大千世界和细腻复杂的人生感受(刘文翠,1999:100－101)。

周知,诗以情动人,抒发情感是诗的灵魂。抒情性自然是诗化小说的一个首要的审美特征。伍尔夫感情充沛的天性在这种文体中得到允分发挥。《到灯塔去》集中体现了伍尔夫情感的内涵:对完美人物的崇尚之情,对大自然的赞美之情,对人生的热爱之情,对理想的追求之情,对死亡、战争的痛恨之情,以及对现实的批判之情,种种情感爱恨交织,壁垒分明,那蓄满心胸的无穷情意从笔端汩汩而出。伍尔夫小说的抒情性另有一个传输渠道,那就是抒情独白。它是最直抒胸臆的办法,人物最细微的内心感受诸如痛苦失望、惆怅哀叹、愉快兴奋、愤懑不平、深沉思索、迷惘彷惶,一点一滴都能在抒情独白中淋漓尽致地传送出来,没有哪一种抒情法能比抒情独白来得更酣畅、更痛快、更直接(李乃坤,1986:113)。《海浪》是抒情独白的大荟萃,全书九章全部由人物的抒情独白组成,反映他们从童年到暮年对人、对世界的看法,六个人物若是离开了他们的抒情独白,就失去了生命。为了使感情色彩更浓,伍尔夫还喜欢用许多感叹句。《达洛维夫人》一开头,达洛维夫人打开门,感叹句一气呵出"多好的早晨,多美好! 多痛快! 空气多新鲜,多宁静!"(谷启楠,1997:85)达洛维夫人追求清新安宁生活的品格跃然纸上,笔调明快,轻松活泼。

在小说中,象征表现为作品的深刻寓意暗藏在艺术形象背后,通过暗示、烘托、对比和联想等方法,用对外界事物的描写来表现人的内心世界,传达出作家微妙的情绪、神秘的感受以及对人生哲理的思考,它诱导读者进入一个隐藏在艺术世界之后的哲理世界,于是诗意产生了。《海浪》不仅有宏观的象征,而且有微观的象征。宏观的象征有:海浪时起时落象征着永恒不息的生命循环,九章中的引子对日熹、日出、日升、日中、日斜、日落时大海景色的描绘,分别象征了童年、少年、青年、中年、老年、暮年等人生阶段。微观的象征:如"横陈的尸体"象征着波西弗之死;奈维尔离开学校,下了火车,象征着他踏上社会,步入人生;跺脚的猛兽象征着受压抑要发泄的情绪;放在长方形上的正方形,象征了一些抽象的概念:秩序、正义、真理。一句话,《海浪》是一首象征的诗。但是象征往往会带来所指的模糊性和不确定性,反映在诗歌上也就是朦胧美,它能让读者似乎感觉到作品的所指,但要确切地用语言表述出来却极为困难,只可意会,不可言传。伍尔夫为使小说富有诗意,将诗歌的模糊性、朦胧美移植到了小说中,《海浪》中波西弗的象征意义难以把握,他既是个体生命聚合的整体生命的象征,又是象征着一种对待人生的积极态度,他是有所作为的英雄,虽然半途夭折,但他活得比任何人都有意义、有价值,不像其他人浑浑噩噩,耽于空想而不思行动。但这种模糊性并不影响作品的艺术性,相反,它使作品添上朦胧的诗意,为读者的想象提供了空间,为读者的思维开放了通道(殷企平,2000:37)。

　　伍尔夫的小说诗化很大程度上依赖于大量的明喻、隐喻、转喻、提喻的运用。现代小说朝诗化方向发展在语言方面表现为隐喻、转喻的频频出现,现代主义作家喜欢用隐喻性或半隐喻性的书名,如《黑暗的中心》《虹》《到灯塔去》《尤利西斯》《为芬尼根守灵》等。戴维·洛奇在《现代主义小说的语言:隐喻和转喻》一文中指出"现代小说的特征可以是极端地或守旧地追求自然倾向于小说的转喻性语言,也可以是追求离小说相距甚远的隐喻性语言"(胡家峦,1992:85)。伍尔夫的小说简直就是比喻的海洋。首先说明喻,《到灯塔去》中的明喻超过60处,"她记忆的线索就像一球绒线似地拉开了。"(谷启楠,1997:47)本体是记忆,喻体是绒线,相似性是展开的形式"拉"和存在的形状细而长。"早春就像一个处女"(谷启楠,1997:51),本体是早春,喻体是处女,相似性是童贞和纯洁。《海浪》平均每四句就有一个比喻句,如"钟在嘀嗒嘀嗒走着,两支指针像是两支在沙漠中行进的车队。"(谷启楠,1997:59)本体是指针,喻体是车队,相似性是行进。"这个似乎就是我的生活,我会像一串葡萄似的把它摘下来"(谷启楠,1997:61),本体是生活,喻体是葡萄,相似性是一连串。其次说隐喻,隐喻没有比喻词,它完全靠喻体和本体内在的联系来暗示读者去体会比喻的作用。韦勒克在《文学理论》中精辟地阐述了"隐喻"的作用:"用类比、双重视野来揭示无法理解诉诸感官的意向。"(蒋孔阳,1987:163)雅各布森指出:"在诗歌里,相似性原则是诗歌的基础,隐喻模式得到凸现。"(甘阳,1985:139)如今,伍尔夫将诗歌的隐喻移植到小说中,使小说披上了诗的面纱,它将抽象单调的东西变得栩栩如生,将平淡无奇的事物写得有滋有味.充满了诗情画意。《达洛维夫人》中"哈利街上钟声齐鸣,把六月里这一天又剁又切,分割又分割"(谷启楠,1997:68)。本体是钟声,喻体是刀,相似性是分割,这个隐喻形象地写出了时间被分成一段一段的样子。《到灯塔去》中的隐喻有好几十处。比如"她违心地浮出忆想的水面"(谷启楠,1997:70),将回忆比作水,人从回忆中脱离出来就像浮出水面一样。"她时常觉得她只不过是一块浸透着人类情感的海绵。"(谷启楠,1997:71)本体是她,喻体是浸透,这个隐喻再恰当不过地写出了拉姆齐夫人内心情感的丰富充盈。

所谓转喻及提喻,戴维·洛奇阐释说:"是从相邻性衍生而来的,它用某一特性代表事物本身,用原因代表结果,用部分代表整体或者相反。譬如,用王冠、御座和宫廷代表君主。"(葛林,1987:102)英雄所见略同,韦勒克也定义道:"转喻和提喻它们所表达的关系在逻辑上或数量上是可以分析的。因代表果,或者果代表因;容器代表容器中的东西,附属语代表主语。在提喻中,比喻词与其所代表的事物间的关系是内在的,告诉我们某一事物的样品或部分,以代表该事物的全体,以一个小类代表一个大类,以内容代表形式或用法。"(蒋孔阳,1987:111)《达洛维夫人》中"一阵暖洋洋的微风轻轻吹入墨尔街,也吹起鲍利先生的大不列颠心胸中飘扬的国旗"(谷启楠,1997:73)。这是转喻,国旗意指爱国心。"时光拍击着桅杆"(谷启楠,1997:74),这是提喻和隐喻的混杂,用桅杆指代船,用部分代表整体,这是提喻;用船来比喻生活,这是隐喻,本体是生活的延续,喻体是船的航行,相似性是前行,它写出了时光伴随着生活同步进行,句子虽短,却拥有无尽的内涵。《海浪》中"我嗤笑这种号角、凯歌、盾形纹章"(谷启楠,1997:75),用号角、凯歌、盾形纹章这些部分词来指代战争胜利,这是提喻。明喻、隐喻、转喻、提喻不仅美化了语言,也美化了意境,使小说文采飞扬,意象纷呈,蕴含丰富,试设想抽去这些比喻,小说则兴味索然,黯然失色。

伍尔夫用自由联想法,将各种印象展示在读者面前,将感觉印象审美化,唤起读者的审美愉悦,由此产生诗意。《海浪》最后一章伯纳德在河边等末班火车,他作了总结性的回顾,他既想到六个人各自最有特征性的景观,又想到生活、育儿室、花园、扫地的园丁、写字的太太、农舍的人,想到日月如梭,自己已近暮年,将面对死亡,他决心向着死亡冲去。这种联想由现象到本质,由生活到哲理,大大加强了作品的深度。小说《到灯塔去》第三部分一、三、五、七、九、十一、十三章全是莉丽的自由联想。这一部分种种人物,种种情景在莉丽的脑海中过了一遍,它通过人物的意识流动展示了人物的性格,通过人物对往事的回顾反映了人物对生活的态度、对人生的理解,这种主观性与诗歌的主情性一拍即合、殊途同归。

戴维·罗奇在《现代主义小说的语言:隐喻和转喻》中说"主题、意象和象征的变异重复,经常被通称作'节奏''主旋律'或'空间形式'的技巧。"(葛林,1987:109)伍尔夫的诗化小说借用了音乐中的主导旋律、复调音乐、奏鸣曲等手法。主导旋律来自瓦格纳的乐剧中,即用一个特定的反复出现的旋律来表现某个人物或事物的特性。这种主导旋律在伍尔夫小说中演化为主导意象,即用特定的意象来表示人物、事物、思想情绪的特征,《到灯塔去》中的灯塔就是用来象征拉姆齐夫人的主导意象。所谓复调音乐是有两条或多条独立对等的旋律线,以反向或横向进行的方式同时进展,互相交织,组合成一个立体结构。《达洛维夫人》中就有两条旋律线,一是达洛维夫人的意识,二是史密斯的意识,而且每一根旋律线经常逆向进行,由眼前的情景跃向往昔岁月的回忆或对于未来的向往。在音乐结构方面,伍尔夫往往采用奏鸣曲式的结构,《达洛维夫人》有第一主题、过渡段、第二主题、展开部、再现部。《海浪》近乎于多乐章的交响乐,六个人物代表不同的音响和乐器,通过对六个人物心灵历程的探索,获得一种对于人生意义的反思,因此我们不妨把它称为"生命交响乐"。它又像一部清唱剧,六个独唱者轮流念出辞藻华丽的独白,唱出他们对时间和死亡的观念(胡滢,2008:79)。

伍尔夫的诗化小说并非一日而就,它有一个形成、发展、深化的过程。在作品中掺入诗意,早在两个短篇小说《邱园记事》《墙上的斑点》和一个长篇《夜与日》中就已出现。《夜与日》基本上属于传统小说,但伍尔夫已开始使一些普遍事物带上象征的意义,进行诗意的点缀。两个短篇抛弃了情节的要素,以人的情绪感受为线索,跨入诗的层面对人生作总体的抽象的反思。《雅各的房间》几乎完全依靠主题意象的运用,《达洛维夫人》《到灯塔去》《海浪》将诗化手法逐步推向顶峰,《达洛维夫人》不像《雅各的房间》那样借助于纯粹诗歌的手法,场景时间清清楚楚,它对小说的几要素:时间、地点、事件、人物都有明白的交代。

《到灯塔去》比《达洛维夫人》多一层梦想的幻影,灯塔的象征把持了整部小说的意象世界,抒情性较《达洛维夫人》加强了,诗意的成分显著增加,小说引退到诗的背后作为背景,对诗加以烘托,于是一个优美纯净不像《达洛维夫人》那么纷乱的诗的世界诞生了,诗之魂是拉姆齐夫人,诗之风是子女和亲友们,诗之光是灯塔。《到灯塔去》的巨大成功坚定了伍尔夫走诗化道路的决心,于是她勇往直前迈进了一大步,步入《海浪》,这是小说与诗的结合,然而诗的因素大大超过了小说的成分,它只披了一件小说的服饰,里里外外都变了个底朝天,诗的透视、象征性、抒情性、比喻性、音乐性、联想性在此大会师,汇成一首庞大的交响乐,演奏出生命之音,六种诗的要素都被强化,达到登峰造极的程度,小说的基础濒于崩溃,只剩下辉煌的诗。作为尾声的《幕间》其构思也充满了诗意,露天演出的场面大都用诗体抒写(瞿世镜,1982:33—34)。

伍尔夫把诗歌的美学特征嫁接到了小说中,从而获得了别具一格的生命风采,铸就了诗化小说。那么为何这些凝聚在一起就能产生盎然的诗意呢?笔者认为,小说的诗意是整体的意境,这种诗的意境可以分解成感情层面、语言层面和辅助层面三个层次。首先,感情层面是诗性的首要条件,没有了情、没有了心灵观照,就没有诗的品格,等于抽去了诗的精髓,即便自然诗,那也是"我"眼中的自然,所谓"有我之境";伍尔夫小说中的自然,是人物眼中的自然,也是作者眼中的自然,是"情中的自然",自然烘托了感情。伍尔夫小说中浓烈的抒情色彩和比比皆是的联想性构成了诗的感情层面,这种感情的基调无疑是诗意的总指挥,它以深层次的心理结构取代了表层的时空结构,主观地宣泄、抒发叙述者兼人物的情绪,传达他们对人生的诗意体悟和理解。其次,感情基调、思想内容必须通过语言来传达,它们构成了诗的语言层面。明喻、隐喻、转喻、提喻,变化多端的比喻手段可以营造出诗的氛围,它避免了大白话式的叙述,象征、比喻创造了诗的意象。伍尔夫喜欢使用灯塔、海浪、日出、日落、鲜花等意象,增添了哲理意味,它们往往与人生、世界紧密相关,由这些意象,读者脑海中不仅幻想出美妙的意境,而且能引起对人生真谛的永久性思索。假如没有这些比喻、象征,就像绘画没了色彩,只剩下了感情的线条,美感将大大逊色,它是诗意的调色板和表现手段。再次,诗歌的旋律能使小说的创作风格锦上添花,更为美丽动人。小说不要求音乐性,但如果适当地赋予它以音乐感,它能使意境变得更为优美,好比观众在欣赏一幅美丽的图画时有音乐伴奏,观众更容易如痴如醉地沉浸在图画的氛围中一样,它有一种魔力能催化人进入意境,它是诗意的辅助层面(瞿世镜,1987:144—145)。

诗的透视是一种总体方法,它是写作诗化小说的眼睛,它体现一种空灵而非写实的审美取向,其他写作质素都在它的统辖之下,它是诗意的根本保证。这一切构成了伍尔夫的诗化小说,它们是诗意的具体化,离开了这一切,伍尔夫的小说则与传统的现实主义小说别无二致了。由于这种体裁的独特性,我们在鉴赏这类小说时,必须采取有别于常规小说的审美观和欣赏习惯,用英国评论家彼得·伯拉的话说,"读她的作品,不能像读许多其他的小说那样,仅仅为了读故事而走马观花,而是要像读诗那样,仔细地去品味,这样,那些象征和叠句——决不是随意地而是精心构思和相互联系的——才能为读者所辨认,并铭记在心头。"(邱仪,2000:106)

伍尔夫的诗化小说为现代小说带来新的景观、新的气息,它标志着小说在审美上的进步,为小说的美化、艺术化作出了重大贡献,小说家们对作为审美素质的诗意的自觉追求推动了小说艺术向更高层次攀登。但是,也应看到这种文学是一种贵族文学,带有很浓的沙龙味,它为较高文化层次的人所偏爱,而被多数读者冷淡,它曲高和寡,只能在象牙塔中生存,它走的是一条狭窄的艺术之桥,而且如果在这条路上走得太远,将诗意推向极端,完全抛弃小说的因素,那么,将以取消小说的文体特征为代价,意味着小说的消亡!

第四章 弗吉尼亚·伍尔夫
的双性同体情结

在中国的创世神话中,天地原本是混沌一体的,后清者上升为天,成为天公,浊者下降为地,成为地母。西方《圣经》中认为,上帝是雌雄同体的神,上帝用亚当的肋骨造就了夏娃,成就了女性。从东西方的传说中,我们不难看出女性在人类社会中的地位,以及男权文化的源头。而此后在人类的漫长文化发展中两性在试图合二为一的过程中不断地吸引、碰撞,使双性同体这个生物学术语逐渐有了它深刻的文化以及哲学内涵。原来单纯表示生物学上雌雄同株现象的双性同体这一概念现在蕴含了人类期盼双性和谐共处的美好愿望,承载着沉甸甸的社会意义。英国女权主义文学先驱弗吉尼亚·伍尔夫在论述其女权思想的作品《一间自己的房间》中,提出了一个人一定的女人男性或男人女性,即淡化性别意识,消除社会的不平衡。伍尔夫这样写道:"在我们每个人的心灵中,有两种主要力量,一种是男性因素,另一种是女性因素,在男人的头脑里,是男性因素压倒了女性因素;在女人的头脑里,是女性因素压倒了男性因素。正常而舒适的生存状态,是这两种因素和谐相处,精神融洽。"(杨玉珍,2002:84)这里伍尔夫指出了一种理想的人格模式。作为个体的人,当他的心灵中男性因素与女性因素达到平衡,阴阳相统时,这样的个体才能毫无阻碍地传达情感,两性间才能有效地沟通交流,因为"双性的心灵是易于共鸣而有渗透性的"(束永珍,2001:63)。两性的彼此理解、平等相处才能消融历史进程中形成的横亘在男女两性间的二元等级对立,达到社会的真正和谐,即朴素的原始神话中双性同体所表达的理想:两性具有同等的创造力,没有身份、地位、尊卑的差异,阴阳互根,和谐统一,女性因此才能达到理想的生存状态。

伍尔夫的理论对 20 世纪 70 年代的女权主义产生了深远的影响。怀着对女性的深切同情及理解,她以自己独特的视角,非凡的才华,在其短暂而瑰丽的一生中,探求女性的发展道路,表达对女性命运的思索,追求一种双性和谐的完美境界。回顾其成长的时代及人生历程,我们会找到其双性同体女性观的形成根源,也能理解作者在《到灯塔去》中在主要人物莉莉及拉姆齐先生身上寄托的理想。

第一节　伍尔夫小说创作的双性同体概念

伍尔夫双性同体思想的形成,与她的成长经历及时代背景有着密不可分的关系。伍尔夫出身于一个大家庭,父亲知识渊博却脾气暴躁,非常自我。伍尔夫的母亲裘丽娅极富自我牺牲精神,她关爱家庭,热心慈善,对偏执苛刻的丈夫宽容、忍让,毫无怨言。《到灯塔去》中的拉姆齐夫妇便是伍尔夫父母的真实写照。当拉姆齐先生向自己的妻子索要安慰和同情时,"拉姆齐夫人这时打起精神,半转过身子,似乎要用力站起来,立刻一阵活力雨点般向空中直喷而出……仿佛她全部的精力都凝聚成了力量,在燃烧,在发光,那个命中注定没有生机的男人一头扎进了这美妙丰饶的生命之喷泉和水雾之中,像一只黄铜鸟嘴,光秃贫瘠"(孙梁,1988:107)。拉姆齐夫人毫不吝啬地给予了丈夫所需要的同情和肯定,她"成了一棵枝繁叶茂、开满红花的果树,被那个黄铜鸟嘴,那个自我中心的男人(拉姆齐先生)的那把生气全无的短弯刀冲进去猛击"(孙梁,1988:109)。而当拉姆齐先生得到自己所求,感觉自己又充满价值,高高在上而转身心满意足地离开后,"拉姆齐夫人似乎把自己合拢了起来,花瓣一片叠着一片地合上,整个架子精疲力竭地塌了下来"(孙梁,1988:110)。这里,伍尔夫通过自己锐利的笔锋,表达了对男性的自我中心和自私任性的愤怒。父亲的极度索取以及母亲的无限付出使伍尔夫对男性产生了憎恨,也对女性的自身地位有了深刻的认识。在伍尔夫的面前,她眼睁睁地看着一位女性——她的母亲,被一点点榨干,死亡。她困惑、愤恨,却又无能为力。家庭中男性的自我实现是以女性的自我毁灭为代价,这深深刺痛了伍尔夫。

13岁时,母亲去世,伍尔夫潜意识中将母亲的死归咎于父亲,她第一次精神崩溃。从此,她的一生便与精神疾病纠缠在一起。几乎在每一部作品问世前后,伍尔夫都会处于一种疯癫的状态,那是一种清醒地认识到现实与理想的强烈冲突,而又想在重围中力求出路的一种困兽状态。对于女性自身价值的思索始于伍尔夫童年,伴其一生。母亲去世后,同母异父的哥哥对她的性侵犯给她一生留下了无法抹去的阴影。她无法像常人那样,爱一个男人,建立一个正常的家庭。她和男士的交往,只是出于对男人智慧的一种敬仰,而不是人类最基本的以肉体为基础的爱情。甚至于她的婚姻,也是柏拉图似的精神恋爱。幸运的是她的丈夫伦纳德给予了她深刻的理解和支持,藏起身体的欲望,成为伍尔夫的精神伙伴。从男性身上得到的屈辱的性体验使她不自觉地倾向于女性,智慧女性所体现出的知性、高贵、横溢的才华深深地吸引着伍尔夫。人类最基础的、为人们千百年来不断咏唱的两性关系不是伍尔夫的创作源泉,她的创作源泉来自她的"姐妹之恋"。早年时,与玛姬·维汉和奥莱特·迪金生几位女性的关系,以及和姐姐的感情,都强烈地表现出一种"姐妹之恋"。她的姐姐凡妮莎具有极高的绘画天赋,坚强、独立,但由于时代的原因,其才华很长时间内无法展现在世人面前。姐姐的经历并不是那个时代的特例。主流文化中无法觅得女性的立锥之地,这深深触动了伍尔夫。在《到灯塔去》中,在那个以姐姐为原型塑造的独立,有思想、有绘画才能却备受压抑的女画家莉莉身上,伍尔夫倾注了无限的爱与同情。

1922年,伍尔夫在一次晚宴中邂逅了维塔·威斯特,一位出身名门,美丽、大胆的女诗人。维塔曾为祖传大宅的继承权而据理力争,但终因不是男子而败诉。相同的文学兴趣,过人的才气、见识,高雅的情趣使两人彼此深深吸引并热烈相恋。同维塔的交往,激发了伍尔夫的创作灵感,她以维塔为原型创作出《奥兰多》这一优秀作品。在小说中,伍尔夫虚构了一个传奇的双性同体的人物奥兰多。奥兰多的人生神奇地跨越了 400 年的时空。在 16 世纪的伊丽莎白时代,奥兰多还是个翩翩美少年,得宠于女王,并被指定为"永不变老"。此时的他从男性的角度看待女性和世界。游历四方数年后,奥兰多一觉醒来,发现自己已成为女儿身并从女性的视角重新审视自身与社会。小说最后,经历了双性体验的奥兰多邂逅了一位具有女性气质的男子,两人心灵相通,坠入爱河。伍尔夫借助奥兰多的两性生活,从不同角度对女性以及女性受压抑的处境进行剖析,对社会和传统价值重新作出判断,表达了自己对两性平等交流、和谐共处的渴望(瞿世镜,1987:145—146)。

千百年来,人类的文明在不断进步,但在伍尔夫生活的时代,很多女性依旧要承受来自男性的性凌辱和性压迫却是没有改变的事实。女性怎样突破这一历史宿命,得到真正的自由和话语权,怎样建立一种新型的两性关系,怎样才能达到一种理想的精神生存状态,这是伍尔夫一生都在努力寻求的目标。自身的屈辱遭遇以及对女性这一历史宿命的深刻思考是伍尔夫双性同体思想形成的重要原因之一。

伍尔夫双性同体女性观的提出,也有着深刻的时代背景。英国维多利亚时代是英国经济和文化的全盛时代。但国内资产阶级民主改革所标榜的"人权"只是给了男人足够的自由和平等,却将女性排除在外。妇女们在政治、经济、教育、人格上远远没有获得平等和应有的权利。此时女性的典型形象是"家中的天使":温顺、无私、逆来顺受,没有工作的权利,更谈不上经济上、人格上的独立。时代的特征同时又完全反映在伍尔夫的家庭中。弗吉尼亚·伍尔夫的父亲莱斯利·斯蒂芬是一位维多利亚时期的文学评论家、传记作家，具有很高的文化修养和学识，但他身上明显有着维多利亚时期男权思想的烙印：外表上对待女性温柔、尊重，骨子里却轻视女性、自命不凡。对伍尔夫姐妹，莱斯利明显是个重男轻女的父权制家长：苛刻、暴躁、不容置疑。以致孩子们认为他在某种程度上是个"极端自私的暴君"（李乃坤，1986：112）。在教育问题上，伍尔夫姐妹虽然极具天赋，但身为女性的她们必须待在家中操持家务，接受家庭有限的教育；而她的兄弟却因为是男性就可以上公立学校，进剑桥接受昂贵的教育，徜徉于阳光明媚的校园，高谈阔论；阅读不接纳女性的藏书丰富的大学图书馆中的藏书；游历四方开阔视野。这种男子独享特权的教育制度使伍尔夫深感愤慨，以至于后来当伍尔夫在文坛取得巨大成绩，剑桥大学想授予她荣誉学位时，她婉言谢绝了，以此来表达自己对英国大学中歧视女性的陋习的不满。

在伍尔夫生活的时代，女性虽然经过漫长的斗争，获取了一些权益，但在政治上依然无法和男性完全平等。在教育上虽然女子可以上女子学院，但同男子教育相比，受重视程度却是天壤之别。作为作家的伍尔夫有自己的事业，可以通过写作拥有自己的"五百英镑"，并和丈夫创办了自己的霍加思出版社，因此她的创作拥有很大的自由度。"我是在英国可以自由自在地想写什么就写什么的唯一女性。"（吕洪灵，2007：16）然而，享受这种自由的同时，她也承受着巨大的精神压力，因为她是"唯一"而已！同她相比，大部分女性仍被排除在"牛桥"大学之外，困在家庭中苦干却依旧一贫如洗，无法实现自身的理想和抱负。伍尔夫曾说过："英国的历史是男性的历史，不是女性的历史。"女性的自由在哪里？自由的途径在哪里？女性如何在男权文化中心自我表达，自我言说，男权社会如何真正理解女性并给予相应的尊重和地位，是伍尔夫一直在思索的问题。对这些问题的深入思索促成了伍尔夫双性同体思想的形成。

第一次世界大战后女性越来越多地参与社会活动，女性不再以男性价值标准为自己定位，通过自身的实践和经验，女性在寻找自身的社会地位,辨析自身与社会关系的过程中不断地发现自我。伍尔夫看到了男女二元对立的社会制度对女性的荼毒,对心灵和创造力的羁绊,她提出了双性同体的观点,倡导心灵的双性同体,从而消除男女二元的对立,达到和谐统一的理想境界。伍尔夫的双性同体理想通过其优秀作品《到灯塔去》得到充分的体现。在这部作品中,作者表达了一种在相互理解和欣赏的基础之上,建立和谐两性关系的愿望(陆扬、李定清,1998:56)。

《到灯塔去》中,作者描写了一位"家中的天使":拉姆齐夫人。她是典型的维多利亚女性,处处以男性为中心,无私奉献,为男性的自我实现而甘愿牺牲自己。她压抑了自身的才干和智慧,服从男性的安排与需要,在男性的声音里校正自己。但在她独处的时候,她内心真正的自我像一个"别人看不见"的"楔形的内核"(伍厚恺,1999:5),摆脱了一切身外束缚,如飞鸟般翱翔在无垠的印度平原,盘旋在罗马雄伟的教堂前,从事着最奇特的冒险,毫无阻碍地去到任何地方,享受那种自由自在的美。在这个时候,才是真实的、内心丰富、智慧的拉姆齐夫人。可这真实的自我体会也只是刹那间的昙花一现,当拉姆齐先生走到她身边,她会立刻收拾起这偶尔的自我,披上围巾,陪丈夫去散步。在她身上,我们看到更多的是自我的压抑、牺牲,也就是传统文化中的女性的美德。而那个聪明和智慧毫不亚于男性,内心渴望自由的真实的拉姆齐夫人却默默地躲在丈夫身后,难得一见。这里,拉姆齐夫人只是服务于男性的"女人",而不是兼两性气质,理想意义上的"人"。内心的极度疲惫,无休无止的内耗使拉姆齐夫人早早离开人世,但死亡对拉姆齐夫人来说或许是一种解脱。

作品中的女画家莉丽,却完全极端地站在"家中的天使"的对立面。她是一位睿智、坚强的女性,有一双敏锐的眼睛,有艺术家的洞察力。她有自己的抱负,但来自异性的压迫和歧视使她既愤懑又不敢表达。她看到的墙壁是耀眼的白色,她眼中的花是鲜艳的紫色。但当男性画家宣称一切黯淡、雅致、半透明的画法才是时髦之后,莉丽想要将自己十分清楚地看到的东西搬到画布上时却变得那样的难,"魔鬼开始折磨她,常常让她几乎掉下泪来,使这条从构想到创作的道路变得和小孩走夜路一样可怕"(苏美,1988:190)。来自男性的压力使莉丽无法自由地表达自我。在认为"女人不会绘画,女人也不会写作"(瞿世镜,1982:33)的男性主流文化中,莉丽只能拼尽全力,保持勇气,把仅剩的自我抱在怀里不被夺走。在抵抗来自男性世界的压力的同时,莉丽还得对抗来自同性的压力——拉姆齐夫人在极力地劝说她结婚。"女人必须结婚",在拉姆齐夫人看来,莉丽所倚仗的所谓工作(绘画)同结婚相比是那样的微不足道。

　　拉姆齐夫人施加在莉丽身上的压力实质上间接来自于男权社会。男权社会催生出拉姆齐夫人这样的"完美"女性,又通过其影响更多的女性向"天使"的方向前进。为了维护自我,莉丽抛弃了女性因素中的柔和、感性,而采纳了男性因素中的理性和刚强来保持自我和自由。所以,她既无法和拉姆齐夫人相通,又因难于和男性世界达成理解共识而成为一个边缘人。但在被压抑的同时,她又渴望表达、言说内心的自我,渴望与社会和谐共存。而在男权社会中,展示自己内心及才华也是一种可怕的考验。所以当班克斯先生看她的画时,她感到的是恐慌。因为这幅画代表"她三十三年生活的残余,她每一天生活的积淀,混杂着她一生从未吐露从未揭示过的隐秘",让人看到,"实在是太痛苦了","但同时却又令人感到极其兴奋"(苏美,1988:219)。在班克斯先生对她的绘画才能表示敬意后,莉丽感觉"这个男人分享了她内心深处最隐秘的东西。她能够不必再独自走完这生命的长廊,而是和某个人挽臂同行——这是世上最新奇最令人兴奋的感觉"(苏美,1988:221)。才华得到承认,与男性世界的平等交流给莉丽带来刹那间的极大满足。但通向心灵双性和谐的道路,莉丽历经艰难而漫长的十年才走完。

　　战争的到来使世事发生了巨大的变化,物是人非,再回到小岛度假已是拉姆齐夫人去世后的事了。虽然莉丽仍按自己的方式生活,但生活给了她更多的思考与变化。拉姆齐夫人的形象唤醒了莉丽心中的感性、宽容。当拉姆齐先生在妻子死后转向莉丽寻求同情时,虽然她很反感,但她称赞起他的皮鞋来,把他的注意力从自怜自爱之情转向脚上穿着的皮鞋,拉姆齐先生非但没有因为莉丽转移话题而生气,反而听到称赞笑了。看着拉姆齐先生露出笑容,"她感到他们仿佛到达了一个阳光明媚的岛屿,这里是和平的世界,由健全的神智所统治,阳光永远照耀……。她对他产生了好感"(苏美,1988:308)。这个阳光照耀的健康世界是因为两性的彼此包容、理解而产生的。莉丽从最初单纯的抗拒、反感男性到对男性的理解,从而达到和谐融合的境界体现了莉丽对拉姆齐夫人的感性之美的逐渐认识。最终她在拉姆齐先生一家到达灯塔的时候,画出了心中的理想画作,实现了内心男性因素和女性因素的平衡,达到了双性同体的理想境界。她走向画布,"好像刹那间终于看清了它,她在中央添了一笔"(苏美,1988:354),就这样,她终于完成了油画,画出了她心中的感觉。画面中间是空白,意味着男性中心的消除。画的两片风景是平行的,没有主次之分,而最后的一笔使互通成为可能。莉丽用油画的形式,体现了双性同体的理想境界:没有固定的身份,没有固定的性属,两性不再是对立面,而是彼此的重新融合、沟通。这一刻,莉丽看到了最美好的景象,得到了她想要的画面,也得到了她想要的生活的真谛。

　　书中另一个从极端走向平衡从而体现作者双性同体思想的人物是拉姆齐先生,这位男权社会的代表人物,为人刻板、严肃,讲求实际,极重理性和逻辑,不近人情时甚至小儿子詹姆斯都"恨不得杀死"他。他的生活以他为圆心,别人的痛苦远不及他的,他需要别人不断地给予他肯定、同情和崇拜。拉姆齐夫人在世时,用女性细腻的情感、温柔的同情心、敏锐的直觉给了他无尽的温暖和支持,但在拉姆齐先生看来,女性的感性、宽容、同情心是对理性和逻辑的亵渎,他甚至认为拉姆齐夫人对孩子的安慰是"愚蠢的妇人之见"。但在拉姆齐夫人去世后,他生活在孤独和莫名的空虚中,他开始反思夫人的直觉、感性带给他和家人的温馨、和谐。于是，为了纪念夫人，他带着孩子，去完成多年前的愿望——到日灯塔去。孩子们本不愿意去，但在他的命令下牵强而行，并彼此心照不宣地要与他的蛮横、偏执抵抗到底。但在航行的过程中，拉姆齐先生控制了自己，他不再自怨自艾，不再偏激自我。相反，他给驻守灯塔的人带了礼物，给孩子们准备了午餐。为了让女儿高兴起来，拉姆齐先生压低声音，和女儿卡姆聊起了罗盘、小狗。他称赞儿子詹姆斯的掌舵技术，融化了詹姆斯心中对父亲的怨恨。此刻他不再是儿子眼中那个可恨的无法接近的魔王，而是一位父亲，一位脾气温和的老人。看着坐在船上读书的拉姆齐先生，詹姆斯"意识到他想杀死的并不是他，不是那个看书的老头，而是落在他身上的那东西：那头凶猛迅速的黑翅膀大鹰怪……"（苏美，1988：333）当象征暴行和专制的大鹰怪飞离拉姆齐先生后，当妻子所代表的女性因素融合在他身上后，他和儿女间架起了沟通的桥梁，实现了和谐共处。在到达灯塔时，孩子们"站起身来跟在了他后面"。拉姆齐先生通过到灯塔去这一愿望的实现与妻子在精神上得以团聚，他了解了女性的内心世界，明白了女性的价值，自身的人格也得以完善。在拉姆齐先生身上我们看到人们不仅需要理性、逻辑，而且更需要理解和温情。一个人只有在理智与情感相结合时，即心灵世界的男性因素与女性因素相平衡时，他才是一个完美的人，他的内心世界才能和谐，他与外部世界的交流沟通才能融洽相通。

　　通过莉丽和拉姆齐先生这两个人物的人格完善过程，我们看到只有在两性相互理解、相互和谐的情况下，人类才能得到真正的心灵自由和解放。两性之间存在差异，但这两者间并非简单的对立。极端地解构男性中心社会并不意味着女权的胜利。女性获得真正意义上的自由，必须从根本上消除两性之间的二元对立，消解建立在两性对立基础上的整个社会意识、思维模式和伦理价值标准。伍尔夫提出的具有辩证精神的双性同体思想是实现这一理想的有效途径。双性的心灵让世界更和谐、更平等，男性和女性在"人"的范畴中和谐共处，相互理解，女性才能得以实现自身价值,获得人的尊严和自由(范易弘,1990:79—80)。

伍尔夫才气横溢而又充满叛逆精神,她一生追求自身的独立、两性关系上的完全的平等,渴望成为同时蕴含女性与男性优秀素质的人。她用犀利的目光透视这个世界,用睿智的头脑剖析这个社会。她对男性主流社会的深刻了解、作为女性的自我生存体验以及她的创作实践使她逐步形成了双性同体的女性观,成为女权主义的先驱。她的双性同体观描绘了一个和谐的理想社会,这里没有传统意义的"第一性""第二性"的男女性属的二元对立,没有强加在女性身上的男权社会的价值秩序、社会规范及文化意识。女性拥有自己的话语权,可以自由地表达自我,发挥自己的创造力;而男性,不是作为女性的评判者、拥有者,而是作为兼具女性心灵的人去理解、欣赏女性流露的才华,创造的文明。"只有男女两性相互融合,相互支持,共同努力,共同创造,人类文明才能达到真正辉煌的顶点",女性才能到达理想中的伊甸园。这种理想的实现不仅仅需要个人意识的提升,更需要整个社会、伦理道德领域对女性的理解、承认。在漫长的人类历史中形成的男性主流文化中,这条和谐之路显然充满荆棘,但女性主义先驱伍尔夫和她的双性同体女性观,却如灯塔一般,闪烁着灼灼真理之光,指引着我们前行的道路。

第二节　伍尔夫小说创作的双性同体意念

弗吉尼亚·伍尔夫(1882—1941)是英国的意识流小说大师,杰出的文学理论家、批评家、随笔家,是西方女性主义文学批评的先驱者。1929 年她在《一间自己的房间》中首次把"双性同体"作为艺术家理想的创作状态提出,指出卓越的作家应该是两性融合的,也就是同时具备男女双性的素质。这一理论观点或显或隐、或深或浅地几乎贯穿在她所有的作品之中。

作为一名女性作家,伍尔夫的"双性同体"诗学观与其女性主义思想是紧密相连的。可以说,它是伍尔夫女性主义思想发展所达到的最高境界。在构成"双性同体"诗学观的过程中,伍尔夫率先解构了历史与文学史,认清其中男性霸权对女性的压抑、贬斥与迫害的真相。她追问历史,提出了一系列自己关心的与女性写作有关的问题:女性在历史上的生活究竟是怎样的? 文学中有没有明显的女性传统? 性别歧视怎样在文学中得到反映? 女性作家在创作中遇到了怎样的困难? 对于女性,乃至于对所有的人来说,什么样的创作状态是最理想的呢? 也就是说,"双性同体"诗学观是伍尔夫面对着强大的男性写作的传统和现状,不得不去面向历史寻找女性自己的写作传统(她坚信这一女性文学传统的存在),以慰藉自己的孤寂并为自己的性别写作寻找一个历史性依据时形成的(童燕萍,1995:16)。

　　一开始,伍尔夫就发现,寻找这样一个女性文学传统有许多困难。第一个困难就是女性文学自身的发展呈现出一种间歇状态:"似乎常有奇特的沉默阶段将一个活跃期与另一个分隔开来。基督出生前 600 多年之际在某个希腊岛屿上有萨福和一小群女人写诗,后来她们沉默了。然而在公元一千年左右我们又发现日本有一位宫廷贵妇,即紫式部夫人,写了一部很长很优美的小说。但在戏剧和诗人无比活跃的 16 世纪的英国,妇女却噤口无言,伊丽莎白时代文学是清一色的男性文学。此后,在 18 世纪末 19 世纪初,我们看到妇女又开始写作——这一次是在英国——写得很多,而且成就斐然。"(朱望,1996:32)也就是说,直到 19 世纪以后才能比较清楚地看到,文学创作的具有历史延续性的女性文学传统,相对于整个世界文学的发展,这一女性文学的传统无疑是十分短暂的,而且 19 世纪的女性文学创作还被男性的文学批评排斥在文学范围之外。可以说,由于父权制权威自始至终对女性文学创作采取拒绝的态度,使得女性写作历史呈交替间歇状态,因而其传统的链条既不明显也不易追寻。第二个困难是女性写作者自身的原因。她们受制于习俗的压力,不敢署自己的真实姓名而用男性化的笔名(如柯勒·贝尔、埃利斯·贝尔、乔治·艾略特等)或者干脆匿名写作,这就使得人们很难发现她们的真实身份。尤其是那些没有创作出像《呼啸山庄》这样的文学巨著的用了男性笔名的女作家,也许永远不会有被发现的"幸运"。还有一个困难就是,历史(当然包括写作在内的所有历史)是男性家系的历史,是由"庄园""十字军东征"等政治法律、军事战争以及教会这些男性生活组成的,不要说女性写作,就是女性的生活也极少涉及,这也是以前的女性写作者及她们的生活难以为人们所知的一个重要原因。所以伍尔夫认为,要了解女性的历史和女性文学的历史,"我们将在卑微的无名之辈的生活里——在历史的那些没有被照亮的过道里"(孙红洪,1998:22)找答案。

弗吉尼亚·伍尔夫拨开父权制的迷雾,致力于去评论许多不甚闻名的男女作家,探究那些非主流的文学样式如随笔、传记等。她在伦敦查令十字街廉价的旧书摊上,在历史的暗角里寻找女性自己写作的传统。在这一过程中,她发现,在诗歌、戏剧无比活跃的16世纪的英国,每两个男人中就有一个似乎能写韵文或十四行诗,却没有一位妇女写过一句来参与那非凡的文学盛事。男性们能自由而充分地表达自己,他们"毫无障碍地从哲学转向一场醉后的争吵,从情歌转向一场争论,从纯粹的兴高采烈转向深刻的思考;从未使我们感到他们是恐惧或者怕难为情的,或者有任何东西在阻碍、限制、约束他们头脑的完全的流动"(王家湘,1999:64)。对于男性来说,那自然是古往今来最有利于他们创作的心境了。而对于一位女性诗人或是剧作家来说,在16世纪的英国过自由的生活则意味着精神紧张和进退两难,这完全可能致她于死地。即便她侥幸存活,她写的东西也会是"扭曲变形的,是从一种勉强而病态的想象中产生出来的"(殷企平,2000:37)。因为她的全部生活条件,她所有的本能,都与那种创作的心境相冲突。

显然,16世纪不可能具备有男性那种创作心境的女人。到了17世纪,虽然依旧到处流行着反对妇女写作的见解,但以温奇尔西夫人、玛格丽特·卡尔迪什为代表的贵妇人还是开始写作了,但这些贵妇人的写作既无读者又得不到批评,她们和她们的对开本都禁闭在孤独的深宅院子里。但接下来,伍尔夫就发现了女性写作经历了一个非常重要的转折,那就是 17 世纪以阿弗拉·贝恩为代表的许多女性作家,在男性的嘲讽声中坚持靠写作挣钱为生,迈出了争取经济独立的第一步。虽然这些妇女的创作在当时既不被重视,后来也不为正统的文学史所容纳,但这在文学史上实在是应该大书特书的事情,因为"这儿开始了思想的自由,更精确地说是开始了那种可能性,即随着时间的推移,精神将会获得想写什么就写什么的自由。如果没有这些先驱者,简·奥斯汀和勃朗特姐妹以及乔治·艾略特就不可能写作。"(张慧仁,2000:42)因而"简·奥斯汀应该在范妮·伯尼的坟墓上放置一个花圈,而乔治·艾略特则应向伊莱扎·卡特强壮的幽灵表示敬意——那位勇敢的老妇人把铃系在床架上,为的是能够早起以便学习希腊文。所有的妇女都应该把鲜花撒在阿弗拉·贝恩的坟墓上。正是她为妇女赢得了说出自己思想的权利。"(张大明,2001:190)发现传统是为了继承传统,伍尔夫承认自己的写作就是沿着女性前辈开拓的道路走过来的:"多年以前,范妮·伯尼、阿弗拉·贝恩、哈丽雅特·马蒂洛、简·奥斯汀、乔治·艾略特等人就已开拓出一条道路——许多著名女人和更多不知名、被人们遗忘的女人都曾先于我,铺平道路,规范我的脚步,因此,当我投身写作时,实质性的障碍微乎其微。"(朱良志,2006:87)

　　找到了女性写作的传统之后,伍尔夫发现,与漫长的强大的男性写作传统相比,女性写作传统显得太短暂、太微不足道了,而这一切都是由于妇女的贫穷引起的。妇女在现实中的贫穷处境,使她们不得不在物质生活上依赖男性,物质生活权利的丧失,必然导致精神独立性的丧失,于是她们成为男人的奴隶或说是财产,被束缚在家,生儿育女,操持家务。她们大多无法像男性一样接触知识,游历社会,积累人生经验。即便少数中产阶级以上的妇女可受到一般的教育,但是充斥着父权制文化观点的教育,使她们无法找到可资借鉴的生活和文学经验,甚至难以有进入文学创作领域的信心。因为对于她们来说,"除了中产阶级客厅的场景以外,其他所有经验的大门都是关闭的。对于战争、航海、政治和经商,她们都不可能有第一手的经验。甚至连她们的感情生活也受到法律和习俗的严格制约。"(徐复观,2001:95)所以心智坚强的女性一有机会就不顾一切地去满足自己了解世界、增加阅历的愿望。例如夏洛蒂·勃朗特,"这傻女人(指夏洛蒂·勃朗特)把她的小说的一切版权断然地卖了1500磅,设法多得到一点关于繁华的世界、城市和富有生命的地带的知识,多得到一点实际的经验和与她同类的交游,各种性格的认识。说这几句话的时候她不但正指着她自己站在小说家的立场上的缺憾而且也是她自己那一性格的缺憾。"(高奋,2000:79)

而对于文学创作来说,教育和阅历又是必需的,"如果康德拉无法当水手,那他小说中的最精粹的部分就会丧失。托尔斯泰作为军人对战争十分了解,他是个受过良好教育的有钱的年轻人,可以接触社会的方方面面,对人生和社会阅历丰富,如果剔除了这些,《战争与和平》将贫乏许多。"(蒋孔阳,1997:102)通过这样的对比可以看出,男性在物质上和精神上是富足的,他们的身心是自由自在的,这对他们的创作无疑是非常有利的;而女性在物质上和精神上是贫穷的,她们的身心是深受禁锢的,这对她们的写作造成了致命的伤害。毕竟,写作有赖于闲暇的时间和少量的金钱,以及金钱和闲暇所能提供的观察世界的机会。"有了钱和闲暇,妇女自然会比以往更多地用心于文字的技艺,她们将更充分、也更精妙地利用写作工具,她们的技巧会更大胆、更丰富。"(殷企平,1995:121)所以伍尔夫说:"一个女人如果要写小说的话,她就必须有钱和自己的一间屋。"(瞿世镜,1988:3)这是达到身心自由的前提。而身心自由才能有智力上的自由,才能创作出伟大的作品,无论男性还是女性,写作的心"一定要有自由",而"自由的心境"(伍厚恺,1999:47)恰是伍尔夫"双性同体"诗学的一个重要方面。

在上述追求女性传统的过程中,伍尔夫对男女两性历史生活处境进行了比较，阐述了这种历史生活处境的不同对男女两性创作心境的影响。另外，伍尔夫还自觉地对男女两性写作进行了微观的比较。她发现男女两性写作在选材、创作方法、创作风格、语言工具上有无穷差异。她对这些差异颇为注重，并对两性写作在保持差异与独特性的前提下如何达到和谐进行了建构性的思考，因为文学艺术的繁荣发展毕竟是两性共同推进的事业。在这一比较中，伍尔夫发现，在父权制社会里，"占上风的是男性的价值观"，"足球和体育是'重要的'，而对时装的崇拜和买衣服则'微不足道'"（吴庆宏，2005：97），而这些价值观又从生活转移到文学世界，"批评家断定某书重要，因为它写的是战争；某书无足轻重，因为它写的是起居室里女人的感情。战场上的场景比商店里的场景重要。"（瞿世镜，1988：26）这种价值取向与女性的价值感受是截然不同的，因此女性写作时，"她会发现自己总想更正现存的价值观——想认真地对待那些在男人们看来无关紧要的事，并使那些他们认为重大的事显得无聊。"（易晓明，2002：114）而且事实上，"人只需走进任何街道里的任何一个房间，便可感到女性的那种极为复杂的力量整个地扑面而来。须知，这几百年以来妇女一直是坐在屋子里，因而到此刻连墙壁都渗透着她们的创造力，而这种创造力又使得砖瓦沙浆大为负载过重，因而它必须用写作、绘画、商业、政治把自己约束起来。但是这种创造力与男人的创造力又大不相同。而且人们必须得出如下结论，即倘若这种创造力受到了阻碍或者是被浪费了的话，那就会是遗憾之至，因为这种创造力是通过几个世纪的最为严酷的磨难才赢得的，而且没有什么东西能取而代之。"（萧易，2005：102－103）

　　针对这一情况，伍尔夫大胆解构占主导地位的男性价值秩序，大力倡导建立女性自己的价值观，从而发挥女性自己的创造力，创造女性自己的文学或是其他事业。而要做到这一点，必须经历两次冒险：第一次就是"杀死房间里的天使"（瞿世镜，1986：23），除掉被男权社会规范、文化意识异化的女性自我，回归自我；第二次就是"真实地说出我自己的肉体经验"（高奋，2008a：54），冲破男权中心社会对女性欲望、要求的压制,表达自我。唯有这样,才会导致对男性价值上的缺失的确认,才能达到对两性价值、两性创造力的共同确认。而承认男女两性价值观存在的合理性,承认男女两性具有同等的创造力是"双性同体"理想实现的前提。

由是观之,"双性同体"诗学的形成与女性写作传统的追寻有着极为密切的联系。伍尔夫"双性同体"诗学本身注重男性世界与女性经验的差别,在男女不平等的现实中,更为强调女性经验的独特性和女性创造力的独特性,以求得新的平衡与发展。这一女性主义视野中的"双性同体"进一步为承认个性的差异,实现个性的多元性铺垫了道路,其思维无限地伸向广阔的未来。

第三节　伍尔夫小说创作的双性同体文脉

弗吉尼亚·伍尔夫与康拉德、乔伊斯、劳伦斯等人的小说"属于英国小说艺术史上最具有特色、最富于实验性和创造性的作品,并代表了英国小说艺术的最高成就"(瞿世镜,1988:2)。随着女性主义批评日益成为受人瞩目的批评方法,伍尔夫的作品也备受人们的关注。由伍尔夫最早提出的双性同体观是理解其小说的关键,至今它也仍是女性主义批评争论和探讨的热点。这里,我们首先应从分析心理学和女性主义文学理论的要义入手,对这一概念上给予科学、合理的阐释,再结合伍尔夫的传记体小说《奥兰多》分析该观点在小说中的文脉,并指出双性同体意识在伍尔夫其他作品中的体现,从而揭示出伍尔夫文学创作中的深刻蕴含。

一、双性同体与双性同体诗学理论

"双性同体"在生物学上指的是体型构造和生理特性的两性混合。在心理学上则指人格中同时兼备强悍温情、果敢细致等跨性别特征,并因时顺势而变。分析心理学家荣格(Jung)认为,人类有两个最基本的原始模型,即阿尼玛(Anima)和阿尼姆斯(Animus)。阿尼玛是男人的灵魂,它是男性的女性特征,是男性无意识中的女性补偿因素;而阿尼姆斯是指女性的男性特征,女人也具有潜在的男性本质,也就是说,每个人的心灵中都有王子和公主的原型。因此,性别之间的敌对主要是个人内部男性和女性成分之间的无意识斗争的一种投射,两性之间的和谐依赖于个人内部的和谐。双性同体在荣格看来,是对立物的统一,是事物的原始状态,同时也是最理想的状态。因为它是永恒对立元素的融合,冲突已销声匿迹,万物平静,再一次回到最早的无差别的和谐之中。可以说,分析心理学上的双性同体与中国古代文化中的"阴阳合一"思想以及中国古代哲学里的"道"(天地之间完美和谐的一种理想状态)如出一辙(高奋,2008a:55)。

　　而伍尔夫提出的双性同体诗学理论作为西方女性主义的一个重要理论,既摒弃了生物学上的含义又发挥了心理学上的喻义。1919年伍尔夫发表了女权主义批评的奠基之作《一间自己的房间》。在书中她对双性同体诗学理论有明确阐述。她认为,"在我们之中每个人都有两个力量支配一切,一个男性的力量,一个女性的力量在男人的脑子里男性胜过女性,在女人的脑子里女性胜过男性。最正常最适意的境况就是这两种力量在一起和谐地生活,精神合作的时候……只有在这种融洽的时候,脑子才变得肥沃而能充分运用所有的功能。也许一个纯男性的脑子和一个纯女性的脑子都一样地不能创作。而半雌半雄的脑子是会起反响的,多孔的;它是能毫无隔膜地转达情意的;它是天生能创造的、炉火纯青而且完整的。"(胡滢,2008:79)

　　从这番描述中我们可以体会到,伍尔夫所倡导的实际上是一种理想的文学创作心态。她反对任何的性偏见和性歧视,要求作家在创作中跳出自己的性别和生活局限,用丰富的感受力和表现力去反映真实的生活。不仅要从男人的角度,而且要从女人的角度来表现。既不为男权文化的权威所影响,又不被绝对的女权意识所左右。这种两性完全合作并存的和谐境界就是她诗学理论的要旨。

然而该理论自提出后,就一直遭到英美及法国女性主义者的批评和异议。其中英美形式派以美国的伊莱恩·肖瓦尔特为代表,她在《她们自己的文学》一书中指出,"双性同体"是一种包括男性和女性元素的情感范畴所达到的全面平衡和自如。她指责伍尔夫的双性同体理论是对自己身为女性的愤怒的排斥,是一种企图从自己身体异化的状态中摆脱出来的努力。肖瓦尔特批评伍尔夫的理论是一个神话,是向男性中心文化的归化,其目的是为了避免与自己痛苦的女性气质相遇。法国派以埃莱娜·西苏和朱莉亚·克里斯多娃为代表。西苏在《美杜莎的笑声》中提出"另一种双性"即:每个人在自身中找到两性的存在,这种存在依据男女个人,其明显与坚持的程度是多种多样的(宋文,2008:39)。西苏指的双性并不消灭差别,而是鼓动差别、追求差别,最终以女性至上取代男性至上来颠覆男权文化的二元等级对立。克里斯多娃则认为双性同体的提法是在淡化性别意识,是一种假设性的,是一种退却与和解。尽管它也许存在,而事实上只是一种对两性之一的整体的渴望,因而抹杀了两性差别。

正如女性主义文学批评理论是一个开放的、不断发展的理论体系一样,各学派对双性同体诗学理论也是各执一词。但伍尔夫从解构占主导地位的男性价值秩序出发,承认男女两性价值存在的合理性,在对历史与现实的思考中建构性地提出超越性别对立的"双性同体"观,并在文学创作中进行探索与实践,这正是伍尔夫的伟大之处。

二、《奥兰多》中的双性同体论解析

伍尔夫的双性同体诗学理论在《奥兰多》中得到了最直接的反映。《奥兰多》虽不是伍尔夫的代表作,却是她最有争议的作品之一。她结合小说与传记的形式,深入且广泛地审视和探讨了两性在私人生活和社会生活中的角色与关系。先男后女再到双性同体的人生经历让奥兰多终于获得了写作的成功,完整的双重人格促成了她人生价值的实现。

(一)纯粹的男人

奥兰多的传奇人生就是双性同体的理想境界形成的过程。伍尔夫在《一间自己的房间》中写道:"任何作家在写作时想到他们的性别都是致命的。做纯粹和单一的男人或女人都是致命的,我们必须做男人式的女人或女人式的男人。"(蔡岚岚,2008:25)

奥兰多曾经是个不折不扣的男人,但萨莎的背叛离去对他的打击是致命的。女性形象在他眼中被歪曲。不论是天真、美丽、可爱的"天使",还是复杂、丑陋、善变的"妖妇",这些女人全不是独立的个人,而是男人风流生活中不可缺少的点缀品,是多汁的、晶莹曼妙的消费品、观赏物,在对女性理想化乃至圣洁化的塑造中表现的是十足的男性趣味。奥兰多对萨莎前后截然不同的评价反映了男人对女人的矛盾态度:女人既是男人的梦想,又使他们感到恐惧;她既给男人带来满足,又使他产生厌恶。伍尔夫借用奥兰多的视角展示了男性臆造的女性形象,体现了男人对女人的评价是直接服务于以男性为中心的文化的。作一个置女人于对立面的纯粹的男性,其情感世界遭遇到的无非是抛弃女性又被女性所抛弃,这让奥兰多充满了对这个世界的失望与迷惘。

(二)单一的女人

失恋后的奥兰多消沉厌世,为了逃避罗马尼亚女公爵的纠缠,请缨出使土耳其。在伊斯坦布尔的一场大火之后,奥兰多奇迹般地变为女人,从此离开官场,混迹于吉普赛人之间。"尽管性别不同了,他和她还是(在一个身体上)融合了。在每一个人身上,性别总在两极间摇摆。"生理性别的变化并没有改变她对世界的看法,但慢慢地社会文化传统、生长环境等影响和改变着她的个性。正如法国女性主义者西蒙娜·德·波伏娃在她著名的论著《第二性》中的论断,"女人不是天生的,而是后天形成的。决定这种介于男性与阉人之间的所谓具有女性气质的人的，是整个文明。"（潘建，2008：100）男性气质（masculineness）被看作是积极的、主宰的、冒险的、理性而有创造力的；而女性气质（feminineness）则是消极的、顺从的、胆小的、感性而遵循传统的。

身为女人之后的奥兰多在习惯与传统的压制下逐渐向所谓的女性气质靠拢。她知道自己"再不能猛击某人的头顶，再不能戳穿他的诡计，再不能拔剑刺穿他的身体，再不能头戴小王冠，再不能走在队列中，再不能判处某人死刑，再不能统率军队……我唯一能做的就是给老爷端茶倒水、察言观色。'要放糖吗？要放奶油吗？'"（韦虹，1994：197）她返回英国后，成为上流社会的贵妇，周旋于各种社交场合，并沉醉在结识蒲伯、艾迪生、斯威夫特等一流文人的虚荣里。她为他们斟茶，设宴款待他们。她很清楚，这些文人虽然送诗来请她过目，称赞她的判断力，征求她的意见，但这绝不表示他们尊重她的意见，欣赏她的理解。

这就是依附于男人，丧失了自我的女性的悲哀。波伏娃指出，男人是这个社会的主体，是按照自己的意愿行事的。女性在社会中是第二性，是"他者"。奥兰多终于意识到这一点并厌烦了做一个单一的女人的一切。她不断问自己，"平心而论，这是什么生活啊！"（韦虹，1994：200）她不想成为一个依靠男人证明自己价值的寄生者，她和这个世界之间也不需要男性充当中介。次等公民的女性地位同样让她对世界充满失望与困惑。

（三）双性同体的完美人生

伍尔夫倡导的"双性同体观"允许性别角色的自由选择，允许人们表达其相对性别的倾向。奥兰多在自我觉醒之后找到的自我解脱之路就是双性同体。"她用这种办法获得了双重收获。生活的乐趣增加了，生活的阅历扩大了。"（瞿世镜，1987：144）她随心所欲地在男性与女性的角色之间自由转换："上午，穿一件分不清男女的中国袍子，在书中徜徉；……此后，到花园里给坚果树剪枝，这时穿齐膝的短裤很方便；然后换一件塔夫绸花衣，这最适合乘车去里齐蒙德,听取某位尊贵的贵族的求婚;然后回到城里,穿一件律师的黄褐色袍子,到法院去听她的案子有何进展……最后,夜幕降临,她多半会从头到脚变成一个彻头彻尾的贵族,到街上去冒险。"(韦虹,1994:203)

双性同体的奥兰多的一天,也是伍尔夫本人渴求的生命存在状态终于得到企及的一天:两性和谐、并存,且能平衡掌控。这一天里,男人与女人不再是对立的二元。克里斯多娃在《妇女的时间》一文中指出,女性主义的斗争要经过政治和历史发展的三个阶段:第一阶段的"女权主义者"要求妇女在象征秩序中获得同男人平等的权利;第二阶段的 1968 年以后出现的"女性主义者",强调妇女同男人十分不同,以差异为名否认男性秩序,并颂扬女性本质;第三阶段,20 世纪 80 年代以来的"女性主义者",她们认为男性和女性的二元对立是形而上学,应予摒弃,这也是克里斯多娃自己的立场。而伍尔夫塑造的奥兰多的双性同体就是对男性和女性的二元等级对立的彻底消除。处于第一阶段的女权主义者伍尔夫提出了蕴含第三阶段内容的双性同体观,这是她理论创新及理论的前瞻性之所在。

奥兰多社会价值和人生意义的实现也是在双性同体之后。她头脑中的男性因素和女性因素进行着平等意义上的交融,她既能表达男性所代表的理性和物质现实,又能把握女性所代表的情感与精神世界。她终于完成了《橡树》这部耗费她毕生精力的诗集。诗中充满了对真理、对自然和人性的关注,奥兰多也因此书声名大噪,成了一位有现代意识的成功的现代作家。这也是伍尔夫所推崇的双性同体理论在创作上达到的最高境界(穆诗雄,1996:47—48)。

三、双性同体理想在伍尔夫其他作品中的体现

伍尔夫的文学创作无一不融入了双性同体的意识,这对我们理解其作品至关重要。仅以其代表作为例,《达洛维夫人》的威廉爵士和达洛维夫人、《到灯塔去》的拉姆齐夫妇、《海浪》的内维尔

和罗达。这里的男主人公就代表着在物质世界中寻找秩序的男性,女主人公则代表着在精神世界里追求整体的女性。男性是孤立、理性、实证地理解现实,往往表现出对物质世界中的客观事物及瞬息万变的社会、政治事件的关心,认为生活是变化、短暂、稍纵即逝的;而女性则是整体、诗意的,注重对精神层面的关怀,相信现实的点滴终能汇成永恒的整体。男人与女人在思维特征、感知能力上的不同,使得婚姻表面上看似美满幸福,实际上夫妇两人却分属不同的世界,彼此不能理解,无法沟通。

双性同体诗学理论在伍尔夫的小说中若隐若现。我们把握了伍尔夫的这条文脉,就能理解为什么在她的代表作中婚姻难得成为美满幸福的同义词,为什么主人公总在寻求一种难以释怀的满足。而只有奥兰多才能突破时空限制,尽情释放自我,从而使个性得以连续地没有任何压抑地自由发展。在现实世界中,真正的"双性同体"是无法实现的。肖瓦尔特说它是神话,西苏喻它为"想象乌托邦"。伍尔夫也承认,"双性同体"是她对身为女人的矛盾冲突的一种逃避。或许只有在另一个世界,才能达到这种精神上的完美境界。

唯有了解了"双性同体",我们才能说理解了伍尔夫,感悟了她的作品。笔者并不是鼓动读者都成为双性恋者或半男半女的人再来从事文学创作。这正是该理论容易产生歧义的地方,也违背了伍尔夫女性主义思想的初衷。我们强调的是在考虑问题观察事物时,尽量规避自身性别的局限,采用双重视角客观地表现事物,倡导两性的平等和谐相处,这才是伍尔夫创作的指导思想,也才是我们研究双性同体诗学理论的现实意义(王建香,2000:31)。

第五章　弗吉尼亚·伍尔夫的意识流手法

在《一间自己的房间》这部专论中,伍尔夫认为,"真实就是把一天的日子剥去外皮后剩下的东西,就是往昔的岁月和我们的爱憎所留下的东西。"(高奋,2008b:57)在她看来,真实就是瞬间和往昔岁月之飘忽的回忆。从伍尔夫对生活以及真实的论述中,可以看出她把人的物质生活、政治生活以及家庭生活置于生活的范围之外,认为生活存在于人的主观头脑中,它是一种内在的精神,是各种杂乱的印象和感性活动的总和。伍尔夫的这种"内在主观真实"的观点决定了她在反映生活、刻画人物时,把重点放在探索人的内心精神世界上。她批评爱德华时代的三位现实主义作家威尔斯、班奈特和高尔斯华绥是"物质主义者""关心的是躯体而不是心灵""结果,生活溜走了。"(高奋,2008a:62)因此,伍尔夫和他们彻底决裂,寻找一种更为深刻更富有暗示性的全新的方法来如实地呈现生活。这种"全新的方法"即她的独特的意识流技巧。

第一节　伍尔夫意识流小说中的前景构建主题

"前景化"(foregrounding)是韩礼德功能文体学理论的主要概念之一。20世纪30年代,由布拉格学派著名语言学家和文学评论家莫卡罗夫斯基首次提出。他认为"文体是前景化,是使人们注意,使其新颖,是系统的违背标准常规。"韩礼德接受了莫卡罗夫斯基的观点,把文体视为"前景化",但他明确把"前景化"视为"有动因的突出"(motivated prominence)(张德禄,1999:44)。

根据韩礼德(1971/1981),某个突出的语言特征只要与作者的整体意义相关就是与语篇的情景语境相关,就是有动因的突出,就能前景化。情景语境(语场、基调和语式)制约对意义的选择,语篇是在情景语境的制约下通过对意义的选择生成的,意义系统由三个情景变项相对应的三个意义成分组成(概念意义、人际意义和语篇意义)。在文学作品中,作品的整个意义和与意义相关的情景是由作者创造出来的,所以语篇的整体意义,或者作者的整体意义,就成为衡量文学作品中突出形式是否与表达作品的文体相关的唯一标准(张德禄,1999:47)。判断什么是真正的"前景化"并不依据语言的基本功能,而是要考察这些语言特征与特定"作品大的主题和结构"之间的关系,考察这些语言特征是否对"文本的阐释"或"作品的整体意义"(吴云龙,2005:38)做出了贡献。意识流小说作为一个语类与传统小说相比,在词汇组合、句法结构、叙述模式、语篇结构等多层面上偏离常规。那么意识流小说作家是如何利用这些前景化的语言和结构手段来实现他们的创作意图呢? 下面我们就以伍尔夫的意识流短篇小说《邱园记事》为具体范例,以传统现实主义为参照,以功能文体学"前景化"理论为依据,分析文本中的非常规语言和结构现象对小说主题意义的构建作用。

　　弗吉尼亚·伍尔夫是 20 世纪英国文学史上最杰出的女作家,是意识流小说的重要代表人物,她与爱尔兰的詹姆斯·乔伊斯和美国的威廉·福克纳并称为"意识流小说三杰"(李维屏,1998:124)。其小说是传统的现实主义向现代主义文学转型的典型,通过自由联想、内心独白、象征暗示等意识流手法来表现人物的精神世界及生活的本质。《邱园记事》(伍尔夫,2002)是伍尔夫早期著名的意识流短篇小说。它以邱园景色为背景,以一只蜗牛的爬行为物理时间线索,对四组游人进行了片断式的描写,具有浓郁的印象主义色彩。《邱园记事》背离了传统小说基于情节的因果逻辑联系和物理时空观来结构小说的模式。故事情节十分简单,没有任何矛盾与冲突。它描绘了四组人物在经过同一地点

（椭圆形花坛）的几乎同一时刻（蜗牛爬行的片刻）所展现的内心世界：有人回忆爱的往事，有人思考死亡，有人想到琐碎的生活，有人展望未来。与传统小说相比，对于人物外貌的细致描绘及人物性格的刻画与塑造在故事中不复存在。作者主要集中在对人物的神态举止、感觉、情绪和散漫意识活动的记叙上。通过这些前景化的语篇结构模式和语言的叙述，意在反映人与人之间的关系和生活的本质。

一、印象主义

意识流小说家伍尔夫受印象派绘画的影响，摒弃了小说的传统写作手法，使用印象派手法去描绘人物和场景。她用四幅人物故事画和两幅场景画结构了邱园记事的模式。传达了她对人生意义主题的解读。

（一）欠和谐的人类世界

《邱园记事》是由四幅独立的人物故事画面组成，其实是一幅完整人生的断片。在这幅人生画卷里，按年龄分有儿童、青年、中年人和老年人。从性别看，有男有女。小说展现的是现实生活的平庸与琐碎；人类行为的毫无目标；人际关系的淡漠与疏远。在伍尔夫的理想世界里，男人与男人之间，女人与女人之间，男人与女人之间，老人与年轻人之间本应是一个和谐的有机统一体，但事实上，这些人的行为展现给读者的是一个人与人之间缺乏交流与沟通的孤独和失意的世界（赖红颖，2005：76）。

首先，第一组走过椭圆形花坛的是一对已婚夫妇领着他们的两个孩子。从叙述者对这对夫妻走路姿态的描述，特别是一些副词评价词如：carelessly，purposely，unconsciously 的使用，就可看出他们夫妻关系的不协调：他们一前一后地走着，相距六英寸左右。男的随意漫步，女的则专注细心，时不时地回头看看，以免孩子们落在后面太远。走在前面的男人有意和后面的女人保持那样一段距离,尽管也许是无意识的,因为他希望他的思绪不被打扰。接着叙述者用人物直接内心独白(direct interior monologue)和简洁的人物对白的叙述方式表达了这对夫妻的内心所思。男的(西蒙)看到眼前的景物,便回忆起自己的过去——他的初恋(15 年前在小湖之畔,他向过去情人莉莉的求婚)。而女的(阿丽诺)也想到了自己的初吻。具有讽刺意味的是,让男的难以释怀的初恋,其对象并不是他的妻子,而让女人铭记在心的初吻,其对象也不是她的丈夫。由此我们可以看出,这对上层社会夫妻关系的微妙:他们都沉浸在对自己过去爱的怀念中,对现实却充满了失意与惆怅。在现实生活中,他们虽朝夕相处,却貌合神离,缺乏心灵的沟通与交流(许丽莹,2006:40)。

第二组走过椭圆形花坛的是两个男人。一个年轻,一个年老,也许是父子俩。年轻的沉默不语,脸上的表情平静得似乎有点不太自然。年纪大的走路摇晃,口中不停地念念有词,有时还会自得其乐地笑笑,表明精神似乎有些失常。通过叙述者对两人神态举止的描绘,同样预示了一种不和谐的气氛:他的同伴说话时,他就抬起头来,目光直愣愣地盯着前方;他的同伴一说完话,他又低头看着地下。有时过了好半天才开口,有时则干脆一声不吭(伍尔夫,2002:13)。两个男人结伴走在邱园,彼此却没有任何的交流。年轻的那位对年长的表情淡漠,对他的谈话更是心不在焉。对老者痴狂的话语,他不愿听,却还要极力忍耐。他的内心所思,却又无法向对方吐露。只能选择沉默。在现实生活的重压下,他的内心是多么的痛苦、失意和孤寂啊!

伍尔夫还泼墨描绘了年纪大的男人在邱园神志恍惚,精神失常的情景。叙述者交替使用了人物独白(自言自语)和叙事人话语的叙述方式来表现老者那飘浮不定,纷乱复杂的意识活动。他一会儿谈论死者的灵魂以及他们在天堂里的种种经历;一会儿谈到战争和雷电;一会又谈到他设计的一个电池小装置,说可以让寡妇们用来召唤被战争刚刚夺去生命的丈夫的亡灵,也许还可以用这种小机关与她们死去的丈夫说话。说着,他突然看到一个穿黑衣的女人，误认为是寡妇，于是向她奔去。但年轻人抓住了他，用手杖在一朵花上点了点以转移他那变态的意识。于是他凑过耳朵去听花，仿佛和花中的一个声音在交谈。他大谈起乌拉圭的森林，谈起几百年前曾经和欧洲最漂亮的女人去过那里；谈起森林中蜡质的花瓣、夜莺、海滩、美人鱼和海里淹死的女人。这些都是有关人类死亡和灵魂世界的东西。这位老人在人生的暮年，尽管有人陪着，却生活在自己幽闭孤寂的世界里，没人能理解他，也没人想去了解他。在老人的精神世界里，只有死亡。通过与死亡之魂的交流，以获得精神的安慰和解脱。

第三组走过椭圆形花坛的是两个来自社会中下层的上了年纪的女人。一个体态臃肿，举止笨拙，另一个面颊红润，手脚敏捷。伍尔夫对她们对话的描绘是一系列毫无具体意义的单词的拼凑。如："奈尔，伯特，罗传，莎斯，菲尔，爸爸，他说，我说，她说，我说。我说……""我的伯特，妹妹，比尔，爷爷，那老头子，白糖，白糖，面粉，娃娃鱼，蔬菜，白糖，白糖，白糖。"（伍尔夫，2002：14）她们所谈论的是来自她们那个阶层的长舌妇所热衷的话题以及柴米油盐类的日常生活琐事。这些事情说多了，连对方都失去了耐心。所以那胖女人干脆面向椭圆形花坛站住不动了，她本来还装模作样像在听对方说话，现在干脆连这点样子都不装了。由着对方的话像雨点似地打来，却只顾赏花，并陷入自己的沉思冥想中。她们那零零碎碎的对话不仅旁人听不懂，就连她们之间也觉得枯燥乏味，毫无意义。在她们的精神世界里只有柴米油盐类的生活琐事。没有任何的生活目标和追求。她们的内心充满了孤独和失落，却也无可奈何，最终只得去找个座，喝茶，回归平淡的日常生活（郭元波，2005：104）。

第四组走过椭圆形花坛的是一对年轻的恋人。他们"正当青春妙龄，犹如含苞欲放的鲜嫩的蓓蕾，或尚未在阳光下展翅飞舞的羽化彩蝶"（伍尔夫，2002：15）。他们本应是这四组人中最充满活力，最能相互理解、最能接近对方，最能达到默契的一对。但是我们却从他们简短的令人费解的对话以及他们单调平淡的语气中,已经看出了他们的不协调。

"真走运,今天不是星期五。"男的说。

"怎么,你也相信运气啊?"

"星期五来就得花费六个便士了。"

"六个便士算得了什么啊?那还不值六个便士吗?"

"什么是'那'呀?你这'那'字是什么意思?"

"哦,说说罢了……我的意思……我的意思你还会不明白?"(伍尔夫,2002:15)

虽然他俩的感情已非同寻常,像他们手中的伞已深深地插入泥地里,但他们也明白语言有时并不能完全表达他们的思想和内心世界。正如"语言的翅翼太小,承载不了这么重的分量,勉强要飞也扑腾不远,只能就近找个寻常话题尴尬地落下脚来"(伍尔夫,2002:16)。人类用以相互交流的语言有时不仅充满了误解,而且还成为妨碍人类沟通的一堵墙。这对涉世不深的年轻人对生活和爱情充满了渴望,却对自己的未来并没有太大的把握。甚至在他们的内心世界里(直接内心独白)还充满了对爱情的怀疑:"谁说得定这些话里不是藏着万丈深渊呢?谁说得定这丽日之下,背阴坡上是不是一片冰天雪地呢?谁说得定呢?这种事儿谁经历过呢?"(伍尔夫,2002:16)也许,他们未来的命运就是西蒙和莉莉或西蒙和阿丽诺的结局。表面上,他们似乎是幸福美满的一对,但他们内心深处的那种孤寂感就连他们自己也说不清。

《邱园记事》摒弃了传统的情节模式:开端—发展—高潮—下降—结局,仅揭示了一个既无情节又无行动的生活"片断"。在传统小说中,人物的话语是揭示人物性格特征的重要标志。但是在这些片断里,人与人之间的对话似乎并不重要,取而代之的是人类的行为举止和隐藏在人类语言背后的内心独白以及反映人类内心活动的自言自语。通过这些前景化语言的表达,深刻揭示了小说的主题——当时英国社会的不和谐(李红梅,2006:85)。

(二)和谐的自然界

以往的传统小说可能会从一个大的(社会)历史背景开始叙

述故事,或者构建一个典型的场景来刻画人物形象,展示事件的发生和发展。与传统小说相悖,伍尔夫选择了邱园这个大环境下的一个微小环境——椭圆形花坛作为中心背景。但是这一背景所起的作用并非烘托人物的行为、导致事件的发生或表现人物的内心世界。四组中心人物均从象征大自然的花坛旁边走过,伍尔夫想借此传达这样一个主题:与这个欠和谐的人类世界形成鲜明对照的是自然世界——伍尔夫心中的理想世界。因而在小说开篇就是一段描述自然景色的抒情散文。作者运用细腻的笔法和强烈的色彩对比,描绘了大自然转瞬即逝的光色变幻:椭圆形花坛里百花齐放,团团的绿叶上衬托着一簇簇的红、黄、蓝、白的花瓣,花瓣上还点缀着各色斑点,花蕊上附着金色的花粉。花瓣彩色的闪光落在褐色泥土上、灰白色鹅卵石上、蜗牛棕色的螺旋形的壳上。水珠被光线照射,幻化成彩色的水光之墙。再向上折射到叶脉和叶片上。透过大片的绿色,反射到广阔的空间,一幅光、色、形交织的夏日景色跃然纸上。宛若一幅后印象主义油画。小说采用印象主义的手法描绘椭圆形花坛,传达了伍尔夫对美丽和谐的大自然的热爱和追求(郝琳,2006:42)。

(三)人与自然的不和谐

故事中的人物似乎并不注意周围的环境(繁花似锦的花坛和蜗牛),而是沉浸在自己的思绪中,完全忽视了自然的存在。他们所热衷的是世俗的物质世界:时光的流逝(the passage of time);爱(love);阶层地位(class)与金钱(money)。而这些都不是自然世界所关注的东西。在他们身上永远达不到伍尔夫所崇尚的人与自然的和谐。

小说的结尾用诗化的语言对人类赖以生存的现实世界进行了描写。邱园是位于伦敦郊区的一个皇家植物园,它虽然美丽,却也并非世外桃源,仍然不时地受到人类工业化物质世界的侵扰:飞机的嗡嗡声;公共汽车轮子连续滚动的轰隆声;汽车换挡变速的喀嚓声;市场的喧闹声正侵扰着花园的神圣与宁静,破坏着自然的美丽与和谐。这些机器不仅对这个脆弱的自然世界形成了野蛮的威胁,也对生存于自然界的人及其易受伤害的精神造成残酷的威胁。战争,从精神失常老人的喃喃自语中透出。这架战争机器不仅破坏了我们大自然的美丽与和谐,更剥夺了人类的生命,破坏了人类的家庭。使人类的精神世界遭受空前的摧残。使人类的精神世界处于孤独、失落、孤立无依、异化的状态中(石毅仁,2003:51)。

二、象征主义

在诗歌中运用比喻、象征手段是诗歌语言的常规。《邱园记事》是一部具有浓郁的象征主义和极为诗歌化的意识流小说。因而它背离了传统小说的语言常规。那么伍尔夫在故事中又是如何采用象征主义这一前景化的手段来促进小说主题的建构呢?作者大量使用了生物意象和繁复的隐喻,如蜗牛、蜻蜓、花、蝴蝶、声音、阳光和伞等来深化小说的主题。

(一)人类的抗争与追求

自然界的蜗牛是贯穿小说始终的另一条重要线索。它也是促使小说话语连贯的重要衔接标志。蜗牛坚定的步伐暗示了时间的流逝,标志了故事发展的物理时间。小说作者赋予了蜗牛比人物更多的关注。它象征着人类在混乱无序的世界里的抗争,及对理想世界的追求。

"这会儿,蜗牛在壳里似乎微微一动,然后就费劲地在松散的泥土上爬了起来,所经之地泥土纷纷翻滚流动。这只蜗牛似乎心中有个明确的目标。"(伍尔夫,2002:12)这只蜗牛为了自己的目标而做着不懈的努力。这里的"明确目标"象征着作者的理想世界。然而,蜗牛对目标的追求过程并不是一帆风顺的,而是困难重重,甚是险恶:"褐色峭壁下临沟壑,沟壑内满是深不可测的绿水,扁形的树木犹如利剑,从根到梢一起晃动;灰白色的浑圆大石当道而立卧,还有那一片片又大又皱的薄片落叶横躺在地上,在蜗牛通向目标的道路上就有这许多障碍横亘在一枝枝花茎之间。"(伍尔夫,2002:12)在前进的道路上,蜗牛也有过犹豫和恐惧:"那枯叶,如要爬上去得费多大的劲儿啊,而且这薄薄的玩意,才用触角尖轻轻一碰,就摇晃了好半天,稀里哗啦地吓死人,是否能承受住自己的分量,也值得怀疑。"(伍尔夫,2002:15)但是它最终不像青虫,会轻易退缩。蜗牛不管遇到多大的困难,它都会勇往直前。但唯独有一种障碍,它是无法逾越的。那便是人。有一次"蜗牛刚挪到了一张圆顶篷帐般的枯叶前,还没有来得及决定是绕道而行还是往前直闯,花坛前又是人影晃动,有人来了。"(伍尔夫,2002:13)另外一次,"蜗牛刚刚把头伸进缺口,正在打量那赤褐色的高高顶棚,对里面阴冷的光线还尚未适应,外面草坪上又过来了两个人。"(伍尔夫,2002:15)最终,人成为蜗牛前进道路上最大的障碍。这也表明人与自然的不和谐。在自然界,以蜗牛为中心的这条线索,寄托了作者的一种理想,即对人生目标的执着追求。这只"蜗牛"实际上也是伍尔夫本人的象征。伍尔夫一直体弱多病,并长期受着精神问题的困扰。但是,她对自然,对写作的热爱,坚定了她奋斗的决心。她试图改变传统的写作方式,不断地进行意识流这一写作方式的探索和试验。

(二)人类世界的变幻莫测

蜻蜓是第一组人物丈夫西蒙回忆中的一个意象。西蒙把他的爱情和心愿全都寄托在那只蜻蜓身上。这只蜻蜓象征着莉莉对西蒙求爱的反应。"当时有只蜻蜓老是绕着我们飞个没完没了。"(伍尔夫,2002:11)就像莉莉的思绪在犹豫不定。正如他认定"那只蜻蜓要是停下来,停在那边的叶子上,停在那朵大红花旁的阔叶上,那她马上会答应我的求婚。"(伍尔夫,2002:11)可是蜻蜓转悠了一圈又一圈,哪儿也不肯停下来,说明莉莉最终没有答应西蒙的求婚。也象征着西蒙对人生的感悟:人生是多么变幻无常和不可思议,就像一只在空中飞舞的蜻蜓一样难以捉摸。

(三)人类空虚寂寞的精神世界

邱园的花美丽而芬芳,吸引着一对对的游人来此休憩和放松心境。但对于第二组游人威廉和年纪大的男人来说,花园的花就像一贴镇静剂。老人试图去追赶一个妇女——他以为是寡妇。他想和她说话,因为他们都是内心孤独寂寞的人。威廉用花来转移他的注意力。老人一直声称在和死者的灵魂交谈。幻觉中,他认为花中有个声音在和他谈话,于是他凑过耳朵去听,并开始交谈。这或许象征着自然已把人类与他们的精神自我联系在了一起。他是在倾听他精神世界的无言的声音。第三组游人中的胖女人带着好奇的神色打量花坛里的花。在她的意识里,花幻化成了黄铜烛台。她把眼睛闭上再睁开,结果看到的还是黄铜烛台。黄铜烛台代表了人类的精神世界。胖女人的思绪游离在自我的精神世界里,品尝着老处女的孤独和失意(苟丽梅,2005:15)。

(四)人与自然的和谐

在这篇小说中,伍尔夫对自然的描写赋予了人类的特征:心形(heart－shaped)的、舌状(tongue－shaped)的叶子,从花的喉部(throat)伸出的花蕊,以及叶子的叶肉(the flesh)。对人类的描写又赋予了自然的特征:西蒙的爱情和渴望被寄托在蜻蜓身上;莉莉对求婚的拒绝集中在方形银扣上;老者走路的姿势,颇像一匹性子暴躁的拉车的马(impatient carriage horse)在宅门前等得不耐烦了。在伍尔夫的理想世界里,自然与人的关系应是和谐统一的,人是自然的一部分,反过来,自然也是人类的一部分。在结尾处,叙述者,再次用隐喻的手法表达了人与自然的融合观点"一层青绿色的雾霭逐渐把经过花坛的游人裹了进去(envelop),起初还看得见他们的形体,他们的色彩,随后那些形体和色彩全都消融(dissolve)在青绿色的大气中了。"(伍尔夫,2002:16—17)

在小说结尾处,伍尔夫用隐喻和多次重复单词"声音"(voice)来表达她的心声:"看来一切的一切似乎都已被热气熏倒在地,蜷缩成一团,一动不动,仅有嘴里仍在吐出颤悠悠的声音,好似无数的蜡烛在吐着火舌一样。声音,对,是声音,那无言的声音,含着那样酣畅的快意,也含着那样炽烈的欲望。"(伍尔夫,2002:17)

这里的声音代表了隐藏在小说人物语言背后的内心独白以及反映他们内心活动的自言自语。这些无言的声音也反映了人物由于遭受抹杀人性的社会机器的压抑,而产生的严重的孤独感、失落感和幻灭感;更反映了人类心中的希望和呐喊:在这个混沌的,充满矛盾的物质世界里,建立一个人与人以及人与自然和谐统一的社会。这时我们听到了孩子的声音,满含着那样稚气的惊奇,一下子把沉寂都打破了。这种声音使人类最终转向了希望,转向了未来(旬阳,2004:16)。

在《邱园记事》中,伍尔夫一反传统现实主义的写作,借鉴了印象派绘画艺术手法,勾勒了六幅既独立又完整的图画(四幅人物故事画和两幅自然场景图),结构了意识流小说模式。在此模式中,作家淡化了小说情节(没有记录事件的冲突与危机),而是把人物置于小说的核心地位。伍尔夫将描写的重点放在人物的心理世界。通过揭示人物情感的复杂和矛盾来表现生活的真实性。人物外在行动在小说中仅仅起到表现内心情感的媒介作用。情景的构建以引发人物想象和回忆。小说中人物与场景的鲜明对照,更深化了主题思想。因而小说结构的前景化恰好凸显了意识流小说的主题意义。另外象征主义手段的使用,多重意象的出现和繁复的隐喻等语言特征的前景化同样为主题意义的表达做出了重要贡献(范圣,2005:58)。

第二节　伍尔夫意识流小说中的言语组织方式

在文学形态的发展史上,长篇意识流小说文本的研究是不可或缺的重要组成部分。通俗地说,它是"内容"和"形式"相互渗透后的结构系统,常常借助于话语方式得以显现。然而,就小说的

"话语"这一概念来说,不同的人们存在着不同的理解。有人认为,它是纯粹提炼的语言,犹如"元语言",即本雅明在犹太神秘哲学和语言哲学意义上追求的纯粹的语言、瓦雷里对非个人化的言说的"纯诗"的设想;也有人认为,它是不纯的、充满地域、阶层和民族差异的"方言"以及杂乱的日常言语(高红梅,2005:121)。

然而,要探寻伍尔夫长篇意识流小说中的"话语",理应着重从言语组织方面入手。这是因为,文本的言语状态是最逼近于人的语言的直观写照。海德格尔在《通向语言的途中》说道:"触处可见语言。所以,用不着奇怪,一旦人有所运思地寻视于存在之物,他便立即遇到语言,从而着眼于由语言所显示出来的东西的决定性方面来规定语言。"(刘爱琳,2005:94)伍尔夫先后发表的长篇意识流小说文本有:《雅各的房间》(1922)、《达洛维夫人》(1925)、《到灯塔去》(1927)和《海浪》(1931)。这些文本的言语运用有张有弛,显现出三个方面的形态。

一、语音层面的节奏

语音层面的节奏产生于声音在时间上的延续状况。朱光潜认为:"声音是在时间上纵直地绵延着,要它生节奏,有一个基本条件,就是时间上的段落(time-intervals)。有段落才可以有起伏,有起伏才可以见节奏。"(马亭亭,2005:119)节奏产生的条件有张有弛的言语组织——伍尔夫的长篇意识流小说话语方式在于,"时间的绵延直线必须分为断续线,造成段落起伏。这种段落起伏也要有若干规律,有几分固定的单位,前后相差不能过远。"(赖红颖,2005:76)不同的作家在从事具体创作时表达节奏的方法各有特色。伍尔夫善于通过音长和停顿来反映文本的节奏。它们时而舒缓、悠扬,时而短促、轻快。毫无疑问,这些文本具备了抑扬顿挫的美感。

(一)音长

音长常常具有丰富的文体功能,有意或无意地将长元音(包含双元音)或短元音巧妙排放在一起,就会自动生成节奏感。长元音使文本的节奏放慢,产生出舒缓、悠扬的旋律;短元音则能加快文本的节奏,产生出短促、轻快的韵味。《雅各的房间》《达洛维夫人》《到灯塔去》以及《海浪》分别以长元音(包含双元音)或短元音的交错为表现节奏的主要方式。前者如:

(1)Bars of yellow and green fell on the shore,gilding the ribs of the eaten－out boat and making the sea－holly and its mailed leaves gleam blue as steel.

后者如:

(2)Jacob went to the window and stood with his hands in his pockets.

在第(1)句子里的单词大多是由长元音或双元音组成,具体地有:"bars""yellow""green""shore""eaten－out""boat""making""sea－holly""mailed""leaves""gleam""blue"和"steel"。如果单独就这些词里的长元音而言,人们很容易会发现[i:]占据的比例很大。毫无疑问,这些长元音或双元音的存在放慢了小说文本的节奏。

在第(2)句子里的单词几乎是由短元音构成。如:"went""the""and""stood""with""his""hands""in""pockets"。短元音的出现则使得小说文本的节奏明显加快。当然,伍尔夫有时也会把上面两种方式结合在一起使用。拿刚才的第(2)句子为例。它后面紧跟的语句为:"There he saw three Greeks in kilts"(伍尔夫,1997:136)。除了"in"和"kilts"外,这句句子里的单词都是由长元音(或双元音)组成。这样,前一句以短元音为主体的句子和后一句以长元音(或双元音)为主体的句子的交替又渲染出了文本有时快有时慢的节感。它们的存在也带来了文本或扬或抑的节奏美。

(二)停顿

停顿是伍尔夫的长篇意识流小说文本形成节奏的最明显标

志。从狭义上看,停顿是指语音流的中断;从广义上讲,停顿可以指音素的延长和缩短,声带振动的断续,发音器官开闭的快慢,以及音节的划分和词句的连接等。《雅各的房间》《达洛维夫人》《到灯塔去》以及《海浪》里的停顿现象突出地表现在语音流的中断方面。语音流的中断造就了众多的短句,从而说明了小说里"节奏是声音大致相等的时间段落里所生的起伏"(韩世铁,1994:97)的现象。如:

(1) There in the grey room, with the pictures on the wall, and the valuable furniture, under the ground glass — sky light, they learned the extent of their transgressions.

(2) huddled up in arm — chairs, they watched him go through, for their benefit, a curious exercise with the arms, which he shot out, brought sharply back to his hip, to prove(if the patient was obstinate)that Sir William was master of his own actions, which the patient was not. (伍尔夫,1997:89)

这一段语句由两部分组成,它的停顿十分鲜明。停顿的标志就是标点符号"逗号""分号"以及"句号"的使用。在第(1)部分里,主语之前主要有三个介宾短语充当的状语,它们之间分别用了逗号进行连接。在第(2)部分里,主语之前有伴随状语,主语之后的句子成分虽然较为复杂,但是它们并没有一贯到底,而是不断地被逗号隔开。第(1)部分和第(2)部分则是用分号连接着,进而组成了一个完整的句子。类似的标点符号也频繁地用在了文本里的其他地方,使得文本又具有了短、平、快的急促的节奏特点。总的说来,语音层面的节奏感加强了文本自身的抒情性。在节奏的辅助下,第(1)句子写出了升起的太阳光芒照耀着海边景物的庄严气氛;第(2)句子诉说着雅各的浪漫气质;第(3)句子对威廉爵士的治病过程略带嘲弄。文本自身的抒情性极大地增添了它们的诗意,因而《雅各的房间》《达洛维夫人》《到灯塔去》以及《海浪》有时也被人们称为"诗化小说"(李森,2000:63)。

二、文法层面的字词

文法作为文学言语组织的基本层面之一,是文学言语组织在语词、语句和篇章方面的构成法则。它通常含有三类:词法、句法和篇法。其中的词法,又称字法,注重的是用词要贴切。它是特定文本内语词的构成法则,也是形成文本句法和篇法的基础。从构成法则的角度来说,《雅各的房间》《达洛维夫人》《到灯塔去》以及《海浪》的字词总体上平实、隽永、雅致而自然。限于篇幅的缘故,此处仅举出一例《海浪》里的片断:

Now I am hungry. I will call my sister. I think of crusts and bread and butter and white plates in a sunny room. I will go back across the fields. I will walk along this grass path with strong, even strides, now swerving to avoid the puddle, now leaping lightly to a clump. Beads of wet form on my rough skirt; my shoes become supple and dark. The stiffness has gone from the day; it is shaded with gray, green and umber. The birds no longer settle on the high road. (伍尔夫,1997:62)

这是一段描写苏珊在庄园里活动的文字。在一个寒冷的清晨,苏珊从床上起来后先去田野巡视了一圈,看过了谷库、树木、鸟儿、野兔、牛、燕子等自然界的生灵,走在回家路上的心理纪实。文本大多使用了单音节词,简洁、清新、素朴,没有花言巧语或者复杂、厚重、华丽的装饰成分。这些特征也为《雅各的房间》、《达洛维夫人》和《到灯塔去》的文本书写所具备。伍尔夫运用的这些字词的特点,正是玛丽亚·迪拜提斯特提出"弗吉尼亚·伍尔夫本质上是个守旧的作家"(邱仪,2000:105)的缘故。玛丽亚·迪拜提斯特说,伍尔夫几乎不对日常生活中的俗语和前卫时代里的乖僻新语产生感触。她的小说言语既不受街头巷尾的俚语影响,也不为社会名流的特定用词动心。她的词汇表里没有现代小说里经常出现的猥亵字词,也无"新"物理学里的术语(宋坚,2001:

56)。在字词的外在形式上,伍尔夫笔下的言语也并不像乔伊斯的无序和随意。玛丽亚·迪拜提斯特的观点一语破的,鲜明地概括出了上述四部长篇意识流小说文本里的字词特点,说出了伍尔夫遣词造句的匠心所在。同时,偏好且极擅长色彩词的运用也是伍尔夫的艺术天赋之一。所谓色彩词,主要是指表示七种不同的视觉印象的字词,即赤、橙、黄、绿、青、蓝、紫以及各自的相关变体,诸如浅黄、深红或苍白等颜色。例如:

The pale clouded yellows had pelted over the moor; they had zig-zagged across the purple clover, … The blues settled on little bones lying on the turf with the sun beating on them, … He had seen a white admiral circling higher and higher round an oak tree, but he had never caught it. An old cottage woman living alone, high up, had told him of a purple butterfly which came every summer to her garden. (伍尔夫,1997:18)

上述色彩词如 pale,yellows,purple,blues,white,purple 的依次使用具有相当的代表性。由于人类生活的历史积淀成就了色彩的感情联想,因此有人认为这些色彩词是人物内心意识的暗示。S. P. 罗森勃姆引用了 G. E. 摩尔的观点对之加以说明:词语"蓝色"的表面意思是很容易区分的,但是它的另一要素——我们称之为"蓝色"和"绿色"所共有的"意识",却极难确认;也有人认为它们具有象征意义,如《评弗·伍尔夫〈到灯塔去〉的意识流技巧》里的相关段落。该段落指出,当莉丽因不能完成作品而烦恼时,她眼中的颜色是"青紫和洁白";在小说末尾得到灵感,得以完成作品时,她注意到灯塔"已经化为一片蓝色的蒙蒙雾霭"。拉姆齐先生、莉丽和拉姆齐夫人形成了对比。拉姆齐先生看到自己可望不可求的目标"在远处闪烁着红光";莉丽用蓝色和绿色创作;拉姆齐夫人在画布上的形象是"紫色的三角形"。该文接着认为,红色和褐色代表自私和个人主义;蓝色和绿色代表无私。在《到灯塔去》中,拉姆齐先生是一个自私者,他的颜色是红色和褐色;莉丽是一个无私的艺术家,她的颜色是蓝色;介于两者当中的拉姆齐夫人,她的颜色是紫色。到灯塔去的航行也可以说是从自私走向无私的心灵旅程(秦红,2002:39)。

实际上,这些说明色彩词的使用意义的句段都似是而非。联系文本里其他地方的"红""蓝""绿""紫"等色彩词,有关它们的解释缺乏足够的说服力度,明显有复杂化的倾向。伍尔夫使用这些色彩词的意图,首先是使文本的视觉效果得以丰富,相应地增加文本画面的美丽、生动与丰富性。通过这些色彩词,人们似乎看到了斑斓多姿的各色蝴蝶在眼前翩翩飞舞、柔和的深绿色草地迸发出勃勃生机、一片葱绿之中点缀着的紫花尽情绽放……。另外,她经常把色彩词倾注在笔端,也是对康沃尔的自然情景无形之中的追忆。康沃尔在伍尔夫的童年记忆里留下了深刻的印象。它是一座不可多得的乐园,有着一片渐渐倾斜的长满荆豆的原野,间或点缀着一团团樱草花和蓝铃花,远处则是圣·艾维斯海湾和它的沙丘。馨香的微风会吹拂过开阔的原野,空气柔和得就像丝绸,带着一种像新挤出的牛奶似的鲜甜气味。可以说,这些色彩词的显现也是康沃尔自然景象铸造的结果(上官秋实,2003:167)。

三、辞格层面的比喻、拟人与夸张

辞格层面透露的是文本言语富有表现力并带有一定规律性的表现程式的运用状况,诸如比喻、拟人、借代、夸张等修辞方法的出场。《雅各的房间》《达洛维夫人》《到灯塔去》以及《海浪》的文本书写呈现出以比喻为主,兼具其他修辞方法的特征。

(一)比喻

就比喻来说,它又可以细分成明喻、隐喻、转喻和提喻。

1.明喻

英语语体里的明喻"simile"常用喻词"like""as""as …

as""so … as""as if""as though""as it were""seem""be comparable to""analogous to"等来联结本体和喻体。它是英语文学作品中运用最为广泛的一种修辞手段,也是伍尔夫使用频率最高的一种修辞方法。已有资料表明,它在《雅各的房间》里出现了三十五次之多,在《达洛维夫人》里超过七十多次,在《到灯塔去》里也有六十多次,在《海浪》里更是有过之而无不及,远远超过前三个数字,达到两百次以上。形形色色的明喻栩栩如生地说明了文本要讲述的事物,传达出诙谐幽默的风格,有时令人耳目清新;有时又暗含讥讽,令人忍俊不禁或是倍感苦涩。例如以下几点。

(1)"刚吃完饭,拉姆齐夫妇的八个儿女就像小鹿一般悄悄地溜走了,他们躲进了自己的卧室,那儿才是他们自己的小天地……"(谷启楠,1997:8)

(2)"伊丽莎白领路,走这边,绕那边;基尔曼小姐听凭她引领,恍恍惚惚的,像个大孩子,又像一艘笨重的军舰。"(谷启楠,1997:132)

在第(1)句话里,文本将"拉姆齐夫妇的八个儿女"比作是"小鹿",突出了拉姆齐夫妇还未成年的八个孩子的乖巧与宁静的性格,这样的比喻不落俗套而意趣横生。在第(2)句里,文本把"基尔曼小姐"同时比作"大孩子"和"笨重的军舰",实质上也暗示着基尔曼小姐的贫穷。贫穷加上姿色难看,基尔曼小姐缺乏自信。在艾与恩商店里,她实在无法拥有雍容华贵的仪态。

2.隐喻、转喻、提喻

从比喻的种类来看,《雅各的房间》《达洛维夫人》《到灯塔去》以及《海浪》里占绝对优势的修辞方法是明喻。除此之外,隐喻、转喻和提喻也零星地出现在文本之中。这里的隐喻,指英语辞格"Metaphor"。识别它的方法有两种。一种是通过明确的隐喻信号,如 to put it metaphorically、to use a metaphor、speaking metaphorically。另一种是根据言语的变异性质,判断言语变异性质的方式是逻辑角度的改变。隐喻中涉及的两个主词属于两个不同的类别,系词(通常是 be)将它们联结起来实际上构成了一种逻辑错误,或者说是"范畴错置"。譬如"婚姻就是一座堡垒"(marriage is a fortress)、"语言是他唇上的美酒"(language is wine upon his lips)(伍尔夫,1997:16)之类。婚姻和堡垒、语言和美酒分别属于两组不同的范畴,将它们放在一起是因为两者之间有着相似性。婚姻和堡垒在一定程度上都意味着束缚,语言和美酒给人以感官的享受和精神的愉悦。

至于转喻(metonymy)和提喻(synecdoche),韦勒克、沃伦解释为:"它们所表达的关系在逻辑上或数量上是可以分析的:因代表果,或者果代表因;容器代表容器中装的东西,附属语代表主语……"(殷企平,1988:91)具体的例句分别如:"一阵暖洋洋的微风轻轻吹入墨尔街,吹过英雄的铜像,也吹起鲍利先生的大不列颠心胸中飘扬国旗。"(谷启楠,1997:20)"我……;嗤笑这种号角、凯歌、盾形纹章"(谷启楠,1997:219)。前一句用了转喻的修辞方法,"国旗"指的是爱国心;后一句用了提喻的修辞方法,"号角""凯歌""盾形文章"指的是战争的胜利。

(二)拟人

《雅各的房间》《达洛维夫人》《到灯塔去》以及《海浪》里的其他修辞方法基本还有拟人、夸张两种类型。拟人辞格顾名思义就是把物拟成人。换句话说,拟人是把作为事、物、思想的物体完完全全地拟成活生生的人,要赋予物体以人的思想、感情或行为方式。它强调的是动态的人格化的比拟。如下。

(1)"他们能看到夏天泛绿的海浪平和亲切地在码头的铁柱周围荡漾。"(谷启楠,1997:12)

(2)"枯树就在那永无止息的微风中摇曳,晃动,发出一阵阵声和呜咽声。"(谷启楠,1997:82)

(3)"这时海风和波涛追逐嬉戏……它们一层一层地叠起罗汉,猛然冲进黑夜和白昼……玩着那些愚蠢的游戏……"(谷启楠,1997:142—143)

(4)"那圆盘大钟在直瞪着我。"(谷启楠,1997:19)

上述四个代表例句里,拟人修辞方法的运用使得不同的物体分别被给予了各式各样的人类情感。"平和亲切"原来是专门用来指人的态度随和、比较容易接近的,第(1)句子把"海浪"说成是"平和亲切"地在码头的铁铸周围荡漾,指出了雅各他们在旅行时,大海波澜不惊的处境;在第(2)句子里,"枯树"发出"呜咽声",仿佛它很伤心,无疑烘托出了夹杂在文本里的悲哀无奈的气氛;第(3)句子里,"追逐嬉戏""叠起罗汉""冲进"常是用来说明人类动作的词语,"海风"和"波涛"同它们连在一起就好比两个调皮捣蛋的孩子,肆无忌惮地任意翻腾,也间接地暗示着时光的无情;而第(4)句子里的"圆盘大钟",本是无生命的自在物,但是在伯纳德的眼里,它好像和人一样能够从墙上"直瞪"着自己,"直瞪"两字使大钟获得了动态的同时,旁敲侧击地陪衬出伯纳德初次离开家门去上学时惴惴不安的心态。

(三)夸张

夸张是要用夸大的言语从内在的层次上揭示出事物本质的辞格。它的出发点是通过发挥言语的感染功能来达到认知功能。伍尔夫偶尔也使用这一修辞方法,来刻画她笔下的人物。当伯纳德谈到校长老克雷恩时,就说他的"鼻子长得就像一座落日照耀下的大山"(谷启楠,1997:20),生动传神地指出老克雷恩校长的鼻子又大又红的事实。夸张辞格的运用同时还能达到宗廷虎先生所说的效果,即借用言过其实和夸大客观事物间的词语来表达强烈的思想感情。《达洛维夫人》里的伊丽莎白小姐,陪伴她的家庭教师基尔曼小姐一起购物后,极力地想摆脱那乏味无聊的谈话。瞅准付账的机会,她离开了基尔曼小姐。伊丽莎白小姐奔跑的速度之快,令"基尔曼小姐感到,那姑娘奔得连肠子都要脱出来了,一直拖到餐室的另一端"(谷启楠,1997:135)。"奔得连肠子都要脱出来了"这样的描写明显夸大了事实,然而它却展现出伊丽莎白小姐早已迫不及待地要逃离令她极为难堪的场合以及最终等到这个来之不易的机会逃脱时的心情，也侧面写出了基尔曼小姐自卑到极点时的感受和性格方面的变异。

语音层面的节奏、文法层面的字词、辞格层面的比喻、拟人与夸张等方法的相互渗透与交融，在《雅各的房间》《达洛维夫人》《到灯塔去》以及《海浪》里最终形成了有张有弛的言语组织。它们一边表现出诗歌凝练含蓄的印记，另一边也带有了娓娓道来与细腻柔和的散文审美气质。难怪福斯特在评价伍尔夫的创作手法时曾指出："一旦我们理解了她的技巧的本质，我们就会看到，就人物而言，她已尽了她最大的努力。她属于诗的世界，但又迷恋于另一个世界，她总是从她那着了魔的诗歌之树上伸出手臂，从匆匆流过的日常生活的溪流中抓住一些碎片，从这些碎片中，她创作出一部部小说。"（瞿世镜，1988：13）

《雅各的房间》《达洛维夫人》《到灯塔去》以及《海浪》里的言语组织也充分验证了伍尔夫下面的一段话："我们正在向着散文的方向发展，而且在十至十五年内，散文将会具有过去从未有过的用途。那饕餮的小说已经吞噬了这么多的文艺形式，到那时，它将并吞更多的东西。我们将会被迫为那些冒用小说名义的不同的作品发明一些新的名称。而且在那些所谓小说之中，很可能会出现一种我们几乎无法命名的作品。它将用散文写成，但那是一种具有许多诗歌特征的散文。它将具有诗歌的某种凝练，但更多地接近于散文的平凡。它将带有戏剧性，然而它又不是戏剧。它将被人阅读，而不是被人演出。"（张奎武，1992：77）

第三节　伍尔夫意识流小说中的独白表达技巧

伍尔夫对什么是生活和真实有着自己独到的见解。在《论现代小说》（*Modern Fiction*）一文中，她对生活的真实含义作出过精辟论断："往深处看，生活好像远非'如此'。把一个普普通通的人物在普普通通的一天中的内心活动考察一下吧。心灵接纳了成千上万个印象——琐屑的、奇异的、倏忽即逝的或者用锋利的钢刀深深地铭刻在心头的。它们来自四面八方,就像不计其数的原子在不停地簇射;当这些原子坠落下来,构成了星期一或星期二的生活,其侧重点就和以往有所不同;重要的瞬间不在于此而在于彼。"(葛林,1987:132)在伍尔夫看来,生活是积累在内心深处的各种印象,好的小说"不会有约定俗成的那种情节、喜剧、悲剧、爱情的欢乐或灾难"(胡家峦,1992:98)。

如果说《到灯塔去》有故事情节的话,这个情节也是非常简单的。题目"到灯塔去"即是对故事的最好概括,讲的是拉姆齐一家及客人计划去灯塔;但因各种原因未能成行。经过十年的沧桑变幻,他们又重返别墅,实现了去灯塔的宿愿。和其他意识流作家相比,伍尔夫的作品在形式上更为保守,内容上更为连贯,因而更易被读者接受。下面笔者将对伍尔夫在《到灯塔去》这部代表作中使用的间接内心独白、自由联想、象征手法、时间蒙太奇和多视角叙述方式这五种技巧作一浅析,从而探讨她如何娴熟地使用意识流技巧来达到她表现生活的目的。

一、间接内心独白

内心独白是一种把人物默默无声地存在于各个层次的意识活动内容和过程呈现于读者的写作技巧。它反映人物的内心思考,包括对过去的回忆、对现在的思索、分析和估量,也包括对将来的想象和预测。既反映人物浅层的、明确清醒的意识活动,也反映人物深层的、朦胧模糊的意识活动。乔伊斯在《尤利西斯》中使用的是直接内心独白,用第一人称把人物的意识活动直接呈现于读者眼前,作者完全退居幕后,对独白不进行任何加工及解释。这种独白更具真实性,但它的跳跃性及混杂性会给读者带来理解上的困难。

在《到灯塔去》中,伍尔夫借助间接内心独白来反映人物的内心世界。这种内心独白接近于内部分析,不用第一人称而用第三人称,它把人物的意识活动间接呈现于读者。人物的意识活动经过作者的加工及解释而具有连贯性和逻辑性,便于读者理解。作者不是退居幕后,而是充当"桥梁"作用,自始至终指导着读者的阅读,是读者的现场指挥。这种呈现虽然是"间接"的,但伍尔夫对间接内心独白的娴熟运用使读者感到时时处在人物的意识活动之中。"让我们按照那些原子纷纷坠落到人们心灵上的顺序把它们记录下来;让我们来追踪这种模式,不论从表面上看来它是多么不连贯、多么不一致;按照这种模式,第一个情景或细节都会在思想意识中留下痕迹。"这可以说是对她写作技巧的最好描述了。《到灯塔去》第一部分第一章中有这样一段话:"争吵,分歧,意见不合,各种偏见交织在人生的每一丝纤维之中;啊,为什么孩子们小小年纪就已经开始争论不休?拉姆齐夫人不禁为之叹息。他们太喜欢评头品足了,她的孩子们。他们简直胡说八道,荒唐透顶。她拉着詹姆斯的手,离开了餐室。……"(苏美,1988:2)

　　这段话描绘的是拉姆齐夫人的感受和思考,反映了她的内心世界。除去拉姆齐夫人的意识活动之外,这里还包括了作者对读者的引导——"拉姆齐夫人不禁为之叹息"——以及作者的客观描述:"她拉着詹姆斯的手,离开了餐室。"(瞿世镜,1988:13)后两者作为作者进行"干预"的手段,对读者正确把握人物的内心世界是至关重要的。

　　大量使用"拉姆齐夫人不禁为之叹息"之类的句子来引导读者是《到灯塔去》间接内心独白技巧的重要特征,它使作者的"干预"成为可能,并且来得自然。下面是第三部分到灯塔航行途中凯姆的一段内心独白:

　　"凯姆又把她的手指浸在波涛中,她想,原来她们居住的这座岛屿就是这般模样。……她开始给自己编造一个从沉船上死里逃生的故事,她想,我们就这样乘上了一叶轻舟。……她心里在想:为了她不懂得罗盘的方位,她父亲是多么生气;……"(苏美,1988:402)

　　这些画线的句子对于读者的理解是至关重要的,没有它们,读者很可能会误入歧途。

作者进行"干预"的另一重要手段是括号内插入语的使用。插入语可以对正在发生的事情进行补充、说明或解释。下面是画家莉丽关于班克斯先生的一段内心独白：

"我尊敬您（她在内心默默地对他说），在各方面完全尊敬您；您没有妻室儿女（她渴望着要去抚慰他孤独的心灵，但是不带任何性感）；您为科学而生存（不由自主地，在她眼前浮现出一片片马铃薯标本）；赞扬对您来说是一种污辱；您真是个宽宏大量，心地纯洁，英勇无畏的人啊！"（苏美，1988：227）

这里的插入语标志着视角突然的暂时转换。尽管这是莉丽默默无声的内心思考，但作者的"干预"使我们感受到括号内外语调的变化，感受到叙述的双重性。叙述的主线是莉丽对班克斯——同时也是对自己——的内心思考，插入语作为评注，是对主线的一种响应。

《到灯塔去》中的内心独白之所以清楚名了，脉络明确，就在于它是"间接"而不是"直接"的独白。我们或许感到不可理解，作为反传统的现代派作家，伍尔夫会在她进行"全新"试验的作品中使用全知描写法。但我们必须记住，意识流小说最大的特点是它描写人的内心世界，这一点，伍尔夫无疑是做到了。

二、自由联想

在意识流作品中，自由联想是描述人物内心活动的主要手段，但同时也最令读者感到困惑。人物的意识流既无一定的顺序又无固定的模式，它们往往是触景生情，有感而发；由一人或一件事情联想到其他的人和事，由现在联想到过去和将来。伍尔夫认为："把这种变化多端，不可名状、难以界说的内在精神——不论它可能显得多么反常和复杂——用文字表达出来，并且尽可能少掺入一些外部的杂质，这难道不是小说家的任务吗？"（瞿世镜，1987：143）显然，伍尔夫强调的是揭示人物内心世界的原始状态，而不进行任何的加工和处理。意识活动在内容、时间及地点上的混杂性、跳跃性,决定了自由联想必须打破传统的叙述方式,不受任何时空条件的限制。

罗伯特·汉弗莱曾指出:"三个因素影响人物的自由联想:第一,回忆,这是自由联想的基础;第二,感觉,它引导自由联想;第三,想象,它决定了自由联想的灵活性。"(Lukacs,1964:22)这三个因素相互影响,相互依赖,构成人物意识活动的主要特征。在《到灯塔去》中,人物的自由联想同样受这三种因素的影响。伍尔夫在描述简单,甚至看似琐碎的事件时,往往插入其他的内容,这些内容尽管没有打乱事件的进程,但它们却花费了作者更多的笔墨。这些内容大多是人物的自由联想——不仅包括外部事件涉及的人物,还包括与事件完全无关的人物。

《到灯塔去》第一部第五章中,伍尔夫描述的外部事件非常简单:拉姆齐夫人给儿子詹姆斯量袜子。这个只需一两分钟便可完成的动作花费了伍尔夫四页半的笔墨。在量袜子的过程中,拉姆齐夫人望见威廉·班克斯和莉丽经过窗前,抬头看见了房间和椅子,又对詹姆斯发出了警告。这些客观存在都激发了拉姆齐夫人的内心活动,使得她浮想联翩。这些自由联想看似杂乱无章,但仔细阅读便可找出它们的引发条件。比如拉姆齐夫人对莉丽眼睛的联想,对莉丽应当和威廉结婚的联想,都是看到他们二人经过窗前而引发的;对于房间状况、房租、书籍、女仆的联想是抬头看见了房间而引发的;从她发现袜子太短的沮丧表情,过渡到她回忆威廉·班克斯如何称赞自己的美丽,这一切都显得真实自然,水到渠成。值得一提的是,这一章不仅有当前人物——拉姆齐夫人和儿子詹姆斯——的联想,而且还有场外人物——"人们"、威廉·班克斯以及瑞士姑娘玛丽——的自由联想,这使得读者可以从不同的角度了解小说的中心人物拉姆齐夫人。

人物的自由联想和他们的性格、生活经历以及教育背景有着密切关系。在《到灯塔去》中,多数自由联想来自拉姆齐夫人和莉丽。拉姆齐夫人和她的丈夫不同,她不崇尚哲学,不在意外部世界的规律、准则。她具有宽阔的视野,丰富的想象力以及深刻的同情心。在她看来,生活是毫无规律的机会王国。单身的莉丽是一个艺术家,在她得到灵感完成母子图之前,她必须要理解和解决许多难题:拉姆齐夫妇之间的关系,他们和孩子的关系,婚姻问题,要读懂塔斯莱先生和卡迈克尔先生,还要读懂自己。她始终在冥思苦想,寻找生活的真谛。她们二人的性格特征决定了伍尔夫主要依靠自由联想来塑造人物(王建华,1993:21)。

三、象征手法

伍尔夫在 1925 年 5 月 14 日的日记中第一次提到她对《到灯塔去》的设想:"这部作品将相当短,要写出父亲和母亲的性格,以及圣·伊夫斯群岛,还有童年,以及我通常试图写入书中的一切东西——生与死等等。"(Moody,1963:107)伍尔夫借助异常简单的情节阐述了许多重大或平淡的问题:婚姻、家庭、战争、贫困、人格、假期、房租、生与死……伍尔夫对这些问题并没有直接表述和讨论,她只是把它们巧妙地呈现给读者,让读者自己去感受和思考。因此,阅读伍尔夫的《到灯塔去》,就像挖掘一个无尽的宝藏,不同的读者会有不同的感受,每一次新的阅读也会有新的发现。也许这就是这部小说的魅力所在。通过对小说象征手法的分析,我们可以了解伍尔夫如何借助这一技巧来表现"一切东西"。

首先,伍尔夫围绕着故事框架建构了一系列有象征意义的事件及场景。伍尔夫把她的人物安排在偏远的无名小岛上,这使得她能够为小说中的人物套上"一圈明亮的光环"(Meisel,1980:105),放到可以充分展示自己内心世界的生活中去。他们是整个社会的一个缩影。拉姆齐先生带领两个年龄最小的孩子——凯姆和詹姆斯——完成了十年前因各种原因未成行的灯塔之行。但经过十年的沧桑,人事皆非:拉姆齐夫人病逝,女儿普鲁死于难产,儿子安德鲁死于战争,海滨住宅经过了十年的风雨,詹姆斯也由儿童成长为今天的少年。因此,这次灯塔之行有了新的含义:它是一次心灵的旅程。拉姆齐先生对妻子有了更深的理解,认识到只崇尚理性是不够的,生活还需要直觉和想象,从而改善了自己和孩子的关系。凯姆和詹姆斯对父亲也有了更公正的评价,消除了怨恨,产生了钦佩之感。这一切正是已逝的拉姆齐夫人所渴望的。就在拉姆齐先生一行到达灯塔之时,莉丽"好像在一刹那间看清了眼前的景象",画出了在她心头"萦回多年的幻景"(苏美,1988:423),从而完成了十年前未能完成的母子图。这象征着莉丽解决了一直困惑她的难题,找到了生活的含义。

灯塔可以说在小说中具有最深刻和最丰富的象征意义。当我们阅读《到灯塔去》时,灯塔本身就是小说表达的各种情感的"客观对应物"(McNichol, 1994:123)。伍尔夫把不同方面和层次的含义凝聚在灯塔中,任何单一或片面的解释都是不恰当的。灯塔在小说中处于中心位置,每个人物都和灯塔紧密相联。对于拉姆齐夫人,它代表一种婚姻中无法得到的启示;对于拉姆齐先生,它是自己所轻视的诗人但尼生的诗句;对于莉丽,它代表未完成的母子图。灯塔使我们了解到人物在情感旅程中的彷徨和迷惘:它使我们联想到詹姆斯对父亲的怨恨,莉丽在艺术创作中的挫折。拉姆齐夫人只能在窗内看到灯塔的部分光芒,使她想起自己并非完美的婚姻。因此,如同《雅各布的房间》中的大本钟一样,灯塔在这里有着特殊的用途,非只言片语所能道尽。敏感的读者会发现,伍尔夫在书中多次提到篱栅,多达 19 次。随着人物相互关系的展开和篱栅的频繁出现,读者逐渐体会到它的象征含义:它代表夫妻之间的障碍及父子之间的隔阂。这个象征看似轻微,但它对于作品的中心含义是必不可少的。

四、时间蒙太奇

蒙太奇是电影艺术中常用的一个术语,指把不同时间或地点的各种镜头重新组合或进行穿插,来表达主题的流动性和混杂性。伍尔夫成功借用了这一技巧,用以揭示人物的意识活动。因为人的意识也是处于不断的流动状态中,它不能长时间地集中于一点,而是不断地进行跳跃,自由地穿梭于不同地点和时间。

时间蒙太奇是指在特定的空间内,人物的意识突破传统的时间概念,自由穿梭于过去、现在和未来。"时间蒙太奇是反映人物意识变化和心理感受的有效手段。它不仅可以使人生经历的各个阶段在一个有限的、特定的空间内得到最充分的表现,而且还能使人物在某一时间的经历同其另一时间内的经历交错重叠,显示出人物意识的多元化与立体感。"(秦红,2002:38)

莉丽是《到灯塔去》中的一个主要人物,她在揭示拉姆齐夫人的内心世界及贯穿整个故事方面起到了重要作用。呈现她的意识活动时,伍尔夫就运用了时间蒙太奇技巧,整个第三部分第五章全部是莉丽的意识活动。莉丽的思绪如同大海的波涛,在现在和过去之间有规律地来回穿梭,眼前的客观景象和过去的回忆交织在一起,最后停留在共同点——拉姆齐夫人——身上。过去的一切象征性地再现,给予她启示,使得她解决了困惑已久的难题。实际上,整个第三部分都是第一部分的再现。尽管拉姆齐夫人已经去世,但读者能时刻感到她的存在。因为她仍然活在拉姆齐先生、孩子及莉丽的心中,她的品格如同灯塔的光芒,永远照耀着人们。阅读第三部分,读者感到又回到了十年前的那个傍晚。因此,通过莉丽、拉姆齐先生及其他人对过去的回忆,伍尔夫巧妙地把过去和现在交织在一起,使整部小说浑然一体,达到对比和匀称的审美效果。

在这部小说中,将来这一时间概念在揭示人物的内心活动方面同样起到了重要作用,它不仅作为一种叙述技巧,而且作为意识活动的一个内容,影响着人物的刻画。伍尔夫非常注重将来对生活带来的影响,拉姆齐一家及莉丽对将来都有畏惧心理,因为人们无法预料、更无法决定将来。时间的流逝即代表着将来的来临,因此,他们对于现在流连忘返。在第一部第 17 章,客人用餐完毕后,拉姆齐夫人"走到门槛上,她逗留了片刻,回首向餐厅望

了一眼……她回过头去瞥了最后一眼，知道刚才的一切，都已经成为过去了。"（伍尔夫，1988：319）

五、多视角叙述方式

文学评论家戴维·洛奇曾指出，现代小说的基本特征是在形式上"明显地背离现存的文学和非文学叙述模式"；在内容上"主要描写意识，涉及人类心灵的潜意识和无意识运动"（Maze，1997：221）。为了真实地"描写意识"，伍尔夫向长期以来的写实主义传统挑战，对叙述模式进行更新和探索，在叙事角度上采用多视角及视角的频繁转换即是她进行的重要探索之一。

由谁来叙述故事，或者通过谁的视角把故事呈现给读者，是每一个作家必须面对的问题。传统作家通常采用全知全能的叙述角度，叙述者凌驾于整个故事之上，洞悉一切，随时对人物的思想及行为作出解释，对发生的事件进行评价。这种视角可以使作者随意地对故事情节及人物进行加工处理，但作者的过多干预和介入也同时在作品和读者之间造成了距离，从而降低了作品的真实度和可信度。在《到灯塔去》中，这种全知全能的叙述被减少到了最低限度。

在《到灯塔去》中，伍尔夫采用多角度叙述方式，叙述角度的变化不仅十分频繁，而且各视角之间——叙述者和人物之间，不同人物之间，作者和叙述者之间——没有明显的界限，这就使得读者不能轻易地辨别出不同的视角。下面是第一部第17章中的一段（为方便分析，我们在适当的地方加上数字）：

（1）"这是大大的成功。"

（2）班克斯先生暂时放下手中的刀叉说道。

（3）他细细地品尝了一番。

（4）它美味可口、酥嫩无比，烹调得十全十美。

（5）她怎么能够在这穷乡僻壤搞出这样的佳肴？他问她。

（6）她是位了不起的女人。

(7)他对她的全部爱慕敬仰之情,又重新恢复了。

(8)她意识到这一点。(伍尔夫,1988:307)

上段中的第一句和传统的作品毫无区别,因为(1)是直接引语,(2)是全知全能作者的描述,而(3)却突然转换成拉姆奇夫人的视角:因为她想取悦班克斯先生,所以非常关心他对食物的态度。(4)仍然是拉姆奇夫人的视角。(5)虽然没有引号,但显然是班克斯先生对拉姆奇夫人的发问。(6)是以直接内心独白展现的班克斯先生的意识。(7)使我们又回到拉姆奇夫人的思绪。最后一句(8)是全知全能作者的视角。

这里的视角转换可简单地描述为:全知全能作者—拉姆奇夫人—班克斯先生—拉姆奇夫人—全知全能作者。此段虽短,但足以使我们了解在《到灯塔去》中视角的频繁转换。由于视角的转换缺乏规律性,许多读者在阅读时,往往感到迷惑不解,不知所云。但反复阅读之后,细心的读者能够发现伍尔夫在转换视角时,还是提供了一些信息的。这些辨别不同叙述者的信息主要是以下几种:第一,伍尔夫在叙述人物的意识活动时,经常使用"他(她)心想""他(她)思索""他(她)喃喃自语"等短语,用于提醒读者。第二,人物特定的习惯用语,这种习惯用语和某个特定人物紧密相连。比如拉姆齐夫人多次使用"毕竟"这个词,它既恰当地反映出拉姆齐夫人的心态,也为读者巧妙地作出暗示。伍尔夫还使用其他手段来提醒读者视角的转换,这些手段包括标点符号、现在分词短语及插入语的使用等等(罗杰鹦、申屠云峰,2002:10—11)。

弗吉尼亚·伍尔夫对英国文学的发展做出了相当的贡献,她的好友福斯特先生(E. M. Forster,1879—1970)对她作出了恰当、生动的评价:"弗吉尼亚·伍尔夫写了大量的作品,她用新的方法给人们提供了极大的乐趣,面对着黑暗,她把英国语言的光芒向前推进了一小步。"(Marder,1968:175)

第六章　弗吉尼亚·伍尔夫的现实观

诚如朱光潜所言，"诗必有所本，本于自然；亦必有所创，创为艺术。"（朱光潜，1987：49）艺术之"本"通常被称为"现实"，指称创作者所理解的创作本源。不同诗学对"现实"的理解是不同的，比如西方诗学的"现实"是认知的，中国诗学的"现实"是感物的。西方诗学对"现实"的认知可上溯至柏拉图，其《理想国》将"现实"分割为"看得见的世界"和"知性世界"，以此构建的"摹仿说"和"理念说"主导着西方文艺思维。中国诗学的现实"感物说"可上溯至先秦时期，其经典之说"乐者，音之所由生也，其本在人心之感于物也"（张寅彭，2006：77），对后世的影响极其深远。有鉴于传统思维的惯性力量，批评界在评判具体作家的现实观时，常常会因循常规而做出判断，却忽视其真正的内涵。对弗吉尼亚·伍尔夫的现实观的阐释便是一个例证。

伍尔夫曾在《现代小说》中描绘一颗平凡的心灵在普通一天的情形，也在《达洛维夫人》《到灯塔去》等小说中生动表现人物的意识流，这些描绘和表现通常被视为伍尔夫对"现实"的理解，其中所包含的印象的、直觉的、意识的特征，使批评家们普遍认为伍尔夫心目中的"现实"必定是心理的、主观的。卢卡契便是典型代表，他在批判现代主义用主观经验歪曲现实的时候，特别指出伍尔夫是这一类创作的极端例证，"现代主义作家们将主观经验视为现实，结果赋予现实整体一幅歪曲的画面（弗吉尼亚·伍尔夫就是一个极端的例证）"。（Lukacs，1964：51）伍尔夫的"现实"真的是主观的吗？

20 世纪 80 年代以后，西方批评界注意到伍尔夫曾反复论及并界定"现实",开始意识到这一概念的重要性。批评家发现伍尔夫曾多次将现实(Reality)、真实(Truth)、生命、精神等并置,因此将伍尔夫的"现实"理解为真实、生命、精神的同义词。哈塞(Mark Hussey)指出,"我们可以推测,'生命'与'现实'是同义词。'现实'是伍尔夫词汇中非常特殊的术语,将对理解她的自我观和自我在尘世中的位置发挥关键的作用。"(Hussey,1996:34)巴兹莱(Shuli Barzilai)指出伍尔夫的"现实"包含两层内涵:情景和真实。(Barzilai,1994:21)伍尔夫的"现实"真的是精神的同义词吗? 我们不妨将伍尔夫的现实观放置于中西诗学相应理论的观照之中,整体考察伍尔夫对"现实"的构建过程及其内涵。

第一节　伍尔夫现实观中的文学传统倾向

在西方思想史上,英国唯物主义哲学源远流长。从中世纪的罗杰·培根、邓·斯各脱,到文艺复兴时期的弗朗西斯·培根,到启蒙时期的约翰·洛克、大卫·休谟等。马克思对此不无赞赏地说:"唯物主义是大不列颠的天生产儿。"这种传统不但形成了英国人民务实求新的精神品格,而且造就了英国伟大的现实主义文学传统。美国著名学者安妮特·鲁宾斯坦指出:"英国文学的伟大传统,是伟大的现实主义作家的传统。也就是说,代表这一传统的作家,能透过生活的无数旋涡和逆流,看到永不止息的时代主流,并密切加以关注。"(林树明,1996:72)她深刻道出了现实主义传统如实反映世界和批判社会现实的现实主义精神。但是现实主义传统还应包括现实主义写作形式、技巧的传统。自小说在英国诞生以来,经过几代作家的努力,现实主义小说已经成熟发展了一套写作手法和技巧:以线性的时间为顺序来安排故事情节,在典型的环境中塑造典型的人物形象。

然而在 19 世纪末 20 世纪初,在西方社会掀起了一场背离现实主义传统、追求并研究新颖艺术形式的现代主义文学运动。布雷德伯里把这场现代主义运动看作是一场文化的大地震,"颠覆了我们最坚实、最重要的信念和设想,把过去时代的广大领域化为一片废墟,使整个文明或文化受到怀疑,同时也在激励人们进行疯狂的重建工作。"英国著名女作家弗吉尼亚·伍尔夫是其中在小说领域的重建者之一。她以独创性的现代意识流小说而闻名于世。为了维护她的意识流创作理论,伍尔夫和当时的现实主义小说家们进行了激烈论战。她在《论现代小说》和《贝内特先生和布朗夫人》两篇论文中指责爱德华时代的现实主义作家贝内特、威尔斯和高尔斯华绥等为"物质主义者"。因为他们只注重外部世界的描写,忽视人物的内心世界:"他们的目光使劲地、探索地、同情地向窗外望去,注视着工厂、乌托邦,甚至还注视车厢里的装饰和地毯;但是他们却从来也不去注视布朗夫人、不注视生活、不注视人性。"(王文燕,2000:79)

伍尔夫对"物质主义者"们的批判似乎意味着伍尔夫的现代意识流小说与现实主义传统格格不入,甚至水火不容。其实,透过表面现象就会发现,伍尔夫抨击的不是现实主义传统,而是爱德华时代的现实主义小说家们不能感知时代的脉搏,用过时的现实主义小说形式反映变化了时代精神的那种文学作品。伍尔夫的伟大之处在于她预知到了时代的变化、人性的变化。她在论文《贝内特先生与布朗夫人》中指出:"在1910年12月或大约这个时候,人性变了。……人与人之间的一切关系——主仆、夫妇、父子之间的关系——都发生了变化。而人与人之间的关系一旦发生变化,信仰、行为、政治、文学也随着发生变化。"(刘文荣,2006:72)在这样的时代背景下,伍尔夫秉承,而不是放弃现实主义传统,锐意创新开创了意识流小说的先河,并成为一代大师。

根据苏联批评家米哈尔斯卡娅的观点,伍尔夫的创作经历了前、中、后三个时期。《远航》《夜与日》是前期的代表作品。这是伍尔夫在现实主义小说传统形式中探索现代小说创作的时期。中期的代表作品是《达洛维夫人》和《到灯塔去》。这是她创作的巅峰时期,她对传统小说形式进行了大胆的扬弃。后期代表作品是《岁月》和《幕间》。这个时期表现出伍尔夫向现实主义传统的回归倾向,试图探索一种融传统与现代的综合小说艺术。本文选取她前、中、后期的代表作品《远航》《达洛维夫人》和《岁月》进行分析,考察并揭示体现在伍尔夫创作历程中的现实主义传统。

一、在现实主义传统形式中探索

伍尔夫的首部小说《远航》讲述了一个名叫雷切尔·文雷斯的姑娘乘轮船远游南美洲,并遇到情投意合的恋人,最后因病死在他乡的一个完整的爱情故事。阅读《远航》时,给人的感觉犹如在读 19 世纪的现实主义小说。这是因为:首先从故事情节和人物塑造上来看,《远航》以明显的线性时间顺序来安排故事情节。书中虽然运用了大量的象征、心理描写,但小说情节明快,事件发展前后连贯,人物性格十分鲜明。特别重要的是,这些人物性格还彼此处在相互联系之中。雷切尔和安布罗斯夫妇相处的那段生活,和达洛维夫妇的相识,以及同窗好友的情谊,都对她的精神发展产生了重要的影响,他们中的每一个人都使雷切尔了解了一个她以前所不知道的生活侧面。在这部小说里,我们可以看到女主人公的虽不完整但十分清楚的性格发展过程,这些都充分体现了传统现实主义小说的形式技巧(黄新征,2002:70)。

其次,从叙述角度上看,《远航》采用了传统现实主义的全知型叙述模式。作者犹如一个全知全能的神,凌驾于故事之上,洞悉一切,随时对人物的思想及行为做出解释,对发生的事件进行评价。例如在小说的开头:"从滨河马路到堤坝的街道本来很窄,所以在这里走路最好不要相互搀着胳膊。如果偏要这样,那些律师就要跨进路边的泥坑了,年轻的女打字员也会在你身后不知所措。在没有人关注美貌的大街上,怪癖是要付出代价的,最好长得别太高,别穿蓝色风衣,别在空中挥舞左手。"(林燕,2003:2)这是一段对狭窄的伦敦滨河街道的描写,作者一面以全知的视角向读者介绍场景,一面以自己幽默的口吻讽刺滨河街道的糟糕路况。

在对人物的心理进行描写时,作者也以全知的视角让读者间接地进入人物的心里。例如在第 18 章,作者在描写黑韦特不知道雷切尔是爱自己还是爱赫斯特时的痛苦心情:"他把支持这种想法的证据在脑子里转了一遍——她对赫斯特所写的东西突然感兴趣,她引用他的话时一本正经的样子,或者只是半开玩笑的态度,她为他起的绰号'伟人',可能也确实有褒奖他的意思。如果他二人之间真的有什么默契。那么对他将意味着什么?"(林燕,2003:227)这是一段精彩的心理描写。破折号后面的一句话很像黑韦特的内心独白,但这是经过作者间接引介而进入人物心里的;最后两句话暗藏着作者的声音,对他的心理进行了评价。

但是,在伍尔夫的这部小说中已显露出现代主义的某些特征。如小说的动作性不强,事件发展缓慢,中心在描写主人公的长时间的谈话,描写他们的体验和感受;人物缺乏性格的逻辑完整性等。所以说这是一部实验性很强的作品。传统与现代这两种不同的风格掺杂在一起,故事情节线索明晰,有一个传统的故事构架,从起点到终点,人物由生到死都是按线性时间安排的。同时,作者开始捕捉有意味的"存在瞬间",并充满了强烈的象征意味,预示了伍尔夫后来的那种风格。米哈尔斯卡娅指出:"《远航》给女作家以后的发展,铺下了两条可能的道路。第一条道路,和那些使伍尔夫接近若干现实主义小说传统的因素相联系;第二条道路,则带有发展到战前这一新阶段的颓废艺术的特征,标志着(20 世纪)二三十年代现代主义小说的开端。"(Sprague,1971:158)

二、对现实主义传统形式的扬弃

经过前期的不断探索,伍尔夫对现实主义小说的传统形式进行了大胆的扬弃,创作出现代小说的巅峰之作《达洛维夫人》。这是一部伍尔夫成功运用意识流手法写作的小说。在这部小说中,作者扬弃了现实主义传统中不适于反映时代变化的形式技巧,秉承现实主义传统的写实性和社会批判精神,运用意识流手法真实地记录现代人对支离破碎世界的内心感受。

其实现实世界有两个,即外部的客观物质世界和人的内部主观世界,这已被现代心理学所证明。传统的现实主义小说形式适于对外部客观物质世界的描写,而不适于对人的内部主观世界的反映。所以现代小说家对此进行了扬弃。他们以现实主义的写实性精神,力求客观地反映人的内心世界,扩大传统现实主义创作的路子,以"确保西方文学乃至世界文学向客观世界和主观世界两个方向匀称地、健康地发展"(Meisel,1980:92)。因为在人类思维还没有发展到能认识本身的复杂性以前,传统的现实主义小说形式只能表现巴尔扎克和狄更斯眼中的客观物质世界,并由这一代文学巨匠将它推向巅峰。而这一巅峰也是从文艺复兴到启蒙主义,再到批判现实主义不断扬弃的结果。所以考德威尔认为"现实主义是个真正的综合体"(McLaughlin,1994:77)。具有综合性质的现实主义传统必将随着社会、文学的发展而不断地丰富扩大。在此意义上说,意识流小说是继承了现实主义传统的写实性精神内核,以"心理"现实主义的形式真实地反映人的主观世界而创作的作品。

《达洛维夫人》通过回忆和现实的交错穿插,把三十年里发生的事压缩在十二个小时内进行描写。伍尔夫把她的人物在时间上固定下来,让他们对过去的回忆和对未来的展望围绕着他们转,因此达罗威夫人、彼得和塞普蒂默斯三人虽然局限在伦敦六月的某一天,但仍能显露出他们在各方面的经历。《达洛维夫人》还完全取消了介于读者和人物意识之间的偶然旁观者,而让读者自由地进入主角的脑海。因为回忆和展望有了充分的发挥,感受活动记载了心理上的时间推移。机械时间则以伦敦塔楼上的大钟,有规律的钟声来记载。全篇小说不以线性时间为序,完全按人物的意识流动为线索,真实记录了达罗维夫人、彼得和塞普蒂默斯三人的内心世界(李儒寿,2004:16)。

在《达罗威人》中，伍尔夫不仅继承了现实主义传统的写实性精神，而且还体现了现实主义的社会批判传统。此书出版于1925年，实际写作要早两三年。这时英国尚处于战争留下的阴影之下，经过这次空前的大屠杀，人的意识无法不发生改变。现代人对生活、对自身存在的意义产生了怀疑，普遍存在着迷惘和孤独的感觉。敏锐的作者感知了这一现象，并把这一现象作为《达洛维夫人》的主题来表现，对残酷的战争进行了批判。人们从不同人物的意识流动中了解到塞普蒂默斯的悲惨遭遇，伍尔夫通过他的遭遇表达了对社会的严厉批判。塞普蒂默斯参加过战争，获得过提升，在战场上亲眼目睹了好友的死亡而无动于衷，战争使他变得麻木不仁。但是战争结束后，回到后方，他的良心开始不得安宁，他时时产生幻觉，逐渐丧失了感觉的能力，成为世人眼中的疯子。最后，塞普蒂默斯无法忍受内心的痛苦不得不以自杀而获得解脱。从他身上读者看到了战争的恐怖留给人们的毁灭性创伤。伍尔夫采用意识流手法逼真地展现了他痛苦的内心世界，在他眼里，"人既没有仁慈，没有信念，也没有怜悯之心，只知增加一时的快乐……平庸之辈身上渗出滴浓的坏水。"（蔡芳、曾燕冰，2005：44）这些非正常人的意识，从另一个角度揭示了人的伪善和社会的冷酷无情，产生了揭露和批判社会现实的效果。所以说伍尔夫的心理现实主义是对现实主义传统的扬弃和发展。

三、寻求传统与现代的有机结合

在写完意识流小说《海浪》之后，伍尔夫的创作峰回路转。由此进入了她创作的第三阶段。《岁月》是这一时期的代表作品。伍尔夫在这一作品中体现了现实主义传统与现代小说的有机结合。

《岁月》叙述了一个伦敦中产阶级家庭帕吉特一家前后六十年的发展变化情况。初读时很像高尔斯华绥的《福塞特世家》，因为它们在题材上相互呼应，都是描写同一时代的事件。从某种意义上说,《岁月》是部历史小说,始于 1880 年,止于 1936 年,它涉及这一时期的许多事件,诸如爱尔兰民族独立问题、妇女解放运动、第一次世界大战中伦敦遭轰炸等。但作者并没有用很多笔墨去直接描写这些事件,而是通过人物的感觉之流、他们的回忆、他们对周围事物的内心感受、思想认识及行动折射出来,虽然时间支离破碎,但故事情节依稀可见。作者力图通过对帕吉特一家三代生活经历的描写,来追溯半个世纪来英国历史的发展、社会的变迁以及人们感受到的大英帝国的衰落和西方社会普遍存在的失望与沮丧。因此这部小说的社会批判性是很强的。

伍尔夫试图在《岁月》中综合现实主义与现代主义小说两种形式于一身,进行一次艰难的探索。一方面,作者力图将高尔斯华绥在《福塞特世家》中奉行的那种现实主义的世家小说改革为一种散文式小说,描写时间、记忆及社会等抽象主题。虽然伍尔夫在日记中写道,她绝不是设法和高尔斯华绥竞争,但无疑是对世家小说传统创作方法的一次挑战;另一方面,伍尔夫也想进一步完善自己的创作方法,她决意让"《海浪》和《日与夜》这两本书的优点结合在一起,把《岁月》写成一部现代主义和现实主义两种因素兼而有之的作品,从而提高小说这种艺术形式的再现能力"(吴庆宏,2003:66)。

首先,《岁月》虽有情节线索但不是很鲜明,时空变换频繁,呈"羚羊跳崖"式跳跃。如,在小说的开始,1880 年春天,那天是艾贝尔·帕吉特上校的夫人罗斯·帕吉特逝世的日子。地点是帕吉特的邸宅阿伯康·特雷斯。接下来叙述的焦点马上又转到在剑桥读书的爱德华身上,引入了马隆教授一家。爱德华收到家书,把母亲病死的噩耗通知马隆一家,这很自然地把两个不同地点发生的事情联系在一起。最后,作者笔锋一转,又回到了伦敦的宅第,描述夫人的葬礼。由此可见,伍尔夫在叙述这些客观事件时,时空跳跃很大,因果联系不紧密。

此外,《岁月》还吸收了现代小说多角度叙述的特点。该文本虽以传统的全知叙述视角为主,但伍尔夫在叙述中不时也转换叙述角度。如在《岁月》第 5 章中描写麦琪和萨拉一起住在伦敦的一个低级的公寓里,罗斯来和她们共进午餐。饭后萨拉和罗斯去参加一个政治聚会,在会上遇见了埃莉诺和凯蒂。凯蒂送埃莉诺回家,然后去欣赏歌剧。在晚餐桌上,萨拉告诉麦琪那次政治聚会和姐妹们的情况。在本章中作者以全知叙述为主,但穿插了几次视角转换。起先是从一个买花者的视角来观察萨拉和罗斯这两个人物,后来又通过凯蒂和埃莉诺的视角来叙述。

因此,《岁月》是一部现实主义与现代主义兼容并蓄的作品。它以其两者的巧妙结合,使这部小说出版之后,不仅在英国很受读者的欢迎,而且在美国也成为一本畅销书。现实主义小说家 C.P.斯诺的夫人帕梅拉·汉斯福德·约翰逊给予这本书很高的评价:"弗吉尼亚·伍尔夫以她审慎的技巧、丰富的想象、惊人的洞察力所创作出来的,不仅是记忆之中的斑斓岁月,而且也是岁月进入记忆之时所散发的馨香。在弗吉尼亚·伍尔夫所有的小说中,这一本可以说是最怀旧、最严肃、最感人的。……在帕吉特家的生活中,岁月随着他们的行动和思考在流逝,半个世纪的事件,包括政治和情感,都反映在他们的生活中。"(Moore,1984:139)

据此,不难看出,经过对弗吉尼亚·伍尔夫前、中、后期代表作品的分析,我们不难发现,现实主义传统始终贯穿在伍尔夫的全部创作历程之中,这表现在伍尔夫在前期创作中借现实主义传统小说形式进行现代小说的探索;中期对现实主义传统小说形式的扬弃和后期积极探索现实主义和现代主义小说在形式和内容上的有机结合。伍尔夫的创作历程还有力地证明,现实主义传统与现代小说不是格格不入、水火不容的。现代主义小说家之所以显得伟大,是因为他们站在现实主义传统这个巨人的肩膀上。

第二节　伍尔夫现实观中的二元对立结构

　　林德尔·戈登在为弗吉尼亚·伍尔夫所写的传记中这样描述道："布卢姆斯伯里团体里那个善于交际的弗吉尼亚·伍尔夫乃至日记中那个事务性的弗吉尼亚·伍尔夫,与实验小说家弗吉尼亚·伍尔夫之间存在着一个断裂。她把所有个人感情的力量都放在了小说里面;而另一方面,日记和书信却是以貌似欢快的冷淡态度随意写成的。"(戈登,2000:250)一张胀鼓鼓的柳条椅里,椅子扶手上放着一块板子,上面用胶粘紧她的墨水瓶,弗吉尼亚·伍尔夫戴着一副钢架眼镜,弓背坐着,一只家制的板烟卷吊在嘴上,"非常、非常专注,整个集中在一点上"(Peach,2000:32),于是笔下"火山爆发似的"喷涌出成千上万的单词,《达洛维夫人》诞生了,《到灯塔去》诞生了,《海浪》《幕间》诞生了。伍尔夫不仅是在创作小说,她完成的是一次次对记忆的清理,一次次个人情感与心理的净涤。她一直在探索作为一个作家的自我身份。

　　伍尔夫通过《达洛维夫人》挖掘的是"神志清醒和精神错乱者"(Reid,1993:42)看到的世界。伍尔夫的一生中,不断被精神问题所困扰折磨着,直到最后,她无法忍受自己的疾病给丈夫和身边的人所带来的负担,将自己的生命投入奔流的河水中。正是由于自己的经历,小说中赛普蒂默斯所揭示的"疯狂的真理"才更令人信服和震撼。《达洛维夫人》诠释的是真理——理智的、疯狂的。小说中女主人公经过灵魂与肉体的撞击后对生命有了更深刻的领悟,同时这篇小说更是伍尔夫透视生命,感悟生死真谛的结晶。下面,笔者试图从小说中伍尔夫所采用的二元结构出发,通过对理智和疯狂、灵与肉这两个二元对立体的阐释,探索克拉丽莎人格整合后的"自我现实化"(self－realization)。

　　孙梁(2000)指出:"生与死、灵与肉、爱与憎、势利的俗物与孤傲的畸零人、'平稳'与'疯狂'、'名流'与'浪子'、社会习俗和自我意识、庸庸碌碌的理查德和不合时宜的彼得,渴望自由的伊丽莎白和窒杀性灵的基尔曼,尤其是克拉丽莎性格中的矛盾及内心冲突,形成了一系列鲜明的对照,此起彼伏,相互映照,或交错如网络,在深化主题,塑造个性,铺叙情节以及渲染气氛等方面,产生烘云托月的妙处。"(张明悦,2006:113)戈登也在传记中提到:"她在《达洛维夫人》里,并再次在《到灯塔去》里构思出一种一分为二的形式,它能以近乎图解的方式来明确描绘精神正常与疯狂、公众与私人、白天与黑夜、现在与过去这一系列对立面。"(戈登,2000:274)伍尔夫本人也在 1922 年 10 月 14 日的日记里说明了自己对《达洛维夫人》的构思:"在这本书里我要进行精神错乱和自杀的研究,通过神志清醒者和精神错乱者的眼睛同时看世界。"(伍厚恺,1999:182)伍尔夫想更深地剖析生活,剖析生命,一对对二元对立的元素编织成一张密密的网将生活罩住,二元结构也正如两把利剑般刺向世界,生命便如此在读者面前展开。

克拉丽莎和赛普蒂默斯分别是理智和疯狂的代言人,我们不可避免地会被吸引着去猜想"那个社会化的贵妇人和那个微贱的疯子在某种意义上是同一个人",E. M. 福斯特在《弗吉尼亚·伍尔夫的小说》中如是说。赛普蒂默斯是克拉丽莎的另一个自我,拥有与克拉丽莎社会性相对立的更内在的个性与人格;赛普蒂默斯表现的是克拉丽莎个性中被恐惧吞噬的一面,是被还没从战争中重生的社会所摧毁的一面。这对二元对立体向我们阐释了自我的两极,说明了生命的截然不同的两种状态。塑造克拉丽莎和赛普蒂默斯,伍尔夫给我们展示的是两个成熟的人物,源于对生命的热爱。他们都对回忆依依不舍,克拉丽莎留恋着在布尔顿的美好时光,留恋着和彼得的割舍不下的恋情,留恋着和萨利·赛顿的复杂感情,而赛普蒂默斯所眷念的是战争之前灵魂的安逸,眷念的是和埃文斯的亲密无间。更重要的是他们对生活的敏锐捕捉力,他们"自身有能力探索隐藏在主妇和参战老兵的公众形象背后的相连洞穴,让神志正常的受限制行为与神志反常的荒诞行为相互映衬。"(戈登,2000:268)

也许赛普蒂默斯展现给读者的是他的疯疯癫癫，可他的疯言疯语中却蕴含着真理——理智的克拉丽莎·达洛维同样感悟到的真理。赛普蒂默斯觉得"树在向他招手，树叶有生命，树木也有生命。通过千千万万极细小的纤维，树叶与他那坐在椅上的身体息息相通……"（伍尔夫，2000a：23）而克拉丽莎也不止一次地感觉到她与万物合而为一，她的青春时期"延伸着，去吸取生存的色彩、风味和音调。"（伍尔夫，2000a：31）理智和疯狂给我们揭示了相同的真理——伍尔夫想揭示给我们的真理：生命是无所不在的。伍尔夫在一篇名为《蛾之死》的散文里也同样阐述了她的这个观点：一只生命只有短短一个白天的微不足道的蛾享有的似乎是"世界的巨大能量中的一丝，非常纤细而纯粹的一丝，"可就是这"一线生命之光"（伍尔夫，2001：18）也是炫目的，虽然无法抗拒死亡的到来，可是它却努力争取生的价值，展现生命的魅力。它可以在临死之前，轻松地说一句：似乎"死亡比我强大。"（伍尔夫，2001：23）蛾、疯狂的人、理智的人都享有生命巨大能量中的一份，他们对生命价值都有本能的渴望，如何体现生的价值便是他们追寻的真理。伍尔夫借蛾、赛普蒂默斯及克拉丽莎之口告诉我们死亡并不可怕，但如何真正地活一次才是每个人应该思考的。

在某种程度上，赛普蒂默斯其实就是达洛维夫人潜意识的自我，是她不时感觉到的自我，但同时也是她刻意压抑着的自我。伍尔夫想要把人物内心世界挖得深一点，再深一点，她让赛普蒂默斯呐喊，让疯狂呐喊，同时又让理智感悟。伍尔夫的"隧洞挖掘法"（the tunneling process）在小说人物背后开凿出美丽的洞穴，也得以让这两个看来似乎没有交集的人物紧紧联系在了一起。伍尔夫创造了两条平行的叙事主线，分别展开着不同的故事：克拉丽莎在无聊的上流社会交际中打发着时间，举办那些永无休止的宴会，为晚宴做着准备；赛普蒂默斯，一个被战争摧毁的老兵，无法摆脱笼罩在心灵上的阴影，无法原谅自己在埃文斯死时所表现的冷漠，被牢牢地束缚于对死者的追忆中，而戴着拯救者桂冠的精神病专家威廉·布雷德肖爵士却是真正的邪恶力量的象征。

赛普蒂默斯因为战争所受的创伤而病,战后却因为惧怕这些所谓医学权威的迫害而选择投向窗外,选择结束生命来与之对抗。(瞿世镜,1987:143)

　　也正是由于赛普蒂默斯的死亡,克拉丽莎得以感悟人生,领悟生与死的真正意义。死亡使两根原本平行的叙事主线得以相交。这就是乔伊斯口中的顿悟,"是一种突如其来的心领神会……唯有一个片断,却包含生活的全部意义。"(孙梁,2000:前言)克拉丽莎从宴会上退出去,独自走进了空无一人的小房间,死亡的意念紧紧包围着她,她身临其境地感受着一个陌生青年死亡的瞬间:从楼上跳下,飞向地面……克拉丽莎对死亡的体验使她领悟到生之虚假死之真实,更重要的是她接着从死亡回复到过去真实的生命,完成了哲学上的"向死而生"的过程。生与死不再是一根标志生命两端的线段,而是一个完美的圆,死亡不是终点,而是新的起点,一个全新的生命即将由此展开。她重新审视自己的生命,开始自责:穿着晚礼服周旋于宴会上的她灵魂却在深渊中堕落。她的肉体在充斥着财富与权势的上流社会里"享受"着沉沦,她的灵魂也在体验着空虚和贫瘠:"达罗卫夫人通过疯男人而唤醒了人类的同胞感情只不过是隐藏在黑暗中的一瞬间,但是它使她改变了。她不再是一个光彩照人的女主人,穿着绿色薄纱衣服,给首相引着路。因为单独待在黑暗的房间里,她窥见了从来没有充分承认的自我,从而能够达到一个前所未有的想象的领域。"(戈登,2000:271)克拉丽莎实现了自我的人格整合。赛普蒂默斯的死亡所唤醒的克拉丽莎内心潜在的自我,在荣格看来,那才是深藏海底的岛屿的基部,是蕴藏强大力量的部分。由此看来,顿悟竟是一次唤醒生命力的过程。

　　瑞士精神分析学家荣格(C. G. Jung)的人格结构理论指出,人格由三个分离的且相互作用的系统构成:意识我(ego)、个体无意识(The personal unconscious)和集体无意识(the collective unconscious)。在荣格看来,人的人格结构就像一座岛屿,露出水面的可见部分是意识我;与之接近,但只有在潮汐变化中才露出水面成为可见部分的,是个体无意识;集体无意识则是不为所见而深藏于海底的岛屿的基部。因而集体无意识蕴藏着最强大的力量,尽管不像意识我和个体无意识那样能够为个体所觉知,却是一个人的人格发展的最中坚的驱动力。赛普蒂默斯唤醒的正是这潜藏的强大的力量(项凤靖,2003:78-79)。

但是在顿悟这个伟大的时刻到来之前,也正像克拉丽莎自己所意识到的那样,她的人格是分裂的,灵魂与肉体是分离的。灵与肉正是伍尔夫为了更好地剖析人物所使用的另一对二元因子。克拉丽莎对婚姻的选择恐怕正是她人生的分水岭。虽然选择理查德也有她的无奈,因为年轻有活力的彼得尽管在心灵上可以和克拉丽莎产生强烈的共鸣,可是如果嫁给他,克拉丽莎会失去自我的独立性,彼得需要的是二人灵魂合二为一,克拉丽莎是不愿意提供的,她害怕灵魂的束缚。相反,理查德不仅可以提供克拉丽莎物质上的保障,更重要的是他理解即使是生活在同一屋檐下的夫妻之间也需要一点独立的空间。正因为如此,理查德保证了克拉丽莎灵魂的自由,在她那个小房间里,她可以思考,可以不受打扰。但是这对夫妻在心灵上的距离是显而易见的,理查德连一句"我爱你"都无法说出口。伍尔夫让我们感受到那个周旋在舞会交际场合的达洛维夫人内心的空虚,她表面陶醉在奢华的物质生活中,内心深处潜藏的对这种生活的不满、对生命本质的质问使她受着煎熬。她一次次回避这样的质问,拒绝承认自己的不满,无意识地欺骗着自我。克拉丽莎处在身心和灵魂的矛盾的冲突与折磨中,只能靠回忆以前的快乐生活来缓解这样的矛盾。无疑从伍尔夫对灵与肉这一对二元对立体的刻画,我们可以得出这样的结论:用克拉丽莎生命中两个重要伴侣——彼得和萨利的话说,克拉丽莎的"灵魂死了",她只是戴着达洛维夫人的"人格面具"痛苦麻木地生活着(毛继红,2002:77)。

荣格指出:集体无意识是由人类祖先时代遗传和累积的经验所组成的,其内容为"原型"(archetype)。荣格所说的原型主要有四种:人格面具(persona),阿尼玛和阿尼姆斯(anima-animus),

阴影（shadow）和自我（self）。在荣格看来，自我才是所有原型中最重要的，意识我只是意识领域的核心，自我才是人体整个身心的主体。而"个性化"（individuation）或"自我现实化"（self-realization）便是人的"自我"或"自我原型"得到了"现实化"，一个人内心深处的、独特的自我得到了实现，成为了真实的自己。同时荣格认为一切人格的最终目标便是自我的现实化，因为这表明人格的和谐、充实和完整，是人格在充分发展的基础之上的一种整合，这种整合使得人格成为一个和谐的统一体。同时，原型中的"人格面具"，顾名思义，是指人们为了适应不同的情况和不同的需要所佩戴的面具，人们把自己的真实本性掩藏了起来。但是人格面具确是一个健康人格的阻碍，只有摘下面具，才能让潜意识的自我得以前台化，得以上升到意识的层面上。只有"自我现实化"了的人格才是健康完整的，这也正是克拉丽莎所追求的。克拉丽莎戴着"达洛维夫人"所赋予她的面具，穿着绿色的纱裙，领着首相，穿梭在晚宴的应酬中，不难想象当时这位贵妇人脸上一定持久地"绽放"着僵硬的"醉人的"笑容。虽然理查德·达洛维夫人这一头衔——这一人格面具是那个真实自我的保护膜，可是只有认清其本质才能走出面具的阴影，才能做回克拉丽莎，布尔顿那个高喊生活"多美好，多痛快"的克拉丽莎，而非豪宅里的无法享受珍贵生命的贵妇人（Briggis，2005：118）。

赛普蒂默斯死亡的消息突然闯进了达洛维夫人的宴会中，克拉丽莎退回了自己的房间。赛普蒂默斯的死亡唤醒了克拉丽莎内心深处潜意识中的自我，使她得以清楚地认识到自己的面具，使她对生命有了更深的领悟。那个在布尔顿快乐生活着的克拉丽莎，那个对生命的美有无限渴望、那个与万物合而为一的克拉丽莎回来了，她成功地实现了自我的现实化。而小说结束时彼得的两句话给了我们最好的证明："这就是克拉丽莎，他说。因为她就在那儿。"（伍尔夫，2002：297）被彼得定义为灵魂已经死了的克拉丽莎重新找回了生命的意义，小说戛然而止，给我们留下了足够的想象空间。当然，荣格的"自我现实化"的前提是存在着一个潜在的自我,当婚姻给克拉丽莎戴上贵妇人的面具时,克拉丽莎作了妥协,藏起了她真实的自我。人格面具下她已无法清楚地感受自己脸上原来光滑的肌肤。赛普蒂默斯—克拉丽莎的潜在自我并没有死亡,恰恰相反,它如暗流般在心底涌动着,冲击着达洛维夫人的心房。终于,死神给了她暗示。理智与疯狂合二为一,灵魂和肉体也结合了,克拉丽莎·达洛维的人格达到了和谐。

《达洛维夫人》是伍尔夫将自己剖析成理智和疯狂两半后对生死的一次感悟之旅,是伍尔夫对有限的生命能否承受时光流逝的一次思考。伍尔夫的日记也告诉我们,她在写赛普蒂默斯发疯的情景时,曾多次记录下自己精神紧张的感受。书中对赛普蒂默斯的刻画,对其幻听幻视的描写,没有亲身体验是无法写出来的。伍厚恺写道:"赛普蒂默斯听见麻雀用希腊语歌唱,使我们想起弗吉尼亚在 1904 年发病时也曾有听见鸟儿用希腊语合唱的错觉,而这源于她在上希腊文课时受过乔治的性侵犯。赛普蒂默斯常常以先知甚至上帝的身份向世人宣谕真理,这也出自弗吉尼亚的疯狂体验,她在 13 岁时精神崩溃的状况下曾在梦中觉得自己成了上帝。赛普蒂默斯的心理还具有意念迅速跳跃、情绪亢奋急迫的特点,常常近乎语无伦次,这些狂郁症精神病态也是弗吉尼亚·伍尔夫本人精神病发作时的特征。"(伍厚恺,1999:203)如此看来,《达洛维夫人》不仅仅是克拉丽莎自我现实化的过程,更是伍尔夫用自己来诠释生命的历程,是伍尔夫探索作为一个作家的自我的过程,是从《远航》到后来的《到灯塔去》《海浪》……一路成长起来的重要标志。克拉丽莎最后的顿悟给我们揭示了伍尔夫在这篇小说里要寻找的答案:伴随着午夜的钟声,黑夜走到了尽头,新的一天开始了,克拉丽莎获得了重生。克拉丽莎摘下了让她不舒服的人格面具,审视那个潜意识的心理世界,重新面对那个沉睡的自我,从此生命会更有意义。

第三节 伍尔夫现实观中的双重补偿经验

伍尔夫不但是现代主义的经典作家,更是女性主义思潮的先驱人物。1928 年伍尔夫以女诗人维塔为原形,写出了喜剧性的幻想体传记小说《奥兰多》(Orlando)。小说主人公奥兰多及其化身跨越三个世纪,先为男性,后来转为女性。并且小说中的很多情节都是以维塔的亲身经历为素材构筑的,因而被称为"文学史上最长最迷人的情书"(瞿世镜,1986:203)。对于伍尔夫的研究评论界大多关注于三个方向:"女权主义""同性恋倾向及抑郁症病史"(Bullet,1994:156)。而对奥兰多的研究也大多关注《奥兰多》作品中关于性别对立的讽刺与抨击,着重研究伍尔夫的"双性同体"理论。本文则着眼于伍尔夫撰写《奥兰多》的时间、空间背景,将传记中的故事情节和人物关系平行对比于其人物原型的真实经历,试图探索社会与个体,现实与虚幻互为补偿的微妙联系。

1922 年,弗吉尼亚与作家兼诗人的女同性恋者维塔·萨克维尔—怀斯特相遇,并坠入情网。维塔在一封信中写道:"我爱弗吉尼亚,但谁会不爱她呢? 确实,对弗吉尼亚的爱是非同寻常的:这是脑力、精神和智慧的结合,她那带着幽默的阳刚与阴柔相存的气质唤起了我的温柔。"(Woolf,1953:69)弗吉尼亚也在日记中这样记录她对维塔的爱情:"维塔明天来吃午餐,这是多么地令人欢愉与快乐。我俩的这份情谊令我欢愉……我喜欢她在我身边,欣赏她的美。我爱她吗? 这份爱究竟是什么? 她对我的爱令我兴奋、自豪和好奇。这份爱究竟是什么?"(Woolf,1928:31)

从传记、文化和文学的角度分析,《奥兰多》隐藏了对现实的双重补偿。其一,伍尔夫通过小说情节补偿了维塔和自己在现实生活中所失去的爱和自我;其二,奥兰多的塑造不仅仅是以维塔为原型的传记,还有伍尔夫自己的影子,隐含了她对于语言缺失的补偿,事物往往是无法用语言完全真实再现的。《奥兰多》的文学文化艺术性在于它不仅恰到好处地把原型和小说人物联系起来,而且极其巧妙地表达了一种观点:在当时的社会风俗文化下,想要公开对一个女同性恋者的情书只能是一个童话故事,唯一的途径只能把现实转化成小说。如果没有荒诞离奇的时间和违背常理的性别变化,《奥兰多》的结局只能是被封禁。下面分两个部分详细论述《奥兰多》中所隐藏的对现实的双重补偿(张昕,2007:116)。

尽管《奥兰多》中的主人公经历了四百年的英国历史,但其毫无疑问折射了维塔的真实生活和感情历史。维塔和她的丈夫在婚后一直维持着不正常的夫妻关系,维塔钟情于自己儿时的伙伴维奥莱特,她们于1917年出逃,其间数次被强迫回归自己的家庭,她们的恋情成为整个伦敦的丑闻。只推崇异性恋的英国社会无情地将两人分开,个体最终屈服于社会,传统社会伦理道德的胜利直接导致了个体爱情的失落。小说《奥兰多》却在其情节中弥补了这一失落。从个人生活世界来看,维塔失去了维奥莱特,弗吉尼亚失去了维塔,维塔失去了她最心爱的祖屋。从小说的模拟世界来看,奥兰多失去了萨沙,失去了在男性场所的优待和殊荣。从社会伦理道德来看,弗吉尼亚和维塔两人都因为社会对异性恋和婚姻的否定而丧失了她们的爱情。不过这些个人情感上的丧失在《奥兰多》中都得到了相应的圆满补偿(黄涛梅,2006:67)。

《奥兰多》中的情节暗示了小说的隐喻角色:用“虚幻”的情节弥补“现实”中失去的事物。伍尔夫实际上在小说中重建了维塔的自我,并且让维塔可以在小说中完美地看待自己及其生活,获得充分的自我满足感和心理补偿。小说中,弗吉尼亚魔法般地归还了奥兰多祖屋,这在现实中是不可能实现的。现实生活中,维塔时常责备自己不顾维奥莱特对她忠贞而抛弃了她,就在她和伍尔夫成为情侣之后两年,维塔又相继和数名女子发生过感情。在《奥兰多》中,伍尔夫站在对维塔有利的立场,用奥兰多和萨莎的故事改写了这段经历。萨莎在故事中两次背叛奥兰多。伍尔夫将维塔由一个对感情不负责任的轻率之人刻画成为一个对感情忠诚的完美人物。撰写《奥兰多》无疑是伍尔夫想重获维塔爱情的一种途径。

简而言之,《奥兰多》是伍尔夫送给维塔的一份礼物,补偿她所失去的一切:爱情、声誉、祖屋的继承。从更广阔的社会层面上来看,奥兰多因为其故事情节的趣味性、娱乐性,成为当时社会上最畅销的小说,从某种程度上说,"社会"又补偿了伍尔夫"个体"感情的丧失(刘爱琳,2007:113)。

再者,伍尔夫也不失时机地批评了维塔在写作方面的欠缺,同时隐讳地反映出了她本人同样害怕在写作中出现相似的缺憾。在小说中可见数个这样折射自身的例子:比如奥兰多对于萨莎失败的描述;对于奥兰多变成女性这一过程的模糊描写;对于奥兰多和船长的爱情,小说中也无法形容。然而,除了语言上的"失败""模糊""无法形容"之外,事物本身和强烈的情感却不受影响地被成功表达了。现以奥兰多第一次看见萨莎时对她的困难描述举例。当他看见萨莎,他想:"她像什么呢?雪,奶油,大理石,樱桃,雪花石膏,黄金线?都不是。她像狐狸,或橄榄树;像你从高处俯瞰到的海浪;如翡翠;像绿山上太阳一样,山上还飘着云朵。像他在英格兰从未见过或知晓的东西。他绞尽脑汁搜刮语言,可是找不到好的语言。他想要另一番景观,另一种语言。她所说的,无论多风骚,总有些隐含在话里;她所做的,不论多大胆,总有一些隐蔽其中。绿色火焰似乎隐藏在翡翠中,太阳仿佛被禁锢在绿山之中。"(韦虹,1994:36)

从文本上来看,最初只有一些自然景观用来形容萨莎,"雪,奶油,大理石,樱桃,雪花石膏,黄金线"或"橄榄树",然而这些都被奥兰多摒弃了。它们太直接,总有某种隐藏的东西;另外,这些自然景物仍然保留了一些痕迹:事实上,在最后,最初对使用词汇的抗拒已经在最后一行得到回归和弥补:"绿色火焰似乎隐藏在翡翠中,太阳仿佛被禁锢在绿山之中"(韦虹,1994:47)。伍尔夫时常担心真实事物与语言描写之间的差距。这一困扰在《奥兰

137

多》中主人公对爱情的思考中清晰可见:"每一样东西,当他极力想把它从自己脑海里赶走时,他发现总有许多其他事物的拖累。就好像一块沉在海底一年的玻璃碎片,已经和尸骨,蜻蜓,硬币,溺水女人的头发缠在一起了。"(韦虹,1994:101)这段话意指要把事物本身挖掘清晰是不可能的,尤其当这个事物就是爱情的时候。它总是和我们有一段距离(在海底),并且和死亡、金钱、神话传说焊接在一起,无法分开。

可见,弗吉尼亚在《奥兰多》中充分展现了自己对维塔的真挚情感,但是现实的缺憾只有通过虚幻的小说情节去补偿。伍尔夫实际上在小说中重建了维塔的自我,并且让维塔可以在小说中完美地看待自己和自己的生活,获得充分的自我满足感和补偿。弗吉尼亚在奥兰多变成女性之后又魔法般地归还了奥兰多的祖屋,这一情节令维塔非常感动。维塔对感情并非始终如一,就在她和伍尔夫成为情侣之后两年,维塔又相继和数名女子发生过感情,这一残酷的现实令伍尔夫非常嫉妒。伍尔夫想通过撰写《奥兰多》重获维塔的爱情。另外个体的迷失有时却能通过社会效应得以挽回。伍尔夫把英国社会对公开同性恋的抵制转化为公众对这本小说的重视与探讨,无疑又是对维塔和自身的另一种补偿(程倩,2001:16—17)。

第七章　弗吉尼亚·伍尔夫的历史观

弗吉尼亚·伍尔夫在剑桥大学的演讲《妇女与小说》(*Woman And Fiction*, 1929)中说:"英国的历史是男性的历史,不是女性的历史。"(Woolf, 1992: 627) 在整个历史的长河中,我们都寻不到女性的名字,她们生死都只是女儿、妻子和母亲。伍尔夫后来将该散文扩展并以《一间自己的房间》(*A Room of One's Own*, 1929)出版,称:"如果是女性,我们就只能通过女性先辈思考过去。"(Woolf, 1957: 557)这一观点旨在说明,现存历史没有女性的身影和声音,但那并不等于说,女性没有历史。那么女性历史何在? 女性文学史何在? 在伍尔夫看来,女性不仅被父权制赶下了可能创造历史的舞台,而且,即使女性曾经创造过历史,它也被男性历史撰写者或男性历史学家故意"遗漏""挤压"或"埋没"了。关于伍尔夫对英国女性历史的看法,散见于国外许多伍尔夫学者的论述中,但至今未曾见到专论;至于国内伍尔夫研究方面,学者们的主要注意力集中在伍尔夫的女性主义思想、作品的叙事艺术、意识流写作、雌雄同体观,等等,鲜有学者注意到伍尔夫对于女性历史的叙述及其重建的努力。因此,本章节将从伍尔夫抗议女性历史的缺失、追寻女性历史的努力等方面论述她对构建英国女性历史的贡献,以求教于方家学者。

第一节　伍尔夫对历史的追寻

伍尔夫认为,女性一直游离于父权文化的边缘,被隐形、被排除在史书之外。《一间自己的房间》认为，英国的史书有一个共同点，即伟大政治领袖的名字充斥其中，但是，找不到女性的名字。即使偶尔有一两个，不是女王就是贵妇。如果人们去阅读英国历史，关于维多利亚人的父辈，人们总能知道一些情况。他们曾经是士兵或者水手，曾经使用过这间或那间办公室，曾经制定过这条或那条法律，等等。记载在史书中的不是战争就是政治，不是财产就是学校，不是军队就是教堂，而女性与上述这一切都没有多大关系。伍尔夫发现，对于 18 世纪之前的英国女性，历史就意味着空白。那么，关于维多利亚的"母亲""祖母""曾祖母"……历史记录中到底留下了什么呢？除了某种传统以及她们的姓名、结婚日期和子女数目之外，其他一无所有。也就是说，女性只被列入出生名单中，死时名字被刻在墓碑上，此外，再无其他信息。因此，当女作家想要追寻关于自己先辈的历史和文学史时，根本是在寻找不存在于任何谱系中的血统。如果沿根而上，直到古代的"母亲"，人们就会发现，她们的根源就是大地本身，但她们的痕迹却像灰尘。至于她们是否创造过丰功伟绩，是否受过教育，是否有自己的起居室，有多少女性在 21 岁前就有了孩子，为何伊丽莎白时代女性不写诗歌，等等，这些情况都无从得知（郭元波，2005：104）。

伍尔夫在《一间自己的房间》中还以特里维廉教授（G. M. Trevelyan）的《英格兰史》（*History of England*，1926）为例，说该书第一次提到女性是在 16 世纪的历史中。关于女性地位，有几种情况，一是打老婆被认为是男人的公认权利，不论高低贵贱，男人打老婆而不会觉得羞耻。二是女儿必须遵从"父母之命媒妁之言"嫁给父母所选择的夫婿，否则就有可能被关起来或挨打，而不会引起公众舆论的震惊。三是男女结婚早，往往一方或者双方还在摇篮里就已经订婚，未完全脱离保姆的照顾就已经成婚。（Woolf，1957：526）《英格兰史》第二次提到妇女是在 17 世纪的历史中，说的是莎士比亚笔下的女性和一些回忆录中的女性，例如，弗尼夫妇的回忆录和哈钦森夫妇的回忆录中曾提到的女性。

这些作品中的女性"似乎都并不缺乏个性和特色"（Woolf，1957：526－527），但是没有详细描述，以致弗尼夫妇和哈钦森夫妇回忆录中的女性到底有什么个性和特色，做过什么事情，有过什么丰功伟绩等情况，都不得而知。事实上，女性只活在文学作品中：在所有诗人的作品中，女性都像烽火般燃烧着，成为想象中最为重要的人。即使到了 19 世纪前半叶，女性依然是这样一个庞大的群体：她们默默无闻地生活、结婚、生儿育女，直至终老。一如伍尔夫在小说《到灯塔去》（To the lighthouse，1927）中描绘的女主人公拉姆齐夫人（Mrs. Ramsay），除了"拉姆齐夫人"这一身份，读者自始至终都无从知道她姓甚名谁。虽然她在小说中的地位是如此重要：不可或缺的母亲、妻子和完美的女主人。她的职责包括照顾 8 个孩子、安慰需要同情的丈夫、操持做不完的家务、"总为 50 英镑修缮费发愁"等等。

一、集体失语

由于女性的活动范围被限制在私人空间，无法去参加任何伟大的运动或行动，因此，她们不仅缺席于史书，也缺席于名人轶事录。她们因此而成为奇怪的"复合人"（composite being）（Woolf，1957：528）：想象中，她们最为重要，而实际上，她们则完全无足轻重，几乎不识字，只是丈夫的财产。她们最大的功能就是充当一面可以把男性"以其自然大小两倍的方式"（Woolf，1957：520）放大的魔镜。如果没有这面魔镜，地球至今仍然还处在蛮荒时代。伍尔夫在《一间自己的房间》中不断强调这一事实，即女性的背后没有传统，或者说传统是如此短暂而又不完整，结果无甚助益。因此，女作家如果要追寻自己同类的传统，她（们）所面临的将是重重困难。

笔者认为，造成女性在历史和文学史中沉默与缺席的原因很多，至少有以下几种：一是菲勒斯中心社会的霸权与父权体制的压迫所致。法国女性主义者西蒙娜·德·波伏娃（Simone do

Beauvoir)说:"纵观历史,显而易见的是妇女在各个领域里的成就——政治、艺术、哲学等等——无论是从数量还是质量上讲,都不及男性的成就大。这是为什么呢?……社会把妇女限制在一个低人一等的位置上,而这一点又影响了她们能力的发挥。"(Woolf,1957:143)父权社会中的社会性别分工不仅限制了女性所扮演的角色:"女儿""妻子"和"母亲",还将其活动空间严格控制在狭小的家庭之内。她们生来就被安排承担家务劳动,没有机会受教育,或者即使受了些许教育,也没有机会施展才华。她们既受到家长制的限制,又受到开放世界和职业制度的压迫。"未婚女士似乎无法自食其力,除非当家庭女教师,而由于她的天性和所受的教育,或者根本就缺乏教育,使她难以胜任这一职位。"(Woolf,1992:1100)实际上,女性脖子上套着的是双重枷锁。在这样的环境中,要是有某位女性还能有莎士比亚那样的天才,反而会让人觉得不可思议,因为像莎士比亚那样的天才不是在劳作者、文盲、仆人中诞生出来的。即使某些女性有天才,那她的才华也没机会诉诸笔墨。因此,每当读到一名女巫被人们所回避,或者某个女人被魔鬼所附身,或者一个聪明的女人在买药草,或者甚至某个杰出的男人有位母亲时,我就会想到,我们是碰到了一位迷途的小说家的踪迹,一位被压抑的诗人的踪迹,某个沉默而又湮没无闻的简·奥斯丁或者艾米莉·勃朗特的踪迹,她在荒野把自己的头撞破,或者在大路旁做鬼脸怪相,因为她的天赋折磨她,使她发狂。(Woolf,1979:532-533)

伍尔夫断定,"在16世纪出生的任何一位具有了不起天赋的妇女都必然会发狂、杀死自己,或者在村外的某个孤独茅舍里了结一生,半是女巫,半是术士,为人们所惧怕又为人们所嘲笑。"(Woolf,1979:533)因为她们无法登上历史舞台创造任何历史的丰功伟绩。稍微普通一些的女性,基本上无法自食其力,更谈不上参与和创造"伟大事业"的活动。除了女佣和家庭女教师外,当时没有职业女性的生平可写,而女佣和家庭女教师的生平,被记录下来的,根本就屈指可数。

二是男性历史和文学史编纂者或撰写者的刻意"遗漏"和严重挤压导致了女性和女作家的沉默与缺席。女作家被"挤压"到了一个极不正常的范围,以至只有极少数"伟大的"女作家被保留在文学史中,约翰·戈罗丝(John Gross)称其为"伟大传统的残余"(the residual Great Traditionalism)。至于那些"不够伟大"的女作家,人们根本就视而不见,并将其踢出文学史、文学选集、文学理论或教科书之外。其遭遇"就像有棵巨大的黄瓜将其枝蔓覆盖在花园里所有的玫瑰和康乃馨之上,使它们窒闷而死"(Woolf,1979:544)一样悲惨。例如,英国历史上"为妇女地位而义愤填膺"的诗人安·温奇尔西夫人(Lady Winchilsea)和纽卡斯尔的马格里特公爵夫人(Lady Margaret Cavendish)、以书信写作著称的多萝西·奥斯本(Dorothy Osborne)、第一位女小说家范尼·伯尼(Fanny Burney)和第一位以写作为生的女作家阿弗拉·贝恩(Aphra Behn),等等,她们虽然有作品流传于世,但在文学史中却找不到对她们的记录和评价,而构成文学传统中必不可少环节的恰恰是这些不那么重要的作家,就是她们连接了文学传统链条中的一代又一代。没有了她们,我们就没有办法清楚地了解女性历史和文学史的连续性,也无法得到关于她们生活及其在法律、经济以及社会上的地位的可靠动态资料,女性文学史最终也就只能是空白。

三是女性本身的原因。由于长期的压迫和奴化教育,男性价值体系已经内化成为多数女性自身的观念,她们接受了处于边缘地位的命运,已养成了在男性面前怀着谦卑心态的习惯,即使有过什么"丰功伟绩",也会闭口不谈,正如伍尔夫的散文《帕斯顿家族和乔叟》(The Pastons And Chaucer1)中的帕斯顿太太、《斯特拉齐夫人》(Lady Strachey,1928)中的斯特拉齐夫人、小说《雅各的房间》(Jacob's Room,1922)中弗兰德斯太太等女性的作风。留在家中照顾全家生活的帕斯顿太太写给丈夫的信中谈的不是她年轻时怎样独自面对冲进屋子里的"1000个挥舞着弓箭和火盘的男性"(Woolf,1979:541)的英勇行为,也不是她所做的最值得人们记住的事情,例如,孩子们的牙牙学语、婴儿室和教室里讲述的故事等,而是家里牲畜的喂养、围栏的修补、抢劫和杀人案件等,就像一个忠心耿耿的管家对主人作的报告、说明、请示等。也就是说,帕斯顿太太只把自己定位在"管家"的位置上,虽然其职责和行为早已超出它,成为家庭的支撑和管理者。无论是在面对强大的敌人所表现出的巨大勇气方面,还是在只手撑起那个大家庭的正常生活本领方面,帕斯顿太太不比任何男性做得逊色。如果她更自我一些,如果她的女性意识更突出一些,她会将自己的"丰功伟绩"记录下来,供后世歌颂。至于那位"天生有处理大事能力"的斯特拉齐夫人,则把才华浪费在了按照丈夫的口授写公文急函、养育 10 个孩子和管理一个典型的维多利亚时期的大家庭等家庭事务上(Woolf, 1979:545—546)。

我们可以想象,假如她是个男人,她会统治一省或在政府管理部门中任要职。她天生有处理大事的能力以及从大处着眼对政治的把握,这些都是造就 19 世纪杰出的政府官员的关键要素(Woolf, 1992:2052)。

小说《雅各的房间》中,独自抚养三个儿子的寡妇弗兰德斯太太在给儿子雅各写信的时候,说的不是一个母亲对儿子的殷殷思念和谆谆教导,诸如一定要做个好孩子啦,衣服要多穿点啦,不要跟坏女人鬼混啦,等等,而是俨然将儿子当成一家之主,细细报告着家里的大小事务,至于对自己是怎样独自凑足雅各的学费以及怎样维持家庭用度等艰辛只字未提。难怪夏洛特·杨(Charlotte Young)这样写道,"我毫不迟疑地宣称:我充分相信女性在各方面要劣于男性。同时,我还要毫不迟疑地说,这是她自己造成的。"(Woolf, 1979:773)女性早已经接受了受压迫受奴役的命运,而不自知。

有些女性既有才华,也并未养成在男性面前怀着谦卑心态的习惯,但是,摆在她们面前的困难仍然巨大,因为她们找不到施展才华的舞台,就像伍尔夫在散文《海斯特·斯坦诺普小姐》(*Lady Hester Stanhope*)中叙述的海斯特·斯坦诺普小姐一样。能干的斯坦诺普小姐给皮特先生当管家,没受过多少教育,却生来有一种魄力,有带兵的将才,可是,她的性别阻碍了她往最合适的方向发展。"假如你是个男人,海斯特",皮特先生经常说,"我会给你一张空白地图,让你带上六万人进军大陆,我相信你不会让我的计划落空。我相信你绝不会让我的士兵闲着。"但事实上,她的力量只能在体内咆哮汹涌。她憎恨她的性别,仿佛以此来报复女性的局限。要不是因为普通女性的局限,她这样杰出的人物又怎么会被扼杀窒息呢。她只好把无边的雄心壮志全部投入她的想象中,为此她几乎把自己推到了发疯的边缘。(Woolf, 1977: 2039)

斯坦诺普小姐最终去了威尔士的布威斯(Builth)过隐居生活,一边给穷人看病,一边写日记。"她随后出现在叙利亚,跨着一匹马,身着土耳其男人的裤装。此后直到去世,她只做过一件事,那就是对着英国咬牙切齿,抨击英国人忘记了他们中最伟大的人物。"(Woolf, 1977: 2039)由此可见,即使有天赋的女性,其才华也是无用武之地的。

四是男女价值观差异使男作家和批评家很难公正客观地评价女作家的作品,更难使其从理论的高度去考察她们,从而导致其边缘化。18世纪出现了许多女作家以后,不少男作家/批评家都曾对她们作出过评价。但是,由于他们想要表现和加强的仍然是自己头脑中关于女性的固定文化形象,把女性写作看成是生物和美学创造力的永久对立面(Woolf, 1979: 7),尤其是英国维多利亚时代的人们,他们希望女性小说反映的是男性看重的价值观,而不是女性自己的价值观,虽然女作家早已超越了强制性的女性角色。男作家/批评家对待女作家及其作品的态度是挑剔的、批判的和居高临下的。他们利用自己的男性霸权话语来贬低女作家及其作品,例如,乔治·路易斯(George Lewis)、约翰·卢德楼(John Ludlow)、里查德·休顿(Richard Hutton)等都曾撰文对女作家作品进行过分析和评判。休顿认为,女作家因为文化环境狭窄、经历经验有限以及受教育太少等原因,其最大的缺陷莫过于缺乏想象力(Woolf, 1979: 90)。伍尔夫在书评《哈里特·威尔逊》(*Harriette Wilson*)中提到,《国家传记辞典》的编撰者托马斯·塞孔仅仅因为哈里特·威尔逊当过情妇,在评价其回忆录时就质问:"一个荡妇能爱一个姐妹吗?一个十足的娼妓能为一位母亲的死真正悲痛吗?"(Woolf,1979:756)否定曾为情妇的哈里特·威尔逊没有亲情显然有失公正和客观。对待像简·奥斯丁那种被称为"伟大作家"的女性,也有许多敌意包围着她:说她不喜欢狗,不喜欢孩子,不关心英国,对公共事务漠不关心;还说她没有学问,没有宗教信仰,对人要么冷冰冰的,要么态度粗暴(Woolf,1984:1956)。即使早期那些按照男性价值标准尽力模仿男作家写作的女作家也得不到肯定,其作品仍然不会被纳入"伟大著作"之列。19世纪70年代大多数男作家/批评家对女作家的看法是,女作家缺乏独创性、智力训练、抽象能力、幽默、自制力以及对男角色的了解。此外,由于男女作家的价值观不同,女作家认为重要的作品,男作家则持不同观点,例如女性的书信写作。虽然这些信件可能是在极其艰难的环境中写出来的,像弗兰德斯太太那样就着火炉边用浅淡饱满的墨水写出来的,身为女作家的伍尔夫视其为"女人们未曾出版的著作""你可以年年阅读,百看不厌"(Woolf,1979:87),但是没有哪位男性批评家认为这些普通女性就着壁炉边写出的书信是伟大著作。

既然能"名垂青史"的只是极少数女作家,很自然地,女性文学的所有理论也都来自这少数几个人。人们对女作家的批评也只针对她们,对其理论的研究也不停地围绕着"不可或缺的简和乔治"之洞见做文章。玛丽·艾尔曼(Mary Ellman)称这样的文学批评为"菲勒斯批评"(Phallic criticism)。至于伍尔夫本人,虽然她也承认,简·奥斯丁(Jane Austen)、勃朗特姐妹(the Bronte sisters)和乔治·艾略特(George Eliot)都是具有独创性的女作家,但她否认她们作为女性文学创始人的地位,因为女性文学传统应该远远早于简·奥斯丁,也应该有更多的女性为此传统做出过贡献。

二、众声喧哗

伍尔夫认为，英国伊丽莎白一世时代，普通女性的生活一定散见于某些地方，人们经常会在伟人的传记中"瞥见"她们匆匆而过，消失在背景中。"她们隐藏了一个眼色，一阵笑声，也许还有一滴泪水。"（Woolf，1979：529）倘若能把这些普通女性的生活收集起来，就能写成一本书。她在《一间自己的房间》中建议，那些名牌大学的学生给历史加上一个"补遗"，并给那"补遗"一个"不惹人注目的名字，让女性可以不违礼法地出现在其中。"（Woolf，1979：529）是否有名牌大学的学生这样做了，我们不得而知，但我们知道的是，伍尔夫本人义无反顾地挑起了这一重担。

根据伍尔夫的上述观点，女作家要重建女性历史与传统，就必须到"那些地位低微的无名之辈的生活中去寻找，要到那些几乎没有灯光的历史长廊中去寻找，在那儿，幽暗朦胧地、忽隐忽现地，可以看见世世代代妇女的形象。"（Woolf，1979：335）身为女作家，伍尔夫不仅自己关注女性先辈的历史，尤其对改朝换代时期的历史以及女性在历史中的作用感兴趣，就像其第一部小说《远航》（*The Voyage Out*，1915）中的男主人公特伦斯·赫维特一样，她关注普通女性"从未被人记录下来的那部分经历"。虽然她明白，很难真正了解自己那个阶级以外的女性，但是只要是有助于了解她们的书籍与资料，她都想知道。于是，伍尔夫广泛阅读能够找到的一切关于女性的东西，并将自己的感受和看法写进作品中。她"侵入"现有历史，挖掘那些"小人儿"和无名人氏的普通生活，把夹在国王与武士们英勇行为之间的卑下无名者的行为视为真正的历史，把大多数普通人在普通日子里的种种不为人所注意的行为以及他们的所闻、所思、所感都视为历史。伍尔夫搜集到了大量有关女性的生活资料，除了极少数资料是关于女王和贵妇的以外，绝大多数资料都是关于普通女性和文学女性的，并写下了许多关于女性的传记或评论作品。叙述女王和贵妇生平的文章有：散文《伊丽莎白女王的少女时代》（*The Girlhood of Queen Elizabeth*），《阿德莱王后》（*Queen Adelaide*），《斯特拉齐夫人》《荷兰勋爵夫人伊丽莎白》（*Elizabeth Lady Holland*），《一位宫廷侍女的日记》（*The Diary of a Lady in Waiting*）等；记述普通女性生活经历的文章有：散文《美国妇女》（*The American Woman*），《两位女性》（*Two Women：Emily Davies And Lady Augusta Stanley*），《范尼·伯尼的隔山姐姐》（*Fanny Burney's Half－sister*），《埃伦·泰利》（*Ellen Terry*），《塞拉那·特林玛》（*Samna Trinma*），《海斯特·斯坦诺普小姐》《萨拉·伯恩哈特》（*The Memoirs of Sarah Barnhart*），《斯瑞尔夫人》（*Mrs. Thrale*），《格雷老太太》（*Old Mrs. Grey*）等；更多的是记录和评价文学女性的生活及作品的文章，如散文《玛丽·沃尔斯通克拉夫特》（*Mary Wollstonecraft*），《纽卡索公爵夫人》（*The Duchess of Newcastle*），《乔治·艾略特》（*George Eliot*），《简·奥斯丁》（*Jane Austen*）与《简·奥斯丁和愚蠢的鹅》（*Jane Austen and the Geese*），《多萝西·华兹华斯》（*Dorothy Wordsworth*），《我是克里斯蒂娜·罗塞蒂》（*I am Christina Rossetti*），《萨拉·柯勒律治》（*Sara Coleridge*），《塞维涅夫人》（*Madame do Sevigne*），《哈里特·威尔逊》、《威尔考克斯夫人记事》（*Wilcoxiana*），《写个不停的妇人》（*A Scribbling Dame*），《玛利亚·艾奇沃斯和她的朋友们》（*Maria Edegeworth And Her Circle*），《盖斯凯尔夫人》（*Mrs. Gaskell*），《坡的海伦》（*Poe's Helen*），《多萝西·奥斯本的〈信札〉》（*Dorothy Osborne's Letters*），《四位人物》（*Four Figures*），《奥罗拉·李》（*Auroa Leigh*）等（童燕萍，1995：14－15）。

　　还有许多文学女性的生活，虽然伍尔夫没有写成专章，但将其放在其他随笔和散文当中进行引介和评述。例如玛丽·卡迈克尔（Mary Carmichael）、伊丽莎白·布朗宁（Elizabeth Browning）、多萝西·奥斯本、乔治·艾略特、伊丽莎白·卡特（Elizabeth Carter）、玛利亚·艾奇沃斯、多萝西·理查逊（Dorothy Richardson）、温奇尔西夫人、玛格丽特公爵夫人等。在《一间自己的房间》中,伍尔夫用了很长篇幅来论述使用了"女性句式"(the woman's sentence)的女作家玛丽·卡迈克尔,说她"先是破坏了句子的格局,现在又破坏了顺序的格局"(Woolf,1979:562),而且她那么做的目的"不是为了破坏,而是为了创造"(Woolf,1979:562)。于是,"句子与句子之间流畅的滑动被打断了。有的东西在撕裂,有的东西发着刮擦声,这儿一个字、那儿一个字像火把一样在我眼前闪现"(Woolf,1979:561)。伍尔夫赞扬多萝西·奥斯本"像一个女人那样写作,但又像一个忘记了自己是女人的女人那样写作"(Woolf,1979:564)。伍尔夫还对第一个女性小说家范尼·伯尼和第一个靠写作为生的女作家阿弗拉·贝恩都给予了很高的评价。在 18 世纪末,伯尼小姐创作起步非常艰难,她的第一部手稿被继母下令拿走烧掉,之后又被惩罚去做绣花缝纫等女红以"赎罪"。但是"伯尼小姐已经在文章中证明'对一个女性而言是可能的而且理应得到的尊敬'。"(Woolf,1979:1391)第一个职业女作家贝恩带动了一批中产阶级妇女克服重重困难,投身于写作事业,这标志着英国女性文学的转折,伍尔夫说,它比十字军东征或者玫瑰战争更为重要,更有意义。因此,"所有的妇女都应当一起把花撒在阿弗拉·贝恩的墓上,因为是她替她们赢得了写出她们思想的权力。"(Woolf,1979:548)伍尔夫认为,没有这些先驱者,后来那四位成为"伟大女性"的简·奥斯丁和勃朗特姐妹以及乔治·艾略特就不可能写作,因为"杰作不是单一和孤立的产物",而是"多年来的共同思考、集体思考的结果,因此这单一声音的背后有着大家经验的支撑"(Woolf,1979:80),就像她对书籍的评价一样。

书籍与书籍之间有传承关系,如同家族世代相传。有些书继承了简·奥斯丁的传统;另一些则与狄更斯的作品一脉相承。这些书籍与其"父母"辈相似,就跟人类的孩子与父母长得相像一样;然而又像孩子们跟父母有所区别一样,它们也跟它们的"父母"有所区别,也像人类的孩子那样对抗自己的父母。(Woolf,1979:709)

伍尔夫发现,还有一些女作家在世时,享受到了炫目的文学声望,可是在后人的记载中却声誉式微,甚至无迹可寻。例如诗人伊丽莎白·勃朗宁,"虽然她在生前得到了更为响亮的赞誉,现在却越落越远了。"(Woolf,1979:414)于是就形成了这样的怪圈,每一代女作家都不得不重新发掘自己的传统,一次再次地打造自己的性别意识。伍尔夫通过论述那些女性小说家、诗人、日记作者和信件作者,建立了自己与女性文学前辈的真正关系,并界定了自己的文学身份。

伍尔夫曾在父亲96岁诞辰纪念日的日记中说,如果父亲还活着,她就不可能成为作家,因为她将父亲看成是典型的维多利亚时代的父权家长,除了性格暴躁以外,他会阻挡女儿通过创作的源泉即女性先辈思考过去,而伍尔夫的创作就是沿着女性先辈开拓出来的道路进行的:"因为这条道路在很多年以前就开辟出来了,开辟者有范尼·伯尼、阿弗拉·贝恩、哈里特·马蒂诺、简·奥斯汀、乔治·艾略特等许多著名的女人,更有许多不知名的和被忘却的女人,曾在我之前把这条路修得平平顺顺,并且调整着我的步伐。因此,在我着手写作的时候,便只有极少的物质障碍来阻挡我的道路。"(Woolf,1979:1366)不仅先辈女作家不断出现在伍尔夫的散文/随笔中,而且妇女教育的开拓者、"怪异妇女"(queer women)、妇女参政权论者等都曾成为她阅读和评论其传记、通信集和回忆录的对象。

伍尔夫的这些经历告诉我们,女性是怎样相互影响的,远不是哈罗德·布卢姆(Harold Bloom)提出的"影响焦虑"(anxiety of influence)概念所指的那样,而是相反,女性前辈将写作中的女性从"焦虑"中解放出来,充当历史的避难所,以便她们在父权制攻击的间隙里躲到那里去舔自己的伤口。如果说伍尔夫有"焦虑"的话,那也不是出于要怎样超越她的"母亲们",虽然她的确希望超过她的当代女性同行,还嘲讽过凯萨琳·曼斯菲尔德(Katherine Mansfield),说她是简·奥斯丁再世(黄新征,2002:70—71)。

伍尔夫不仅自己致力于重建女性历史与传统的工程,而且鼓励其他女作家一起关注女性自我意识、女性经历与经验、女性焦虑与痛苦，并重写历史："我们，创造历史的人，追溯历史的人，必须树立新的墓碑，以刻下这些遗失的名字。"（Woolf，1979：2）因为"在妇女身上，个人的历史既与民族和世界的历史融合，又与所有妇女的历史融合。作为一名斗士，她是一切解放不可分割的一部分。"（Woolf，1979：197）

伍尔夫意识到，在父权社会中，仅仅只有女作家参与到书写女性历史的行动中来是远远不够的，最要紧的是占据这个社会主导地位的男性必须改变观念，心甘情愿地把女性写进历史中，才是最终的解决办法。《远航》中的特伦·赫维特就是这样一位男性同盟军。他喜欢听未婚妻蕾切尔·温雷克描述家乡里奇蒙的日常生活，并由她的生活而联想到广大无名女性的生活：那种单调、乏味、无聊的生活，就像街道两旁一模一样的房子，无任何变化（杨跃华，1999：43）。

其实，许多男性都有姊妹，与其有天生的"手足之情"，私下里与她们也保持着良好的关系。他们互相尊重，互相帮助，有共同的目标。例如，大诗人威廉·华兹华斯（William Wordsworth）那优雅迷人的田园诗歌灵感和素材大多来自妹妹多萝西（Dorothy）的日记；建立了纽汉姆学院（Newnham College）并成为其第一任院长的安妮·克拉夫（Anne Clough）视兄长亚瑟·克拉夫（Arthur Clough）为最好的朋友和导师："亚瑟是我最好的朋友和导师……是我生命的慰藉与欢乐；正是为了他，因为他，我才开始追求所有可爱的、值得记录的东西。"（Woolf，1979：1135）怎样才能把这种"私下的"手足之情延伸至公共领域的社会关系中是重要的课题，因为许多世纪以来，兄弟与姐妹之间的社会关系是如此不同："'社会'一词开始在人们的记忆中敲响了刺耳的、使人忧郁的钟声：不能，不能，不能。你不能学习，不能挣钱，不能拥有，你不能……"（Woolf，1979：1136）

伍尔夫的自传《往事杂记》（A Sketch of the Past，1941）曾说，女性缺少的不是事实，而是阐释历史的新方法，即新的写作风格。新历史的写作即使用不同的手段,即使模仿男性对女性得体举止的描写方法,也会在模仿过程中将该标准贬低。阐释历史的新方法包括女性那"没有完全消失的眼色、笑声和眼泪"(Woolf,1986:67)、对男性标准的嘲讽、对父权秩序的扰乱或将历史书写拉离其表面上崇高的学术中立立场等。书写历史的标准也会发生变化,原来被认为只是相关的,现在将变成标准;原来被认为是完整和真实的,现在将变成片面。战争和运动将不再被放在显著位置,其他事件如崇拜时尚和购买衣服等将取而代之,正如简·奥斯丁所做的那样。这样一来,女性开始写小说的社会风气不仅被认为是一种具有了一定历史意义的文化行径,而且她们重写历史的初衷似乎也不需要用新的证据来纠偏,最多只是各自叙述各自的故事罢了(上官秋实,2003:168)。

女性书写历史的新方法也包括打破传统上按时间顺序叙事的写作模式撰写自传。伍尔夫的自传《往事杂记》没有按时间顺序去交代她一生中的"大事",而是从留在她记忆中早年生活的两个"瞬间"开始叙述。第一个"瞬间"就是母亲的印花衣服。除了黑底衬着红色和紫色小花的衣服及其式样以外,伍尔夫还通过其他与母亲有关的"瞬间"重建母女间的紧密关系。伍尔夫不仅将母亲留在了自传里,还把她移植到了小说中,这是另一种回忆的方式。伍尔夫的意识流代表作《到灯塔去》的中心人物拉姆齐夫人就是以伍尔夫的母亲为原型创造的。拉姆齐夫人常常去看望病人、为疗养所里的牛奶供应犯愁、热衷于通过盛宴把人们聚集到一起等特点,都是伍尔夫母亲的特点。伍尔夫试图通过女性先辈直接或间接扮演的角色模式传递人类价值观:这些母女在彼此的生活中是完整的,她们相互尊重相互爱戴,她们会亲密地沟通,即使意见相左也是如此。伍尔夫不仅与母亲的关系不同凡响,她和姑母、姨母的关系也很不一般。英国女性主义者劳拉·马柯斯(Laura Marcus)认为,伍尔夫的和平主义主张来自伦敦西南部克拉彭地区(Clapham Sect)的祖先以及那位贵格会(Quaker)教徒姑妈卡罗琳·斯特芬(Caroline Stephen)的遗产。卡罗琳姑妈那神秘的写作是影响伍尔夫的关键因素(Woolf，1979：235)。伍尔夫的外甥昆丁·贝尔(Quentin Bell)认为，伍尔夫女性写作风格受到了姨母安妮·萨克雷(Anne Thackeray)的影响。神秘主义和女性化写作使伍尔夫的女性主义部分地从姑妈和姨妈传至侄女，从而避开了父亲。将母亲写进自传、小说、日记和信件中，实际上就是将母亲以及千万个像母亲那样默默无闻的女性写进历史的一个方式，同时，这也说明伍尔夫的确有"通过女性先辈思考过去"(Woolf，1979：237)的习惯。

女性书写历史的新方法还包括打破传统模式的传记写作。伍尔夫发表于1928年的传记体小说《奥兰多》，虽然按照了时间顺序来叙事，但是又与传统传记写作有着天壤之别。该书的主人公是生活在英国伊丽莎白时代的年轻贵族，因为是女王的宠侍，得到大笔财产。他一路走来，历经数个朝代，一直到伍尔夫写作的1928年，变为一个36岁的魅力少妇。许多评论家都把该小说的出版看成是传记文学的一场革命。其他新的写作模式还包括：《达洛维夫人》(*Mrs. Dalloway*，1925)和《到灯塔去》使用的是意识流写作，《帕吉特家族》(*The Pargiters*)是散文小说(essay novel)，《海浪》(*The Waves*，1931)是剧诗(play－poem)等。实际上，这些形式都不足以表达伍尔夫心中的所思所想，她最想做的是抛弃所有这些范畴，创造出一个全新的类型："我有个想法，即我要为我的书创造一个名字来补充'小说'这一名称。"(Woolf，1979：31)她希望自己的文学"女儿们"能够写下她当年只能逃避的东西："她们的脚上不再有蹩脚的束缚"(Woolf，1979：32)，不再对描写女性的性而小心翼翼。

通过还原女性的真实生活，沉默、失语和"失落的"女作家逐渐"浮出历史地表"，形成了几近"众声喧哗"(Woolf，1979：33)的局面。伍尔夫发现，如果把文学女性作为整体来考察，把每个人的价值观、行事准则、经历和行为都结合起来，人们就会看到一个想象的连续体，某些模式、主题、问题、意象等都一代一代地重复出现。女性在父权中心社会的大框架中已经建构了自己的"亚文化",女性,尤其是女作家,也是有历史和传统可循的。

当代女性主义者沿着伍尔夫开辟的道路,增强了对文学史中性别歧视及其表现形式的研究,努力发掘广大女性的真实生活,寻回"失落的"女作家作品及其生活与生涯的文献资料。她们发现,女性不仅有自己的历史与传统,而且不同阶级的妇女,其经历和话语也有所不同。同时,每个时期的文学中都有一种特殊的女性自我意识,女性文学在影响、借用以及亲和关系等方面,有一个非常明显的传统可循。但由于"女性文学声誉的短暂现象"(Woolf,1979:11),该传统也充满了漏洞和裂缝。文学家、心理学家、社会学家、社会史家和艺术史家们都对此发生了极大的兴趣,他们要为女作家建立一种更可靠的批评话语以及更准确、更系统化的女性文学史,以便再现其在政治、社会和文化方面的经历与经验。有了新的视野之后,过去被认为是不存在的文献资料突然之间都跃入女性史撰写者的视线,就像亚特兰蒂斯从大海中冒出来一样,被淹没的女性传统大陆从文学海洋中升了起来(范圣,2005:53)。

第二节　伍尔夫对历史的记叙

《奥兰多:一部传记》(*Orlando:A Biography*)是伍尔夫于1928年创作的一部颇具特色的历史传记小说。虽然副标题为《一部传记》,这部作品却与传统意义上的传记不尽相同。《奥兰多》叙述的主人公的故事从16世纪末伊丽莎白女王统治时期开始,一直讲述到1928年。在小说的开始,奥兰多是一个年方十六、风流倜傥的贵公子,深得伊丽莎白女王欢心。他酷爱写作,但始终未能在写作方面有所建树。奥兰多感情上遭受俄罗斯公主的背叛,后又被他仰慕并资助的作家所利用和嘲弄,因此"饱经沧桑,看破了红尘",对"女人和诗歌"都失去信心,并认为"文学不过是闹剧而已"。由他出使伊斯坦布尔时昏睡数日后变性为女子,历经了几个王朝、时代的变迁,结婚生子,最终成为 20 世纪一个女诗人,并出版了她几个世纪来一直在创作的诗稿《大橡树》,而此时她的年龄仅为 36 岁。

奥兰多显然不是现实生活中真实存在的人物,他/她跨越世纪、跨越性别的离奇经历,读来更像是个传奇故事,然而这部作品却以《一部传记》为副标题,实在让人疑惑。传统的传记写作向来有着太多的限制,少有创新,主要是因为它作为客观的历史叙事,强调"事实"和"历史",传记作家的任务之一就是对传主的生平进行准确、连贯、完整的叙述,但伍尔夫在创作《奥兰多》时并没有恪守这一法度。作品虽然以大量史料为基础,但它模糊了传记和小说之间的界限,在素材、形式、体例等方面遵循传记的规范,但同时又充分利用小说家想象的自由,将传记和小说有机地融合在一起,试图维持"真实和想象之间的平衡"(张道坤,2005:322),对传记写作进行了革新。与此同时,作品又通过对传记进行戏仿,展示和评论传记创作的过程,揭示传统传记的局限性,使作品带有元小说的自我反思性。另外,《奥兰多》用戏谑的手法对传记和历史的"真实性"提出了质疑,使历史文本化。因此,《奥兰多》可以看作是传记、小说和历史之间相互作用、相互包含的结果。所有这一切使这部作品带有后现代主义叙事特征,体现了伍尔夫在创作理念上的前瞻性,也证明了现代主义小说和后现代主义小说之间的传承关系。

一、文类的模糊性

《奥兰多》的后现代主义特征之一就是文类的模糊性。它究竟属于传记还是小说?这个问题自作品出版之后,就一直是评论家争论的话题。就伍尔夫本人来说,她曾提到自己"只是因为好玩才称之为传记"(Woolf,1977:98)。因此当书商将《奥兰多》作为传记销售时,伍尔夫曾担心这会影响该书的销量,而觉得"为一时的好玩付出的代价太大"(Woolf,1984:114)。尽管如此,伍尔夫也没有把《奥兰多》看作是一部小说。她在 1928 年的日记中谈到《奥兰多》时这样写道："不管怎样,这次总算摆脱了写'小说'的嫌疑,希望以后不会再受到此类指责。"(Woolf,1979:381)看来在《奥兰多》的文类归属问题上,如果伍尔夫不是在故意混淆视听,那么,就连她自己也很难、或者不愿意对这部作品的文类进行明确的界定。

伍尔夫在日记中曾经提到,她构思《奥兰多》时打算"在这部作品中有机地融入虚构成分"(Woolf,1977:162),言下之意就是她最初的打算是以事实为基础的。她在作品中采用了大量的史实以及现实生活中的人物和事件作为素材,并在作品的标题、体例和叙事角度等方面给读者一种"纪实"的假象。伍尔夫用《一部传记》作为副标题,在作品中让叙述者从传记作家的视角讲述奥兰多的生平。这种特殊的视角使叙述者和读者之间建立了一种契约,即作品以客观事实为依据。伍尔夫一本正经地在作品前面加上"序言"部分,乍看之下颇像是学术研究论文前的致谢词,感谢家人和朋友对她的帮助,并说明笛福、斯特恩、艾米莉·勃朗特等前辈作家对她的影响。书中还有脚注、附有八幅插图,书后还附上了只有学术著述中才有的索引,像模像样地编纂了近百条条目。这些手法都使《奥兰多》看起来像一部真正的传记,给读者一个先入为主的印象,以为这是一部以纪实和严谨的研究为依据的作品,似乎拥有了"真实性中最坚硬、最结实的一种,是只有在大英博物馆才能找到的真实性,是经过研究的战车重重碾过、使所有谬误的烟尘销声匿迹之后的真实性"(杨华、张德玉,2006:9:3)。

除了形式上采用了传记的体例之外,叙述者在叙述过程中还一再强调"事实"的重要性,比如"我们的任务很简单,就是叙述已知的事实"(Woolf,1977:33),"我们只需陈述简单的事实"(Woolf,1977:77)等等。作品也一反伍尔夫以往钟情的意识流手法,而对外部细节的写实非常注意,并且在对奥兰多这个人物的刻画上十分注重可信性。如果撇开性别和时间因素,奥兰多可以说是一个典型的传统小说人物,在生活中遭遇种种挫折,但最终克服这些挫折,实现自我。这种典型的现实主义人物刻画手段也给读者制造了一种"真实"的幻象,而这种幻象是传统的传记写作和现实主义小说创作手法之间的一个共同点。传统的传记写作和那些"书写真实"的现实主义作家,如笛福、斯威夫特、特罗普等人一样,呈现给读者的是一个"比例适中的世界"(Woolf,1979:81),作者在写作时都小心翼翼,一环套一环,唯恐读者起疑心。可是伍尔夫却借着传记的名义在《奥兰多》中蓄意歪曲并玩笑般地打破了这个比例,随心所欲地创造出一个跨越性别、跨越时空的人物。作为传主的奥兰多不是历史上真实存在过的人物,这一点就足以推翻伍尔夫用种种手段建构起来的"真实"幻象,体例、格式上的相似仅仅是一种形似和戏仿而已。通过这种模糊文类属性、将"真实"与"虚构"有机结合和并置的手法,伍尔夫对传统的传记创作手法进行反思,并对传记所崇尚的真实进行了解构。

这一文类上的模糊性有着特定的目的。在《奥兰多》的创作中,伍尔夫力图跨越长久以来横亘于以纪实为基础的传记、历史和以虚构、想象为基础的小说、诗歌之间的楚河汉界。作品一开始声称由于奥兰多天资聪颖,必将大有作为,所以"为他的一生做传的人更应欣喜,因为不必求助小说家或诗人的手段"(Woolf,1986:2)。也就是说,奥兰多一生中将会有许多值得记录的丰功伟绩,可以为传记作家提供足够的素材,而不必借助小说家或诗人的想象。就这样,叙述者便将各类文本分成上述两大阵营,并将纪实和虚构、真实和想象之间传统的对立关系凸显了出来。然而,叙述者却在叙述过程中逐步揭示,只要涉及写作,就无法严格区分真实和想象。

事实上,传记艺术以及传记和小说之间的关系一直是伍尔夫比较关注的话题之一。她曾在多篇随笔中对传统的传记写作及一些重要的传记作家进行过评论。伍尔夫在1927年的随笔《新派传记》中认同英国作家西德尼·李爵士的观点,认为传记的目的就是忠实地传达人的品性。换言之,传记的特点是叙述的真实性,而叙述的对象则是人的品性。伍尔夫把传记作家所追求的真实性看作是某种坚如磐石的东西,而把人格看作是捉摸不定的彩虹。在伍尔夫看来,传统的传记往往过于注重真实性的考证,但对传主曾是"活生生的人物"表现不足,而解决这一问题的关键在于将传记的真实性和小说的虚构性、艺术性有机地融合起来。由于"传记的目的之一就是使传主展示他们作为丈夫、作为兄弟等等应有的风范;然而却没有人跟小说中的人物太较真。写小说的诱人之处在于其自由——可以掠过乏味的部分,强化激动人心的内容。可以艺术地处置人物",因此与传记相比,小说在人物的塑造上享有更多的自由空间,小说家的技巧,如布局、联想、戏剧效果等在刻画人物形象、细说私人生活等方面,有着得天独厚的优势。将小说的这种自由和技巧运用到传记创作中去,可以弥补传记在体现"人的品性"方面的不足(涂艳荣、王锡明,2002:36—37)。

不过,伍尔夫也意识到,在某种程度上,小说所享有的这种高度自由也恰恰成为小说家的主要难题"因为只有天才的想象可与真相的美学效力相匹敌"。(Woolf,1986:15)由于事实与虚构互不相容,如何恰如其分、不露痕迹地协调好两者的关系,如何能"十分精细地、十分大胆地表现出那些梦境与现实的奇怪的融合,那些花岗岩与彩虹的永恒的姻缘"(Woolf,1986:18)便成为传记作家所面临的最大挑战。这也正是伍尔夫在创作《奥兰多》时所作的尝试——既借用传记所具有的"真相的美学效力"(Woolf,1986:19),又充分利用小说创作的自由,并在此过程中对小说和传记创作进行剖析。

二、自我反思性的叙事声音

如前文所述,奥兰多传奇般的生平打破了作品在素材、形式、体例、叙事角度等方面所建构的"真实"的幻象。此外,《奥兰多》

中还存在着两种完全不同的叙事声音。其中的一种叙事声音遵循传统的叙事方法,对奥兰多从外貌、心理、行为等各个角度进行详尽的描述,将他/她作为一个真实可信的人物呈现在读者面前;与此同时,却又不时出现另一个叙事声音,不断地提醒读者他们所阅读的是一部传记,是一部用语言建构的文本,并且不停地对传记创作的手段进行披露和分析。比如,在谈到奥兰多的率性时,叙述者说"此处,我们像传记作家常做的那样,鲁莽地披露了他的一个怪癖。"(Woolf,1986:10)又如,奥兰多第一次见到俄罗斯公主时,脑中涌现出各种意象和比喻,在探讨奥兰多为什么会用这些比喻时,叙述者在后面的括号中写道"虽然我们的叙述一刻也不能停,但此处我们可以飞快地指出……"(Woolf,1986:16)叙述者还在讲述的过程中多处提到"现在我们继续来讲故事"(Woolf,1986:23),"我们还是继续讲故事吧"(Woolf,1986:35),"此处,我们最好在他(奥兰多)的独白中间停下来,思考一下"(Woolf,1986:55),"此处我们必须打住"(Woolf,1986:70)等等。这一手法打破了叙事的连贯性,让读者不由自主地将注意力从奥兰多的故事转向叙事和叙述活动本身。就这样,伍尔夫在《奥兰多》中不仅讲述一个故事,同时也在试图展示叙述者讲故事的技巧和过程。

这种在传记作品中揭示、评论传记写作的手法,与后现代主义元小说所采用的技巧可以说有着异曲同工之妙。这恐怕就是伍尔夫在《奥兰多》的前言中所提到的斯特恩对她的影响,因为《项狄传》中的叙述者在讲述自己的故事时就对读者发出这样的请求:"忍耐一下——让我继续用我自己的方式讲述我的故事。"(Woolf,1988:75)这种对文本建构的自我意识可谓开了元小说的先河。在后现代主义元小说中,小说家常常在作品中对小说自身的创作技巧给予极大的关注。正如伍尔夫在《元小说》中谈道:"一般来说,元小说力图建构一种虚构的(传统的现实主义)幻象,但同时又揭示这种幻象。换言之,元小说一个最基本的共同点在于在创作小说的同时对创作进行评述。"(Woolf,1986:87)元小说这种形式消解了"创作"和"批评"之间的界限，并将它们融入"阐释"和"解构"的概念之中。《奥兰多》具有类似的特点：伍尔夫试图借用传记传统建构一个传记叙事，但同时又经叙述者（传记作家）之口对创作进行评述，用戏仿的手法对传统传记写作进行"阐释"和"解构"。

从作品的第一章开始，叙述者在刻画奥兰多的心理活动的同时，就经常直接对读者发表议论，重申传记的种种技巧和要求。这样的直接评论在作品中比比皆是，比如在描写完奥兰多俊美的外表之后，叙述者说道"直视这额头和双目，我们又不得不承认，有那么多的怪癖是每一个优秀的传记作者所避之不及的。"（Woolf，1986：2）谈到奥兰多在琐事上总是有些笨手笨脚之后，叙述者说道："此处传记作家应当注意到，上面提到的笨手笨脚常常与孤僻寡合相连。"（Woolf，1988：4）这些看似不经意的评论凸显了传记作家创作时所遵循的一些原则。一般来说，传主都是有着一定历史意义的不凡之人，因此传记作家在为他们作传时总会千方百计地避开传主的怪癖，就算记录一些无伤大雅的缺点（如行动的笨手笨脚），也力求给出合理的解释。

此外，叙述者在叙述过程中还非常形象地描述了传统传记必须遵循的路线"无论依靠私人文件，还是依靠历史文件，传记作者……沿着无法抹去的事实真相的足迹，一路直行，不环顾左右，不贪恋花草，不理睬路边的阴凉，只管踏踏实实走下去，直至蓦地跌入坟墓，然后在头顶的墓碑上镌刻'剧终'二字。"（Woolf，1988：33）传记作者必须以事实真相为基础，记录传主从出生到生命结束的历程，而这"一路直行"的要求就严格限制了传记作者的创作，使传记作者的写作落入了一个套路，以至于叙述者在讲述奥兰多的生活时，写道："他经常光顾此地，看桦树化为金色、蔗菜萌发嫩芽；看月圆月缺；看（或许读者能想象下面的句子）四周草木由绿变黄，又回黄转绿……"（Woolf，1988：53）叙述者意识到，如果撇开那些"花草"和"路边的阴凉"，传记写作便一成不变，毫无创新，但凡有经验的读者都能从叙述者的描述中猜得出下文。

而有些时候"基于事实"又可能成为传记作家逃避问题的借口,比如奥兰多昏睡数日之后变性为女子,这一无法自圆其说的情节可能会招致读者的质疑,认为有违常情,但在叙述者这里却被轻描淡写地一带而过"这一点还是让生理学家和心理学家来决定吧,我们则只需陈述简单的事实:奥兰多三十岁以前是男子,后来变为女子,此后一直是女子。"(Woolf,1988:77)对于奥兰多生命长达数百年这样离奇事,叙述者更是避而不谈,似乎只要假借了事实之名,有悖常理的现象无须解释就可以理所当然地记录在册。虽然叙述者将奥兰多的离奇经历冠以"传记"之名,人为地将其中的不合理之处合理化,但疑问显然会浮现在读者的脑海之中。通过这一手法,伍尔夫旨在表明传记所看重的事实在一定程度上会削弱传记的艺术性。

伍尔夫在《传记文学的艺术》中曾提及以上这些观点,她认为传记名著之所以如此匮乏"是由于传记文学在所有艺术门类中受到的限制最多"(Woolf,1988:79),《奥兰多》的叙述者对传记写作的反思体现了伍尔夫对这种限制的批判。通过写实性叙事和自我反思性叙事这两重声音的交叉和并置,伍尔夫揭示了传记叙事的内在矛盾,使读者既认识到作品中的很多材料基于史实,又同时意识到作品的虚构性和叙事性质,既对传统的传记创作有所了解,又对其局限性进行思考。这种手法给读者带来了富有张力的阅读体验,而这种自我反思性以及对写作活动本身的关注也使《奥兰多》带有后现代主义元小说的特点。

三、质疑传记和历史的真实性

在《奥兰多》中,伍尔夫对传统的历史学家和小说家的叙述活动进行了刻意的夸张和歪曲,对传记和历史中的"真实性"进行解构,突出"真实"的不确定性,这是它另一个显著的后现代主义叙事特征。作为传记作家的叙述者以记录真相和事实为首要任务,他/她自己也再三声称"我们只需陈述简单的事实"(Woolf,

1988：74）。可是随着阅读的深入，读者发现叙述者根本不可能胜任这一任务，因为他/她所依赖的真实记录互相矛盾，更何况这些记录还可能"布满焦痕和窟窿，一些句子根本无法识别"，而他/她为了如实记录奥兰多的生平"不得不尽量在烧焦的纸片和布条中间寻觅"（Woolf，1988：70）。就这样，叙述者成为对所叙述事件的真实性没有承诺、无法承诺的人。前文提到，叙述者在《奥兰多》中将传记和历史归于一类，因为它们都是关于"真实"的文本，因而伍尔夫对传记"真实性"的解构事实上也是对历史"真实性"的解构。

在叙述奥兰多获得公爵爵位这一重要事件时，叙述者手头有两位目击者的叙述和一份报纸的报道。海军军官布里格的日记里充斥着典型的民族主义情绪——对当地人的防备之心，英国人的优越感，对土耳其民族有条件的肯定等等，后来因为他攀爬的紫荆树枝突然折断，布里格坠落在地，因而日记的其他部分便只剩下他感谢上帝、谈论伤势轻重的内容了。而另一位目击者哈托普小姐的信中也讲述了这一事件，她所关注的是华丽的服饰、精美的食物、迷人的夫人和勇武的男人等等，以及一位先生对她的赞美和她对读信人以及自己的猫的思念之情。而当时的《时事报》则用不带任何感情色彩的新闻用语对奥兰多受封的过程进行报道。通过这种参照并置，叙述者清楚地表明，即便是同一个事件、同一个场景，由于不同的目击者所关注的焦点、叙述方式、叙述目的不同，他们的描述（即便是第一手的描述）也是不同的，这有力地表明"基于事实"的真实性不是唯一的，而是不确定的。更何况这些"基于事实"的不同版本的记录落到传记作家和历史学家的手里时，可能由于时间、大火或者其他因素而变成了"支离破碎""面目全非"的片段（李春艳，2004：53—54）。

当叙述者试图从为数不多的资料中重构奥兰多的职业生涯时，他说"往往，一句最要紧的话，中间却烧得焦黑。有时，我们以为，这下可以破解百年来让历史学家困惑不清的秘密，结果手稿上却突然出现一个指头大的窟窿。我们费了九牛二虎之力，试图根据虽已烧得支离破碎却存留至今的文件,一点点拼凑出一个梗概,却常常还得去推想、猜测,甚至要凭空虚构。"(Woolf,1928:66)就这样,叙述者成功地使现场目击者的信件、日记以及其他一切可以作为"证据"的东西失去了可信度。叙述者不得不承认,要完整、准确地记录奥兰多的生平几乎是不可能的事,在叙述过程中不得不辅以"虚构"和"想象"。叙述者用玩笑的语气讲述了传记作者和历史学家如何将少量的历史文本"碎片"还原成"可靠"的历史记录,这种夸张和曲解彰显了这样一个事实,即历史和真实是一种人为的建构:原始记录因不同的视角、不同的立场、不同的兴趣关注点而大相径庭,得以保存下来的有限的资料本身已经支离破碎,因此传记作家、历史学家在此基础上所构建的"真实"更经不住推敲了。后人通过文本所了解到的历史只可能如同碎片似的,并受到历史书写者主观立场的影响(陈惠良、杨毅,2007:93—94)。

　　真实性的另一个重要方面涉及对事件的因果解释。《奥兰多》中不乏不厌其详的真实细节,可是事件之间荒谬的逻辑、因果关系却耐人寻味。奥兰多生命的各个阶段可以和文艺复兴、王政复辟时期、启蒙运动、浪漫主义、维多利亚时期直至 20 世纪初的历史对应起来,叙述者往往用寥寥数笔就把这些阶段的特色勾勒得活灵活现,可是在这些描绘之中,又不乏幽默和夸张的成分。比如,王政复辟时期奥兰多的文风发生了变化,叙述者这样解释产生这种变化的原因:"外部的景观本身也少了很多斑斓,蔷薇丛不再那么多刺和盘根错节。或许,感觉本身就多了些许迟钝,味觉已不再受到蜂蜜和奶油的诱惑。同时,街道的下水系统更通畅,室内的采光更明快,毫无疑问,这对他的文风都有影响。"(Woolf,1928:62)虽然文风的改变和社会生活环境之间有着一定的联系,但是这样牵强地在两者之间建立因果关系却显得突兀和荒谬。

　　同样,在详尽地描写 19 世纪第一天出现的满天乌云以及之后无处不在的潮湿后,叙述者指出英国人的生活、性格等发生了一系列变化,"于是,说不清哪一天哪一刻,不知不觉,英国的本性改变了。"(Woolf,1928:131)两性的距离愈拉愈远是因为潮湿使男人感到内心冰冷,头脑迷乱;由于潮湿,植物和人类都有了旺盛的繁殖能力,而大英帝国也应运而生;潮湿像侵入木头一样侵入了墨水瓶,于是句子膨胀,形容词成倍增加,抒情诗变成了史诗。将19世纪的时代特点和文学潮流变化归结于世纪初的一场大雾造成的天气潮湿,这样的逻辑推理固然极尽夸张之能事,读来让人忍俊不禁,却又不难让读者联想到历史中不乏这样荒谬的逻辑。

尽管伍尔夫用夸张的手法拿传记作家和历史学家的叙述活动开玩笑,可是她却率先提出了一个严肃的观点,即历史是一种叙事,我们对过去的了解只可能是片面的、不完整的。这种把历史文本化、碎片化的观点后来成为很多历史学家以及历史编纂元小说作家所关注的焦点。比如,海登·怀特在其《形式的内容》中曾说过"叙述将知道转换成讲述"。他认为,传统的历史学家声称他们记录的是真实的过去,然而在撰写历史时,历史学家必然需要选择事件,在不同事件之间建立联系和寻求因果关系,并对事件进行解读、总结等。因此,历史其实也是一种语言建构,是历史学家依据"被烧焦的碎片"转换而成的叙事,在这转换过程中自然会存在主观的选择、阐释上的偏差,历史学家的主观因素也起了决定性的作用。因此历史保存下来的"真实性"不可能是绝对的真实性,而只是众多真实性中的一个版本而已。换句话说,历史是一种"叙事",其结果是产生一种"话语",为某种观点辩护。这一观点在后现代主义小说(如阿特伍德、斯威夫特和品钦的作品中也得到了进一步发展)。加拿大学者、文论家琳达·哈钦在《后现代主义诗学》一书中提出"历史编纂元小说"(historiographic metafiction)这一概念时,强调历史和小说之间的共性,认为历史并不比小说更具有真实性,两者都只具备"貌似真实"(verisimilitude),而不是"客观的真实"(objective truth)。哈钦认为,后现代主义小说凸显由记忆或故意歪曲而造成的历史记录的谬误,而历史编纂元小说作为典型的后现代主义小说,其基本特征就是运用历史素材,通过重访历史的写作来质疑历史叙事的真实性和权威性,对历史叙事的形式及内容进行重新思考和再加工。从这一点来看,伍尔夫在《奥兰多》中对真实的质疑表明她在思想和创作上都具有惊人的前瞻性(刘爱琳,2007:135—136)。

在当下的语境中,质疑历史的真实性和本质属性已经不是什么新的话题,历史话语和小说话语在文学文本中的交叉使用也极为普遍,当代文学研究早已表明,所有的文本,包括历史、自传、传记等,都存在着虚构的成分。然而,在伍尔夫所处的年代,将虚构和纪实有机地融合在一起,打破小说和传记之间的界限,却是极为大胆的手法。可以说,《奥兰多》体现了伍尔夫在小说创作上的超前意识,其创作理念在几十年后蓬勃发展的后现代主义小说中得到了进一步发展。比如,《奥兰多》在文类上模糊了小说和传记之间的界限,在传记写作中融入伍尔夫一贯的实验手法,为传记写作带来了变革。这种将传记和小说创作融为一体的手法在约翰·班维尔(John Banville,1945—)1981年出版的《开普勒》(Kepler)中得到了进一步的发展。而《奥兰多》中那个诙谐、超脱、带有偏见、又不断自我反思的叙述声音则是对19世纪小说中那些无处不在、无所不知的叙述者的戏仿,这一手法数十年后在约翰·福尔斯(John Fowls,1926—2005)的《法国中尉的女人》(The French Lieutenant's Woman,1969)中得到了叙述者的呼应。伍尔夫在《奥兰多》中借传记的传统对传记写作的技巧进行反思,这一手法使作品带有元小说的特征。此外,《奥兰多》成功地引导读者对虚构和纪实之间的辩证关系进行思索,并借用一些荒谬的因果关系凸显历史的选择性和人为性,并将英国几百年的历史、文学史投射到集想象与真实为一体的奥兰多身上,对历史进行反思和重写。因此,《奥兰多》就像是传记、小说和历史这些不同音符融合而成的奏鸣曲,具有明显的后现代主义叙事特征,是后现代主义小说当之无愧的先驱(刘海燕,2007:61)。

第三节　伍尔夫对历史的书写

　　根据弗吉尼亚·伍尔夫的小说观和历史观,死亡的含义已不再是单纯的个人悲剧,而是拥有了更广泛的历史含义和人性含义。伍尔夫想表现的是人的心灵史,因此,死亡在她的笔下也就是一个历史场景。在伍尔夫小说里,死亡一直是一个主要情节,其印象往往贯穿全书。死亡情结一再重复出现在故事细节里和角色意识流动中。在她的意识流小说里时间、人物、人生和人性总处于一种流动状。生命仿佛是由点点滴滴的生活碎片构成,呈一片流体,碎片与碎片之间聚合无定,呈多焦点以至无焦点状态。生命发展的琐碎无序使之近乎于无目的。流体的发展呈自然主义形式,按进化的规律从生命流向死亡(刘爱琳,2007:138)。

　　在伍尔夫的笔下,人生过程也可包含人性的一切激情和幻想,但通过作者的印象投射,在一片片流体的平行的印象派式的呈现中,读者感到的不是人生的意义、人性的伟大或理想主义的光辉,而是生命的客观性和茫然。无意义与无序定格在一个既定的生命框架中。在人们的一系列活动流过消逝后,留下来的是一个个重叠交错的印象和纷繁各异的生命状态。而作者的任务就是记录这种现存的状态,记录绝对的客观真实,把人物心理活动及生活碎片事无巨细地全面展现给读者。

　　这体现了伍尔夫的小说观,也体现了她的历史观——"顺着意识的层面去捕捉构成人们日常生活的重要瞬间"(伍尔夫,2003:2)。小说再现普通人的历史,反映普通人的心灵故事。而死亡意识贯穿生命情节,给生命行为打上历史性的句号。这样,死亡情节在小说中往往失去了文学作品里的悲剧含义,形成一种自然归结,完成了一段历史。但与此同时,一种悲剧暗示却不由得在所有的历史行为中体现,这就是伍尔夫的死亡情结。伍尔夫在《奥兰多》一书中感慨道:"会不会是死的愤怒必得时不时地遮蔽生的喧嚣,免得它把我们撕成碎片?会不会我们天生必得每天一小口一小口地品尝死亡的滋味,否则我们就无法继续存活?"(伍尔夫,2003:34)这样,生命的发展也就是一个死亡的过程,每一天的生活碎片包含着点点滴滴的死亡,形成生命的流程。外在的历史事件揉进了内在的心灵体验,历史也成为无数的碎片,通过意识流再现出来,呈现出一种似是而非的表现——历史过程里的悲剧意识,历史巨流里的瞬间的心灵闪现,支离破碎里对统一的渴望,具体的形式最终融入茫茫混沌,内涵被外形所掩盖,大量的主观感受体现的却是终极客观。

这样的阅读结果是琐事在流动,意义似乎消失。世界大事通过心灵的反射都成为琐碎生活的点滴。生活的美不在于生命的整体意义,而是来于琐碎之间的即拾即逝的感觉,重要的是生命状态的真实。对这种真实状态的追求形成了伍尔夫的小说观和历史观。这种历史是由连串的印象和感受形成,飘浮不定,亦真亦幻。当然,也有其定格升华,形成整体统一的时候,如《到灯塔去》里的最后晚宴,在其间拉姆齐夫人的形象达到了传统美的最高点。莉丽的图画也表现了同样的倾向和愿望。在她的画面上:"矛盾再一次必须在一个更高的层面上得到统一。在此,过去与现在被融进了升华的一瞬,形成了一种广泛的理解和意识。莉丽记忆回溯的终极目的就是要像画家运用自己调色板的色彩一样,把过去作为原材料使之形成自身对现实世界的视角和表达。这样,过去被现在的审视角度'照亮',因而形成了统一的视角焦点……因此,莉丽现有的视角观点就成了一座灯塔而'光芒四射',越过经验的波澜,超越'岁月的废墟',像一座灯塔光芒四射,覆盖在波涛起伏的海洋上。"(Levy,1996:111)

瞬间跟永恒刹那间沟通的感觉通过某种短暂的行为清楚地体现出来。过去、现在和未来形成了一个统一的理念。生命在一刹那中变得完整,有了自己的意义,历史在人为的努力下形成了整合。但这种由人为的努力将过去与现在融会贯通的场景在伍尔夫的笔下很不多见。晚宴之后拉姆齐夫人的活动就停止了,她死于伦敦。这个家庭的生活状态自然流于破碎,每个人活在自己的心目中,冷淡、隔离和怨恨。虽然她的影响和理念把她的丈夫和子女最终带上了灯塔,并使莉丽完成了她的画面,但这种聚合和完成是艰难的、有保留的、暂时的,随时准备回复于碎片。拉姆齐夫人的梦想在她的死亡中完成,而她和谐理念的实现也意味着又一次的完结和死亡。"生活的本来面目"才是伍尔夫真正的创作意图。"以时间为背景,来捕捉人的瞬时经验和表现人的心理状态,一直是她所苦苦追求的。"(伍尔夫,2003:1)在这个纷纷扬扬的大千世界里,事物和人物的存在是自在的,它们之间的联系也是自在的、自然的或是自由的。这种非理性的存在所给予我们的只有它的表象,而小说家所能做的只是观察和记录。

"把一个普普通通的人在普普通通的一天中的内心活动考察一下吧。心灵接纳了成千上万个印象——琐屑的、奇异的、倏忽即逝的或者用锋利的钢刀深深地铭刻在心头的印象。它们来自四面八方,就像不计其数的原子在不停地簇射;当这些原子坠落下来,构成了星期一或星期二的生活,其侧重点就和以往有所不同;重要的瞬间不在于此而在于彼……把这种变化多端、不可名状、难以界说的内在精神——不论它可能显得多么反常和复杂——用文字表达出来,这难道不是小说家的任务吗?""让我们按照那些原子纷纷坠落到人们心灵上的顺序把它们记录下来;让我们来追踪这种模式,不论从表面上看它们是多么不连贯,多么不一致,按照这种模式,每一个情景或细节都会在思想意识中留下痕迹。"(伍尔夫,2003:12—13)

对内心活动的如实记录也就是一种揭示,它使我们更接近了生活的本来面目。伍尔夫的写作,"在内容上追踪复杂的意识活动,记录印象闪现的顺序……在布局上不回避杂乱。显然,她认为'心理真实'才是真实。虽然未免有矫枉过正之嫌,但是她提出了一个崭新的文学理论概念——心理真实,这是自亚里士多德以来文学观念的重大突破。如果没有心理真实,理论上所说的'真实'就永远是不全面的。"(胡华芳,2007:82)

　　为了体现这种"真实"，伍尔夫努力地深入人的内心世界，尽量客观地表现真实的主观世界。小说《雅各的房间》是这样展开的，雅各的一生形成了一个时间背景。围绕着雅各的生活影子以及一个打开着门的房间，各种人物的活动和情感体验被细致而跳跃地呈现出来，而雅各的一生则在他们的生活和情感反应中得以表现完成。细节与细节之间没有任何逻辑联系，也不求表达任何意义。《达洛维夫人》描写达洛维夫人一天中十多个小时的经历，从她早晨去花店买花到午夜家庭晚会的结束。这十多个小时里达洛维夫人的感受、联想、回忆和思绪以意识流的断断续续的前后跳跃的形式展开了她三十多年的生活及感情史和与之交织在一起的其他几个人物的心理与感情历程。在伍尔夫看来，生活就是这般零碎，这种按顺序记录下来的内心体验和同时涌出的种种联想正是生活的本质。而这种碎片似的真实，与其说是文学性的真实，不如说是历史性的真实更为恰当。历史是在时间的背景上，按顺序用事实构成的人类故事。而伍尔夫的小说是在时间的背景上，用意识的流动构成历史的连贯性，把事实的碎片联系起来，构成一部统观的心灵史（张发，2007：111－112）。

　　伍尔夫也意识到，就人生个体而言，生命主观的意义在于追求和感受，寻求一种合一。"我们在不断地努力来给予我们过去，现在和未来的生命，给予我们的环境，我们所存在的世界意义和秩序……在茫茫混沌中存在着具体与形式，这永恒漂移流动的一切〔她（拉姆齐夫人）望着飘过的流云和摇动的树叶〕都被这种努力定于一种稳定状态。"（Levy，1996：112）。但把这种过去、现在和未来具体化、固定化、理性化、统一化和人性的永恒化的主观愿望付诸现实是艰难和短暂的，甚至是不可能的。这就形成了人生和人性的悲剧。瞬间和永恒之间有其必然联系，瞬间的是人生，永恒的是历史。

　　在编年史小说《岁月》中，伍尔夫把这种理念发挥到了极致。她在时间的背景上，让事件、人生、思想、感情统统在这个背景上流过。无数不断流动的生活碎片构成全景，随时准备分裂，随时准备聚合,随时准备构成新的图画。故事情节随时准备开始,也随时准备结束。年代、事件、天气、田野、屋顶、大海、大街、陌巷、国王死了、人们看歌剧、一场大雨——对全世界一视同仁。出生、葬礼画面会同时涌出,在人物心中引起不同的反响,由一个个的分裂组合。普通人支离破碎的日常生活构成了历史的延续性,再由死亡打上一个一个的句号,结束一段段历史。事件不重要,人物不重要,意义也不重要(吕洪灵,2007:47)。

实际上,所有的物质细节都不重要,重要的是人物瞬间的体验和感受,这便是历史的真实。全书读下来,一部心灵的编年史,由事件、情节、想象、幻想、反思、再反思、情感与理性构成。实际上,在《岁月》之前的伍尔夫的意识流小说中,这种写作意识已早有体现。生命意识和死亡意识共存,事由的开始和形成已包含着结束和毁灭。在《雅各的房间》里,雅各周围人的生活和情感过程通过雅各从童年到死亡的这段历史展现出来。但主人公雅各没有给予我们所理解的传统意义上的故事情节,他只提供了一个敞开的房间和一个影子般的生命过程构成小说的背景,所有人的活动与情绪反应在他周围展开。主人公的情感故事拉开了小说的序幕:弗洛伊德先生求了婚,然后去了剑桥,巴富特上尉的关照,没有实质上的结果,时光随之流逝,雅各也去了剑桥。在剑桥时期,依然没有雅各自己的故事情节,而是他的活动范围的铺开描述以及他周围人的活动及细节:城市、大学、天气、人群、书籍、窗前、邮票、绘画、文学、各种各样的女人、被压抑或被张扬的情欲、军人、炮声……(李蓝玉,2007:105-106)。

雅各的一生提供了一个历史框架,人们的生活故事在其间展开,而死亡信息贯穿全书。小说一开始是佛兰德斯太太呼唤儿子的声音,她站在丈夫的墓前,教堂钟声响了:"儿子的声音和钟声同时响起,把生与死融为一体,难解难分,令人振奋。"(伍尔夫,2003:10)小说快结束时,雅各去了意大利,母亲晚间读了他的来信,她再次爬上了教堂的山岗。在罗马人的墓群旁,她又听见了钟声。战争来了,炮声响了,雅各死了,母亲收拾他的房间,这是一所18世纪的建筑,造型美观,不同凡响,空气懒洋洋的,大街上车马的喧闹声,世界还是那么乱糟糟。历史还在继续。雅各的房间门关了,但还会有人搬进这间古老的房间里来,一段历史结束,人们的生活依然进行。

在《达洛维夫人》里,伍尔夫用一个简单的题材表达了一个庞大的人生和人性主题,"生与死、精神健全与精神错乱"(伍尔夫,2003:1),并把这种由生到死,由健全到错乱的过程细节展现。小说的第一个场景便是克拉丽莎·达洛维清晨去买鲜花。她走过街头、车流、人群、街市,一边浏览她熟悉的街景,一路意识流。她走过的街道、人流、建筑群、店铺群和她所见的一切为她的意识流动展开了一层层生活背景,让她自由自在地走进了回忆,从过去恋人彼得的种种,她青年时代的种种到她生活里的各色人物和她自己的反思。父亲五十年前购物的商店、几粒珍珠、一方冰冻鲑鱼(伍尔夫,2003:8)等一连串生活中亲切的联想同老威廉叔父自杀死亡的阴影一并流出。过去几十年的生命体验和生活琐事随着她的步伐移动在伦敦的街上缓缓流过。

思绪的流动跳跃而杂乱,但时间的呈现却是实质上的合理而有序,展现的是一位身处现在的人在过去情绪和记忆里游荡的真实状态。她在两种状态里进进出出,时而过去,时而现在,其间过渡和转折由生活琐事的内在联系或随着思绪任意而真实的细小变化而完成。随着克拉丽莎心灵故事一层层地打开,逐渐呈现出来的内心深处复杂的矛盾心理把貌似平静和温馨的生活表象一点一点地抹掉,露出了病态、恐惧、仇恨和死亡的无奈与绝望。当对女儿的联想转到了基尔曼小姐时,内心深处她所不愿正视的失败感跟失落感以及阶级的仇恨感被翻了出来:"然而她总感到刺痛,因为这个野蛮的魔鬼在她心中翻搅!因为她听见树枝咔嚓作响并感到魔鬼的蹄子踏入枝叶繁茂的树林深处,即灵魂的深处;因为她从来没有感到过比较满意或比较安全,那是由于仇恨这个野蛮的魔鬼无时无刻不在她心中翻搅;特别是自她得病以来这仇恨产生了巨大的力量,使她感到被擦伤,感到脊柱受损,不仅给她带来肉体的疼痛,而且动摇、震撼、扭曲了她从美景、友谊、健康、爱恋和美化家园当中得到的乐趣,似乎真的有一个魔鬼在刨根,似乎表面的心满意足不过全是自爱的表现! 如此这般的仇恨!"(伍尔夫,2003:9—10)

无法正视自己的内心,达洛维夫人的本能反应是:"无稽之谈,无稽之谈! 她对自己喊道,一面推开马尔伯里花店的两扇弹簧门。"满屋的鲜花! 达洛维夫人的意识流暂停在鲜花丛中。但是:"当她开始和皮尔小姐一起从一个花罐走向另一个花罐挑选鲜花的时候,她自言自语道:无稽之谈,无稽之谈,声音越来越轻,仿佛眼前这美景、这香气、这颜色,以及皮尔小姐对她的好感和信任是一阵海浪,她任其冲遍全身,让它降伏仇恨那个魔鬼,彻底降服它;这海浪将她向上托起,突然间——哎呀,外面街上响起了枪声!"(伍尔夫,2003:10—11)街上一辆小轿车轮胎爆炸,像枪声一般,这具有强烈象征意义的车胎爆炸声引出了第二个场景:大街上,人们在议论这汽车;塞普蒂莫斯站在那里,满脸恐惧,以至"能使根本不认识他的人也产生恐惧感。世界已经扬起了鞭子,会落到谁的头上呢?"(伍尔夫,2003:12)意识流向的发展从正常的延伸反应到受扭曲变形,再流向失常和崩溃分裂,接下来必然是虚无和死亡。

其实,死亡本身并不可怕,也谈不上是灾难性的。伍尔夫和她的达洛维夫人都认为:"那么这要紧吗? 走向邦德街时她问着自己,她的生命必须不可避免地终止,这要紧吗? 所有的这一切在没有她的情况下必须继续存在,她对此生气吗? 相信死亡绝对是个终结难道不令人感到欣慰吗? 然而在伦敦的大街上,在世事沉浮中,在这里,在那里,她竟然幸存下来,彼得也幸存下来,他们活在彼此的心中,因为她确信她是家乡树丛的一部分,是家乡那座确实丑陋、凌乱、颓败的房屋的一部分,是从未谋面的家族亲人的一部分;她像薄雾飘散在她最熟悉的人们中间,他们用自己的枝杈将她扩散,正如她曾见树木散开薄雾一般,然而她的生命、她的自我飘散得何等遥远。但是当她观看哈查兹书店的橱窗时究竟在梦想着什么呢? 她在努力寻觅着什么呢? 乡间白茫茫的黎明是一种什么意象,这时她正读着那本打开的书上的诗句:无须再怕骄阳酷暑,也不畏惧肆虐寒冬。(莎士比亚《辛白林》第四幕第二场)这个世界最近所经历的事情在他们所有的人——无论是男人还是女人——的心目中孕育了一汪泪水。"(伍尔夫,2003:7—8)

这是一种心灵与历史合一的状态。达洛维夫人此刻的自我感受已和她的民族心态、她故乡的树丛、她的人民的命运和莎士比亚笔下的历史融合划一,她的生命及自我在其间飘散、展开、融化。这样的生命过程里,死亡实属正常和自然。事实上,非正常的不是死亡本身,而是扭曲的心灵,它让生与死都变了味,形成了心灵史里最阴暗的一面。参战回来的赛普蒂莫斯患了战争恐惧狂想症。生命、爱情、他所钟爱的文学在他变态的心里扭曲变形。莎士比亚在他的眼中只体现了对人类的厌恶:"一代人传给下一代人的经过伪装的信号是:厌恶、仇恨、绝望。""他的妻子在哭泣,而他却无动于衷;只是她如此强烈、无言、绝望地每哭一次,他就向深渊迈下一步。"(伍尔夫,2003:84—85)他的自杀使达洛维夫人震撼,因为"她不知道为什么觉得自己非常像他——那个自杀的年轻人"(伍尔夫,2003:178)。达洛维夫人意识到了自己在面对着什么。这是两个在不同程度上都被抽干了生命力的心理状态。塞普蒂莫斯不正常的死亡是因为他本身就生活在死亡之中,死亡的自然状态遭到了扭曲以至变形。克拉丽莎已逐渐意识到自己生命的荒凉,她的一切将有怎样的发展和结局,作者在小说里已有了一定的暗示。

就这样,伍尔夫的小说以不同的意识流方式表现了一个个心灵旅程,展现了生命和死亡的发展和联系,记录下了一个个无家可归的渴望和欲望。死亡提供了结束,却不能给予归宿。心灵的旅程永远不会有物质的目的地。这是一种自然的回归,心灵活动以一种飘浮不定、即现即逝的流动方式展现了伍尔夫渴望表现的生命实质,并最终融入历史的长河。用这种方式,伍尔夫在历史的层面上给流动无归的精神生活与感情状态提供了一种归依,使阅读或多或少有了一种归宿感(袁静好,2008:87—88)。

第八章　弗吉尼亚·伍尔夫的伦理观

伍尔夫注重构建和谐社会天人合一的自然生态观,认为人类不仅要去掉妄自尊大的人类中心主义,而且要"应用仁爱对待天下所有生灵""与大自然同呼吸共悲喜"(Woolf,1992:170)。其次,伍尔夫还注重构建社会与个性兼顾的社会生态,认为这是人类走出社会生态危机的唯一出路。如果人类过于强调个人的价值和自由,就会在与他人交往的过程中出现障碍,甚至拒绝融入社会;而个人如果过于强调融入社会,有可能失去个体的私密空间,甚至有失去自我的危险。人类只有在保持个体独立性的同时兼顾个性与社会的关系,这样才能促进和谐生态社会的形成。此外,伍尔夫的伦理观还探讨了现代人类走出精神生态危机的出路,即创建直觉与理性、本我与超我的和谐统一,只有建构天地人神的"自然与道德、自我与他者四者和谐共存,才能构建真正意义上的生态和谐"(Woolf,1992:148)。

第一节　伍尔夫的性别伦理观

伍尔夫的作品《达洛维夫人》运用意识流的手法描述了达洛维夫人在一天中的所思、所想、所做。在这个小说中同时也刻画了许多的其他女性以及表达了她们的观点和见解,如家庭教师基尔曼小姐和布鲁顿夫人等。她们的所说、所做体现了文学伦理学中的女性伦理的观点。

一、女性伦理

女性伦理批评是属于文学伦理学批评的一种。从方法论的角度上说,文学伦理学批评是在借鉴、吸收伦理学方法基础上融合文学研究方法而形成的一种用于研究文学的批评方法。从根本上说,文学伦理学批评是文学研究与伦理学研究相结合的方法。女性伦理批评是指从女性的视角来研究社会生活中的伦理道德问题,也就是从女性视角看世界、看社会、看异性、看自身、看两性关系等的各种伦理问题(赵婧,2008:123)。

这里所应用的女性伦理批评,主要探讨与研究三个女性人物在当时的社会条件下,在男权社会占统治地位的情况下,她们为了争取自己的权力,摆脱男权社会的统治,为追求自己人格的独立而进行的思考、反叛与挣扎,最终由于自身的局限和社会习俗的压制而未能找到合适的方式而陷入困惑之中。因此从女性伦理的角度对男权社会的压制性和女性自身挣扎、努力的局限性做出道德伦理评价。

二、压抑下的顺从与反抗

在西方发达国家,从古希腊罗马起,存在着许多不利于妇女成长和发展的观点,有亚当和夏娃的原罪说,还有卢梭、托尔斯泰等人在作品中所呈现的观点,在男权的社会状态下认为女性附属于男性,女性应该永远从属于男人,女性所做的就是依赖于男人生存,为家庭缔造幸福。可见男权社会状态下,女性一直处于受压制的境遇,她们对于男性的权威和压制变得顺从和接受。因此想要摆脱这种状态,就要求女性的独立意识和真正的行动,以及克服长期以来的偏见和自身的心理障碍。

《达洛维夫人》中的达洛维夫人是一个中产阶级有钱、有地位的女性。她的这种身份的获得是以牺牲自己的爱情为基础的。

在年轻时,她放弃了懂得爱情与生活的彼得,嫁给了国会议员理查德·达洛维。婚后她所能做的就是举行宴会,来显示她的个人魅力以及交际能力。看上去她高雅、快乐,实际上她却经常进行自我怀疑。在当时的经济与男权统治的社会条件下,她是通过婚姻来改变自己的命运,过上富足的生活。达洛维夫人抛弃了深深爱着她的彼得,过上了婚后闲适的中产阶级的生活。理查德带着成功的名声和金钱来支撑家庭,达洛维夫人负责照顾家庭中的各项事情。她虽然获得了一定的理查德所给予的个人自我空间,但是她没有获得经济上的独立,也没有走出家庭的圈子,没有接触社会。她没有找出活着的意义。所以在塞普蒂莫斯死亡的消息传来时,达洛维夫人感到了震惊。她同情他的命运,让她体会到空虚度日是虽生犹死。她愿意以后用积极的态度来面对人生。这是她顺从于当时的社会状况,默认了在男权统治下过着男人统治女人,女人顺从于男人的生活(翟卓雅、杨瑜,2008:196-197)。

书中与达洛维夫人处于相同社会地位的布鲁顿夫人,有着显赫的家世,尊贵的地位。雄厚的经济基础使她处于上层社会圈子中,她愿意参与政治活动,曾经组织过一个到南非的远征队并打算给《泰晤士报》写信阐释她的政治观点。她不同于达洛维夫人,她有接触特定社会的机会,她愿意关注政治,能够走出家庭的局限,并能够找到自己愿意做的事情。她在某种程度上要比达洛维夫人更有独立的意识。

基尔曼小姐则是不同于达洛维夫人和布鲁顿夫人,因为她们处于不同的阶级之中。基尔曼小姐是达洛维夫人家的家庭教师,她的卑微的身份和她的贫穷致使她对上层社会充满了愤怒。她对达洛维夫人和上层社会的做法认为是无所事事,愚蠢的。她是唯一能够挫败达洛维夫人的自我优越感并使她产生困惑和自我怀疑的人。她敢于反抗达洛维夫人等中产阶级女性是因为她自食其力。她在经济上没有附属于任何一个人。从 20 世纪女性运动的角度来看,女性走向社会,以自己的劳动养活自己正是妇女获得彻底解放的唯一途径。基尔曼小姐在面对男权社会习惯势力的压迫下,具有自我的独立意识。她靠个人的努力精通历史,获得学位。她自食其力,还把有限的收入用来支持宗教事业,是一位有学位有信仰的女性。这是她明显优于达洛维夫人和布鲁顿夫人之处(Woolf,1992:173—174)。

三、顺从与反抗后的困惑

社会对女性的偏见不仅控制着男性的思维,其实也深深地刻在了女性的头脑中,使她们习惯于社会对她们的看法,在很大程度上顺从于社会。她们要想获得真正的解放,一方面要反抗当时的社会,反抗父权制的社会现实,以自身的经济独立和不依赖于别人来获得自身的解放。另一方面,又要克服自身长期以来形成的传统偏见及心理障碍,克服自身存在的思想局限。

女性真正的解放应该是从经济独立开始。女性经济的自立是实现女性社会价值和实现女性解放的最重要的一面。在经济独立的条件下,才能找到真正的自我,更好地了解社会,得到真正的解放。达洛维夫人面对的人生是中产阶级的富人生活,虽然在最后是她想要快乐的生活,但这是她在依赖丈夫的经济基础上的生活。她最终没有找到摆脱困惑的出路,所以从根本上说她并没有解放自己。"中产阶级的妇女们之所以依恋她所受的束缚,是因为她在依恋本阶级的特权,若是摆脱男人的束缚,她就必须为谋生而工作",这等于是丧失她们的特权,是无法忍受的。她的结局反映出当时以男权为主的社会下她对自身的状况的认识与困惑,以及想要找到解决问题的办法,但是最终因为男权社会异化而成为自己对立面的这一种矛盾现象(周霜红,2008:98)。

布鲁顿夫人能够接触社会,能够找到自己愿意做的政治活动。但是她的政治活动是曾经卷入一桩臭名昭著的宫廷阴谋和在战时组织过远征队这些并没有重要性的活动。这位以政治为己任的女性让彼得等国会议员很尊敬她,但让达洛维夫人很讨厌的女性,却以为性别和自身水平的原因,觉得写一份报告很困难,因而求助于男性来帮助解决。因而她脱离了中产阶级以外的人群,具有一定的局限性。但她没有意识关注自身的状况,没有意识到由于自己的女性身份使得她很难做一些男性经常做的事情。她处于男权社会的压抑下未能够真正地倾听自己的声音,也未能在社会中找到自己真正的地位。

基尔曼小姐获得了经济上的自立,但她没有摆脱自身的局限。她告诉伊丽莎白,她的祖父是石油和颜料商人,虽然她痛恨商人但是总想与其攀比。她对自身以及自我价值没有清醒的认识,也没有认清自己所处的社会地位的真正根源。18世纪的英国伦理学家斯通克拉夫特在《女权辩护》和19世纪的英国功利主义伦理学家约翰·斯图亚特·穆勒在《妇女的屈从地位》这两本书中阐述和探讨了妇女被压迫的真正原因,认为男女因为性别的差异而被看成具有不同的德行,是一种习惯的历史延续。他们提出了妇女要获得独立,必须经济独立和获得与男子同等的教育,这样才能在理智、德行和知识上与男子平等。

《达洛维夫人》中的三位女性,由于阶级不同,获得地位的方式不同,所以导致她们对于自身的状况和所进行的努力不同,她们最终都未能获得完全的独立。从女性伦理的角度来说,她们由于社会的偏见和自身的局限都未能找到解决问题的根本办法,因此最后总的命运是她们未能够摆脱为争取独立而进行的挣扎与反叛后的困惑(马强,2007:89—90)。

第二节　伍尔夫的家庭伦理观

《到灯塔去》是伍尔夫在1927年完成的以刻画父母性格和思索人生价值为主题的意识流小说。国内对这部小说的研究颇多,但大多聚焦在弗吉尼亚·伍尔夫的意识流写作技巧,象征手法小说和意识流小说的文体分析上。尽管也有人分析小说中的拉姆齐夫人的伟大母性形象和莉丽的女性意识,但是没有从两性家庭空间伦理的角度分析作品。伍尔夫一直以来以现代主义先锋写作和反对传统而闻名,但是她出身高知家庭,自小深受英国传统文化和文学的熏陶和影响,了解英国传统的家庭模式,同情父母的遭遇,目睹好友失败的婚姻,对两性家庭空间关系不断思索,在《到灯塔去》中,伍尔夫利用不同的人物家庭和婚姻向读者展现了自己的家庭空间伦理观。

一、文学作品中的"两性空间伦理关系"

空间(space)是具体事物的组成部分,是人们从具体事物中分解和抽象出来的认识对象。任何眼睛可以看到、手可以触到的,都是处在一定空间位置中的具体事物,都具有空间的具体规定,没有空间规定的具体事物是根本不存在的。空间是现实存在的,但同时又是无法直接感知的。因为人的行为毕竟是在某个空间中发生的,没有空间,也就没有人的行为的发生,所以列斐伏尔说:"哪里有空间,哪里就有存在。"对于空间这个看似简单却又晦涩的概念进行开创性研究的先行者是法国哲学家列菲尔,列菲尔将政治学的理论框架扩展到对空间的分析。他认为空间不是简单的几何学与传统地理学的概念,而是一个社会关系的重组与社会秩序的建构过程,所以,空间是意识形态的、战略的、也是政治的;空间充盈着政治与意识形态的矛盾与斗争;空间也是权力的逞能场所,是在各类势力的较量中获得自己的存在。列菲尔的"空间伦理学"就是在抽象空间的这一概念基础之上发展起来的(宋文,2008:38—39)。

列菲尔的"空间伦理学"从政治和经济的角度研究空间的特性和空间的运作机制,但是这一空间理论同样适应文学研究,因为文学作品能够为读者构建各种各样的空间,并且和现实生活中的空间一样,文学作品中的空间也具有意识形态性、战略性和政治性。所以列菲尔的空间理论也给文学研究注入了新的生命。列菲尔在他的"空间三一论"中把空间分为感知的空间、构想的空间和生活的空间,其中与文学相关的空间是构想的空间。根据他的空间理论,人们首先关注到的是空间在小说叙事中的独特的作用,伍尔夫会把小说中的空间置换与女性的成长联系起来。她认为女性从相对狭小封闭的从属性的空间到开阔独立的空间,象征女性意识不断壮大,内心的独立空间不断开阔,所以外在的生活空间的不断变化映射出女性内心的成长。然而,根据列菲尔的空间伦理理论,空间不是"个体的",而是"充满矛盾和斗争以及各种社会关系的重组和构建",况且,我们不难发现女性的生存空间往往受到男性空间的影响和制约,所以不能简单研究女性空间的变换,而是要探讨两性空间的关系及其变化。文学作品中展现出的两性社会关系可以称为"两性空间伦理"。在《到灯塔去》这部以塑造父母形象为主题的小说,分析小说中男性与女性的家庭和婚姻空间关系是研究伍尔夫两性空间伦理观的重要依据(卢婧,2007:102)。

二、传统家庭里女性的母性与奉献

弗吉尼亚·伍尔夫非常赞赏英国传统家庭中女性伟大的母性和奉献精神,但是从家庭两性空间伦理的角度看,女性是失败者(Woolf,1992:179)。

伍尔夫的父母生活于维多利亚时代,那是传统的父系父权的家庭统治英国的时期。《到灯塔去》中的拉姆齐夫妇就是伍尔夫父母的化身。在这种传统的父系父权式家庭中,家庭的结构是父母和多个子女融会成一个偌大的家庭,家庭格局就是简单的"男主外女主内"式的。在这样的家庭中,女性的伟大母性和为家庭、为丈夫牺牲和付出的精神是这些传统女性人生最闪光的地方。拉姆齐夫人非常疼爱自己的八个儿女,她坚信女儿普鲁会长得很美丽,安德鲁会取得奖学金,她偏爱聪明的詹姆士,她总是牵着詹姆士的手出出进进。给詹姆士讲故事时,她把詹姆士搂在怀里,轻轻地抚摸他的头,吻着詹姆士的头发,痴痴地想:"他们为什么要长这么快呢？为什么要上学呢？真希望永远有一个小娃娃留在身边，怀里永远抱着一个小娃娃，她就是最幸福的了。"（Woolf，1996：93）每当孩子们夜晚不能按时入睡时，拉姆齐夫人就会走进孩子们的卧室，用围巾包住墙上的野猪头颅，哄着小凯姆和詹姆士入睡，她甚至担心楼上塔斯莱先生的书落在地板上的声音会惊扰了孩子们入睡。同时，拉姆齐夫人的慈爱也慷慨地给了身边的每个人：她关心敏泰和保罗的婚姻，创造条件让他们出门散步，劝说贪玩的敏泰接受保罗的求婚；她和莉丽促膝畅谈，希望莉丽和班克斯先生走到一起；她关心塔斯莱先生，同情他的遭遇，帮助他重新建立自信，拉姆齐夫人就是这样一位充满母性光辉的传统女性。伟大母爱让她为这个家默默奉献：一个哲学家依靠哲学研究供养八个子女都是由于拉姆齐夫人理财有道，管理有方。他们并不富有，但是在海滨别墅度假时，他们邀请了不少宾客，照顾朋友的孩子，关心穷人的生活，这一切都在拉姆齐夫人的安排下显得自然、和谐和幸福。

在餐桌上，拉姆齐夫人煞费苦心地调动每一个人的积极性，吸引大家参加讨论，创造出一种融洽无间的友好气氛。她关心家里的每一个人，包括宾客和朋友，照顾他们的生活和情绪。但是她最关心的还是自己的丈夫，在丈夫的事业受到挫折和研究遇到困难的时候，拉姆齐夫人还要帮助他、保护他；同时，拉姆齐夫人也关心丈夫的情绪变化，从来不和丈夫争吵，总是让着丈夫，耐心等待丈夫理解自己。正因为夫人这样的忍让和付出才换来了家庭的和谐和幸福。伍尔夫在小说中把拉姆齐夫人塑造成为一位迷人的维多利亚时代的淑女。拉姆齐夫人美丽、优雅，班克斯爱慕地认为"大自然用来塑造她的黏土都是罕见的，夫人的脸庞是希腊神话中赐人以美丽和快乐的三位格雷斯女神，在绿草如茵、长满了长春花的园地里携手合作才塑造出的"（Woolf，1996：99）。聪明的莉丽也认为"要用五十双眼睛去观察"拉姆齐夫人；对拉姆齐先生来说，拉姆齐夫人是他的甘霖和雨露，他随时都可以在需要的时候拼命地吮吸。"在每个人的心里，夫人的精神就像灯塔上的光,永远不会消亡。"小说的字里行间也流露出作者对拉姆齐夫人这样的传统女性的赞扬和钦佩。

但是,从家庭空间伦理的角度看,男性是传统家庭的实权派,而女性是家庭空间的奴隶。因为在家庭政治空间的争夺战中,父亲的权力是至高无上的,父亲的地位是无与伦比的,虽然有时父亲不一定赢得子女的爱戴。《到灯塔去》中的拉姆齐先生就是这样:他的事业无疑是成功的,他在年仅二十五岁时就提出了震惊哲学界的理论,他是为数不多能够解答 Q 谜的哲学家之一,拥有极高的社会声誉。事业上的成功也确立了他在家庭中的地位,他从不关心家庭的琐事,诸如孩子的管理、花园的修理等。孩子们都怕他,拉姆齐夫人也让着他;但是他是家庭空间的核心,他无论在何时和何地的出现都将是吸引所有家庭成员的目光,而且任何人的家庭行为都不能违背他的意愿,这就是父权的表现。拉姆齐夫人尊重拉姆齐先生的意见,在是否去灯塔这件事上,她这样回答詹姆士的提问:"不去,因为你父亲说去不成。"(Woolf,1996:101)在这种传统家庭中,女性是被家庭紧紧束缚了手脚的奴隶:拉姆齐夫人明明是家庭的中心人物,拉姆齐先生尊重她,依赖她,信任她;孩子们都爱她,离不开她;仆人们也尊重和喜爱她;就连宾客们都深深地爱慕这位能干的中年夫人。但是拉姆齐夫人的空间太有限了,她虽然想开阔自己的视野,走出家庭的有限空间,但她知道自己无能为力,她已经没有时间寻求属于自己的家庭之外的空间。综上所述,在传统的英国家庭里,像拉姆齐夫人这样的女性并不拥有真正意义上的家庭空间,她们只是家庭这个有限空间中的无私奉献者(李乃坤,1986:113)。

三、女性家庭空间的斗争和自我的迷失

弗吉尼亚·伍尔夫敏锐地发现女性在家庭空间伦理斗争中很容易迷失自我,既失去来自家庭的爱,又没有找到真正的自我空间这一女性悲剧。《到灯塔去》中的敏泰就是这样一位女性。

保罗和敏泰在拉姆齐夫人的帮助下走进了婚姻的殿堂。他们的婚姻代表了英国转型期的典型家庭,虽然这种家庭延续了传统家庭的模式,但是两性空间关系已经发生了变化:家庭的结构仍然是夫妇和子女,但家里已经没有了八个儿女,而是只有两个孩子。家庭的格局虽然是"男主外女主内",但分工已经淡化。在这种家庭中,男性的家庭空间伦理地位明显下降,权力也有所减弱。保罗并不像拉姆齐先生那样才华横溢,他也没有拉姆齐先生那样的声誉和事业,因此也没有赢得敏泰的尊敬,更不能指望敏泰的容忍和保护。作为一个普通的男人,保罗的权力空间和家庭政治地位已比不上拉姆齐先生,他不是家庭绝对的权力中心,因为敏泰不盲目遵从他的意志,不听从他的安排和调遣。

　　另外,敏泰在家庭空间伦理斗争中的地位也发生了微妙的变化:拉姆齐夫人的无私奉献和崇高母性在敏泰身上已不那么突出,她在家庭中的威望也不及拉姆齐夫人高,但是敏泰和拉姆齐夫人最重要的不同是敏泰开始寻找家庭以外的女性空间。敏泰性别世界也不像拉姆齐夫人那样贤惠、能干,在拉姆齐夫人的眼里,敏泰是个"野丫头",她丝毫不像一个传统的维多利亚时的淑女;敏泰也不像拉姆齐夫人那样尽心尽力地照顾自己的两个子女,而是浓妆艳抹,很晚才回家,经常与保罗争吵,他们的婚姻关系越来越糟糕,直到有一天保罗有了自己的情人。和拉姆齐夫人相比,敏泰没有为家庭倾力付出,自然也就没有在家庭中的重要地位。但是,她敢于反对传统和世俗,她不惧怕保罗的男权家庭政治,她敢于走出有限的家庭空间,寻找自己的娱乐空间,在某种意义上,敏泰是在勇敢地寻求自己的家庭空间。但是敏泰并不幸福,因为在家庭空间伦理斗争中,保留下来的只是形式上的家庭空间,他们已失去了爱情。敏泰的不幸是很多处于转型期的女性在寻找自我空间时面对的遭遇,她们意识到自己需要家庭以外的更大空间,并且开始身体力行地去寻找,但是在寻找空间的过程中迷失了自己:或许只是简单地武装了外表,或许只是享受了感官,或许只是麻痹了思想,最终没有找到一片属于自己的独立和高尚的女性空间。伍尔夫在小说中塑造了敏泰这样一个非传统的女性形象,她拥有与拉姆齐夫人不同的性格和家庭,她婚姻的失败和家庭空间斗争的迷失是伍尔夫对转型期英国家庭内两性空间伦理思索的结果(白晓冬,1986:82—83)。

四、没有婚姻的女性空间

感慨母性的伟大和女性为家庭奉献的崇高,冷静地观察了保罗和敏泰的婚姻,弗吉尼亚·伍尔夫仿佛更加赞赏《到灯塔去》中的人物——单身才女莉丽。莉丽是在拉姆齐家海滨别墅做客的一个女性。她三十岁了却不愿意结婚。莉丽的生活很有规律,她的多数时间都用于绘画,她始终认为自己被一种真实感所驱使,觉得非要用色彩和形态把它表达出来不可,她企图用艺术来给杂乱无章、变动不拘的生活创造出一个稳定、巩固的外貌。对她来说,"一支画笔,就是这个充满斗争、毁灭和混乱的世界唯一可以信赖的东西。"(Woolf,1996:118)莉丽是在用绘画来思索人生、寻求真理。

提及婚姻和家庭时,莉丽认为自己是个女人中的例外,她自己坚称"喜欢独身""自己生来就是个老处女"(Woolf,1996:121),她认为除了婚姻,她还有家庭,还有父亲,还有知识和自己的绘画可以依靠。虽然莉丽长着一对小眼睛,满脸皱纹,而且她的画也不会有人重视,但是拉姆齐夫人喜欢莉丽,就是因为她觉得莉丽是一个有独立精神的人,也是一个有思想、有知识的女性。拉姆齐夫人对莉丽的画漠不关心,她唯一关心的是莉丽的婚姻,她和莉丽促膝畅谈并告诉莉丽"女人终归是要嫁人的","女人如果不结婚就会错过人生中最美好的东西"(Woolf,1996:125)。

拉姆齐夫人希望莉丽能够与成熟稳重、有才华的植物学家班克斯先生结婚,因为班克斯先生也的确非常懂得欣赏莉丽和她的画。莉丽在与班克斯先生接触的过程中,也曾经有过心动,甚至觉得班克斯先生就是自己的知音,但是要让她嫁给班克斯先生她不愿意。因为莉丽不想走进婚姻和另外一个男人在家庭中分享自己的时间和空间,她把自己奋斗的空间选定在崇高的艺术事业上。莉丽没有婚姻生活的经历,没有轰轰烈烈的爱情,也许正如拉姆齐夫人所说的一样,她错过了人生中最美好的部分,但是莉丽身上体现了伍尔夫自己的理想和对人生的思考。

在《到灯塔去》这部意识流小说中,伍尔夫并不是简单地向读者展现自己父母曾经的生活,而是在思考在家庭这样一个纵贯古今的狭小空间里,女性如何寻求自己的位置。三位女性在家庭空间伦理斗争中都有得有失,但在她们每个人身上都留下了伍尔夫对女性家庭空间位置的思索和困惑(王建华,1993:21—22)。

第三节　伍尔夫的社会伦理观

弗吉尼亚·伍尔夫不仅是英国意识流小说的杰出代表,而且是一位超越时空的女权主义思想家。她的作品,如《远航》《夜与日》《雅各的房间》《达洛维夫人》《到灯塔去》《奥兰多》和《一间自己的房间》等,倡导男女应享有平等的社会权益,主张女性要摆脱父权制观念的束缚。难能可贵的是,她对旧女权主义核心思想樊篱的突破之处在于,她强烈坚持消除男女二元对立的旧有观念,摆脱敌对的性别划分,并且指出,与其改变男性世界,不如关注和改变女性自身世界。她提出了具有划时代意义的两性和谐理念。

一、伍尔夫的两性和谐社会理念

像任何一个人或任何一个社会一样,其发展都是从不成熟走向成熟。伍尔夫也一样,可以说,最初她的观点也是充满了对男性社会的敌对和仇视。她想用独来独往表示对男权制度的抗争。她写道,"我是一个局外人,我可以自行其是,按照我自己的方式对自己的想象进行实验。那伙人可以号叫,不过绝对抓不住我。即使那伙人——书评家、朋友、敌人对我毫不理会或者轻蔑耻笑,我仍然是自由的"(Anne,1984:141)。我们可以很容易看出伍尔夫不愿意让自己融入当时的社会政治生活,不愿意服从那时男人们制定的纲领与戒律生活(John,1991:160)。总而言之,她不愿意当一个顺从者,而是要当一个斗士。伍尔夫认为,男人是野蛮、贪婪、战争的根源,女性不要同流合污,要大胆地以自己的价值观去改变世界,创造新的世界。

然而,经过深刻反思之后,伍尔夫认识到,两性之间不同的历史境遇造成了他们之间深深的隔阂;女人个人的事情就是政治的、国家的大事。女人的不幸就是男人的不幸;女人的解放就是男人的彻底解放。男人和女人的命运不是分开的,而是相连的。和谐的氛围、和谐的社会是由和谐的男人与女人们共同构建的。她在《保护人和番红花》中表现出了这样的思考:"一个作家是没有性别的。只有在这种融洽的时候,脑子才变得非常肥沃而能充分运用所有的功能。也许一个纯男性的脑子和一个纯女性的脑子都一样不能创作。只有半雌半雄的脑子才能创作出伟大的作品。"(李乃坤,1990:71)因此,她提出了两性和谐理念,即同一身体上具备雌雄两性的特征。这种理念突破了两性对立的思想框架,体现出伍尔夫对两性和谐共处的渴望和理想。

二、两性和谐的社会理念对当今社会的启示

和谐社会主要指人与自然、人与人之间的和谐。而人与人之间和谐的一个重要因素是,男人和女人之间的和谐共处。无论是在东方还是在西方,从历史的角度来看,男女两性之间的关系一直都是从属的、对立的。伍尔夫的两性和谐理念恰恰与此传统观念相抗争。其核心思想是,"要让女性和男性获得真正意义上的自由,必须从根本上消除两性之间形而上学的二元对立,消除在两性对立基础上的整个社会意识、思维模式、伦理价值标准等。

这样,男性与女性都将统一在'人'的范畴中,或者说,既不是第一性,也不是第二性,而是超越二者的'第三性'。因为,任何一种形式的性别压迫都是不文明的"(罗婷、李爱云,2002:91-92)。这种理念对当今社会的启示有如下两个方面。

女性要摆脱依附心理。无论西方还是东方,父权文化在寻找男人优越于女人的根据时,都会大肆渲染"男强女弱"的天然法则,并把它无限度地推及男女对比的各个方面。在中国传统文化中,弱化女性形象的描述随处可见。《敬慎》中写道:"阴阳殊性,男女异行。阳以刚为德,阴以柔为用;男以强为贵,女以弱为美。"(张寅彭,2006:127)中国古代有些地方男女下葬也有严格的规矩,凡男女同葬一墓的,男子仰身直肢,女子侧身屈肢,男子身边有大量随葬品,女子身边则很少有随葬品。同样,西方文化中对女性的弱化也很明显。《圣经》是西方人的精神支柱,其中描写亚当抽出一根肋骨变成了夏娃,这表现出父权文化偏见地认为,女人只是男人的一部分,是男人的附属,女人只有依靠男人才能生存。西方社会学家马克思·韦伯在《经济与社会》中也认为女性是依赖性的,理由是"正常情况下男性在体力和智力上具有优势"(钱穆,1986:210)。

人类历史上长期存在的父权制思想以及其他社会因素共同形成一种强大的观念力量,它广泛地存在于社会生活的各个领域,渗透到人们的思想和心灵中,为女性的从属现象进行辩护。社会意识形态中关于不同性别气质的界定以及女性所受的社会教养"使她们不自信,无法肯定自己的想法,不敢在公众面前表达自己的真实感情,没有权利决定自己的命运。所有这一切导致女性无法参与完整的社会活动,从而造成女性的依附心理"(江宁康,2005:147)。

女性要摆脱这种依附心理,变成一个自我、独立的人,至少应该从以下方面入手。首先,社会必须给她们提供良好的社会环境和氛围。比如,使女性享有同等的受教育的权利、同等的就业机会、同等的选举权以及同等的参与政治的权利等。其次,传媒要在男权文化的语境中,有意识地引领女性、教化女性,使传统话语中的性别偏见和性别歧视没有存在空间。譬如"女人头发长,见识短""女子无才便是德""男主外,女主内""夫贵妻荣,子贵母荣"(郭庆藩,1961:87)等,对女性的误导和影响降低到最低程度甚至消除。使大众能对女性有客观、真实的认知,使女性的自我主体意识苏醒,摒弃自卑感、依附感,恢复她们应有的社会地位,激发她们参与社会活动的潜力和主动性,使"人生而平等"的性别观念深入人心。

"任何意义的建构都存在于话语之中。媒介的价值取向,常常内化为受众的一种社会期待,最终会制约受众的认识,影响着受众的认识,影响着受众的价值取向,进而影响受众的行为方式。"(伍蠡甫,1979:159)有利于女性发展的话语,将营造一种有利的话语氛围,从而拓展出一种健康的、有利于女性发展的空间。女性不仅需要经济独立,更需要文化、心理的强大自觉,因为只有从自身获得解放才是真正的解放,所以社会必须要帮助女性敢于挑战传统思维,打破世俗枷锁的束缚。马克思强调,社会的进步可以用女性的社会地位来精确衡量。列宁也曾明确表示,从一切解放运动的经验来看,革命的成败取决于女性参加运动的程度。(高奋,2000a:128)

"天人合一"是中国人自古以来对人与自然、人与人、人与社会和谐关系的理想与追求。《易经》的阴阳图/太极图用具象的形式表明,世界上万事万物都是阴中有阳,阳中有阴,阴阳可以互相转换。只有阴阳平衡了,才能达到和谐。作为万事万物中的人,作为矛盾的两个客体——男人和女人,他们之间的理想关系应当是交融与平衡的。即你中有我,我中有你。科幻大师厄休拉·勒奎恩(Ursula Le Guin)认为,"如果人们是社会性的雌雄同体,如果男人与女人在社会角色、法律、经济、自由、责任、自尊等方面做到完全真正的平等,那么,这个社会就会焕然一新了。"(Guin,1982:16)美国当代重要的批评思想家朱迪斯·巴特勒认为,"性别是社会行为和话语的沉积物,性别认同的意识是对我们的文化中社会性别的规则和习俗的引用而产生和再生产出来的,是一种对接受下来的性别规范的表演和再表演模式。因此,生理性别并不先于社会性别,而是受制度实践和话语限制的结果。这种通过对性格的哲学分析对那些难以利用男性文化结构进行分析和探索的性别问题提供了一种新的思路。这种思维,突破了女性的单向自我投射以及女性与男性的紧张和对立,是对传统性别观念的解构。在这种哲学观点参照下,性别被作为男权中心文化的一种类型化的身份意识,仅仅是后天文化所形成的规则系统,由于男性和女性没有与生俱来、不可改变的社会性别特征,因此,女性与男性的现实矛盾也可以放在交互和融合的语境中去解决"(梅丽,2009:68—69)。

由此可见,作为男性,他们首先要认识到,两性间的关系是互补、互生、共存的。要建立和谐的两性关系,男性要主动挑战和打破传统的男性中心意识和定式,克服支配和统治的傲慢心态。要知道,奴役别人的人也会变成别人的奴隶。男人奴役女人,他也会变成奴隶。你给予爱,你就会得到爱;给予奴役,你就会得到奴役。任何你所给予的,都会以同样的形式或其他形式回到你身上。(孙方莉,2006:20)只有建立一个"对话、沟通、理解、尊重"(张昕,2006:223)两性和谐的社会生态系统,男人才能真正拥有自由和幸福。

随着后现代主义理论如福柯的后结构主义、拉康的精神分析学、德里达的解构主义等被应用到女性主义批评领域,越来越多的人认为,"两性的界定其实是模糊不清的,他们同中有异,异中有同,但不一定是对立和截然两分的状况,而是一个黑白为两极的充满各种间色的色谱样系统"(李银河,2005:14)。也就是说,性别问题不再是简单的同与异的问题,而是一个复杂、多侧面、动态的体系。那种把女性一概描述为受害者的简单僵化模式已经过时,女性应该寻找女性在历史与现实中的能动作用。(潘建,2008:99)即对女性解放来说,暴风骤雨的时代已经过去,如何和风细雨地实现与男性的合作,才是重要主题。女性特征是感性、仁慈、包容,而男性特征多为理性、控制、冲动,女性解放绝不是在这些性别特征上的男退女进,而是如何更好地张扬这些性别特征。

对社会来说,女性的素质其实比男性更为重要,因为她们大多会成长为母亲,母亲的素质也就代表了未来的素质。社会已经为女性提供了各种选择机会,如何根据自己的特质,来确立自己的社会性别与身份,是所有女性真正要面对的问题(陆扬、李定清,1998:114)。波伏娃在《第二性》中提醒过人们,"男女之间会永远存在某些差别,在平等中求差别的生存是可以实现的。在两性和谐的基础上,女性要获得独立自由,首先要有自我意识的觉醒和自我人生目标的确立以及自我生命意义的追求。所以,可以说自我追求是支撑一个人跨越性别文化差异的支点。"(吕洪灵,2007:128)

伍尔夫为我们提供了一个理想的两性和谐发展的假说——"两性和谐"。其实,这一理念与我国古代"阴阳合和"的哲学观有着某种共同之处。"两性和谐"与"阴阳合和"给我们的启示是,"未来的女性解放,肯定不只是男女平等那么简单,而是如何建立一种尊重性别差异的平等。它意味着无论男性还是女性,都要有更多的对异性的了解和尊重,也要有更多的对自身性别的内省。"(何亚惠,2007:105)只有男女两性相互理解、包容、支持、融合,共同努力拼搏,共同创造,人类文明之火才能代代相传。

第九章　弗吉尼亚·伍尔夫的生命哲学观

在《狭窄的艺术桥梁》中，伍尔夫基本明晰了自己的创作理念。她这样设定未来的小说："它将与我们现在所知道的小说不同，主要区别在于它将与生活保持更远的距离。它将像诗歌一样，概要地进行描写，而不是描写细节。它将很少使用那个神奇的记录事实的力量……它将缜密而生动地表现人物的情感和思想，却是从一种不同的角度来表现。它与诗歌的相似之处在于，它所描述的不仅仅是或者主要是人们彼此的关系或者他们在一起的活动……而是头脑与一般思想的关系以及头脑在寂寞时的独白。"（Woolf，1992：159－160）显然，伍尔夫抛开的是以事实为联结物的传统英国小说结构，尝试提出了以"情感"替代"事实"作为推进情节发展的联结物的构想，旨在建构一种能够通过情感触及人类本性的文学写作模式。

如果说伍尔夫在 1922 年尝试性地提出了她的"情感说"，在 1924 年探讨了现代小说创作的"点"，即"人物的情感内涵"（Woolf，1992：163），在 1926－1927 年探讨了现代小说创作的"面"，即"故事的情感联结"，那么她在 1929 年则思考了现代小说创作的"整体"，即"生命写作"（Woolf，1992：164）。她在《小说概观》中洋洋洒洒地纵论了从笛福到普鲁斯特等数十名英、法、俄、美等国的著名小说家的作品。她以小说家对生命感知的态度为分界线，将这些小说家的作品分成六个不同的组，分别探讨了笛福、斯威夫特、莫泊桑等作家朴素平淡的写实小说，司各特曲折离奇的传奇小说，狄更斯、托尔斯泰、奥斯丁、乔治·艾略特等作家触及人性、塑造正常男女的性格小说，亨利·詹姆斯、普鲁斯特、陀思妥耶夫斯基等作家探索心灵的心理小说,斯特恩、皮科克等作家为宣泄情感而飘忽怪异的讽刺作品和奇幻小说,以及普鲁斯特、麦尔维尔、艾米莉·勃朗特等作家揭示生命体复杂情感的诗性小说。她的深刻感悟是:"整个世界永远是变动不居的——但所有小说中有一个因素是不变的,这便是人的因素;小说是写人的,它们在我们中间激起人们在现实生活中激发的情感。小说是企图使我们相信它在完整忠实地记录一个活生生的人的生命的唯一艺术形式。全面地记录生命,不是情感的顶峰和危机,而是情感的成长和发展,这是小说家的目标。"(Woolf,1992:194—195)

第一节 挖掘生命根基

20 世纪初的欧洲,非理性主义的思潮异军突起。在哲学界,叔本华的唯意志论、尼采的权力意志论、狄尔泰与柏格森的生命哲学、弗洛伊德的精神分析学和萨特的存在主义哲学等非理性主义理论如潮水般强劲地冲击着人们对于世界、社会和人性的固有传统观念。其中,法国哲学家亨利·路易·柏格森(1859—1941)以其不乏诗意的直觉主义生命哲学蜚声欧美,成为当时影响最大的哲学家之一。他的学说"以生命冲动为基石,以时间为本质,以直觉为方法,从而包罗了与人有关的一切理论领域。"(Caughie,2000:194)依靠非理性的直觉,通过自我生命的内省去把握人的存在和世界的本质,这是柏格森认识论的主要观点。

非理性主义的火焰同样在欧美文学界蔓延。以普鲁斯特、乔依斯、伍尔夫、福克纳为代表的小说家不再强调对于外在客观世界的描写,而是以一种全新的手法——意识流技巧去展示人的"内在真实"。年轻的英国女作家弗吉尼亚·伍尔夫(1882—1941)以极大的热情关注着对人的心灵及生命本质的认识。她旗帜鲜明地提出了"精神主义"与"物质主义"的对立,主张"从物质的尘埃中解放自己,通过生命中'重要的瞬间去显示世界的隐藏的模式'。"(Woolf,1992:202)在她看来,一切物质性的、功利性的生存状态只是非存在(non-being),只有心灵的感悟才能把握生命本真的存在(being)。虽然柏格森与伍尔夫之间隔着深深的英吉利海峡,虽然他们之间有着 23 年光阴的差距,虽然弗吉尼亚的丈夫伦纳德·伍尔夫一再声称她不曾读过任何有关柏格森理论的书籍,但是,我们不难发现,关于生命,那位具有诗人天赋的哲学家与这位善于哲学思考的文学家之间有着太多相似的感悟与认识。因此,借用柏格森的生命哲学观点来解读伍尔夫的意识流小说《达洛维夫人》,并探讨人类生存最本源的问题之一——自我,是国内伍学界一项有意义的研究课题。

对于时间的独特阐释与界说是柏格森的哲学的本源和出发点。柏格森把时间分为两种:量的时间与质的时间。前者,即我们通常所说的科学时间、时钟时间或曰牛顿时间,是由一个个同质而独立的瞬间一个接一个排列或累加而形成的一条无限延长的线。其特点是同质的、可计量的、单向的和一维的。柏格森认为,这种时间实质上借空间概念偷换了时间的本质,取消了时间存在的意义,因此又称之为"空间化的时间"(Banfield,2000:92)。后者,即质的时间,则是心理时间,它是异质的、连续的、纯粹的、内在的。在一定的意义上,我们可以说,质的时间即是柏格森所说的"绵延"。绵延是真正的实在,是不可分割的质的变化流,是变化本身。柏格森这样阐释绵延:"这是一条无底、无岸的河流,它不借可以标出的力量而流向一个不能确定的方向。即使如此,我们也只能称它为一条河流,而这条河流只是流动。……这是一种状态的连续,其中每一个状态都既预示着以后,又包含着以往。"(Beja,1971:147)这种流动和变化意味着内在的生命,是"以直觉的方式通过深刻的内省才能达到的深层自我状态"(Bennett,1945:116)。

因此,要真正做到对生命的理解,对自我的把握,只有从生命的内部,即从"绵延"出发。虽然伍尔夫不曾用哲学的语言阐述同样的观点,但是在《蒙田》一文中她这样写道:"让我们守住自己这热气腾腾、变幻莫测的心灵的旋涡,这令人着迷的混沌状态,这乱作一团的感情纷扰,这永无休止的奇迹——因为,灵魂每时每刻都在产生着奇迹。活动与变化是人生的精髓。"(Woolf,1992:203)伍尔夫用诗一般的语言告诉我们:生命在于内在的、纯粹的、持续的、"混沌"的心灵的活动与变化。这难道不是关于"绵延"的表述吗? 在阅读《达洛维夫人》时,读者同时经历了两种时间:一种是以大本钟报时的声音为象征的外在客观时间,一共 24 个小时;另一种则是借助于伍尔夫的笔端,潜入克拉丽莎的心灵之中与其共同体验她所经历的一生的时光。

"绵延"是柏格森思想的核心概念,他关于自我的思想正是由此延伸而来。处于绵延状态,即心理时间中的自我,是体现最基本的自然生命力的本真的自我。而与客观时间相对应的则是空间的自我,或曰社会的自我。这两种自我既是统一的又是对立的。在现实生活中,它们体现在同一个人身上。其中的第二种是第一种的(好比说)在外界的投影,是第一种在空间的以及是外在的、凝固的、确定的,具有社会的和文化的属性。它虽然不是本真的自我,但仍是必要的,并具有积极的意义。一方面,正如柏格森所指出的"人只有依靠外在的、空间的自我才能在社会中发挥作用,并且这是唯一的途径"(Goldman,2001:133)。另一方面,空间的自我是认知、捕捉绵延的本真的自我的一面镜子。我们可以将空间的自我视为社会文化在某一个体上的缩影,那么空间的自我实质上就意味着文化。"所谓的自我意识,就是通过认识文化发现自我的过程。文化的凝固性和确定性,恰好是对自我的流变性和非表现性的补充。"(Hartman,1970:173)只有以文化,即空间的自我为中介,通过反观"我"落于固定套式的活动,才有可能发现本真的自我的存在。

在其艺术创作中,伍尔夫再次与柏格森不谋而合。在《达洛维夫人》中,的确存在着两个不同的克拉丽莎·达洛维:一个是在滞重的、权威的大本钟的报时声里有条不紊地为晚宴忙碌的达洛

维夫人，她举止高贵优雅，善于社交，具有上流社会的标志；另一
个则是在绵延不断的意识之流中飘浮游弋的克拉丽莎，她既孤独
又敏感，时而忧伤，时而欢喜，沉浮在"热气腾腾"的心灵的旋涡之
中。细心的读者会发现，在描写女主人公的外在行为时，伍尔夫
总是用"达洛维夫人"或"克拉丽莎·达洛维"来指称她，而当作者
潜入女主人公的心灵深处，揭示其纷繁复杂的心理活动时，则亲
切地将她称之为"克拉丽莎"。这也许是因为冠以夫姓的"达洛维
夫人"不仅仅是一个指称的符号而且还承载着某种沉重的文化意
蕴的缘故吧。毫无疑问，达洛维夫人是女主人公空间的自我，而
克拉丽莎则是其本真的自我。但是，完整的自我必须是两者和谐
的结合。克拉丽莎显然缺乏这种和谐的结合；相反，很多时候，她
的本真自我完全受到了压抑。也正是在反观其作为"达洛维夫
人"的生活时，她才发现对"本真自我"的渴求。例如：克拉丽莎在
宴会中看到彼得·沃尔什就感到"紧张不安"；"他使她看清自己：
夸张、做作，简直不堪。"(Woolf,1925：161)这里的彼得不过是克
拉丽莎本真自我的化身。用彼得的眼睛看克拉丽莎，实际上正是
她的自我反观(周韵,1994:92—93)。

　　然而，诚如伍尔夫所感受到的，"我们的灵魂，或者说，我们内
在的生命，常常跟我们外在的生活格格不入。"(Woolf,1992：
215)对立与矛盾乃是两种自我之间的主要关系。绵延的、本真的
自我是真正的生命力之所在，它总是不断地发展着、变化着。因
而它也要求外在的、空间的自我相应地发展、变化。问题在于，自
我一旦外化，并凝固于一个单一的空间，就不可能被本真的自我
随心所欲地控制；相反，它会不断地抑制本真的自我，压抑其独立
性和自主性。柏格森用形象的语言表述说："我们具体的、活生生
的自我从而被盖上了一层外壳，这外壳是由轮廓分明的心理状态
所组成的，而这些状态是彼此隔开的，因而是固定的。"(McNees,
1994：148)在《达洛维夫人》中，克拉丽莎时时刻刻都被囚禁于其
空间化的自我，即达洛维夫人的牢笼之中。譬如：当她看到分别
多年的少女时代的恋人彼得时，心中荡起阵阵情感的激浪，可表

面上却摆出一副贵妇人的优雅姿态,做着针线,冷静有礼地和他寒暄,以致让彼得觉得她"有那么一点儿冷酷"(Woolf,1925:178)。又如,当她意识到喧闹晚宴的空虚与无聊时,依然强颜欢笑,貌似热情地周旋于众多宾客之间。但是,本真的自我始终具有强大的生命力,某些时候,一刹那间"也许会有某种东西起来反抗。这就是深层的自我冲到表面上来。这就是外壳经不起一种不可抵挡的冲击而忽然破裂"(Mepham,1991:79)。当彼得走后,克拉丽莎感到莫名的苦闷与难受,往昔的岁月如流水般涌入她的脑海,引起她对喧闹无聊的宴会、对空虚呆板的模式化生活的质疑与思考。这就是本真自我的反抗与冲击。关于两种自我的关系,不妨这样来看,空间的自我就像一个有着固定形状的火山外壳;而绵延,或者说本真的自我则是火山内部不断翻腾变化的熔岩。首先,两者是相互依存的。没有了火山外壳,消除了强制,熔岩便会化解;然而,没有了熔岩,火山也就不再存活。其次,两者又是矛盾冲突的。对于不断翻腾、变化的熔岩而言,火山外壳意味着压抑与束缚;但同时火山外壳也经受着那汹涌澎湃的熔岩的激荡与冲撞,随时有破裂的危险(武跃速,2003:72－73)。

　　既然绵延的自我是异质的、变化的、内在的、不可捉摸的,那么如何去认识它、把握它呢?柏格森告诉我们:"至少有一种实在,我们都是运用直觉来把握它,而不是运用单纯的分析。这种实在就是在时间中流动的我们自己的人格,也就是绵延的自我。"(Eagleton,1996:104)直觉是柏格森哲学总体方法论的核心。在他看来,存在着两种根本不同的认识事物的方法,一种是理性的、科学的方法,用于认识外在的物质世界;另一种即是直觉,意味着直接地、深入内部地去领悟和洞察世界。"所谓直觉,就是一种非理智的交融,这种交融使人们自己置身于对象之内,以便与其中独特的从而是无法表达的东西相符合。"(James,1967:132)直觉,这种非理性的认识活动,不是思维过程和逻辑过程,而是一种突然实现的神秘过程。

　　强调以直觉去实现对于生命之流、对于自我的本质的领悟与把握,这并非神秘主义的诓言呓语。因为,理性的思维是分析的,重在对整体的分解。用理性的概念去把握不断变化的自我,"犹如用一张网去捞一条川流不息的河流,其结果只能是把实在的真正本质——绵延放过去了。"(Martin,1986:122)此外,自我认识不同于一般的对象认识,它要求超越主体与客体,进行"溯本探源"式的整体把握。直觉正具有这样的特点,它是一种同感,一种体验。在直觉中,认识主体与认识对象完全融为一体,从而有利于把握对象的实在和真理。伍尔夫本人是一位富于直觉的女性,她曾多次体验到顿悟所带来的强烈的心灵震撼。在《存在的瞬间》中她这样写道:"我的这种直觉——它是如此出于本能,似乎是上天赐予,而不是后天养成——自从我在圣·艾维斯前门旁边看见花圃里的那株花时,无疑就把它的尺度赋予了我的生命。"(Woolf,1948:160)在这一点上克拉丽莎与她的创造者颇为相似。"她唯一的天赋是,几乎能凭直觉一眼识透别人。""她有一种奇异的本能,会和她从未交谈过的人息息相通——街头一个女人,站柜台的一个男子,甚至树木,或谷仓。"(Woolf,1979:194)正是这种直觉的能力使得克拉丽莎的自我认知和自我超越成为可能。

根据柏格森的理论,在直觉把握自我的过程中,记忆发挥着不可忽视的作用。这里的记忆有别于通常所说的习惯记忆,"它区别于物质,保护和存留着过去的真实部分,是纯粹的精神活动。"(Bennett,1945:117)记忆活动既是时间上的过去,又能将过去融入或者渗透于当前和未来的思绪之中,最能反映绵延的特征。记忆是沟通空间的自我与绵延的自我的关键,是物质世界与精神世界的切合点。从绵延的角度看,记忆即自我。因为今日之"我"虽非昨日之"我",但今日之"我"又是从昨日之"我"发展而来,融昨日之"我"于其中。记忆将当前与过去相联,"当前的意义因为过去而显现,而过去又因当前被赋予新的含义。"这是因为"要理解某事物,或者说,照亮某事物,就必须指向——参照——不在场的,隐蔽的事物。"(Woolf,1992:285)而正是记忆将在场与不在场融合为一。伍尔夫是一位珍视过去的作家,她曾说"如果生命具有一个赖以依靠的根基,如果它是一只碗,可以不断地往里装了又装——那么,我的碗无疑完全依赖于这个回忆。"(Woolf,1979:194)在《达洛维夫人》中,克拉丽莎正是在往昔岁月中找到了当前问题的答案。在某种外界事物的触动下,克拉丽莎不时地陷入对往昔的回忆:与自由奔放的萨利的真挚友情,与"放荡不羁"的彼得息息相通的爱情,一幕幕少女时代令人留恋的生活画面,等等。这些都不时地在她的脑海中清晰显现,从来不曾消逝。美丽的往昔让克拉丽莎看到了当前生活的空虚,并在往昔中找到了真正的自我。纵身跃向死亡的赛普蒂默斯使她认识到自我生命的脆弱与孤独,但同时又领悟到肯定死亡是超越死亡的一种方式。正是为了体现自我的主体意识,打破空间自我的压抑和束缚,赛普蒂默斯才选择了死亡(朱望、杜文燕,1996:67—68)。

看到街对面的老太太而萌生的一种直觉性共鸣则是克拉丽莎顿悟生命真谛、超越自我的关键。在孤独、安详的老人身上她感受到了你中有我,我中有你的生命状态。这一刻的克拉丽莎是全新的,因为她不同于上午出门买花时的达洛维夫人;这一刻的克拉丽莎又是少女克拉丽莎的再现,因为早在年轻时她就感受到了"与万物为一"的状态。这就是生命绵延的本质。要正确地认识自我、把握自我,就不能将目光局限在凝固的、眼前的"小我"上,而应将"我"置于不断变化的、无限伸展的绵延之中。人的"真我"或"本己",不是任何有限的事物可以界定的,如果能体会到"无",也许就能在所有事物中发现"我"(Trilling,1948:189)。在直觉中把握生命,这一点与注重心灵的自我体证和自我觉解的中国古典哲学有着相似的旨趣。人创造了文明,但文明逐渐将人与自然隔离。现代人忙碌于征服物质,可同时又被物质所征服。在喜悦与骄傲之余不免感到惶恐不安,因为他们拥有了一切却失去了"一个安顿自己的寓所"(Woolf,1992:293)——自我。在物质文明极度发达的现代,呼唤对于自我、心灵的关爱是否有助于开辟一条通往精神家园的道路呢？

第二节 记录生命形式

　　"生命主题"是弗吉尼亚·伍尔夫意识流小说主题学研究中的重要课题，国内许多学者在这一领域作出了较为深入的开掘并取得了丰硕成果。然而，稍嫌不足的是，对这一问题单作主题学研究似乎很难说清楚伍尔夫对生命感悟的方式以及她对生命理解的特殊视角，因此也就难以准确地界定这一研究个案的区别性特征。如果从生命诗学的角度对其加以阐发，或许会得到一些新的认识。

　　生命诗学是创作主体在运用各种叙事要素（叙事话语、叙事方法等）组织叙事文本的过程中所表现出来的个体诗学。而生命诗学则是对叙事文学作品进行生命诗学阐释、研究的学问，它应该属于文学诗学批评的一个分支，它的主要研究对象是文学中的叙事作品。生命诗学的基本特征表现在两个方面：一是叙事诗学的文本性，它是在叙事文本中通过各种叙事要素所表现出来的诗学态度，而不是一般诗学意义上的诗学态度。在对作品进行生命诗学分析时要以叙事文本为根据，不能离开文本作天马行空式的诗学阐释。正如聂珍钊先生对文学诗学批评内涵的概括一样："文学诗学批评研究的对象是文学……对文学进行诗学和道德的客观考察并给予历史的辩证的阐释。"（Woolf，1979：191）它主要是作为一种方法运用于文学研究中，它重在对文学的阐释。在叙事文学中，特别是小说，生命诗学分析离开了文本就失去了意义。二是诗学的个体性。生命诗学与普通诗学不同，它不表达人与人之间的共同道德准则，更不苟同俗常诗学的世俗价值，而是力求在想象中创构属己的叙事理念和话语道德，在与普通诗学的对话中给后者的肌体注入新鲜血液。从以上特征来看，对伍尔夫意识流小说的生命主题进行生命诗学阐释，可以有效地将小说叙事学和小说主题学协同起来对文本进行分析,有针对性地阐释作家对生命的独特感觉、意识流文本在表达这种生命感觉时的特殊效果以及这种生命叙事所表现出来的诗学意义(宋坚,2001:55)。

伍尔夫的意识流小说在她的全部小说中所占分量并不多,共有一个短篇和四部长篇:《墙上的斑点》(短篇)、《雅各的房间》《达洛维夫人》《到灯塔去》《海浪》。后三部被伍厚恺先生称为"生命三部曲"。在所有这些小说中,对生命的关注成为其叙事的主要内容之一。她时刻感觉到生命就在她身旁流逝,而有意义、有价值的生命时刻并不多,只是一生中偶然出现的某些瞬间,她将这种瞬间命名为"存在的瞬间"。这一概念与其意识流小说中的生命主题联系尤为紧密,也是她对生命的独特体验,抓住它进行深入分析,也就解决了生命主题的关键问题。

据伍厚恺先生介绍:伍尔夫"认为生命中有些经历是意义重大的、震撼心灵的、富于启示性的,可以称之为'存在'(being),与此相对立的那种物质的、外在的、表面的生活,她则给予一个'个人的简称'——'非存在'(non-being)"(Woolf,1979:197)。在她的感觉中,生命这种"非存在"状态像"棉团",松松散散没有重量,那些"存在的瞬间"就埋没在这众多的棉团之中难以凸显。他进一步解释说:只有"存在的瞬间"才能揭示生活的真理,显露那个"隐藏的模式",以致把握生命的本质。在笔者看来,这种解释似乎不太符合伍尔夫的本意,因为他把伍尔夫对生命感觉的描述当成了对生命的哲学概括。

伍尔夫的"存在"不是一个纯哲学概念,它与海德格尔等哲学家关于"存在"概念的内涵不同,它更多地富有文学诗学色彩。事实上"being"也可以译为"生命","存在的瞬间"也可以理解为"生命的瞬间",按照上述伍尔夫本人的解释,进一步还可以理解为"生命的重要瞬间"(Woolf,1948:202)。因为这样的瞬间对于一个作家感悟生命、体验生命的意义富于启示性,能引起心灵的震撼。这样的瞬间如果融于生命之中就会成为"血脉记忆",用伍尔夫自己的话来说就是"生命的根基"。而生命中那些"物质的、外在的、表面的"东西如过眼烟云,随着时光流逝很快就会消失,所以是"非存在",没有生命力。因此"存在的瞬间"是小说家伍尔夫对生命感觉的一种独特表述,是她生命记忆中印象深刻、能引起遐想、触发灵感并对生命体验至关重要的"一刹那"(Woolf, 1948:206—207)。

伍尔夫强调"存在的瞬间"的作用并非想寻找生活的真理,把握生命的本质,而是要触动生命的情感,讲叙心灵的故事,找回生命的感觉。比如,"肯辛顿的书香"和"康沃尔的海浪"就成为伍尔夫"生命三部曲"的根基。少年时代与哥哥在草地上的打架引发了她绝望悲哀的感觉,"人们为什么要互相伤害呢?"(Woolf, 1948:209)这成为她日后对任何战争都持否定态度的根源;瓦尔皮的自杀就是《海浪》中"苹果树下的惨死"的素材,使奈维尔感觉到"小小的生命浪花是脆弱无力的"(Woolf, 2000:179);圣·艾维斯花园里的"发现"让她感觉到我们的生命是和包括这株花在内的万物联系在一起的,以致在她以后创作的每一部意识流小说中,"生命是一个整体"(Woolf, 2000:183)的想象不断出现,成为她不但对自己的生命而且对她以外任何生命关怀的精神之源。上述这三件在伍尔夫生命中发生的事情,被她在《往事杂记》里称为"存在的瞬间"。透过这些典型例子,我们获得的印象并非是作者对生命的哲理思考,而是对生命的诗学关怀。她不像海德格尔那样把自己嵌入虚无之中,通过哲学的苦思冥想来为个人谋划一种有意义的存在状态,而是从普通的日常生活中去感受和体悟存在瞬间的价值。

然而,"存在的瞬间"并非凸显于生活表面的重大事件发生的瞬间,而是由普通的日常生活引发的对生命体验至关重要的瞬间。它往往还埋没于浑浑噩噩的、无价值的"非存在"状态中,伍尔夫深深懂得捕捉它并将它表现出来绝非易事。首先,它稍纵即逝,不易把握,需要敏锐的感觉和悟性去体悟;其次,它往往以生命的碎片形式孤立地、偶然地出现在生命的不同时期,需要具有个人特色的记忆、联想和想象去构成生命的整体感悟;最后,关键在于用什么样的叙事方法将如此难以把握的"存在的瞬间"诉诸笔端、用文字表达出来。伍尔夫通过早期的不断探索后,终于找到了一种表现内心生活的方法——意识流。这种方法可以透过生活的表面而直接深入"心理的幽暗区域",揭示"隐秘的深处"的真实,它的"跳跃性"可以跃过"非存在"的生命状态,直接碰触到存在的重要"瞬间",以致领悟生命的价值及其诗学意义(程倩,2001:16—17)。

伍尔夫告诉我们:"一个作家灵魂的每一种秘密,他生命中的每一次体验,他精神的每一种品质,都赫然大写在他的著作里。"(Woolf,1979:126)生命诗学分析离不开文本,联系伍尔夫的意识流小说,我们觉得其对生命叙事的诗学意义有如下三个方面。

一、生存的艰难时刻

在某个特殊时期,一个人心中有痛苦能够向人倾诉而另一个人又愿意倾听的话,这倒不失为人生不幸中之大幸。如果像契诃夫笔下的马车夫那样没有陪伴者呢?他只得把一腔苦水向老马倾诉了。伍尔夫在她的意识流小说中找到了一种自我陪伴的方式,即以人物的叹息与呢喃作为遭遇厄运时聊以自慰的方式,在既无人倾听又无人陪伴的孤独处境中,或独自抱膝伤叹,或面壁喁喁自语,或私下细语呢喃,此何尝不是一种疏通郁结、抚慰心灵的善举?其间又何尝不蕴含一种深厚的生命诗学意义呢?例如,彼得一生为人正直,但有点浪漫而不切实际,年过半百还四处漂泊、生活无定。探访青年时代的旧情人克拉丽莎时受到冷遇,心情十分沮丧和郁闷,独自感叹道:"人们怎能相互了解呢……人与人之间多隔膜呵!"(Woolf,2000:34)他感觉到自己的躯体空空如也,宛如白茫茫一片荒滩。然而叹息过后,他的心情就平静下来了。反过来,他又回顾了他俩将近三十年的友情,她的音容笑貌又浮现在他的眼前。他不得不承认,她对他的影响,比他认识的任何人都大,与人为善的人总是会原谅别人同时也宽解自己。

同时,克拉丽莎的家庭生活也并不幸福。布鲁顿夫人宴请她丈夫而没有同时宴请她,她内心既气恼又妒忌,觉得自己一下子萎缩了,衰老了,胸脯都瘪了。接着她走进浴室,顾影自怜并独自叹息:"生命的核心一片空虚,宛如空荡荡的小阁楼。"(Woolf,2000:40)她觉得余下的时光已经不多,生命的精华被岁月掏空,再也不能像青春时期那样去吸取生命的色彩、风味和音调了。过了一会儿,她的思绪马上又转到了与萨丽的同性感情——那种生命的激情与狂喜上去了。这两例都说明了,人物在独自叹息之后他们的心情好多了,情感得到了宣泄,郁闷和失意的情绪得到了消解,心里也平实安稳下来了。

生活中的失意和郁闷倒也是人之常情,但生活的重复和无聊就使人难以将就了。伯纳德和他的五个同学在经历了从童年到老年的人生不同阶段、最后曲终人散、生命之途行将结束时由他作了一个总结性的独白,多处谈到他对生命的感觉,其中最突出的感觉是生活的重复性:"星期一之后是星期二;星期三;星期四。每天都激起同样的安宁生活的涟漪,重复着同样的韵律曲线……生命就这样在逐渐增加年轮。"(Woolf,2000:43)相近的句子,伯纳德嘟嘟囔囔地重复了三次。他真正感觉到了像"棉团"一样的存在,死一样的沉寂,生活的乏味和无聊使人难以承受。然而,这样的"韵律曲线"是无法改变的,普通人的生活就是如此,必须一天一天地过下去,正如那海浪,浪潮涌起抛上空中,变成浪花散落海面,水珠沉入海底,然后又被潮水推向海面形成浪花。浪起浪落,周而复始。大自然尚且如此,又何况人类呢?伯纳德在细语呢喃之后又重新找回了生命的感觉而不再觉得无聊了。伍尔夫热衷于摹写处于生存困境中的人物发出的"叹息"与"呢喃",特别是个体面临生存悖论的深渊的时候,因为此时任何理性的叩问和逻辑的推演对于寻求生存悖论的答案都无济于事,个体的一声"叹息"或一次"呢喃"倒是告诉了我们生命的不同感觉和体验,从而使我们领略到人的生存的艰难和痛苦、尴尬和无奈。人与人之间需要理解和宽容,生命需要呵护和陪伴,生命诗学就表现在人生的这些细枝末节之中（李倩、刘爱琳，2004：201—202）。

二、心灵破碎之时

伍尔夫在 1920 年 10 月 25 日的日记中一开篇就写道："生活为什么充满悲剧性？就好比深渊边的一条羊肠小道。我往下看，一阵眩晕，不知怎样才能走到尽头。"（Woolf，2000：91）这一新颖的比喻简要地概括了生活的悲剧性，也表达了作者当时生命的感觉。生活的悲剧性既表现在生活之路的狭窄、危险、令人晕眩上，更表现在生活的散乱、虚无和生命的破碎上。在《雅各的房间》中，雅各这个古老文明和历史的承传者（《圣经》中雅各是犹太人的祖先）如今失去了个性的完整自足，生命成为支离破碎的残片。我们在作品中没有看见一个雅各的实体形象，而只看到他留下的一串影子：海滩边捡到羊头骨的孩子，剑桥的年轻学子，大英博物馆里的读者，罗马、希腊的旅游者，第一次世界大战的牺牲者。作品叙述了不同的人对雅各的不同印象之后，发生了如此感叹："生活不过是一长串的影子而已，天知道为什么我们会如此热切地抱住这些影子不放，看到它们离去时还痛苦万分，因为我们就是影子。"（Woolf，1922：114）雅各是一个影子式的人物，他生命历程的破碎性和模糊性是现代人生命形态的隐喻：即生命犹如浮光掠影，一闪即逝，你怎么也抓不住他的实体。整部作品所描写的世界都给人以虚幻、空寂的感觉。然而，小说里也还有一股暖意和一片亮色：即从开篇一直响彻到结尾的对生命的呼喊："雅各！雅各！"开始是雅各的哥哥阿切在海边寻找弟弟时发出的呼喊，然后我们反复感觉到雅各的妈妈、克拉拉、博纳米等人内心的呼喊。尽管生命像影子一样，人们还是希望抱住这个影子，抱住他，期盼碎片式的生命重新复原为一个整体；呼喊他，以使破碎惊惶的心灵获得慰藉。这里面包含着对生命的热切关爱和对人间诗学的执着追求，在人的艰难时刻为个体生命的存在提供了充足的理由，对战争造成年轻生命的无谓牺牲作出了批判，同时也深刻揭示了现代战争是人类生灵涂炭、生命破碎的根源之一（石毅仁，2003:51—52）。

《雅各的房间》暗示了战争中年轻生命无谓的牺牲，《达洛维夫人》则直接描写了战争的阴影仍然笼罩着年轻一代。赛普蒂默斯精神破碎的最初症状是丧失了感觉能力，他觉得自己不能真正爱妻子是一种罪过，战友埃文斯在战争中死了而他幸存下来也是一种罪过，战争毁灭了他的人格尊严和生命价值，这些念头使他感到恐惧，始终心有余悸、惴惴不安，有自杀的倾向。但是，赛普蒂默斯在这样一种精神恐惧和人格分裂中仍然没有忘记向善之心和人生正道，在狂躁不安中仍然坚持向世人宣谕："希腊人、罗马人、莎士比亚、达尔文，当今则是他本人……第一，树木有生命；第二，世上没有罪恶；第三，爱和博爱……"（Woolf，1922：88）他颤抖着喃喃自语地吐露了这一深奥的真谛。以上三点看似无甚关联，其实从语境中可以看出它们是一脉相承的，其蕴含的意义对人生具有启示作用。当赛普蒂默斯和妻子雷西娅坐在摄政公园的椅子上时就感觉到"树在向他招手，树叶有生命，树木也有生命……树叶与他那坐在椅上的身体息息相通"。"人们不准砍树木。世上有上帝……人不准因仇恨而杀戮。"（Woolf，1922：109）不准砍树与不准杀戮的道理是一样的，因为对象都是生命体，上帝要求我们"爱和博爱"，不要仇恨、杀戮、制造罪恶，要相互理解和同情，要仁慈。生命的意义就在于"普遍的爱"，这三点联系起来表达的正是生命诗学的核心部分（程爽、孙东，2004:144）。

不幸的是爱的心语和独白无法阻止来自两方面的压力：一是以布雷德肖为代表的社会体制的权力话语，对他的"治疗"变成了实质上的"精神折磨"；二是他自身的负罪感，使得他认为自己该死，"人性已判处他死刑。"赛普蒂默斯最后还是跳窗自杀了。

这位年轻人的死引发了达洛维夫人内心一系列的矛盾变化。先是对死亡的一阵恐惧，她心里想："死神闯进来了，就在我的宴会中间。"（Woolf，1922：113）接着她又思考了生命的价值问题：把自己的苟且偷生与这位青年人勇敢地死去进行了对比，她感到那青年自戕了,而她自己却逃遁了;他反而在勇敢的"挑战"中获得了生命的意义,而自己却苟且偷生,每天在腐败、谎言与闲聊中虚度年华。于是她自言自语说:"如果现在就死去,正是最幸福的时刻。"(Woolf,1922:115)然而,面对生命的破碎,生存的疑难,一味地自责会把自己的人生引入暗无天日的黑洞之中。她也想搞清楚生存悖论的各种要素,找到生命存在的理由。她独自寻思:当年她在布鲁顿也曾经幸福过,感到了生活无比的乐趣,洋溢着青春的欢悦,沉醉于生命的流程之中,从旭日东升到暮霭弥漫,都异常欣喜地感到生命的搏动。在威斯敏斯特乡村的天空中,生命在自然中流布,与宇宙交融,与万物为一。就在这样一个"重要的瞬间"大本钟报时了,钟声与人声响彻空间,声浪不断流荡,她反复自言自语,然后莎士比亚的名句脱口而出:"不要再怕火热的太阳"(Woolf,1922:119),意即人不要怕自然的残酷淘汰。她要回到人群中去,那位青年自杀了,而她们照样活下去,钟声还在空中回响,她必须振作精神。伍尔夫往往在人物内心极度矛盾、或心灵处于破碎的时刻,让人物的意识自由流动,通过内心独白或尚未形成语言层次的朦胧的心语来抱慰生命的惊惶,伸展人物的生命感觉,从而在生存困境中进行艰难的最终抉择(夏尚立,2005:87)。

三、死亡逼近之际

在伍尔夫的意识流小说中,有些人物体验到濒死的滋味后死去了,有的人物已感觉到死亡的逼近,还有的人亲眼目睹了死亡。无论是哪一种,都可以看作是伍尔夫体验死亡的独特感受,以及对死亡作出的诗学观照。

《雅各的房间》中主人公面对死亡似乎过于潇洒,对死亡的悲哀毫无感觉。雅各最后的死其实早在作品的开头就埋下了伏笔,家人寻找他的呼喊就预示着他的不祥结局。少年雅各在海边玩耍,把海边日晒雨淋风干了的老绵羊头盖骨捡起来抱在怀里把玩,在他母亲看来,这头骨象征着死亡的不祥之物,应该尽快扔掉,而雅各却认为它比这康沃尔海岸上的任何东西都更洁净,他似乎被羊头骨吸引着,有意去体验死亡的感觉。后来与同学米蒂从剑桥经锡利群岛航海去康沃尔的航程,算得上一次真正的死亡冒险之旅。整个六天六夜的海上航行充满了不祥之兆,被一种死亡的阴影笼罩着,使人们为他们的年少无知、莽撞冲动捏一把汗。另外,在雅各的希腊文辞典里总是夹着象征死亡的红罂粟花,死好像随时都伴随着他。最后他终于在战争中无声无息地死去了,只留下他的"房间"。雅各的英年早逝似乎是必然的,因为他有着一颗躁动的灵魂,他的生命激情总是促使他去进行无谓的冒险,好像唯有这样的生命激情的耗散才有尽情活过的感觉。因此,伍尔夫早期的意识流小说的主人公对死亡的感觉虽然有它潇洒自如的一面,然而其蕴含的生命诗学意义并不深刻(王丽亚,2005:73—74)。

　　四年后,在伍尔夫出版的《达洛维夫人》《到灯塔去》这两部意识流小说中,女主人公对死亡的感觉要复杂得多。既有对死亡的惧怕和怨恨,又有对死亡的接受和理解。例如,克拉丽莎的内心时常有莫名的恐惧袭来,感到自己会毁灭。当她大病初愈走在邦德大街的时候,作者用间接内心独白的方式揭示了这一心态:"扪心自问:她必然会永远离开人世,是否会觉得遗憾? 没有了她,人间一切必将继续下去,是否会感到怨恨?"(Woolf,1996:203)这一设问在小说以后的叙述中得到了肯定的回答,因为在此之后,对死亡的遗憾和怨恨常常和生命的焦虑感结合在一起,每次大本钟的敲响都会引起她内心的强烈不安,她感觉到钟声是对生命的警示,时光易逝,生命短促。死亡是自然对人的背叛,是虚无,它对人太残酷了。钟声在空中弥漫开来显得宏阔而深邃,而个人在茫茫宇宙中实在太渺小了!

　　如果人物对生命的感受仅仅停留在这种感喟上,那对生命意义的理解也显得太单薄了。可就在克拉丽莎大宴宾客、曲终人散之时,传来了赛普蒂默斯跳楼自杀的消息,从他的死亡中她突然获得了"心灵的顿悟":"生命有一个至关紧要的中心,而她的生命中,它却被无聊的闲谈磨损了,湮没了。"(Woolf,1996:295)也就是说,她以前面对死亡时感到恐惧和焦虑的原因是她没有保持"生命的中心",她的存在像"棉团"一样没有重量,轻飘飘的。死亡对个人来说是必然的,但并不是可怕的,关键是你是否保持了"生命的中心"——生命的价值和尊严。赛普蒂默斯虽然死去了,但他是怀揣着信念——人类"普遍的爱",保持着尊严——不让别人"扼杀灵魂"而死去的,这样的死也就不是一种悲哀了,死亡的恐惧和怨恨也就消除了。因此,她坚持要活下去,回到生活中去,力求保持"生命的中心"(袁素华,2006:33)。

问题在于,消除死亡的恐惧、保持生命的尊严主要还是面对死亡时的一种被动应付,如何才能以积极主动的态度,在短暂的人生中创造生命的价值,留下生命的成果以致毫无遗憾地死去呢?这样的问题往往困扰着伍尔夫笔下人物的一生。画家莉丽就觉得这一问题"永远在心灵的苍穹盘桓""黑沉沉地笼罩着她"。

而且"随着岁月的流逝免不了会向你逼近过来……"(Woolf,1996:216)。她构思的"母子图"在心中酝酿了10年,由于对"母子之爱"没有真正感悟,一直没有完成,直到拉姆齐夫人去世、拉姆齐先生与子女和解、"到灯塔去"的航行成为现实之后才突然获得灵感,最后欣喜地完成了自己的杰作。这一"顿悟"来自拉姆齐夫人的"精神之光"的烛照,她终其一生遵奉的最高诗学就是"广博的爱":她理解丈夫在学术上遭受的挫折所产生的痛苦,从精神上给予安慰;料理有八个孩子的家庭的所有家务而不让丈夫分心;热情地款待每一位宾客,并对他们无微不至地关怀;积极投身慈善事业,探访病人,关心邻里;尊重一切生命,教育儿子不要打鸟取乐……灯塔就是她精神光芒的象征。这位天使型的女性在她"存在的瞬间"践行了自己的人生理想,将广博的爱普施众人,她的生命虽然终结了,但她乐于奉献的精神却像大海的灯塔一样永放光芒。同时,作为画家,莉丽也用她一生的体验和艺术感受创造了"母子图"这一杰作,实现了自己的人生价值。这样,当死亡逼近时再也无所恐惧了(李红梅,2005:175—176)。

《海浪》中伯纳德是一个具有艺术家人格的知识分子,有很强的语言组织能力和非凡的想象力。他对死亡的感觉有一个发展变化的过程。少年时代他曾带苏珊误入埃尔弗顿花园,后被发现而仓皇逃窜,生怕被黑胡子的园丁用枪打死。第一次离家上寄宿学校的那一天,车站的门口也像"张着血盆大口"的怪物,对他来说死亡的恐惧随时存在。结婚以后,"感觉到生命对我来说是神秘莫测地拖长了。"(Woolf,2000:141)因为他会生儿育女,永世不绝,这是所谓的生物遗传带来的不死构想。人到中年,他对死亡的感觉又有所不同。正当他生了儿子的时候却传来了波西弗的死讯,他不无感慨地叹息道:"我生了儿子;波西弗却死了……但究竟哪是忧,哪是喜呢?"(Woolf,2000:144)这有点庄子"齐生死"的味道:"万物一府,生死同状",生死是自然造化,有生必有死,死不足忧,生亦不足喜。(郭庆藩,1961:107)

然而,晚年的伯纳德在见证了各种各样的死亡之后,对死亡突发了浪漫豪情。他从自然的节律中获得了灵感,把人类的生生灭灭与太阳的升落、海浪的起伏作了富有诗意的类比,想象个体的生命虽然有限,但他生命的浪花也曾于"存在的瞬间"掀起了波澜,显示了生命的崇高与庄严。就在死亡向他靠近的时刻,他觉得"天空黑得像涂了漆的鲸鱼骨"(Woolf,2000:187),但立即又"有一种天将破晓的感觉"(Woolf,2000:188),随即他突然领悟到人也是可以死而后生的:"是的,这是永恒的重新开端,不断的潮落和潮涨,潮涨和潮落。"(Woolf,2000:191)他决心向死亡发起挑战:"哦,死亡啊,我要一直向你猛扑过去,永不服输,永不投降!"(Woolf,2000:193)好一首人生奋进、死而后生的"抒情诗",一首精神遗传导致人类不朽的畅想曲。这是作家伍尔夫对生命永恒的个人信念,也是挑战死亡的一种独特想象。它不是哲学家对生命存在的理性概括,而是小说家对生命叙事的诗学表达。正如刘小枫所说:"现代性诗学思想是从探讨个体体知自己的死感的可能性开始的。"(蒋孔阳,1997:104)在前现代的西方生活中,人们对死亡的感觉被传统理性和基督教教义所冲淡,个体面临死亡时的心灵独白往往被其对上帝的忏悔所替代,独特的死感不可能产生于个体的肉身。因此,伍尔夫通过意识流叙事探讨个体对死亡的独特感受具有现代性诗学特色,在她的时代具有开拓性意义(杨华、张德玉,2006:92)。

总之,"存在的瞬间"是伍尔夫对生命的特殊感悟,她在寻找表达这种"感悟"的方法时选择了"意识流"。意识流就是内在的"生命之流",将其运用在小说创作中就形成了一种独特的叙事方式——心灵叙事。这种叙事往往可以沉浸于生命记忆的"根基"之中,体会"生命之流"不同时期"存在瞬间"的感觉,叙述个体生命成长、发展、死亡的浮光掠影式的故事,从而表达作家对生命诗学的一种呼唤和诉求。这样的心灵叙事成为作者生命情感的一部分,它对人们的情感有一种导引、宣泄作用,当你听完故事后心灵得到了净化,生命获得了升华;这样的心灵叙事也改变了人的存在的时间和空间的感觉,将"过去""现在""将来"三种时间置于人的心灵的空间作同一层次观照,使本来支离破碎的"存在的瞬间"融为一体,让生命找到了完整的感觉;这样的心灵叙事的语言表达形式往往是一种爱的心语和独白,在人生的艰难时刻面对外在世界更多的是一声叹息,引入内心深处往往是细语呢喃。它对生命进行自我陪伴和抚慰,给人传达了富有德性的生命感觉。正如刘小枫所说:"当人们感觉自己的生命若有若无时,当一个人觉得自己的生活变得破碎不堪时,当我们的生活想象遭到挫伤时,叙事让人重新找回自己的生命感觉,重返自己的生活想象的空间,甚至重新捡回被生活中的无常抹去的自我。"(孙天南,2006:90—91)这也许就是伍尔夫意识流小说表达生命感觉时的诗学效果吧!

第三节　诉求生命意义

如果从现代主义文学大幅度向内转的角度看,意识流小说应该说是最有代表性的创作群落,他们对人的意识、潜意识表现得精细微妙,用有限的时间展示无限的空间,或在有限的空间内无限地扩展心理时间,大概再没有其他写作技巧所能比。伍尔夫作为富有才华的女作家,在感受世界的细腻敏锐方面更是超群绝伦。在那些稍纵即逝的心理情境中,伍尔夫小说中一个最诱人心动的主题,就是作家对生命意义的寻求。它们包括两个方向:一个是在各种场景中对意义问题的直接思考,另一个是对人与人之间爱与和谐的内在渴望及其努力——指向价值意义。殷殷诉求铺垫了其作品中隐藏深处的温暖和光彩,在一个纷乱、不安的世界中,亮起救援与希望的意义灯塔(袁素华,2006:33)。

一、宇宙人生的冥思

俄国学者别尔嘉耶夫认为,现代生活将人投入一个广大的世界空间,获得了世界视野,于是强化了孤独感和被遗弃感;而哲学家从来就是生活在宇宙中,从来就具有世界视野,因此哲学家从来就是孤独的。但哲学家战胜孤独的方式和常人不一样,不是通过集体生活,而是通过认识(DiBattista,1980:171)。认识什么呢? 认识世界,认识自己,认识自己与世界的关系,以及人类存在的意义。以笔者的理解,现代主义文学中的许多哲学沉思,正是在一个"世界视野"的角度,用文学的方式表达自己的种种认识和对"认识"的愿望。伍尔夫作品中的大多人物都具有这种特点,无论是在孤独时刻,还是在"集体"场合(比如家庭),无论是幸福降临,还是灾难压顶,他们常常会在一个"世界视野"下独自沉于冥思状态,沉思有关世界、人、人生的意义等诸多问题,表现出一种心灵深处的不断求索。作家在理论上的"非个人化"(DiBattista, 1980：318)观念,一方面表现在作家退出小说,让读者直接面对书中人物的意识活动；另一方面即不局限于人物个人的悲欢离合,而是更多地去关注人类共同的命运,这使得其小说人物很少具备个人故事色彩,在很多冥思时刻溢出自我而进入人类共同面临的大问题。

伍尔夫在 1926 年 2 月 27 日的日记中,有一段话透露了她有关这方面的内在期冀："韦伯夫人的作品令我琢磨对自己的一生该说些什么? 她的生命中有根可寻——祷告啊,原则啊,而我却一无所有。我心中总有某种东西在不安分地追求着。为什么我在生活中没有新的发现? ……"(Woolf, 1977：73)这是她在读了韦伯夫人作品后的感想。韦伯夫人的宗教内涵让她感到自己终极点上的虚弱,她没有上帝可以祷告和依靠,只是站在宇宙中的一个点上,孤零零地茫然着；但她又确实需要一个类似"上帝"这样的信念,能够回答她"我是谁"和"我是干什么的"这一类疑问,使她获得某种确定性。当她注视大自然的广大深邃,偶然在"云朵里的群山""月亮高悬"的时刻,心灵突然间到达圆满和谐时,她认为这就是那个类似确定性的东西。觉得生命中没有"它",就会迷失在纷乱无序中,心就不会安宁。但这个"它"并不是时时处处可以出现的,也不是灵魂中的某种理性常态,因此我们看到其小说人物在各种人生场景中的不断追寻和思索(Briggis, 2005：145)。

《幕间》中,一边是乡村平台上演出的历史剧,一边是幕间人们的评论和随意闲谈。历史与现实在分离中交融,在交融中对比,产生一种巨大的时间空间感,人们在这个时空中常常触及人生意义问题。导演每当一幕结束,就要倚在一棵树上默默念叨"死亡、死亡",想象剧作演出失败等,似乎是对飞逝的、在空旷中漫流的时间淹没人间历史的恐惧,由此突出意义问题。主人公伊萨和丈夫贾尔斯不和,常常一人陷入思飘万里的状态。人生在她的眼里是迷茫的,在时间和生命的流逝中,她经常在心中默默自语:为什么要互相判断呢? 我们互相了解吗? 那种我们都盼望的东西不是在这儿,也不是现在。但是在什么地方? 她想,在什么地方,总会确定地有太阳普照吧,没有怀疑,一切将是清澈。这是她在孤独中对人世间的不幸和是否存在着幸福的思考,也是在某种有限的点上对无限的探索。剧中写到一间空屋,可以代表这一类的思索:"空荡荡、空荡荡、空荡荡,静悄悄、静悄悄、静悄悄。这房间是一枚贝壳,歌唱着往昔存在过的一切;在房间的中央,伫立着一只花瓶,雪白、光滑、冰凉,它容纳了从这一片空无寂静之中抽取出来的静谧的精髓。"(Woolf,1941:32)人类的生存背景,沧海桑田的真相,拥挤的生活终于空旷,喧哗的生命终于寂静,那个花瓶,在空荡荡的时空中叙说着的正是那种属于永恒的意味,一种静谧中的真谛。也许,这就是伊萨所等待的那个"韵律"? 或者说,是导演小姐在导演那出历史剧时的深刻体味?

其实,在伍尔夫的作品中,重要的并不是思考的结果,因为我们知道,真正确定的东西属于上帝,那已经不是伍尔夫能够涉足的价值范畴了;重要的是这些人物在纷纷扰扰的生活之流中总想抓住什么的努力(代绪宇,2001:28)。伍尔夫在1926年的日记中记录了某天凌晨的情景:她觉得面前出现一大片滔天巨浪,汹涌着,冲刷着,似乎要淹没她,然后瞥见一片鱼鳍在其中掠向远方。1929年1月4日的日记中,写到自己弄不清"生活到底是实在的,还是变动不居的",想到在困扰中短暂的一生,"我会像浪尖上的一朵云一样消失",这就是生命的真相;然而,"我们人类不知怎的竟生生不息,将香火保存至今,但那香火又是什么东西呢?"(Woolf,1977:12)这是她终生思考的问题。后来在其诗小说《海浪》中,进入中年的伯纳德也瞥见了这片鱼鳍。鱼鳍在水中漂动着,显而易见是难以把握的。

对意义的寻找在很多时候体现在对时间的思考上,伍尔夫像其他意识流小说家一样,很关注时间问题。但她不像普鲁斯特那样,将自己完全沉浸在时间的河流中去把握生命,而是以各种方式,在小说人物的种种遭际和心理上来显示时间的刻蚀和留下的疑问(葛桂录,1997:173)。

《到灯塔去》中的时间是浓缩、象征性的,体现在其凝滞—动荡—凝滞的结构上。开头是一个黄昏,时间停留在人们数不清的种种心理意识中,其中最突出的有两个愿望:一个是人物想到灯塔去,另一个是莉丽试图作出一幅画。主要人物拉姆齐夫人面对遥远的灯塔思考自己的生活和朋友的生活,在思考中感受自己勃发的生命之水,体味瞬间开放的失意或完满;莉丽则沉浸在静态的观察中,冥思拉姆齐一家的家庭幸福和自己对幸福的不同理解。中间是十年的时间,像湍急的河水在琐碎的白天和漆黑的夜色中淌过,其间发生了战争,然后又是和平,一些人老迈了、蹒跚了,一些人死了,一些人活下来了,从整体上表达了自然、社会、宇宙的变更,人的意识被变更的节奏忽略或吞没。结尾的时间又停留在人们的心理意识中,拉姆齐先生对死去的夫人的深切怀念,对夫人曾经给予过他们的种种温馨的渴念;莉丽继续在"画"的线条中思索变更着的生活,失去的和留存的所包含的意蕴等。就这样,活下来的人通过时间的过滤和培养,各个担起了自己的使命,最后终于使开初的愿望付诸实施:到达灯塔,完成绘画。画与灯塔在最后的时刻成为一体,承载起重大的意义命题——和谐、爱,这是人类面对不断流淌的时间之水的最大慰藉。在一个心灵完满的瞬间,顷刻完成了从有限到无限的转化,意义便在这种时刻显现(申富英,1999:69—70)。

在时间中沉思,或者说沉思时间,在西方一直是哲学家的一个命题。赫拉克利特说,"一切皆流,无物常住"(Daiches,1945:81),断定万物皆在变易之中,现象世界川流不息,持恒只是假象。与他相反的是巴门尼德,认准万物为一,无物变易,而斗转星移人世沧桑则是某种假象。柏拉图用理念、摹本的概念概括了以上两种思想,并开启了现象和本质的思维历程。于是,去抓住变化中的"本质",就成为意义的一个哲学归宿。到奥古斯丁以后,在基督教的时间概念中,过去是可以在当下获得拯救的,而未来也与当下紧密相连,由此关怀现时的道德行为即成为确切的人生意义。但无论是"本质"还是神性"拯救"，在现代都已经消失，人们需要面对的是：如果人生的目的和结果都在时间的巨流中消失殆尽，那么又该如何确定意义？一切努力就变得虚妄。

海德格尔也曾追问过存在的敞开问题。《存在与时间》明确地把时间和存在放在一起来讨论，提出一整套有关概念，诸如对存在的考察——即人生在世的问题，引出了烦（或曰操心），于是"无"变成了"有"。他认为时间吞噬了存在，而存在又只有在时间中方能显现出来。从理论上说，尽管海德格尔不可能对伍尔夫产生影响（伍氏在前海氏在后），但其对时间的思考，却有其一致的地方：在人生在世的每时每刻，都存在着对意义生存的领悟。这也说明 20 世纪一些诗人和智者所面临问题的相通（Dowling，1985：157）。

二、生命之树上的蓓蕾

法国学者杜南认为，"读了伍尔夫的小说，人们得出的印象是：这个世界价值是模糊不清的。"（Glenny，2000：81）她认为我们处在一个小说主题已经失去优先地位的世纪，一切价值体系都已坠毁，作家只是描写人物对世界的体验。这是不确实的。即使是单单描写一种体验，也不是就一定没有价值视点。不是说伍尔夫的所有作品都贯彻了某种明确的价值观，但她的大多作品确实蕴含了作家本人对世界所怀抱的意义期待。伍尔夫在论述《简·爱》与《呼啸山庄》的文章中，谈到勃朗特姐妹两个的不同时说，"艾米莉是被某种更为广泛的思想观念所激动。那促使她去创作的动力，并非她自己所受到的痛苦或伤害。她朝外面望去，看到一个四分五裂、混乱不堪的世界，于是她觉得她的内心有一股力量，要在一部作品中把那分裂的世界重新合为一体。……她要通过她的人物来倾诉的不仅仅是'我爱'或'我恨'，而是'我们，整个人类'和'你们，永恒的力量'……"（Woolf，1979：33－34）应该说，伍尔夫对《呼啸山庄》的理解也是她的追求。在一个"四分五裂"的世界中,抓住人类内心深处所渴望的理想、梦幻和价值意义等能够使心灵安宁的某种确定性,正是伍尔夫在其小说人物的冥思中所展现的一种生命主旨。而这种类似生命主旨的东西,在很多时候又表现为"生命之树上的蓓蕾"(Woolf,1925:264)。

"生命之树上的蓓蕾"出自《达洛维夫人》,主人公克拉丽莎从街上买花回来,听到家里的种种声音,比如女仆裙子的窸窣、厨娘在厨房吹口哨、打字机的嗒嗒声,这些她生活中的内容,她"感到获得了祝福,心灵也被净化了。她拿起记录电话内容的小本子,喃喃自语:这样的时刻是生命之树上的蓓蕾"(Woolf,1925:264),于是觉得她要善待仆人、丈夫、鸟儿和狗,"人必须偿还这些悄悄积贮的美好时刻"(Woolf,1925:265)。

伍尔夫认为,"我们已渐渐忘记:生活的很大而且很重要的一部分,包含在我们对于玫瑰、夜莺、晨曦、生命、死亡和命运这一类事物的各种情绪之中;我们忘记了:我们把许多时间用于单独地睡眠、做梦、思考和阅读;我们并未把时间完全花费在个人之间的关系上;我们所有的精力也并不是全部消耗于谋生糊口。"(Woolf,1992:191)她反复提到生命的高峰点并不是出生、婚姻和死亡这些传统的标志物,而是被普通生活所掩盖着的那些心理上的事件。在伍尔夫的作品中,正是这些"事件"在很多情况下承载了作家的价值观念,在一刹那闪闪发光,像花树上突然间冒出蓓蕾,滋润着那些不停地冥思意义的敏感生命,使他们在很多时候旋即渡过心理难关,到达一个和谐、充实与爱的境界。

《海浪》中,在六个人的童年阶段,当苏珊痛哭的时候,伯纳德安慰了她,使苏珊在被遗弃的感觉中回到友情和爱的世界。后来,每当苏珊遇到烦恼,就会想起伯纳德在童年给过她的安慰和鼓励,在心理上就会有一种温暖。如戈登在关于伍尔夫的传记中说:"终其一生,苏珊都将牢记伯纳德的抚慰所铸成的美好的人性契约。"(Woolf,2000:132)《到灯塔去》也充满了这样的时刻。晚宴上,拉姆齐夫人感到身上每一根神经都充满着喜悦。这喜悦来自丈夫、子女、宾客和谐地相处,"现在,这喜悦的气氛就像烟雾一般逗留在这儿……它就在他们的周围缭绕萦回。她觉得它带有永恒的意味;在一些事物之中,有某种前后一贯的稳定性;她的意思是指某种不会改变的东西,它面对着那流动的、飞逝的、光怪陆离的世界,像红宝石一般闪闪发光……"(Woolf,1996:108)读者知道,在不久的将来,时间的河流将不可抗拒地冲刷这些和谐相聚,带走一些生命,留下一些生命,使得一些生命伤痕累累;但拉姆齐夫人心中的这种"宁静的瞬间",则形成了湍急时间河流上的安全岛屿,给予她以"永恒持久""稳定性"的感觉,形成拉姆齐夫人的人生价值支点。它有时高悬在生活的上空,像太阳普照,有时渗透在日常具体的细微处,滋润生命。

类似的心理事件在《到灯塔去》中比比皆是:比如小说开头,为了能否去灯塔的事,因为涉及小儿子詹姆斯的情绪,在拉姆齐先生粗暴地说不能去时,夫人顿时感到阴云密布;而先生又说明天不会下雨,"于是一个平安的天国之门,立即就在她面前开启了。"(Woolf,1996:117)还有莉丽看着孤零零杵在草地上渴望某种人性共鸣的拉姆齐先生,经过一番犹豫称赞了他的皮鞋,她注视这一刻的效果:"她觉得他们到达了一个充满阳光、和平安宁的岛屿,这个上帝保佑的优质皮鞋之岛,由健全清醒的头脑统治着,永远在温暖的阳光照耀之下。"(Woolf,1996:122)作为画家的莉丽对夫人天性中的智慧作出的界定,可以说是这一类心理事件的理论解释:"她渴望的不是知识,而是和谐一致;不是刻在石碑上的铭文,不是可以用男子所能理解的任何语言来书写的东西,而是亲密无间的感情本身。"(Woolf,1996:126)于是,莉丽在朋友一家终于圆满到达灯塔时完成了自己的画,因为在那个时刻,心胸突然开阔,连那个在草地上懒洋洋晒太阳的老诗人也变成了一个异教神祇,手里拿着的书本变成了海神的三叉戟,偌大的花冠在天空缓缓降落,莉丽的画笔经磨历劫,终于到达和谐与爱的艺术世界(张雪梅,2005:111)。

岁月、时间,群山、大地,什么都可以成为过去,唯有爱是永恒的。这是生命的最高期待,是宇宙中最美丽的旋律。像大地在冬天的寒风中干枯,到春来自然又是万千气象一样,这种诉求永远活在深沉而有活力的沉默中。这就是回荡在伍尔夫小说中内在的主调,也是不同场景中的意义灯塔(甄艳华,2003:158)。这种诉求在《岁月》中,帕吉特家族的三代剩余者在聚会中互相理解,身披永恒的爱,最后在窗口站成一座雕像。《幕间》中,尽管不断有不安、空虚、孤独的心情,也存在着有意无意的伤害,但乡村正在上演的历史剧,却像一盏聚光灯,把大家聚拢在一起,共同享受着暂时的安宁与和平;而演绎英国历史的剧本,则在不断变化着的时间中,寻找着那种主宰性的规律,人类的历史不断地毁灭,又不断地重建,而使文明继续的力量正是爱与和平,这就是人类整体的创造史。剧的尾声唱道:"我们曾经来到一起,现在四散分开。……让我们把那造成和谐气氛的一切,永远保存下来。"(Woolf,1941:230)从整体上来看,这也是弗吉尼亚·伍尔夫在语言世界中的事业。

第十章 结 语

弗吉尼亚·伍尔夫是 20 世纪最重要和最具影响力的女作家之一,现代小说的代表作家,现代小说理论最重要的创建者之一和女性主义先驱。在中国近 90 年的传播之旅中,伍尔夫产生了巨大的影响。就影响的领域来说,从高雅的知识分子精英文化到大众通俗文化,从文学创作到文学批评,从文学理论到女性思想,都可以窥见伍尔夫的身影。伍尔夫对中国文学创作的影响多有论文涉及,但是专门论述伍尔夫对中国文学批评界影响的论著尚无。通过梳理历史事实,笔者发现伍尔夫的思想理论对中国文学批评界的影响是显著的。《伍尔夫诗学思想研究》的中心目标,就是以重科学实证的影响研究为主,平行比较为辅,从文学理论与女性主义诗学两条线索梳理伍尔夫与中国文学批评界的事实联系,旨在考察伍尔夫给予中国文学批评的影响,揭示中国文学观念和文学批评演变中的伍尔夫因素,并探讨异质文化的交流规律。

第一节 伍尔夫文学理论对中国文学批评的影响

作为一位从传统向现代主义文学转变的关键性作家和理论家,伍尔夫对中国文学批评界的影响主要是转变了人们的文学观念和对"真实"的看法。中国批评者认识到文学不仅是用来反映外部生活的,更是为了表现真实的人生和思想意识。为了表现真实,作家可以采用不同的艺术手法,打破传统规范。另外,伍尔夫设想未来的小说是融合散文、诗歌、戏剧的综合性艺术,号召作家走到普罗大众中,主张文学的非个人化,要求作家压抑自己的愤怒而又不排斥情感,采用新的批评话语方式,都对中国文学批评产生了影响。

伍尔夫的《现代小说》和《贝内特先生与布朗夫人》是现代主义权威论文,是维多利亚时代向现代时期美学风向转变的宣言,为现代主义美学原则奠定了基础。《现代小说》是伍尔夫最著名的论文,也是一篇重要的现代主义文学理论宣言。伍尔夫指出威尔斯、贝内特、高尔斯华绥偏重物质,只关心肉体,不关心精神。因此,英国小说越早离开他们越好。伍尔夫认为真实的生活并非有序的事物排列,而是要接受不断坠落的千万种印象,小说家的任务就是"传达这变化万端的,这尚欠认识尚欠探讨的根本精神,不论它的表现会多么脱离常轨、错综复杂,而且如实传达,尽可能不没入它本身之外的、非其固有的东西"(Woolf,1979:94)。

《贝内特先生与布朗夫人》指出"人与人之间的一切关系——主仆之间、夫妇之间、父子之间——都变了。人的关系一变,宗教、品行、政治、文学也要变。"(Woolf,1978:145)伍尔夫假设布朗夫人就是生活的象征,要求作家真实地描绘出布朗夫人具有的无限可能性和无穷多样性。

伍尔夫的"真实"观、创新精神与打破陈规的勇气给中国文学批评界以启发,并对中国的文学观念产生了重要影响。1943年9月,《中原》1卷2期刊登了冯亦代翻译的《论现代英国小说——"材料主义"的倾向及其前途》,即伍尔夫的《现代小说》一文。九叶派诗人之一、著名的文学批评家唐湜受伍尔夫这一理论的影响。他在《路翎与他的〈求爱〉》一文中写道:"什么是生活的真实呢?依吴尔芙夫人在《现代小说论》里的说法,只是一个平凡日子里平凡的心灵所感受到的无数印象——琐细的、幻象的、易灭的,以剑的尖锐刻画着的。它们从各方面来到时像一阵微尘组成的不停的雨。'生活不像一排整整齐齐排列着的车灯,生活是明亮的光圈,一层半透明的屏障,从意识的开始至终结一直包围着我们。'""生活并不一定合于机械的逻辑,自觉的生活只是生活里的极小部分,不能有决定作用的部分,因而,发掘人性,就必须发掘那一部分潜在的,半意识或无意识的,掘得愈深愈好。"(陈伯海,2006:185－186)1937 年,朱光潜针对废名的小说《桥》发表了评析文章《桥》。废名的《桥》没有遵循传统小说的美学原则,而是与伍尔夫的小说有许多相似之处:淡化故事情节,注重意境、氛围的营造,"像普鲁斯特与伍尔夫夫人诸人的作品一样,《桥》撇开浮面动作的平铺直叙而着重内心生活的揭露"(成复旺,2007:102)。

伍尔夫等作家的创新使朱光潜认识到评价文学的标准应该是文学的内在价值,从而在文学批评中能持一种新的文学观念。他在《桥》中称赞了废名《桥》的创新和它对传统陈规的突破:"它表面似有旧文章的气息,而中国以前实未曾有过这种文章;它丢开一切浮面的事态与粗浅的逻辑而直没入心灵深处,颇类似普鲁斯特与伍尔夫夫人,而实在这些近代小说家对于废名先生到现在都还是陌生的。"(崔海峰,2006:63)

伍尔夫的文学理论不仅对现代时期的文学观念产生了冲击力,还影响到新时期以来的文学观念。现实主义文学在 20 世纪的中国长期居于主流地位,但关于"现实"或"真实"的观念是有争论和变化的。毛泽东《在延安文艺座谈会的讲话》为文学与政治的关系、文学的创作方向和创作方法奠定了基调:文学要为工农兵服务,为人民大众服务。因此,中国长期以来一直认为文学是人民的文学,现实或"真实"就是要反映社会,反映时代,与阶级密切相关。由于意识形态观念的残留,80 年代中国文学批评界仍存在着运用阶级分析的方法批评文学。

同时,随着思想解放、启蒙思想的兴起,原有的"真实"观念受到冲击,文坛要求关注人本身,学界再次提出文学就是"人学"这一命题。在这样的语境中,刊登于 1981 年《外国文艺》第 3 期的伍尔夫的论文"现代小说",对于当时文学观念的转变产生了一定的影响。作家、评论家赵玫最早读到的伍尔夫作品是《外国文艺》刊登的《现代小说》和《邱园记事》。伍尔夫的这两篇作品使赵玫产生了与伍尔夫的精神契合,从而对赵玫的文学创作和文学批评产生了很大的影响。赵玫曾指出:伍尔夫的理论成为她的明灯,她就是在伍尔夫的小说理论的照耀下开始创作的。伍尔夫启示她可以用新的方法尝试着写新的小说,是她思维的源泉(王丽丽,2008:42)。

后来,赵玫又阅读了《论小说与小说家》,惊叹于伍尔夫的敏锐感知和独到的见解,不由得向读者发出号召:"去读伍尔夫的《论小说和小说家》和《伍尔夫日记选》吧。那一定是人生的一种最深沉的享受。然后,你会觉得你拥有了一个美丽的精神家园。伍尔夫将与你永远相伴。"(陈伯海,2006:111)伍尔夫的小说和理论都使赵玫产生对伍尔夫的钦佩之情,从而自己在小说创作和文学批评两条道路上也力求并行驰骋。

伍尔夫的批评话语和论述方式对中国文学批评界也产生了影响。张慧仁在《西方的另一种批评——弗吉尼亚·伍尔夫的文学评论魅力》一文中指出伍尔夫的文学批评采用的文体是形象化的随笔体,"伍尔夫随笔式批评可以说是对于批评文体的一种解放,它摆脱了僵化呆板的'八股'式,使文学批评具有了清新、灵动、自由创造性的风格;随笔体批评全面唤醒了批评家的文学感觉、主体感受和个人灵性,使批评家与对象的关系由被动阐释,变成了主动、独立创造的关系。"(瞿世镜,1986:82)

新时期以来,西方各种文艺思潮涌入国内,文学批评者运用西方各种理论思想阐释文学作品和文学创作,使中国文学批评获得较多研究成果的同时,也存在着诸多机械化、形式化的弊病。伍尔夫印象式的批评、散文化的笔法、形象的语言、丰富的想象给中国文学批评以启发。孙郁读了伍尔夫的《书与画像》后,认为伍尔夫具有超常的内在感觉,"读书的感受力之好,传达心得的精妙,我在中国的批评文字与书话间还没见过……议论作品时,毫无学究气,四面是虎虎生气,不是套子中人的言语。……我在接触她的汉文译本时,第一次领略到真正的批评的美妙。我相信那文字有许多更深切的东西未能转换出来,透过汉字能够嗅出其间的生命热力。"（瞿世镜，1989：63）他还认为伍尔夫在批评作家和作品时持有一种平等的心态，以随意的感悟揭示出作品的内涵，而不像中国的一些批评者抱有训世的目的。孙郁进而指出"在汉语写作圈子里，批评是一个很弱的领域。……伍尔夫的译本让我想起我们的批评史。不知道为何，好像照出我们的残缺来。她是跳着走向读者的，我们呢，好似拉着拐杖。钱钟书当年有一点伍尔夫的样子，后来也带上了拐杖。持重多于轻灵，深沉浓于清淳。"（陆扬、李定清，1998：167）

第二节　伍尔夫诗学观念对中国文学批评界的影响

伍尔夫的女性主义经典之作《一间自己的房间》在20世纪上半期就已译入国内，但并没有产生显著的影响。这部著作于20世纪70年代的中国台湾地区和80年代末的内地再次翻译出版，以后又多次再版和重新出版，受到读者和评论者的极大欢迎。由此，伍尔夫成为中国最为熟知的西方女性主义者，"一间自己的房间"也成为女性解放和心灵空间的象征性标志。许多中国女性主义研究者和文学批评家受到伍尔夫的影响，如朱虹、戴锦华、李小江、徐坤、崔卫平、徐坤和黄梅等。她们在论著中多次引述伍尔夫的思想，并在伍尔夫的启发下作了延伸性的探讨。

在中国内在需求的现实语境中，伍尔夫的女性主义诗学思想为中国文学批评提供了理论资源，并有效地参与了性别诗学和翻译理论的建构。伍尔夫女性主义诗学思想对中国文学批评界的影响主要表现为以下几个方面。

首先，伍尔夫的"一间自己的房间"成为一个象征解放和自由的符号，不仅对中国大众产生了启蒙作用，而且被中国批评者广泛应用。一些批评论著的论述及标题就借用了伍尔夫的《一间自己的房间》，如张利红、马宇飞、修磊的著作《女性叙述：走出自己的房间——论徐坤、迟子建、铁凝的小说创作》（黑龙江人民出版社,2006 年)、周乐诗的《寄宿在"一间自己的房间"里——论传统女性文学中的女性意识》(《文艺争鸣》,1995 年第 2 期)等。还有一些论著在论述中引用了"一间自己的房间",如钟升的《黄色壁纸·疯女人·女性作家的困境与反叛》(《四川外语学院学报》,2002 年第 5 期)分析了美国夏洛蒂·珀·吉尔曼的短篇杰作《黄色壁纸》中表达的女性作家的写作困境和反叛,"女性作家必须打破男性文本的禁锢,建构自己的文本方式,才能最终搭建起真正属于女性作家自己的'房间'。"(高奋,2004:37)

其次,伍尔夫在《一间自己的房间》中追溯了女性写作的历史,试图寻找女性文学传统,对中国女性文学批评产生了很大的影响。自 20 世纪 80 年代末以来,中国出版了一系列女性文学史和女性文学研究著作。这些著作书写女性文学谱系,重新观照被历史所忽视的中国女性作家及其作品,并给予其应有的文学史地位。1989 年 7 月,孟悦、戴锦华合著的《浮出历史地表——现代妇女文学研究》由河南人民出版社出版。这部书梳理、探讨了中国现代时期的一些女性作家及其作品,其中所论述的庐隐、冯沅君、冰心、凌叔华、丁玲、白薇、萧红等作家以前在中国文学史里所占的分量很小。通过重新审视文学史,该书不仅提高了这些作家的文学史地位,还发现了自新中国成立后至 80 年代极少为人所闻的张爱玲、苏青等女性作家,并站在女性主义的立场上,对这些作家和作品作了女性主义解读,使之"浮出历史地表"(孙萍萍,2007:70)。这部中国早期的女性文学批评著作对后来的女性文学研究多有启发。1995 年 8 月,厦门大学出版社出版了林丹娅的著作《当代中国女性文学史论》。该书系统梳理、研究了中国当代主要女性作家及其作品,探讨、分析了女性文学思潮,成为高等院校的文学史教材。

再次,伍尔夫关于女性写作的创作条件、女性句子、女性自我书写等理论对中国女性文学批评产生了影响,启发中国文学批评者思考女性创作的物质条件和精神因素、女性创作的体裁、女性书写的内容等,并试图构筑女性话语。

　　伍尔夫提出女性要进行创作就必须有一定的收入和一间自己的房间,使中国批评者注意到女性创作的经济条件,如徐岱在其所著的《边缘叙事:20世纪中国女性小说个案批评》的绪论里指出:"但从伍尔夫的'一个女人如果要想写小说一定要有钱,还要有一间自己的房间'这个概括里我们不难发现,在女性与小说的关系里存在着两个基本维度:政治与经济。"(潘建,2007:111)

　　受伍尔夫性别差异和"女性的句子"(王丽丽,2008:42)的影响,中国文学批评者批判男性话语标准,强调建构女性话语,发掘女性写作的独特性。徐坤指出女性沉默的时间太久,而女性的语言对于自身独立具有重要的意义:"在女性没有建立自己的一套价值体系(实际上也不可能独立于社会整体价值形态之外去另立)时,那么,她的话语形态,她的思考方式,都是借助于男权既已定好的那些规范,最多是在其中以不再对性别回护的姿态和眼光进行与他们同样的思考。当哲学命题一样,生存困境一样,是非道德标准一样,宗教情景、幽闭途径及其肉身厌世自我割裂撕碎的方式都没有什么超出'被允许'的程度之外时,女性的'自视'实际上仍旧等同于'他窥',女性的'自我'实际上还是'他我'。女性陷进了自我设计之障。究其根本原因,是女人没有自己的语言。而人类,正是藉着语言来进行思考的。"(袁静好,2008:90—91)徐坤进而指出其解决途径,"要突破这种两难的文化处境,就必须找到女人表达自己的语言,从而加速地建立起女性自己的诗学。"(凌建娥、张敏,2008:116)

　　伍尔夫认为人生体验对文学创作具有重要的影响,女性写作的局限就在于其阅历贫乏,并由此限制了她们文学创作的体裁。受伍尔夫这一思想的影响,黄梅曾在《读书》杂志上发表了一系列关于"女人与小说"的文章,论述了性别与创作体裁的关系,批评过去文学作品中的女性形象是分裂的,并揭示出其深层缘由。关于女性与小说的关联,徐岱也在其著作《边缘叙事:20世纪中国女性小说个案批评》中论述道:"在伍尔夫看来,小说与女人的不解之缘主要在于其适合女性的生活方式与内在需求。比如,小说首先是一种'最不集中的艺术形式',小说写作比戏剧与诗歌更容易时作时辍;其次在于故事的材料主要是各种道听途说的家长里短,较之于诗歌对微妙的意象与韵律等的惨淡经营,小说在文化修养方面的要求显得相对要低。"(杨瑜、朱洁,2007:122—123)

但是即使是从事小说写作,女性也面临着极大的困境,因为贫乏的阅历限制了女性的视野,表现范围非常狭小,使其难以创造出优秀的作品。因此,中国批评者指出:"一方面,我们肯定女性发出'自己的声音',但同时也要警惕这'声音'陷入'自说自话'和'话语真空'。"(刘爱琳,2007:136)

在探讨女性如何表述自身时,董之林的《女性写作与历史场景——从20世纪90年代文学思潮中"躯体写作"谈起》追溯了伍尔夫《妇女与小说》一文的观点和主张:"弗吉尼亚·伍尔夫对文学传统中妇女视角的匮乏深有感触,她说,'英国文学中的妇女形象,直到最近还是由男性所创造的。'……因此,妇女一定要摒弃靠他人代言的幻想,自己动手书写自己的形象。值得注意的是,伍尔夫接着便阐述了她对妇女写作的具体设想:创作中'一位妇女必须为她所做的工作',就是'把当代流行的句式加以变化和改编,直到她写出一种能够以自然的形式容纳她的思想而不至于压碎或歪曲它的句子'。"(刘海燕,2007:61—62)伍尔夫明确地看到女性经验是被历史遮蔽的,女人必须自己书写自身形象,而且其创作的方式是疏离主流话语的。伍尔夫以上的论述和她的创作启发了董之林对当今中国女性写作疏离状态的思考。

伍尔夫在《妇女和小说》《〈简·爱〉与〈呼啸山庄〉》等文章中认为愤怒会妨碍文学创作,主张文学非个人化,要求女性创作时恰当地处理情感。中国文学批评界普遍赞同伍尔夫的这一观点,如崔卫平在《我是女性,但不主义》(张清华主编《中国新时期女性文学研究资料》,山东文艺出版社,2006年版)一文中指出愤怒会蒙蔽人的眼睛,会掩盖事物许多微妙的方面,因此源自愤怒的写作可能损害艺术的创造。刘慧英在《从宣泄自我到自我的隐匿》一文中同样主张文学非个人化。她赞同伍尔夫的个人化的创作

"把一部书的趣味、主题、情景、人物都狭隘化了"（宋文，2008:39）的观点,响应伍尔夫要求女作家摒弃个人化、关注和解决人类的命运和人生之意义的呼吁,认为文学创作不能只依靠个人经历和情感意愿,文学需要"将个人情感升华为人类的普遍情感"（潘建,2007:114）。

另外,20世纪90年代至今,伍尔夫的"双性同体"理论成为中国文学批评重要的理论资源,中国学者将之作为文学批评的理论和方法,对文学文本进行解读,并用于建构翻译理论和性别诗学。伍尔夫双性同体理论为我们提供了一种途径和方法,成为一种有效的理论资源,帮助我们更深入地研究文学和建构新的理论。

通过以上分析,我们可以看到伍尔夫的诗学理论对中国文学批评界产生了不容忽视的影响,不但为其提供了理论批评资源,引发了中国学者对"真实"的含义、文学的发展趋势和女性文化、女性写作的重新思考,而且促使中国文学批评界转变观念,积极构建新的诗学理论。中国文学批评者在对其进行阐释和运用的同时,伍尔夫诗学理论也在中西文化的碰撞、整合中被中国化,产生了变异,与伍尔夫原本的诗学思想具有一定的差距。

至今,中国对伍尔夫诗学理论的接受和探讨应该说是深入和广泛的,但不容忽视的是也存在着误解和机械化的倾向。不少论文在对伍尔夫诗学理论进行阐释和运用时没有考虑中国特有的文化语境,胶柱鼓瑟,或是将问题简单化和狭隘化。例如,在探讨女性与文学创作体裁时,不少研究者认同伍尔夫的女人与小说的关联,但是他们没有注意到中国早期的主要文学体裁是诗歌,而小说是后起的文学形式。中国古代有不少杰出的女诗人,如许穆夫人、蔡文姬、唐朝四大女诗人（薛涛、刘采春、鱼玄机、李冶）、李清照等。再如,中国当代女性文学发展经历了不同的阶段,每一发展阶段具有不同的特征。我们在探讨每个阶段的女性文学时应采取不同的批评策略,区分其不同的批判对象（段艳丽,2007:105－106）。

理论研究最重要的品质是实践性,但是许多运用伍尔夫诗学理论的研究对于所探讨的问题没有提出有效可行的解决办法,比如如何为女性创作营造良好的氛围,如何塑造女性真实的形象、如何建构女性话语、如何建构新的性别诗学,等等。因此,我们在借用西方文艺理论成果的同时要强化参与精神和批判意识。

参考文献

一、英文类

(一)弗吉尼亚·伍尔夫作品及作品集

[1]Woolf，Virginia. *A Room of One's Own*[M]. San Diego：Harcourt Brace Jovanovich，Inc. 1957.

[2]Woolf，Virginia. *A Writer's Diary*. Ed. Leonard Woolf[M]. London：The Hogarth Press，1953.

[3]Woolf，Virginia. *Between the Acts*[M]. London：The Hogarth Press，1941.

[4]Woolf，Virginia. *Books and Portraits*[M]. Ed. Mary Lyon. London：The Hogarth Press，1977.

[5]Woolf，Virginia. *Granite and Rainbow*：*Essays*[M]. London：Harcourt Brace Jovanovich，Inc. ，1958.

[6]Woolf，Virginia. *Jacob's Room*[M]. London：The Hogarth Press，1922.

[7]Woolf，Virginia. *Moments of Being*：*Unpublished Autobiographical Writings*[M]. Ed.　Jeanne Schulkind，Second Edition. London：The Hogarth Press，1985.

[8]Woolf，Virginia. *Mrs Dalloway*[M]. London：The Hogarth Press，1925.

[9]Woolf，Virginia. *Night and Day*[M]. London：Duck-

worth, 1919.

[10] Woolf, Virginia. *Orlando*: *A Biography* [M]. London: The Hogarth Press, 1928.

[11] Woolf, Virginia. *Roger Fry*: *A Biography* [M]. London: The Hogarth Press, 1940.

[12] Woolf, Virginia. *The Captain's Death Bed and Other Essays* [M]. London: Harcourt Brace Jovanovich, Inc. , 1978.

[13] Woolf, Virginia. *The Common Reader* (Second Series) [M]. London: The Hogarth Press, 1959.

[14] Woolf, Virginia. *The Common Reader* [M]. London: The Hogarth Press, 1925.

[15] Woolf, Virginia. *The Complete Shorter Fiction of Virginia Woolf* [M]. New Edition, ed. Susan Dick. London: The Hogarth Press, 1989.

[16] Woolf, Virginia. *The Death of the Moth* [M]. New York: Harcocourt, Brave and Company, Inc. 1942.

[17] Woolf, Virginia. *The Diary of Virginia Woolf* (5 vols) [M]. Ed. Anne Olivier Bell and Andrew McNeillie. London: The Hogarth Press, 1977—1984.

[18] Woolf, Virginia. *The Essays of Virginia Woolf* (4 vols) [M]. Ed. Andrew McNeillie. London: The Hogarth Press, 1986—1992.

[19] Woolf, Virginia. *The Letters of Virginia Woolf* (6 vols) [M]. Ed. Nigel Nicolson and Joanne Trautmann. London: The Hogarth Press, 1975—1980.

[20] Woolf, Virginia. *The Moment and Other Essays* [M]. London: Harcourt Brave Jovanovich, Inc. 1948.

[21] Woolf, Virginia. *The Voyage Out* [M]. London: Duckworth, 1915.

[22] Woolf, Virginia. *The Waves* [M]. London:

Vintage，2000.

[23] Woolf，Virginia. *The Waves：The Two Holograph Drafts* [M]. Ed. J. W. Graham. London：The Hogarth Press，1976.

[24] Woolf，Virginia. *To the Lighthouse* [M]. Ed. Margaret Drabble. Oxford：Oxford University Press，1992.

[25] Woolf，Virginia. *To the Lighthouse* [M]. London：Penguin Books，1996.

[26] Woolf，Virginia. *Virginia Woolf* [M]. *A Woman's Essays*. Ed. Rachel Bowlby. Harmondsworth：Penguin，1992.

[27] Woolf，Virginia. *Women and Writing* [M]. Ed. Michele Barrett. London：The Women's Press，1979.

（二）弗吉尼亚·伍尔夫研究论著

[28] Abel，Elizabeth. *Virginia Woolf and the Fictions of Psychoanalysis* [M]. Chicago：University of Chicago Press，1989.

[29] Auerbach，Erich. "The Brown Stocking." *Virginia Woolf Critical Assessments* (Vol. 3) [M]. Ed. Eleanor McNees. Mountfield：Helm Information Ltd，1994.

[30] Banfield，Ann. *The Phantom Table：Woolf，Fry, Russell and the Epistemology of Modernism* [M]. Cambridge：Cambridge University Press，2000.

[31] Bazin，Nancy Topping，*Virginia Woolf and the Androgynous Vision* [M]. New Brunswick：Rutgers University Press，1973.

[32] Beer，Gillian. *Virginia Woolf：The Common Ground* [M]. Essays by Gillian Beer. Edinburgh：University of Edinburgh Press，1997.

[33] Beja，Morns (ed.). *Critical Essays on Virginia Woolf*

[M]. Boston: G. K. Hall, 1985.

[34] Beja, Morris. Epiphany in the Modern Novel [M]. Washington: University of Washington Press. 1971.

[35] Bell, Quentin. *Virginia Woolf: A Biography* (2 vols) [M]. London: The Hogarth Press, 1972.

[36] Bennett, Arnold. Another Criticism of the New School [J]. *Evening Standard*, 2 December 1926: 5.

[37] Bennett, Arnold. Is the Novel Decaying[J]. *Virginia Woolf Critical Assessments* (Vol. 1). Ed. Eleanor McNees. Mountfield: Helm Information Ltd, 1994.

[38] Bennett, Joan. *Virginia Woolf: Her Art as a Novelist* [M]. Cambridge: Cambridge University Press,1945.

[39] Blackstone, Bernard. *Virginia Woolf: A Commentary* [M]. New York: Harcourt Brace, 1949.

[40] Bowlby, Rachel. *Feminist Destinations and Further Essays on Virginia Woolf* [M]. Edinburgh: Edinburgh University Press, 1997.

[41] Bowlby, Rachel. *Virginia Woolf : Feminist Destinations* [M]. Oxford: Blackwell, 1988.

[42] Bowlby, Rachel. (ed.), *Virginia Woolf* [M]. London and New York: Longman, 1992.

[43] Bradbury, M. *The Modern World: Ten Great Writers* [M]. London: Penguin, 1989.

[44] Brewster, Dorothy. *Virginia Woolf's London* [M]. New York: New York University Press, 1959.

[45] Briggis, Julia. The novels of the 1930s and the impact of history[M]. Ed. Sue Roe, *Cambridge Companion to Virginla Woolf*. Shanghai: Shanghai Foreign Language Education Press, 2001.

[46] Briggis, Julia. *Virginia Woolf: An Inner Life* [M].

London: Penguin Group, 2005.

[47]Brosnan, Leila. *Reading Virginia Woolf's Essays and Journalism*[M]. Edinburgh:Edinburgh University Press, 1997.

[48]Bullet, Gerald. "Virginia Woolf Soliloquises." *Virginia Woolf Critical Assessments* (Vol. 4)[M]. Ed. Eleanor McNees. Mountfield: Helm Information Ltd, 1994.

[49]Caughie, Pamela L. *Virginia Woolf and Postmodernism: Literature in Quest and Question of Itself*[M]. Urbana and Chicago: University of Illinois Press, 1991.

[50]Caughie, Pamela L. *Virginia Woolf in the Age of Mechanical Reproduction* [M]. New York: Garland Publishing, 2000.

[51]Caws, Mary Ann. *Women of Bloomsbury: Virginia, Vanessa and Carrington*[M]. London: Routledge,1990.

[52]Daiches, David. *Virginia Woolf*[M]. Bournemouth: Richmond Hill Printing Works Ltd. , 1945.

[53] Dally, Peter. *Virginia Woolf: The Marriage of Heaven and Hell*[M]. London: Robson Books, 1999.

[54]Daugherty, Beth Rigel. "The Whole Connection Between Mr. Bennett and Mrs. Woolf, Revisited." *Virginia Woolf Critical Assessments* (Vol. 2)[M]. Ed. Eleanor McNees. Mountfield: Helm Information Ltd, 1994.

[55] DeSalvo, Louise. *Virginia Woolf: The Impact of Childhood Sexual Abuse on Her Life and Work*[M]. London: Women's Press, 1989.

[56]DiBattista, Maria. *Virginia Woolf's Major Novels: The Fables of Anon* [M]. New Haven: Yale University Press, 1980.

[57]Dowling, David. *Bloomsbury Aesthetics and the Novels of Forster and Woolf*[M]. London: Macmillan, 1985.

[58]DuPlessis, Rachel Blau. *Breaking the Sequence: Women's Experimental Fiction*[M]. Ed. Ellen G. Friedman and Miriam Puces. Princeton: Princeton University Press, 1989.

[59]Dusinberre, Juliet. *Virginia Woolf's Renaissance: Woman Reader or Common Reader?* [M]. London: Palgrave. 1997.

[60]Ferrer, Daniel. *Virginia Woolf and the Madness of Language*[M]. Trans. Geoff Bennington and Rachel Bowlby. London: Routledge, 1990.

[61]Fleishman, Avrom. *Virginia Woolf: a Critical Reading* [M]. Baltimore: The Johns Hopkins University Press, 1975.

[62]Forster, E. M. "Virginia Woolf." *Virginia Woolf: Critical Assessments* (Vol. 1) [M]. Ed. Eleanor McNees. Mountfield: Helm Information Ltd, 1994.

[63]Freedman, Ralph (ed.). *Virginia Woolf: Revaluation and Continuity* [M]. Berkeley: University of California Press, 1980.

[64]Froula, Christine. *Virginia Woolf and the Bloomsbury Avant−Garde War: Civilization, Modernity*[M]. New York: Columbia University Press, 2005.

[65]Gillespie, Diane Filby. *The Sisters' Arts: The Writing and Painting of Virginia Woolf and Vanessa Belt*[M]. Syracuse, New York: Syracuse University Press, 1988.

[66]Glenny, Allie. *Ravenous Identity: Eating and Eating Distress in the Life and Work of Virginia Woolf*[M]. London: Palgrave. 2000.

[67]Goldman, Jane (ed.). *The Feminist Aesthetics of Virginia Woolf: Modernism, Post−Impressionism and the Politics of the Visual* [M]. Cambridge: Cambridge University

University Press，1975.

[79]Heilbrun, Carolyn. *Towards Androgyny：Aspects of Male and Female in Literature* [M]. London：Victor Gollancz，1973.

[80] Holtby, Winifred. *Virginia Woolf：A Critical Memoir*[M]. London：Wishart，1932.

[81]Homans, Margaret (ed.). *Virginia Woolf：A Collection of Critical Essays* [M]. Englewood Cliffs, New Jersey：Prentice Hall，1993.

[82]Hussey, Mark (ed.). *Virginia Woolf and War：Fiction, Reality and Myth* [M]. Syracuse：Syracuse University Press，1991.

[83]Hussey, Mark. *The Singing of the Real World：The Philosophy of Virginia Woolf's Fiction*[M]. Columbus：Ohio State University Press，1986.

[84]Hussey, Mark. *Virginia Woolf A—Z：A Comprehensive Reference for Students, Teachers and Common Readers to Her Life, Works and Critical Reception*[M]. Oxford：Oxford University Press，1996.

[85]Hynes, Samuel. "The Whole Contention Between Mr. Bennett and Mrs. Woolf." *Virginia Woolf Critical Assessments* (Vol. 2)[M]. Ed. Eleanor McNees. Mountfield：Helm Information Ltd，1994.

[86]Johnstone, J. K.. *The Bloomsbury Group*[M]. New York：Secker & Warburg，1954.

[87] Kelley, Alice Van Buren. *The Novels of Virginia Woolf：Fact and Vision*[M]. Chicago：University of Chicago Press，1973.

[88]Kiely, Robert. *Beyond Egotism, the Fiction of James Joyce, Virginia Woolf and D. H. Lawrence*[M]. Massachu-

setts: Harvard University Press, 1980.

[89]Kumar, Shiv K. *Bergson and the Stream of Consciousness Novel*[M]. London and Glasgow: Blackie, 1962.

[90]Kumar, Shiv K. "Memory in Virginia Woolf and Bergson." *The University of Kansas City Review*[J]. Kansas City, XXVI, 3, March 1960.

[91]Latham, E. M. *Critics on Virginia Woolf*[M]. Coral Gables: University of Miami Press, 1970.

[92]Laurence, Patricia Ondek. *The Reading of Silence: Virginia Woolf in the English Tradition*[M]. Stanford: Stanford University Press, 1991.

[93]Laurence, Patricia. *Virginia Woolf and the East*[M]. London: Cecil Woolf Publishers, 1995.

[94]Leaska, Mitchell A. *The Novels of Virginia Woolf: From Beginning to End*[M]. London: Weidenfeld and Nicolson, 1977.

[95]Leaska, Mitchell A. *Virginia Woolf's Lighthouse: A Study in Critical Method*[M]. London: The Hogarth Press, 1970.

[96]Leavis, F. R.. "After To the Lighthouse"[J]. *Scrutiny* 10, January 1942.

[97]Lee, Hermione. "Virginia Woolf's Essays." *Cambridge Companion to Virginia Woolf*[M]. Ed. Sue Roe. Shanghai: Shanghai Foreign Language Education Press, 2001.

[98]Lee, Hermione. The Novels of Virginia Woolf[M]. London: Methuen, 1977.

[99] Lee, Hermione. Virginia Woolf [M]. London: Chatto&Windus, 1996.

[100] Lodge, David. *Modes of Modern Writing: Metaphor, Metonymy, and the Typology of Modern Literature*[M].

London: Edward Arnold Ltd, 1977.

[101]Love, Jean O. *Worlds in Consciousness: Mythopoetic Thought in the Novels of Virginia Woolf*[M]. Berkeley, Los Angeles and London: University of California Press, 1970.

[102]Majumdar, Robin and Allen McLaurin (eds). *Virginia Woolf: The Critical Heritage* [M]. London: Routledge&Kegan Paul, 1975.

[103]Marcus, Jane (ed.). *Virginia Woolf: A Feminist Slant*[M]. Lincoln: University of Nebraska Press, 1983.

[104]Marcus, Jane (ed.). *New Feminist Essays on Virginia Woolf*[M]. London: Macmillan, 1981.

[105]Marcus, Jane (ed.). *Virginia Woolf and Bloomsbury: A Centenary Celebration* [M]. Basingstoke: Macmillan, 1987.

[106]Marcus, Jane (ed.). *Art and Anger: Reading Like a Woman*[M]. Ohio: Ohio State University Press for Miami University, 1988.

[107]Marcus, Jane (ed.). *Virginia Woolf and the Languages of Patriarchy Bloomingto* [M]. Indiana University Press, 1988.

[108]Marcus, Jane. "Britannia Rules The Waves." *Virginia Woolf Critical Assessments* (Vol. 4)[M]. Ed. Eleanor McNees. Mountfield: Helm Information Ltd, 1994.

[109]Marder, Herbert. *Feminism and Art: A Study of Virginia Woolf* [M]. Chicago: University of Chicago Press, 1968.

[110]Maze, John. *Virginia Woolf: Feminism, Creativity, and the Unconscious* [M]. Westport: Greenwood Publishing Group, 1997.

[111] McConnell, Frank D. "Death Among the Apple

Trees: The Waves and the World of Things"[J]. *Bucknell Review*, 16 (1968): 23—29.

[112]McLaughlin, Thomas. "Virginia Woolf's Criticism: Interpretation as Theory and as Discourse." *Virginia Woolf Critical Assessments* (Vol. 2)[M]. Ed. Eleanor McNees. Mountfield: Helm Information Ltd, 1994.

[113]McLaurin, Allen. *Virginia Woolf The Echoes Enslaved*[M]. Cambridge: Cambridge University Press, 1973.

[114]McNees, Eleanor. *Virginia Woolf Critical Assessments* (Vols. 1—4)[M]. Mountfield: Helm Information Ltd, 1994.

[115]McNichol, Stella. *Virginia Woolf and the Poetry of Fiction*[M]. London and New York: Routledge, 1990.

[116]Meisel, Perry. *The Absent Father: Virginia Woolf and Walter Pater* [M]. New Haven: Yale University Press, 1980.

[117]Mendham, John. *Virginia Woolf: A Literary Life* [M]. Basingstoke: Macmillian, 1991.

[118]Mepham, John. *Criticism in Focus: Virginia Woolf* [M]. London: Bristol Classical Press, 1992.

[119]Mepham, John. "Figures of Desire: Narration and Fiction in *To the Lighthouse*"[M]. *The Modern English Novel*. London: Open Books, 1976.

[120]Miller, J. Hillis. "Mrs. Dalloway: Repetition as the Raising of the Dead." *Critical Essays on Virginia Woolf*[M]. Ed. Morris Beja. Boston: G. K. Hall & Corl, 1985.

[121]Miller, Ruth C. *Virginia Woolf The Frames of Art and Life*[M]. New York: St Martin's Press, 1989.

[122]Minow—Pinkney, Makiko. *Virginia Woolf and the Problem of the Subject*[M]. Brighton: Harvester. 1987.

[123]Moi, Toril. *Sexual / Textual Politics*: *Feminist Literary Theory*[M]. London: Methuen, 1985.

[124]Moody, A. D. *Virginia Woolf*[M]. Edinburgh: Oliver and Boyd, 1963.

[125]Moore, Madeline. *The Short Season Between Two Silences*: *The Mystical and the Political in the Novels of Virginia Woolf*[M]. London: Allen & Unwin, 1984.

[126]Morris, Feiron. "Review of *Mr. Bennett and Mrs Brown*." *Virginia Woolf Critical Assessments* (Vol. 2)[M]. Ed. Eleanor McNees. Mountfield: Helm Information Ltd, 1994.

[127]Naremore, James. *The World Without a Self*: *Virginia Woolf and the Novel*[M]. New Haven: Yale University Press, 1973.

[128]Peach, Linden. *Virginia Woolf*[M]. Hampshire: MacMillian Press Ltd. 2000.

[129]Phillips, Kathy J. *Virginia Woolf Against Empire*[M]. Knoxville: University of Tennessee Press, 1994.

[130]Poole, Roger. *The Unknown Virginia Woolf*[M]. Cambridge: Cambridge University Press, 1978.

[131]Reid, Su (ed.). *New Casebooks*: *Mrs Dalloway and To the Lighthouse*, *Critical Essays*[M]. Basingstoke: Macmillan, 1993.

[132]Richter, Harvena. *Virginia Woolf*: *The Inward Voyage*[M]. Princeton: Princeton University Press, 1970.

[133]Ricoeur, Paul. *Time and Narrative* (Vol. 2)[M]. Chicago: University of Chicago Press. 1985.

[134]Roberts, John H. "'Vision and Design' in Virginia Woolf." PMLA, LXI (1946), 835—47.

[135]Roe, Sue. *Cambridge Companion to Virginia Woolf*

[M]. Shanghai: Shanghai Foreign Language Education Press, 2001.

[136]Roe, Sue. *Writing and Gender: Virginia Woolf's Writing Practice*[M]. Cambridge: Cambridge University Press, 2000.

[137]Rose, Phyllis. *Virginia Woolf: Woman of Letters* [M]. London: Routledge & Kegan Paul, 1978.

[138]Ruotolo, Lucio P. *The Interrupted Moment: A View of Virginia Woolf's Novels*[M]. Stanford: Stanford University Press, 1986.

[139]Scott, Bonnie Kime (ed.). *The Gender of Modernism: A Critical Anthology*[M]. Bloomington and Indianapolis: Indiana University Press, 1990.

[140]Showalter, Elaine. "Virginia Woolf and the Flight into Androgyny." *A Literature of Their Own: British Women Novelists from Bronte to Lessing* [M]. Beijing: Foreign Language Teaching and Research Press, Princeton: Princeton University Press, 2004.

[141]Snaith, Anna, *Virginia Woolf Public and Private Negotiation*[M]. London: Palgrave. 2000.

[142]Spivak, Gayatri Chakravorti. "Urunaking and Making in *To the Lighthouse.*" *Women and Language in Literature and Society*. Ed. Sally McConnell—Ginet, Ruth Barker and Nelly Furman. New York: Praeger 1980.

[143]Sprague, Claire (ed.). *Virginia Woolf: A Collection of Critical Essays*[M]. Englewood Cliffs, New Jersey: Prentice Hall, 1971.

[144]Stubbs, Patricia. *Women and Fiction: Feminism and the Novel* 1880—1920[M]. Hemel Hempstead: Harvester, 1979.

[145]Sykes, Gerald. "Modernism." *Virginia Woolf Criti-*

cal Assessments（Vol. 4）[M]. Ed. Eleanor McNees. Mount-field：Helm Information Ltd，1994.

[146]Trilling, Diana. "Virginia Woolf's Special Realm." *The New York Times Book Review*[M]，21 March 1948.

[147]Warner, Eric. *Virginia Woolf：The Waves*[M]. Cambridge：Cambridge University Press，1987.

[148]Waugh, Patricia. *Feminine Fictions：Revisiting the Postmodern*[M]. London：Routledge，1989.

[149]Wheare, Jane. Virginia Woolf：A Dramatic Novelist [M]. London：The Macmillan Press Ltd. ，1989.

[150]Whitworth, Michael. "Virginia Woolf and Modern-ism." Sue Roe and Susan Sellers. *The Cambridge Companion to Virginia Woolf*[M]. Shanghai：Shanghai Foreign Language Ed-ucation Press，2001.

[151]Woolf, Leonard. *An Autobiography*. 2 Vols[M]. Oxford：Oxford University Press. 1980.

[152]Yaseen, Mohammad. "Virginia Woolf's Theory of Fic-tion." *Virginia Woolf Critical Assessments*（Vol. 2）[M]. Ed. Eleanor McNees. Mountfield：Helm Information Ltd，1994.

[153] Zwerdling, Alex. *Virginia Woolf and the Real World*[M]. Berkeley：University of California Press，1986.

（三）西方诗学研究论著

[154]Abrams, M. H. *A Glossary of Literary Terms* (7th Edition)[M]. Shanghai：Foreign Language Teaching and Re-search Press，2004.

[155]Abrams, M. H. *The Mirror and the Lamp：Roman-tic Theory and the Critical Tradition*[M]. Oxford：Oxford U-niversity Press，1953.

[156]Bradbury, M. and McFarlane, J. （eds）[M]. *Mod-*

ernism: 1890—1930. London: Penguin, 1976.

[157]Brook — Rose, Christine. *A Rhetoric of the Unreal* [M]. Cambridge: Cambridge University Press, 1981.

[158]Culler, Jonathan. *Literary Theory: A Very Short Introduction*[M]. Oxford: Oxford University Press, 1997.

[159]Eagleton, Terry. *Exiles and Immigrates: Studies in Modern Literature* [M]. London: Chatto and Windus Ltd. , 1970.

[160]Eagleton, Terry. *Literary Theory, an Introduction* [M]. Minneapolis: University of Minnesota Press, 1996.

[161]Eagleton, Terry. *The English Novel, an Introduction*[M]. Oxford: Blackwell Publishing, 2005.

[162]Edel, Leon and Gordon N. Ray (ed.). *Henry James and H. G. Wells*[M]. London: Rupert—Davis, 1958.

[163]James, Henry. "The Art of Fiction. " *The Great Critics: An Anthology of Literary Criticism* (3rd edition)[M]. Eds. James Harry Smith, Edd Winfield Parks. New York: W. W. Norton & Company, 1967.

[164] Levenson, Michael. *Modernism* [M]. Shanghai: Shanghai Foreign Language Education Press, 2000.

[165]Lukacs, Georg. *Realism in Our Time: Literature and the Class Struggle*[M]. Trans. John and Necke Mander. New York and Evanston: Harper and Row, 1964.

[166]Martin, Wallace. *Recent Theories of Narrative*[M]. Ithaca: Cornell University Press, 1986.

[167]Moi, Toril. *Sexual / Textual Politics: Feminist Literary Theory*[M]. London: Methuen, 1985.

[168] Moore, G. E. *Principia Ethics* [M]. Cambridge: Cambridge University Press, 1903.

[169]Murdoch, Iris. "The Sublime and the Beautiful Revis-

ited." *Yale Review*[J]，XLIX， December，1959.

[170]Murray Stein. *Transformation：Emergence of the Self* [M]. College Station：Texas A&M University Press，1998.

[171]Qian, Zhaoming. *The Modernist Response to Chinese Art*[M]. Charlottesville and London：University of Virginia Press，2003.

[172]Selden，Raman. *A Reader's Guide to Contemporary Theory* (4th edition)[M]. Beijing：Foreign Language Teaching and Research Press，2004.

[173]Selden，Raman. *The Theory of Criticism：from Plato to the Present* [M]. London：Longman Group UK Limited，1988.

[174]Smith，James Harry，Edd Winfield Parks. *The Great Critics：An Anthology of Literary Criticism*[M]. New York：W. W. Norton & Company，Inc. ，1967.

[175]Thickstun，W. R. *Visionary Closure in the Modern Novel*[M]. London：Macmillan，1988.

[176]Watt，Ian. *The Rise of the Novel：Studies in Defoe，Richardson and Fielding* [M]. London：Chatto & Windus，1963.

[177]Plato. *The Republic*. Book 6. Trans. B. Jowett (3rd ed.)[M]. Oxford：Clarendon Press，1888.

二、中文类

(一)弗吉尼亚·伍尔夫译著(中国)(按年月排列)

[1]伍尔夫.墙上一点痕迹[J].叶公超,译.新月,1932(1).

[2]伍尔夫.邱园记事[J].舒心,译.外国文艺,1981(3).

[3]伍尔夫.现代小说[J].赵少伟,译.外国文艺,1981(3).

[4]伍尔夫.《墙上的斑点》和《达罗威夫人》(节译)[M].袁可嘉,等译.外国现代作品(第2册),1982.

[5]伍尔夫.黑夜与白天[M].唐在龙、尹建新,译.长沙:湖南人民出版社,1986.

[6]伍尔夫.论小说与小说家[M].瞿世镜,译.上海:上海译文出版社,1986.

[7]伍尔夫.《达洛卫夫人》,《到灯塔去》[M].孙梁、苏美、瞿世镜,译.上海:上海译文出版社,1988.

[8]伍尔夫.一间自己的房间[M].王还,译.北京:三联书店,1989.

[9]伍尔夫.伍尔夫作品精粹[M].李乃坤,译.石家庄:河北教育出版社,1990.

[10]伍尔夫.伍尔芙随笔集[M].孙小炯,等译.深圳:海天出版社,1993.

[11]伍尔夫.奥兰多[M].韦虹,等译.哈尔滨:哈尔滨出版社,1994.

[12]伍尔夫.书和画像[M].刘柄善,译.北京:三联书店,1995.

[13]伍尔夫.维吉尼亚·伍尔夫文学书简[M].王正文,等译.合肥:安徽文艺出版社,1996.

[14]伍尔夫.达洛维夫人,到灯塔去,海浪[M].谷启楠,译.北京:人民文学出版社,1997.

[15]伍尔夫.伍尔夫日记选[M].戴红珍、宋炳辉,译.天津:百花文艺出版社,1997.

[16]伍尔夫.岁月[M].金光兰,译.兰州:敦煌文艺出版社,1997.

[17]伍尔夫.伍尔夫随笔[M].伍厚恺,王晓路,译.成都:四川人民出版社,1998.

[18]伍尔夫.伍尔夫批评散文[M].瞿世镜.上海:上海文艺出版社,1999.

[19]伍尔夫.一间自己的房间[M].王还,译.沈阳:沈阳出版社,1999.

[20]伍尔夫.伍尔夫散文[M].刘炳善,译.北京:中国广播电视出版社,2000.

[21]伍尔夫.弗吉尼亚·伍尔夫文集[M].瞿世镜、曹元勇,等译.上海:上海译文出版社,2000.

[22]伍尔夫.伍尔夫经典散文选[M].黄梅,译.长沙:湖南文艺出版社,2000.

[23]伍尔夫.伍尔芙随笔全集(1—4)[M].石云龙,刘炳善,等译.北京:中国社会科学出版社,2001.

[24]伍尔夫.伍尔夫散文[M].黄梅,等译.杭州:浙江文艺出版社,2001.

[25]伍尔夫.达洛卫夫人、到灯塔去、雅各布之屋[M].王家湘,译.南京:译林出版社,2001.

[26]伍尔夫.墙上的斑点:弗吉尼亚·伍尔夫小说[M].黄梅,等译.杭州:浙江文艺出版社,2002.

[27]伍尔夫.伍尔夫精选集[M].黄梅,译.济南:山东文艺出版社,2002.

[28]伍尔夫.伍尔夫文集[M].蒲隆、林燕,等译.北京:人民文学出版社,2003.

[29]伍尔夫.到灯塔去[M].林鹤之,译.合肥:安徽文艺出版社,2004.

[30]伍尔夫.普通读者[M].刘炳善,译.北京:北京十月文艺出版社,2005.

[31]伍尔夫.伍尔夫读书随笔[M].刘文荣,译.上海:文汇出版社,2006.

[32]伍尔夫.达洛卫夫人[M].孙梁、苏美,译.上海:上海译文出版社,2007.

[33]伍尔夫.书和画像:伍尔夫散文精选[M].刘炳善,译.南京:译林出版社,2008.

[34]伍尔夫.一间自己的房间[M].王还,译.上海:上海人民出版社,2008.

(二)弗吉尼亚·伍尔夫研究论文(中国)(按年月排列)

[35]瞿世镜.伍尔夫的《到灯塔去》[J].外国文学报道,1982(6):31—37.

[36]瞿世镜.《达洛维夫人》的人物、主题、结构[J].外国文学研究,1986(1):105—109.

[37]李乃坤.沃尔芙的《到灯塔去》[J].外国文学研究,1986(1):110—113.

[38]白晓冬.溶入一片淡淡的色彩:浅析弗吉尼亚·沃尔芙的《到灯塔去》[J].读书(京),1986(3):80—87.

[39]瞿世镜.伍尔夫·意识流·综合艺术[J].当代文艺思潮,1987(5):132—146.

[40]殷企平.《达洛维夫人》的社会意义和艺术结构[J].宁波大学学报,1988(1):83—92.

[41]张烽.吴尔夫《黛洛维夫人》的艺术整体感与意识流小说结构[J].外国文学评论,1988(1):54—59.

[42]李乃坤.论弗·沃尔夫的创作[J].文史哲(济南),1990(1):69—72.

[43]范易弘.论伍尔夫的意识流小说[J].北京师范学院学报,1990(3):78—83.

[44]张奎武.意识流,内心独白及其他:兼论《戴洛韦夫人》中的"意识流"技巧[J].东北师大学报,1992(3):76—81.

[45]吴俊.穿越狭窄的艺术之桥:关于伍尔夫的札记[J].文艺理论研究(沪),1993(2):65—70.

[46]王建华.思想的丰碑:弗吉尼亚·沃尔夫的《到灯塔去》[J].四川外语学院学报,1993(2):18—22.

[47]韩世铁.弗·伍尔夫小说叙事角度与对话模式初探[J].外国文学研究,1994(1):94—97,114.

[48]周韵.弗吉尼亚·沃尔夫和《达洛维夫人》[J].江苏教育学院学报,1994(4):90—93.

[49]童燕萍.路在何方——读弗·伍尔夫的《一间自己的房间》[J].外国文学评论,1995(2):13—19.

[50]朱望,杜文燕.试析《达洛卫夫人》的两重情节结构[J].外国文学研究,1996(1):65—68.

[51]穆诗雄.沃尔夫与女权论文学批评[J].江西师范大学学报,1996(1):44—48.

[52]叶青.忧伤的人生之歌——论伍尔夫的《达洛卫夫人》[J].福建论坛(福州),1996(2):40—42.

[53]林树明.战争阴影下挣扎的弗·伍尔夫[J].外国文学评论,1996(3):67—73.

[54]阎保平.从"斑点"到"灯塔":弗·沃尔芙小说结构管窥[J].延安大学学报,1996(4):75—77.

[55]朱望.接受到灯塔去:以接受理论试析《到灯塔去》的审美价值[J].四川外语学院学报,1996(4):29—33.

[56]高彦梅.晶莹的生命之珠:伍尔夫《飞蛾之死》赏析[J].名作欣赏,1996(6):52—53.

[57]葛桂录.边缘对中心的解构:伍尔夫《到灯塔去》的另一种阐释视角[J].当代外国文学,1997(2):171—175.

[58]金光兰.传统与创新——评弗吉尼亚·伍尔夫的《岁月》[J].社会纵横,1997(2):71—73.

[59]孙红洪.从《墙上的斑点》看弗吉尼亚·伍尔夫的意识流写作[J].国际关系学院学报,1998(1):17—22.

[60]杨跃华.从对立走向对话:解读《到灯塔去》中主要人物的两性原则及雌雄同体的隐含意义[J].四川外语学院学报,1998(4):30—35.

[61]姜云飞."双性同体"与创造力问题——弗吉尼亚·伍尔夫女性主义诗学理论批评[J].文艺理论研究,1999(3):34—40.

[62]杨跃华.法国女性主义文学批评与弗吉尼亚·伍尔夫

[J].四川外语学院学报,1999(3):39－42.

[63]刘晓葵.《墙上的斑点》创作艺术及其意义解读[J].青海师范大学学报,1999(4):89－93.

[64]申富英.评《到灯塔去》中人物的精神奋斗历程[J].外国文学评论,1999(4):66－71.

[65]刘文翠.两种形式的内心独白——詹姆斯·乔伊斯与弗吉尼亚·伍尔夫运用意识流方法之差异[J].辽宁大学学报,1999(4):100－101.

[66]王家湘.二十世纪的伍尔夫评论[J].外国文学,1999(5):61－65.

[67]李森.评弗·伍尔夫《到灯塔去》的意识流技巧[J].外国文学评论,2000(1):62－68.

[68]王文燕.《达洛卫夫人》中的现实主义[J].洛阳师专学报,2000(1):78－80.

[69]王贵明.《达罗威夫人》中的叙述话语[J].北京理工大学学报,2000(3):37－40.

[70]殷企平.伍尔夫小说观补论[J].杭州师范学院学报,2000(4):35－39.

[71]赵红英.伍尔芙的女性观和女性人物形象分析[J].武汉水利电力大学学报,2000(4):61－65.

[72]段艳丽.窗与灯塔:析《到灯塔去》的主题意象[J].邯郸师专学报,2000(4):55－58.

[73]张慧仁.伍尔夫"文学是一个整体"的含义[J].福州师专学报,2000(5):41－43.

[74]邱仪.伍尔夫散文艺术论[J].学术论坛(南宁),2000(5):103－107.

[75]王洁群,王建香.实现女性自身的价值——弗吉尼亚·伍尔夫的女性写作观[J].广东社会科学,2000(6):146－150.

[76]王建香.论弗吉尼亚·伍尔夫的女性立场[J].四川外语学院学报,2000(2):28－32.

[77]段艳丽.构筑心中的灯塔:《到灯塔去》中莉丽·布里斯科的心路历程探析[J].河北师范大学学报,2001(1):84—88.

[78]束永珍.区别与整合:《到灯塔去》的女性主义解读[J].外国文学研究,2001(1):61—66.

[79]王俭.从《墙上的斑点》看伍尔芙的现代主义合女性主义的形象聚焦[J].苏州铁道师范学院学报,2001(2).

[80]宋坚.内心独白与诗话建构:伍尔夫小说创作论[J].广西师院学报,2001(3):54—57.

[81]宋坚.伍尔夫、张承志诗话小说之比较[J].贵州民族学院学报,2001(3):25—27.

[82]代绪宇.战争让女人思考:伍尔芙《空袭中的沉思》文本意味和问题独创[J].名作欣赏(太原),2001(3):26—31.

[83]朱蔓."波浪"中的意识流动:浅析伍尔芙的《波浪》[J].辽宁大学学报,2001(6):65—66.

[84]王坷.女权主义文学的代表形态:平权与霸权——夏洛蒂·勃朗特与弗吉尼亚·伍尔夫的女权思想比较[J].青海社会科学(西宁),2001(6):78—82.

[85]程倩.伍尔夫小说结构的美学机制[J].四川外语学院学报,2001(6):15—17.

[86]杨玉珍."双性同体"与伍尔夫的女性主义思想[J].江西社会科学(南昌),2002(1):83—86.

[87]毛继红.伍尔夫小说阐释的生命意义[J].洛阳大学学报,2002(1):75—78.

[88]刘南.重读《一间自己的房间》[J].株洲工学院学报,2002(2):27—28.

[89]秦红.永恒的瞬间:《到灯塔去》中的顿悟与叙事时间[J].四川外语学院学报,2002(2):37—40.

[90]罗杰鹦,申屠云峰.超越主客观真实——浅谈弗吉尼亚·伍尔夫的文学和生活[J].杭州师范学院学报,2002(2):9—12.

[91]涂艳蓉,王锡明.论伍尔夫小说创作手法的转换[J].武汉科技学院学报,2002(4):36－38.

[92]陈静.《达洛维夫人》中的对话和思维表现形式[J].四川外语学院学报,2002(4):22－25.

[93]秦红.心灵之旅:《到灯塔去》中的"间接内心独白"[J].四川外语学院学报,2002(5):37－40.

[94]黄新征.另一个声音,另一种真实:由赛普蒂默斯透视弗吉尼亚·沃尔夫[J].江西教育学院学报,2002(5):69－72.

[95]罗婷,李爱云.伍尔夫在中国文坛的接受与影响[J].湘潭大学学报,2002(5):89－93.

[96]张媛媛,柯群胜.永恒而真实的瞬间:评弗·伍尔夫的《墙上的斑点》[J].武汉科技学院学报,2002(6).

[97]项凤靖.在片刻之间捕捉到永恒——析弗吉尼亚·伍尔夫意识流小说中的印象主义艺术手法[J].当代文坛(成都),2003(1):77－79.

[98]严憧伦.穿越意识流动的迷雾——伍尔芙小说《墙上的斑点》解读[J].名作欣赏,2003(4):40－48.

[99]吴锡民."传入"文本与"接受文本之对读"——从伍尔芙墙壁上的"蜗牛"到李陀厨房里的"煤气罐"[J].甘肃高师学报,2003(6):46－50.

[100]石毅仁.伍尔芙与意识流[J].贵州民族学院学报,2003(4):49－52.

[101]盛宁.关于伍尔夫的1910年12月[J].外国文学评论,2003(3):25－33.

[102]何玉蔚.爱的选择——解读伍尔夫的《黑夜与白天》[J].名作欣赏,2003(8):77－79.

[103]叶青.生和死的瞬间——《达洛卫夫人》的另一种解读[J].福建师范大学学报,2003(1):69－72.

[104]吴庆宏.弗吉尼亚·伍尔夫的女性主义[J].解放军外国语学院学报,2003(6):83－87.

[105]吴庆宏.新女性主义的先声——评伍尔夫的小说《一个协会》[J].华东船舶工业学院学报(社会科学版),2003(4):64—66.

[106]上官秋实.弗吉尼亚·伍尔夫的意识流小说创作及理论[J].社会科学辑刊,2003(3):166—168.

[107]郭张娜,王文.弗吉尼亚·伍尔夫与女性写作——从《一间自己的房子》说起[J].外语教学,2003(3):88—91.

[108]刘南,蒋晓红,张卫萍.精巧的艺术构思,永恒的心灵探寻——试论弗吉尼亚·伍尔夫的《到灯塔去》[J].通化师范学院学报,2003(5):35—37.

[109]申富英.论《到灯塔去》对西方文明的再认识[J].山东大学学报,2003(1):51—55.

[110]甄艳华.六个人物,六种人生——谈弗吉尼亚·伍尔夫小说《海浪》中的人物刻画[J].哈尔滨学院学报,2003(8):31—33.

[111]甄艳华.伍尔夫创作思想形成轨迹略探[J].学术交流,2003(8):157—158.

[112]马小丰.略析伍尔夫小说中的基本人物形象[J].牡丹江师范学院学报(哲学社会科学版),2003(3):21—22.

[113]马小丰.伍尔夫小说的背景分析[J].北京化工大学学报(社会科学版),2003(3):56—59.

[114]马小丰.伍尔夫小说的现代悲剧意识[J].黑龙江教育学院学报,2003(5):73—74.

[115]刘南.论伍尔夫《到灯塔去》的艺术形式[J].安阳师范学院学报,2003(3):74—76.

[116]武跃速,毛晓霞.论伍尔夫的诗小说《海浪》[J].晋东南师范专科学校学报,2003(3):43—47.

[117]王晶.论伍尔夫小说创作中的的死亡主题[J].山东省农业管理干部学院学报,2003(6):97—99.

[118]张薇.论伍尔夫小说的诗华[J].上海师范大学学报(哲学社会科学版),2003(2):77—81.

[119]张舒予.论伍尔夫与勃朗特的心灵与创作之关联[J].

安徽师范大学学报(人文社会科学版),2003(3):344－349.

[120]张春鸣.五彩缤纷的时空大厦——试论伍尔夫作品的时间结构[J].长春大学学报,2003(1):84－86.

[121]陈静.一首心理诗——解读弗·伍尔夫的《到灯塔去》[J].南昌高专学报,2003(4):38－42.

[122]余冰.音乐作为形式要素在伍尔夫小说《到灯塔去》中的意义[J].烟台师范学院学报(哲学社会科学版),2003(2):65－69.

[123]武跃速.宇宙人生的诉说——解读伍尔夫的诗小说《海浪》[J].国外文学(季刊),2003(1):67－73.

[124]李娟.转喻与隐喻——伍尔夫的叙述语言和两性共存意识[J].外国文学评论,2004(1):17－24.

[125]冯伟.生命中的那个美丽瞬间——试析弗·伍尔夫《到灯塔去》中的绘画元素[J].国外文学,2004(1):90－94.

[126]吕洪灵.走出"愤怒"的困扰——从情感的角度看伍尔夫的妇女写作观[J].外国文学研究,2004(3):88－92.

[127]李春艳.从《奥兰多》看伍尔夫的"双性共体"观[J].长春大学学报,2004(3):52－55.

[128]朱丹亚.穿越时空的隧道——浅析弗吉尼亚·伍尔夫在《达罗威夫人》中的时间意识[J].四川外语学院学报,2004(3):63－68.

[129]苟丽梅.解读伍尔夫《墙上的斑点》的思想蕴含[J].社科纵横,2004():182－183.

[130]程爽、孙东.试析生活对弗吉尼亚·伍尔夫写作的影响[J].学海,2004(9):141－144.

[131]王鹏.调和之笔:寻求对立中的统一——伍尔夫《幕间》解读[J].理论学刊,2004(9):120－121.

[132]李倩,刘爱琳.反思与超越——谈伍尔夫小说理论和创作实践对传统的继承和创新[J].求索,2004(8):220－222.

[133]张雪梅.试论弗·伍尔夫女权主义思想产生的原因[J].湖南工业职业技术学院学报,2004(3):57－59.

[134]刘爱琳.论伍尔夫意识流小说理论及创作实践中的诗化哲理[J].青海社会科学,2004(6):80－83,91页,

[135]高奋,鲁彦.近20年国内弗吉尼亚·伍尔夫研究述评[J].外国文学研究,2001(5):36－42.

[136]胡德映.《新装》与《苍蝇》——评伍尔夫和曼斯菲尔德的两篇未名短篇小说[J].山东外语教学,2004(6):85－88.

[137]李儒寿.弗吉尼亚·伍尔夫与剑桥学术传统[J].外国文学研究,2004(6):13－17.

[138]杨家兴.找寻自我的心灵之旅——伍尔夫意识流小说《达洛维卫夫人》简析[J].四川理工学院学报,2004(4):72－73.

[139]寻阳.论伍尔夫小说的多点聚焦叙述手法的运用及其意义[J].文学研究,2004(4):15－16.

[140]纪卫宁,韩小敏.析伍尔芙与莱辛文学创作思想的相似性[J].理论学刊,2004(8):125－126.

[141]苟丽梅.《邱园记事》在伍尔夫小说创作中的艺术价值[J].社会纵横,2005(1):184－185.

[142]张雪梅.伍尔夫女权主义文学观论[J].长沙理工大学学报,2005(1):109－1I2.

[143]蔡芳,曾燕冰.《到灯塔去》:伍尔夫的"微妙艺术"[J].江西师范大学学报,2005(2):43－45.

[144]朱艳阳.试析弗吉尼亚·伍尔夫小说创作中的生死主题[J].湖南人文科技学院学报,2005(2):69－71,113.

[145]王文,郭张娜.理性与情感相融合的女性表达——弗吉尼亚·伍尔夫意识流小说《到灯塔去》的女性主义解读[J].国外文学,2005(2):101－104.

[146]夏尚立.传统依然美丽——论弗吉尼亚·伍尔夫小说《到灯塔去》的传统定力[J].贵州师范大学学报,2005(3):99－101.

[147]范圣.伍尔夫小说《邱园》浅析[J].名作欣赏,2005(6):52－59.

[148]万永芳.光与影的和谐——论绘画手法在伍尔夫小说

《到灯塔去》中的运用[J].湘潭大学学报,2005(3):106-109.

[149]刘爽.穿越意识流动的迷雾——解析伍尔夫小说《墙上的斑点》[J].沈阳大学学报,2005(3):83-85.

[150]何亚惠.伍尔夫的悲剧意识[J].厦门大学学报,2005(3):115-119.

[151]夏尚立.伍尔夫小说里的历史观和死亡意识[J].西安外国语学院学报,2005(3):86-88.

[152]张道坤.论弗吉尼亚·伍尔夫与现实主义传统[J].兰州学刊,2005(5):321-323.

[153]卢蜻.伍尔夫创作中的母性认同意识——以《到灯塔去》中的拉姆齐夫人形象为例[J].宁夏大学学报,2005(5):89-91.

[154]李红梅.伍尔夫的叙述艺术与女性主义[J].学术交流,2005(8):172-176.

[155]吕洪灵.伍尔夫《海浪》中的性别与身份解读[J].外国文学研究,2005(5):72-79.

[156]高红梅.精神生活的表现——詹姆斯和伍尔夫的小说本质理论[J].长春师范学院学报,2005(5):120-122.

[157]于艳玲.伍尔夫的文学魅力浅析[J].探索与争鸣,2005(8):139-141.

[158]李红梅.伍尔夫叙事艺术中的女性意识设置[J].名作欣赏,2005(11):30-34.

[159]王锡明,王漩.对人类命运和本质的审美思考——析伍尔夫的《达洛维夫人》[J].长江大学学报,2005(6):11-12,43.

[160]刘爱琳.伍尔夫小说反传统的叙事特点[J].青海社会科学,2005(6):93-95.

[161]蔡芳、谢葆辉.从《奥兰多》感悟伍尔夫小说创作的文脉:双性同体观[J].外语与外语教学,2005(12):32-34.

[162]陈文娟.意识流小说与伍尔夫的《达罗威夫人》[J].浙江工商大学学报,2005(6):41-45.

[163]马亭亭.小说叙事的创新实验——析伍尔夫《达洛维太

太》的聚焦方式[J].理论学刊,2005(12):118－119.

[164]刘爱琳.继承与创造——伍尔夫与英国传统文学[J].吉林师范大学学报,2005(5):56－58.

[165]胡新梅.战争:创伤与女人——从女性视角析伍尔夫的《达洛维夫人》[J].北京第二外国语学院学报,2005(6):132－135.

[166]张红芳.寻找作家伍尔夫的现实主义因素[J].中北大学学报,2005(6):39－41.

[167]吴云龙.乔伊斯与伍尔夫作品中内心独白使用比较[J].安徽理工大学学报,2005(4):36－38.

[168]赖红颖.弗·伍尔夫意识流小说的创作特色[J].学术研讨,2005(12):76.

[169]张雪梅.论伍尔芙的女权主义战争观[J].湘潭师范学院学报,2005(1):74－78.

[170]陈钮灵,罗润田.弗吉尼亚·伍尔芙的女性意识[J].西南民族大学学报,2005(3):158－160.

[171]郭元波.从《一间自己的房间》解读伍尔芙同时代女作家的社会空间[J].辽宁师范大学学报,2005(3):103－105.

[172]张雪梅.伍尔芙女权主义经济观初论[J].文史博览·理论,2005(10):20－23.

[173]霍军.通往自由精神天地的入口——伍尔芙《墙上的斑点》解读[J].名作欣赏,2005(12):49－53.

[174]王丽亚.弗吉尼亚·伍尔夫论小说[J].外语研究,2005(2):70－74.

[175]潘建.公共/私人领域的纷争与和谐——记弗吉尼亚·伍尔夫小说中的公共/私人空间[J].湖南大学学报,2006(1):110－114.

[176]李红梅."局外人"与公众话语——伍尔夫后期小说的文化立场与散文化写作研究[J].四川大学学报,2006(2):84－87.

[177]王小航.强迫的异性恋和压抑的女同性恋——从女性主义角度解读伍尔夫的《达洛维夫人》[J].福建工程学院学报,2006(2):195－198.

[178]孙天南.伍尔夫诗化小说的抒情性[J].长春工业大学学报,2006(1):89—91.

[179]马莹.馨素如菊暗香浮动——从婚姻爱情角度解读弗·伍尔夫[J].名作欣赏,2006(5):98—100.

[180]孙方莉.《海浪》中伍尔夫的生命意识探讨[J].徐州工程学院学报,2006(2):19—21.

[181]李红梅.公众立场上的超越——伍尔夫后期小说创作转型研究[J].苏州大学学报,2006(1):75—78.

[182]李晓文.试论伍尔夫的日记文学[J].湖南商学院学报,2006(6):115—117.

[183]万迪梅.从《到灯塔去》的平面意象管窥伍尔夫的诗化小说[J].华侨大学学报,2006(2):95—99.

[184]袁素华.论伍尔夫的"重要瞬间说"[J].理论探索,2006(4):31—33.

[185]杨华、张德玉.论伍尔夫小说中的生死观[J].中国海洋大学学报,2006(5):92—93.

[186]张明悦.试析伍尔夫的《黑夜与白天》中女主人公的矛盾自我[J].辽宁工学院学报,2006(4):69—70、113.

[187]许丽莹."后印象主义"的绘画技巧在伍尔夫短篇小说中的运用[J].四川外语学院学报,2006(5):37—41.

[188]郝琳.伍尔夫之"唯美主义"研究[J].外国文学,2006(6):37—43.

[189]王建香、王洁群.伍尔夫女性主义诗学思想的当代踪迹[J].求索,2006(12):191—193.

[190]张昕.完美和谐人格的追求——弗吉尼亚·伍尔夫的双性同体思想[J].西南民族大学学报,2006(12):221—225.

[191]刘静.论弗吉利亚·伍尔夫的双性同体文学理论[J].牡丹江大学学报,2006(4):26—29.

[192]刘须明.伍尔芙《飞蛾之死》中的崇高美[J].名作欣赏,2006(8):97—101.

[193]睦小红."远航"三重唱——伍尔芙《远航》[J].外国文学研究,2006(4):87—88.

[194]黄涛梅.弗吉尼亚·沃尔夫文学批评观论[J].西北民族大学学报,2006(2):63—67.

[195]刘爱琳.伍尔夫文学实验意识和文学创作关系探析[J].文学,2007(2):111—114.

[196]蔡玉侠、赵英.弗吉尼亚·伍尔夫的《达洛卫夫人》中的对立统一[J].名作欣赏,2007(3):104—107.

[197]何亚惠."双性同体"——伍尔夫的女性创作意识[J].徐州师范大学学报,2007(1):112—116.

[198]张发.论弗吉尼亚·伍尔夫意识流小说艺术[J].名作欣赏,2007(4):111—113.

[199]袁素华.试论伍尔夫的"雌雄同体"观[J].当代外国文学,2007(1):90—95.

[200]卢靖.伍尔夫《到灯塔去》的时间艺术[J].解放军外国语学院学报,2007(3):98—102、120.

[201]李红梅.在模糊与复杂中诉说真情——伍尔夫《海浪》的结构艺术解读[J].名作欣赏,2007(7):101—103.

[202]吕洪灵.伍尔夫"中和"观解析:理性与情感之间[J].外国文学研究,2007(3):44—49.

[203]陈倩.此在彼在:伍尔夫和她的三个幻象[J].名作欣赏,2007(6):111—113.

[204]刘海燕.一旦写作生涯被思想照亮——由伍尔夫谈起[J].作品,2007(7):57—64.

[205]沈渭菊.双性同体思想的完美体现——评弗吉尼亚·伍尔夫的小说《到灯塔去》[J].西北民族大学学报,2007(3):112—117.

[206]胡华芳.从《墙上的斑点》看伍尔夫的意识流表现手法[J].文学研究,2007(3):81—83.

[207]王晶.浅析意识流小说——以伍尔夫《墙上的斑点》为例[J].外国文学研究,2007(7):78—80.

[208]马艳辉.弗吉尼亚·伍尔夫女权主义思想探究[J].佳木斯大学学报,2007(4):76—77.

[209]庞宝坤.伍尔夫意识流小说《达洛维夫人》中的语法变异[J].佳木斯大学学报,2007(4):78—79.

[210]刘爱琳.论伍尔夫女性主义的历史意义[J].南京师大学报,2007(4):134—138.

[211]李春.伍尔夫与海明威死亡主题之比较[J].名作欣赏,2007(9):85—87.

[212]杨瑜、朱洁.开启女性的生存空间——伍尔夫小说中的"房间"与"窗户"意象解读[J].名作欣赏,2007(9):121—125.

[213]刘星.光与影的世界——伍尔夫的《邱园记事》[J].高等教育与学术研究,2007(2):201—203.

[214]伍建华.存在的瞬间:生命的叹息与呢喃——弗·伍尔夫意识流小说叙事伦理阐释[J].湖南科技学院学报,2007(10):66—69.

[215]马强.精神主义与诗化小说——试论伍尔夫小说《达洛维太太》的创作风格[J].青海师范大学学报,2007(5):86—90.

[216]张昕.伍尔夫的双性同体情结[J].太原师范学院学报,2007(5):116—118.

[217]陈惠良、杨毅.伍尔夫印象主义叙述手法的现象学研究[J].名作欣赏,2007(11):92—94.

[218]刘爱琳.伍尔夫四部小说的叙事分析[J].名作欣赏,2007(11):99—101.

[219]孙萍萍.论伍尔夫"局外人"的女性主义视野[J].湖南文理学院学报,2007(5):69—70.

[220]段艳丽.弗吉尼亚·伍尔夫自己的房间[J].文学教育,2007(12):104—147.

[221]何晓涛.自由间接话语与性别政治——伍尔夫小说叙事策略与主题表达研究,2007(6):102—105.

[222]潘建.弗吉尼亚·伍尔夫与妇女写作[J].湖南商学院

学报,2007(6):111—114.

[223]李蓝玉.鬼屋探寻:优美与深刻——伍尔夫小说《闹鬼的房子》艺术特色分析[J].黑龙江社会科学,2007(6):104—106.

[224]侯彤.伍尔芙在《达洛卫夫人》中的"非理性"精神抗争[J].辽宁大学学报,2007(3):51—53.

[225]夏庚华.伍尔芙作品特质研究述评——女性主义视角的战争因素[J].河南社会科学,2007(6):110—111.

[226]李杏枝.从弗吉尼亚·沃尔夫作品探其病态性格[J].牡丹江大学学报,2007(1):71—72、78.

[227]王丽丽.追寻传统母亲的记忆:伍尔夫和莱辛比较研究[J].外国文学,2008(1):39—44.

[228]袁静妤.论伍尔夫创作的诗化特质[J].四川师范大学学报,2008(1):87—91.

[229]宋文.现代性与女性都市空间的建构——弗吉尼亚·伍尔夫小说解析[J].南京理工大学学报,2008(1):36—40.

[230]韩立华.解读伍尔夫短篇小说《新装》的意象对比[J].黑龙江教育学院学报,2008(2):111—113.

[231]赵婧.解读伍尔夫《到灯塔去》中的生态女性主义观[J].大连海事大学学报,2008(1):122—125.

[232]沈渭菊.伍尔夫《到灯塔去》中的生态女性意识[J].甘肃高师学报,2008(1):65—68.

[233]蔡岚岚.伍尔夫文学创作的"双性同体"观[J].牡丹江大学学报,2008(1):12—13、25.

[234]翟卓雅、杨瑜.论弗吉尼亚·伍尔夫短篇小说的艺术特点[J].前沿,2008(4):196—198.

[235]谢江南.弗吉尼亚·伍尔夫小说中的大英帝国形象[J].外国文学研究,2008(2):77—84.

[236]凌建娥、张敏.存在与艺术:弗吉尼亚·伍尔夫《幕间》的矛盾哲学[J].湖南科技大学学报,2008(1):115—120.

[237]周霜红."双性同体"与女性写作传统的追寻——弗·

伍尔夫双性同体诗学形成轨迹略探[J].集美大学学报,2008(2):96－99.

[238]潘建.弗吉尼亚·伍尔夫的"雌雄同体"观与文学创作[J].湖南大学学报,2008(2):96－102.

[239]胡滢.从《海浪》看伍尔夫作品的唯美精神[J].世界文学评论,2008(1):78－80.

[240]蒋虹.弗吉尼亚·伍尔夫的俄罗斯文学观[J].俄罗斯文艺,2008(2):61－66.

[241]高奋.小说:记录生命的艺术形式——论弗·伍尔夫的小说理论[J].外国文学评论,2008(2):53－63.

[242]高奋.论伍尔夫《海浪》中的生命写作[J].外国文学,2008(5):56－64.

(三)弗吉尼亚·伍尔夫研究论著(中国)(按年代排列)

[243]瞿世镜.论小说与小说家[M].上海:上海译文出版社,1986.

[244]瞿世镜.伍尔夫研究[M].上海:上海文艺出版社,1988.

[245]瞿世镜.意识流小说家伍尔夫[M].上海:上海文艺出版社,1989.

[246]陆扬、李定清.伍尔夫是怎样读书写作的?[M].武汉:长江文艺出版社,1998.

[247]伍厚恺.弗吉尼亚·伍尔夫:存在的瞬间[M].成都:四川人民出版社,1999.

[248]易晓明.优美与疯癫:弗吉尼亚·伍尔夫[M].北京:中国文联出版社,2002.

[249]吴庆宏.伍尔夫与女权主义[M].北京:中国社会科学出版社,2005.

[250]昆丁·贝尔.伍尔夫传[M].萧易,译.南京:江苏教育出版社,2005.

[251]吕洪灵.情感与理性:论弗吉尼亚·伍尔夫的妇女写作[M].南京:南京师范大学出版社,2007.

[252]申富英.弗吉尼亚·伍尔夫生态思想研究[M].济南:山东大学出版社,2011.

[253]潘建.弗吉尼亚伍尔夫:性别差异与女性写作研究[M].北京:人民文学出版社,2012.

（四）中西方诗学论著(古典文献按时期排列,其余按汉语拼音)

[254]（先秦）礼记·乐记[M].据《四部丛刊》本.

[255]（先秦）尚书·虞书·舜典[M].据《四部丛刊》本.

[256]（先秦）周易·系辞[M].据《十三经注疏》本.

[257]（先秦）孔子.论语·雍也[M].据《四部丛刊》本.

[258]（先秦）老子.道德经[M].据《四部丛刊》本.

[259]（先秦）吕不韦.吕氏春秋·圜道[M].据《诸子集成》本.

[260]（先秦）庄子.南华真经·渔父[M].据《四部丛刊》本.

[261]（先秦）庄子.齐物论[M].据《四部丛刊》本.

[262]（先秦）庄子.人间世[M].据《四部丛刊》本.

[263]（先秦）庄子.养生主[M].据《四部丛刊》本.

[264]（汉）毛诗序[M].毛诗正义[M].据《十三经注疏》本.

[265]（汉）班固.汉书·司马迁传赞[M].据中华书局本.

[266]（汉）班固.汉书·艺文志[M].据中华书局本.

[267]（汉）王充.论衡·对作篇[M].《论衡》注释[M].据中华书局本.

[268]（汉）扬雄.太玄文[M].据《四部丛刊》本.

[269]（魏）王弼.周易略例·明象[M].据中华书局《王弼集校释》本.

[270]（晋）陆机.文斌[M].《文选》卷十七,据《四部丛刊》本.

[271]（晋）左思.三都赋序[M].据《四部丛刊》本.

[272]（南朝宋）宗炳.画山水序[M].据《中国历代画论

选》本.

[273]（梁）刘勰. 文心雕龙［M］. 徐正英、罗家湘注译. 郑州：中州古籍出版社,2008.

[274]（梁）钟嵘. 诗品序［M］. 据人民文学出版社本.

[275]（唐）皎然. 诗式·文章要旨［M］. 据《历代诗话》本.

[276]（唐）孔颖达. 诗大序正义［M］. 据《十三经注疏》本.

[277]（唐）李商隐. 樊南文集·献侍郎巨鹿公启［M］. 据《四部备要》本.

[278]（唐）梁肃. 周公瑾墓下诗序［M］. 据《全唐文》本.

[279]（唐）刘禹锡. 刘宾客集·董氏武陵集纪［M］. 据《四部丛刊》本.

[280]（唐）司空图. 二十四诗品·雄深［M］. 据《四部丛刊》本.

[281]（唐）司空图. 司空表圣文集卷二,《与李生论诗书》［M］. 据《四部丛刊》本.

[282]（唐）王昌龄. 诗格［M］. 据《诗学指南》本.

[283]（五代）徐铉. 骑省集·肖庶子诗序［M］. 据《四库全书》本.

[284]（宋）苏轼. 东坡七集后集卷十《既醉备五福论》［M］. 据《四部备要》本.

[285]（宋）苏轼. 经进东坡文集事略卷十六,《书唐氏六家书后》［M］. 据《四部丛刊》本.

[286]（宋）苏轼. 苏东坡集前集卷二十三《书李伯时山庄图后》［M］. 据商务印书馆本.

[287]（宋）苏轼. 苏轼诗集（第 29 卷）［M］. 中华书局,1992.

[288]（宋）苏轼. 题渊明饮酒诗后［M］.《东坡题跋》卷二,据《丛书集成》本.

[289]（宋）严羽. 沧浪诗话·寺辩［M］.《沧浪诗话校释》. 据人民文学出版社本.

[290]（元）陈绎曾. 诗谱［M］.《历代诗话续编》. 据无锡丁氏

校印本.

[291]（元）方回.桐江续集·为合密府判题赵子昂大字兰亭[M].据《四库全书珍本初集》本.

[292]（元）郝经.郝文忠公陵川文集卷二十二《文说送孟驾之》[M].据乾隆刊本.

[293]（元）杨维祯.东维子文集·剡韶诗序[M].据《四部丛刊》本.

[294]（元）元好问.遗山先生文集·杨叔能小亨集引[M].据《四部丛刊》本.

[295]（明）艾穆.大隐楼集卷首《十二吟稿原序》[M].据1922年甘氏刊本.

[296]（明）方孝孺.苏太史文集序[M].《逊志斋集》卷十二,据四部备要本.

[297]（明）李梦阳.李空同全集·诗集自序[M].据明万历浙江思山堂本.

[298]（明）李贽.焚书·童心说[M].据中华书局排印本.

[299]（明）陆时雍.诗境总论[M].历代诗话续编[M].据无锡丁氏校印本.

[300]（明）宋濂.宋文宪公文集卷三十四《叶夷仲文集序》[M].据严荣校刻本.

[301]（明）汤显祖.耳伯麻姑游仙诗序[M].《汤显祖集》诗文集卷三十.

[302]（明）汤显祖.合奇序[M].《汤显祖》诗文集卷三十二,据上海人民出版社本.

[303]（清）方东树.昭昧詹言（卷四）[M].据人民文学出版社本.

[304]（清）顾炎武.日知录·诗体代降[M].据商务印书馆本.

[305]（清）黄宗羲.南雷文定·景洲诗集序[M].据《四部丛刊》本.

[306](清)梁启超.小说小话[M].据《晚清文学丛钞·小说戏剧研究卷》本.

[307](清)林纾.春觉斋论画[M].据《画论丛刊》本.

[308](清)林纾.春觉斋论文·意境[M].据人民文学出版社本.

[309](清)刘熙载.艺概·赋概[M].据上海古籍出版社本.

[310](清)石涛.石涛画语录[M].据人民美术出版社本.

[311](清)王夫之.古诗评选(卷三)[M].据船山学社本.

[312](清)王国维.人间词话[M].据人民出版社本.

[313](清)叶燮.原诗·外篇[M].据人民文学出版社本.

[314](清)袁枚.答何水部[M].《小苍山房尺牍》卷七,据民国十九年国学书局刊本.

[315](清)郑板桥.郑板桥集·题画[M].据中华书局本.

[316]埃里克·埃里克森.同一性:青少年与危机[M].孙名之译.杭州:浙江教育出版社,1999.

[317]艾布拉姆斯.镜与灯[M].郦稚牛,张照进,等译.北京:北京大学出版社,2004.

[318]柏格森.笑[M].载《二十世纪西方美学名著选》(上),蒋孔阳主编,上海:复旦大学出版社,1987.

[319]陈伯海.中国诗学之现代观[M].上海:上海古籍出版社,2006.

[320]陈铭.意与境[M].杭州:浙江大学出版社,2001.

[321]成复旺.神与物游——中国传统审美之路[M].济南:山东人民出版社,2007.

[322]崔海峰.王夫子诗学范畴论[M].北京:中国社会科学出版社,2006.

[323]戴维·罗森.荣格之道[M].申荷永,等译.北京:中国社会科学出版社,2003.

[324]戴维·洛奇.现代主义小说的语言:隐喻和转喻[M].载马·布雷德伯里,詹·麦克法兰.现代主义[M].胡家峦,等译.

上海：上海外语教育出版社，1992.

[325]戴维·洛奇.二十世纪文学评论[M].葛林，等译.上海：上海译文出版社，1987.

[326]杜威.内容和形式[M].载《二十世纪西方美学名著选》（上），蒋孔阳主编，上海：复旦大学出版社，1987.

[327]恩斯特·卡西尔.人论[M].甘阳译.上海：上海译文出版社，1985.

[328]弗·阿·利维斯.伟大的传统[M].袁伟译.北京：三联书店，2002.

[329]傅璇琮，许逸民，等.中国诗学大词典[M].杭州：浙江教育出版社，1999.

[330]高奋.西方女性独白[M].武汉：华中理工大学出版社，2000a.

[331]高奋.西方现代主义文学的源与流[M].宁波：宁波出版社，2000b.

[332]郭庆藩.庄子集释[M].北京：中华书局，1961.

[333]哈罗德·布鲁姆.西方正典[M].江宁康译.南京：译林出版社，2005.

[334]胡经之.中国古典文艺学丛编（二）[M].北京：北京大学出版社，2001.

[335]胡经之.中国古典文艺学丛编（三）[M].北京：北京大学出版社，2001.

[336]胡经之.中国古典文艺学丛编（一）[M].北京：北京大学出版社，2001.

[337]华兹华斯.《抒情诗歌谣》一八一五年版序言[M].载《西方文论选》（下），伍蠡甫，上海：上海译文出版社，1979.

[338]济慈.书信[M].载《西方文论选》（下），伍蠡甫，上海：上海译文出版社，1979.

[339]简·卢文格.自我的发展[M].韦子木，译.杭州：浙江教育出版社，1999.

[340]蒋孔阳.美在创造中[M].桂林:广西师范大学出版社,1997.

[341]蒋孔阳.二十世纪西方美学名著选(上、下)[M].上海:复旦大学出版社,1987.

[342]柯勒律治.方法初论[M].载《西方文论选》(下)[M].伍蠡甫,上海:上海译文出版社,1979.

[343]柯勒律治.论诗或艺术[M].载《西方文论选》(下)[M].伍蠡甫,上海:上海译文出版社,1979.

[344]柯勒律治.文学传记[M].载《西方文论选》(下)[M].伍蠡甫,上海:上海译文出版社,1979.

[345]柯林伍德.艺术原理[M].载《二十世纪西方美学名著选》(上),蒋孔阳,上海:复旦大学出版社,1987.

[346]克莱夫·贝尔.有意味的形式[M].载《二十世纪西方美学名著选》(上),蒋孔阳,上海:复旦大学出版社,1987.

[347]克罗齐.美学纲要[M].载《二十世纪西方美学名著选》(上),蒋孔阳,上海:复旦大学出版社,1987.

[348]赖力行、李清良.中国文学批评史[M].长沙:湖南教育出版社,2003.

[349]蓝华增.意境论[M].昆明:云南人民出版社,1996.

[350]雷体沛.艺术与生命的审美关系[M].北京:人民日报出版社,2006.

[351]李泽厚、刘纪纲.中国美学史[M].合肥:安徽文艺出版社,1999.

[352]李泽厚.美的历程[M].北京:文物出版社,1981.

[353]梁漱溟.东西文化及其哲学[M].上海:上海商务印书馆,1921.

[354]梁宗岱.梁宗岱批评文集[M].李振声编,珠海:珠海出版社,1998.

[355]吕同六.20世纪世界小说理论经典(上、下)[M].北京:华夏出版社,1995.

[356]罗伯特·凯根.发展的自我[M].韦子木译.杭州:浙江教育出版社,1999.

[357]罗杰·弗莱.回顾[M].载《二十世纪西方美学名著选》(上),蒋孔阳,上海:复旦大学出版社,1987.

[358]罗杰·弗莱.论美术[M].载《二十世纪西方美学名著选》(上),蒋孔阳,上海:复旦大学出版社,1987.

[359]马·布雷德伯里、詹·麦克法兰.现代主义[M].上海:上海外语教育出版社,1992.

[360]马尔库塞.作为现实形式的艺术[M].《二十世纪西方美学名著选》(下),蒋孔阳,上海:复旦大学出版社,1987.

[361]马恒君.庄子正宗[M].北京:华夏出版社,2005.

[362]默里·斯坦因.变形:自性的显现[M].喻阳,等译.北京:中国社会科学出版社,2003.

[363]潘运告.中国历代画论选(上、下)[M].长沙:湖南美术出版社,2007.

[364]钱穆.现代中国学术论衡[M].长沙:岳麓书社,1986.

[365]乔纳森·布朗.自我[M].陈浩莺,等译.北京:人民邮电出版社,2004.

[366]让·贝西埃、伊·库什纳,等.诗学史(上、下)[M].史忠义译.天津:百花文艺出版社,2001.

[367]让-伊夫·塔迪埃.20世纪的文学批评[M].史忠义,译.天津:百花文艺出版社,2002.

[368]盛宁.文学:鉴赏与思考[M].北京:三联书店,1997.

[369]苏珊·朗格.情感与形式[M].刘大基,等译.北京:中国社会科学出版社,1987.

[370]苏珊·李·安德森.陀思妥耶夫斯基[M].马寅卯,译.北京:中华书局,2004.

[371]苏珊·桑塔格.反对释义[M].载《二十世纪西方美学经典文本》(卷三,结构与解放),李钧,上海:复旦大学出版社,2001.

[372]孙海通译.庄子[M].北京:中华书局,2007.

[373]王博.庄子哲学[M].北京:北京大学出版社,2004.

[374]王朝闻.美学概论[M].北京:人民出版社,1991.

[375]王岳川.二十世纪西方哲性诗学[M].北京:北京大学出版社,1999.

[376]吴笛.哈代新论[M].杭州:浙江大学出版社,2009.

[377]希利斯·米勒.文学死了吗?[M].桂林:广西师范大学出版社,2007.

[378]徐复观.中国艺术精神[M].上海:华东师范大学出版社,2001.

[379]徐书城.绘画美学[M].北京:东方出版社,1991.

[380]雪莱.诗辩[M].载《西方文论选》(下),伍蠡甫,上海:上海译文出版社,1979.

[381]亚里士多德.诗学[M].载《亚里士多德全集》(卷9),苗力田,北京:中国人民大学出版社,1997.

[382]亚里士多德.修辞术[M].载《亚里士多德全集》(卷9),苗力田,北京:中国人民大学出版社,1997.

[383]叶维廉.中国诗学[M].北京:人民文学出版社,2006.

[384]伊夫·塔迪埃.20世纪的文学批评[M].史忠义,译.天津:百花文艺出版社,1998.

[385]殷光宇.透视[M].杭州:中国美术学院出版社,1999.

[386]殷企平,高奋,童燕萍.英国小说批评史[M].上海:上海外语教育出版社,2001.

[387]赵一凡等.西方文论关键词[M].北京:外语教学与研究出版社,2006.

[388]殷企平.小说艺术管窥[M].天津:百花文艺出版社,1995.

[389]张大明.西方文学思潮在现代中国的传播史[M].成都:四川教育出版社,2001.

[390]张德明.批评的视野[M].上海:上海社会科学出版

社,2004.

[391]张耕云.生命的栖居与超越[M].杭州:浙江大学出版社,2007.

[392]张乾元.象外之意——周易意象学与中国书画美学[M].北京:中国书店,2006.

[393]张寅彭.中国诗学专著选读[M].桂林:广西师范大学出版社,2006.

[394]赵一凡.西方文论关键词[M].北京:外语教学与研究出版社,2006.

[395]郑旭.中国美术史[M].北京:团结出版社,2005.

[396]朱光潜.朱光潜全集[M].合肥:安徽教育出版社,1987.

[397]朱良志.中国艺术的生命精神[M].合肥:安徽教育出版社,2006.

[398]宗白华.美学与意境[M].北京:人民出版社,1987.

[399]宗白华.宗白华全集[M].合肥:安徽教育出版社,1994.

附录：弗吉尼亚·伍尔夫生平简表

1978 年 3 月 26 日，弗吉尼亚·伍尔夫的父母——莱斯利·斯特芬（Leslie Ste — phen）和茱莉亚·达克沃斯（Julia Duck-worth）—结婚，住在伦敦肯辛顿（Kensington）海德公园口（Hyde Park Gate）22 号。斯特芬夫妇均为第二次婚姻，斯特芬先生的第一任妻子为著名作家威廉·麦克皮斯·萨克雷（William Makepeace Thackeray）的女儿哈里特（Harriet Marian），病逝，育有一女劳拉（Laura），患病，不能正常生活，后在疗养院度过；斯特芬夫人的第一任丈夫是律师赫伯特·达克沃斯（Herbert Duck — worth），病逝，育有二子乔治（George）和杰罗德（Gerald）和一女斯特拉（Stella），三人均成为新家庭成员。斯特芬家族属于典型的中上产阶级，莱斯利·斯特芬为英国维多利亚时期的高级知识分子，茱莉亚·达克沃斯·斯特芬，出身名门，以美貌贤淑著称。斯特芬夫妇婚后育有两男两女—大女儿瓦奈萨（Vanessa）、大儿子索比（Thoby）、小女儿弗吉尼亚（Adeline Virginia）和小儿子艾德里安（Adrian）。两个儿子都是剑桥大学毕业生，索比 26 岁病逝，艾德里安后来成为精神分析师。两个女儿都没有接受过正规教育，所受教育主要来自父亲和家庭教师以及个人的努力，大女儿后来成为著名画家。

1879 年　瓦奈萨·斯特芬出生。

1880 年　索比·斯特芬出生。

1882 年　1 月 25 日，艾德琳·弗吉尼亚·斯特芬出生，排行第三。

11 月，莱斯利·斯特芬开始编撰《英国名人传记辞典》（*Dic-*

tionary of national biography）。

1883 年　艾德里安·斯特芬出生。

1891 年　2 月,斯特芬家的孩子开始出版家庭周刊《海德公园门新闻》(*Hyde Park GateNews*)。

1892 年　8 月 22 日,弗吉尼亚在《海德公园门新闻》上发表第一篇习作。

1895 年　5 月 5 日,茱莉亚·斯特芬病逝。

弗吉尼亚因无法承受丧母之痛,罹患第一次精神病,至精神崩溃,并企图自杀。家务由斯特拉·达克沃斯接管,并因此推迟婚期,直至瓦奈萨可以接管为止。

1896 年　斯特芬姐妹一起去法国旅行。

1897 年　4 月 10 日,斯特拉·达克沃斯与杰克·希尔斯(Jack Hills)结婚并怀孕。7 月 19 日斯特拉·达克沃斯病逝。

1898 年　弗吉尼亚开始跟随克拉拉·佩特(Clara Pitt)学习希腊语,后跟随珍妮特·凯斯(Janet Case)学习,同时去伦敦国王学院(King's College)旁听历史课。

1899 年　索比入剑桥大学三一学院(Trinity College)就读,与利顿·斯特拉奇(Lytton Strachey)、伦纳德·伍尔夫(Leonard Woolf)、克莱夫·贝尔(Clive Bell)等成为同学和挚友。他们后来都成为著名的布鲁姆斯伯里文化圈(Bloomsbury Group)的核心成员,后两位还分别与斯特芬姐妹结婚,斯特芬姐妹亦成为该文化圈的重要成员。

1902 年　莱斯利·斯特芬获封爵士。

艾德里安入剑桥大学三一学院就读。

1904 年　2 月 22 日,莱斯利·斯特芬病逝。

5 月 10 日,弗吉尼亚第二次精神崩溃,企图自杀。

8 月,斯特芬兄妹四人迁居伦敦布鲁姆斯伯里区戈登广场(Gordon Square)46 号。

12 月 14 日,弗吉尼亚在《卫报》(*The Guardian*)上发表一篇未署本名的书评,该文成为她的首次公开发表的作品。

斯特芬姐妹与朋友维洛特·狄克逊(Violet Dickinson)去法国和意大利旅行。

1905 年　2 月,索比开始与剑桥同学在戈登广场 46 号举行"星期四晚会",此即"布鲁姆斯伯里文化圈"的开始,后来加入该团体的还有印象派画家罗杰·弗莱(Roger Fry)和邓肯·格兰特(Duncan Grant)、作家德斯蒙德·麦克卡西(Desmond Mac Carthy)和 E. M. 福斯特(E. M. Forster)、经济学家约翰·梅纳德·凯恩斯(John Maynard Keynes)、数学家波特兰的·罗素(Bertrand Russell)等等。

斯特芬姐妹在西班牙和葡萄牙继续旅行。

弗吉尼亚一方面继续为《卫报》写书评,并开始在《泰晤士报文学副刊》(*Times Literary Supplement*)上发表文章;另一方面,每周一次去莫里夜校(Morley College)为工人阶级授课。

1906 年　弗吉尼亚匿名发表《忆父亲》(*Note on Father*)一文。

斯特芬兄妹四人去希腊旅行。

夏季,弗吉尼亚写了短篇小说《琼·马丁太太的日记》等。

11 月 20 日,索比因伤寒病逝。

1907 年　2 月 7 日,瓦奈萨与文艺批评家克莱夫·贝尔结婚。

3 月,弗吉尼亚与弟弟艾德里安迁居菲茨罗伊广场(Fitzroy Square)29 号。

10 月,开始写第一篇长篇小说《远航》第一稿。

1908 年　1 月 9 日,瓦奈萨和克莱夫·贝尔的大儿子朱利安·贝尔(Julian Bell)出生。

撰写《回忆录》(*Reminiscences*)。

弗吉尼亚与贝尔一起去意大利旅行。

1909 年　2 月 17 日,同性恋者利顿·斯特拉齐向弗吉尼亚求婚,后者接受,但是几天后利顿即后悔并解除了婚约。

4 月 7 日,弗吉尼亚的姑母卡洛琳·斯特芬(Karuline Ste-

phen)去世,并给弗吉尼亚留下一笔一年 500 英镑的遗产。

弗吉尼亚结识著名的贵族名媛、文学与艺术赞助人兼开放婚姻实践者奥特兰·穆里尔(Ottoline Morell)。

弗吉尼亚出席在德国拜罗伊特(Bayreuth)举行的瓦格纳音乐节,游览意大利的佛罗伦萨。

1910 年　2 月 10 日,弗吉尼亚与艾德里安及朋友们化装成"阿比西尼亚亲王"愚弄无畏号战舰的英国皇家海军(Dread-nought Hoax)。

7—8 月,弗吉尼亚在特威肯南姆(Twickenham)疗养院治疗抑郁症。

8 月 19 日,瓦奈萨与克莱夫·贝尔的次子昆丁·贝尔(Quentin Bell)出生。

弗吉尼亚为参政议政权协会工作。

11 月,印象主义画家罗杰·弗莱在伦敦格拉夫顿美术馆(Grafton Galleries)举办第一次后印象派画展。

1911 年　弗吉尼亚和艾德里安,与约翰·梅纳德·凯恩斯、邓肯·格兰特一起,迁居至布伦斯维克广场(Brunswick Square)38 号。

7 月,伦纳德·伍尔夫从锡兰(Ceylon,今斯里兰卡)回国度假,并于 12 月搬入该处同住。

弗吉尼亚游览于土耳其。

1912 年　1 月 11 日,伦纳德·伍尔夫向弗吉尼亚求婚。

2 月,弗吉尼亚精神病发作,进行静养。

8 月 10 日,弗吉尼亚与伦纳德·伍尔夫结婚,去法国、西班牙和意大利度蜜月。蜜月期间,伦纳德·伍尔夫发现弗吉尼亚性冷淡,并获知后者的精神病史,咨询医生后单方决定不要孩子,从此与弗吉尼亚过着近三十年的无性婚姻。

10 月,罗杰·弗莱举办第二次后印象主义画展。

年底,弗吉尼亚再度精神崩溃,是次患病持续三年之久,由丈夫和看护轮流照顾。

1913 年　2 月,弗吉尼亚完成《远航》(原名 *Melymbrosia*),七易其稿。

4 月 12 日,杰拉德·达克沃斯的出版社接受该小说。

7 月,弗吉尼亚的精神病再度发作,进特威肯南姆疗养院治疗。

9 月 9 日,她企图服安眠药自杀。

1914 年　弗吉尼亚在萨塞克斯的阿什汉姆疗养,病情有所好转。

8 月 4 日,英国加入第一次世界大战。布鲁姆斯伯里成员都是和平主义者,无一人报名参军。

10 月,伍尔夫夫妇迁居至里奇蒙(Richmond)的格林街 17 号。

1915 年　伍尔夫夫妇迁居至萨塞克斯郡罗德梅尔(Rodmell, Sussex)的霍加斯屋(Hogarth House),一直住到 1924 年。

2 月底,弗吉尼亚再度精神崩溃。

3 月 25 日,《远航》出版,并获得好评。

1916 年　10 月 17 日,弗吉尼亚在"妇女合作公会"里奇蒙分会(Richmond branch of the Women's Co－Operative Guild)发表演讲,并为《泰晤士报文学副刊》定期匿名供稿。

1917 年　伍尔夫夫妇创办霍加斯出版社(Hogarth Press)。

7 月,霍加斯出版社出版《两个故事》(弗吉尼亚的《墙上的斑点》和伦纳德的《三个犹太人》)。该社后来出版了许多作家如 T. S. 艾略特(T. S. Eliot)、西格蒙·弗洛伊德(Sigmund Freud)等大师以及弗吉尼亚·伍尔夫自己的作品。

1918 年　7 月,霍加斯出版社出版凯塞琳·曼斯菲尔德(Katherine Mansfield)的短篇小说《序曲》(*Prelude*)。

弗吉尼亚结识 T. S. 艾略特和凯塞琳·曼斯菲尔德,频繁拜访曼斯菲尔德。

瓦奈萨的女儿即第三个孩子安吉里卡(Angelica)出生。

11 月 1 日,第一次世界大战停战协议签订。

11月,第二篇长篇小说《夜与日》完稿。

1919年　4月10日,弗吉尼亚·伍尔夫的散文《现代小说》发表。

5月,霍加斯出版社出版弗吉尼亚的短篇小说《邱园记事》(Kew gardens)和 T. S. 艾略特的《诗集》(Poems)。

7月,伍尔夫夫妇买下罗德梅尔一所十八世纪的小屋——"僧舍"。

9月1日,伍尔夫夫妇迁居"僧舍"。

10月20日,达克沃斯出版社出版《夜与日》。

1920年弗吉尼亚开始写作第三篇长篇小说《雅各的房间》,以长兄索比为原型。

3月4日,"回忆俱乐部"第一次会议。

1921年3月,霍加斯出版社出版弗吉尼亚的短篇小说集《星期一或星期二》(Monday or Tuesday)。

1922年　10月27日,霍加斯出版社出版《雅各的房间》。自该小说开始,弗吉尼亚·伍尔夫生前所有作品均为霍加斯出版社出版。

12月,弗吉尼亚结识作家兼双性恋者维塔·萨科威尔·韦斯特(Vita Sackville West)并与之发生同性恋情。该同性恋关系保持近十年之久,即使后来同性恋关系结束,两人仍然维持终身友谊。

1923年春天,伍尔夫夫妇去法国旅行。

弗吉尼亚开始写作第四部长篇小说《时刻》(The Hours),即后来的《达洛维夫人》第一稿。

9月,霍加斯出版社出版 T. S. 艾略特的长诗《荒原》(The waste land)。

11月17日,弗吉尼亚发表著名散文《班奈特先生与布朗太太》。

1924年　3月,伍尔夫夫妇与霍加斯出版社迁入塔维斯托克广场(Tavistock Square)52号。

10 月 9 日,《达洛维夫人》完稿。

1925 年　4 月 23 日,散文集《普通读者》第一辑出版。

5 月 14 日,《达洛维夫人》出版,被认为是一部从形式到技巧都突破了传统的作品。

6 月,开始写作第五部长篇小说《到灯塔去》,以自己的母亲为原型,是故被称为半自传体小说。

1926 年　7 月 23 日,弗吉尼亚在道塞特郡访问托马斯·哈代(Thomas Hardy)。

1927 年　5 月 5 日,《到灯塔去》出版。弗吉尼亚频繁拜访维塔·萨克威尔·韦斯特。

10 月,弗吉尼亚开始写作第六部长篇小说《奥兰多》,以维塔·萨克威尔·韦斯特为原型。

1928 年　5 月 2 日,弗吉尼亚获"妇女幸福生活奖"(Femina Vie Heureuse)。

弗吉尼亚与维塔·萨克威尔·韦斯特结伴游历法国和意大利。

10 月 20 日,弗吉尼亚在剑桥大学宣读论文《妇女与小说》(后来据此修改为《一间自己的房间》出版)。

11 月 11 日,《奥兰多》出版,被认为是传记文学的一场革命。

1929 年弗吉尼亚开始写作第七部长篇小说《海浪》。

10 月 24 日,女性主义经典《一间自己的房间》出版。

弗吉尼亚去德国柏林旅行。

1930 年　2 月 20 日,弗吉尼亚结识女性主义作曲家伊赛尔·斯密斯(Ethel Smyth),后者即爱上她。

《海浪》第一稿完成。

1931 年　1 月 21 日,弗吉尼亚向"全国妇女服务协会"发表演讲。

10 月 18 日,《海浪》出版,被赞为意识流的巅峰之作。

1932 年　1 月 22 日,利顿·斯特拉奇去世。

2月,弗吉尼亚拒绝剑桥大学克拉克讲座的邀请。

7月,发表散文《给一位青年诗人的信》(*A letter to a young poet*)。

10月13日,散文集《普通读者》第二辑出版。

弗吉尼亚开始写作第八部长篇小说《帕吉特家族》(*The Par-tigers*),后来更名为《岁月》。

1933年 3月,弗吉尼亚拒绝曼彻斯特大学授予的荣誉博士学位;去法国旅行。

7月,弗吉尼亚第九部长篇小说《弗拉西》(*Flush*)开始连载。

10月5日,《弗拉西》出版。

《霍加斯通信集》(*The Hogerth Letters*)出版。

1934年 4月,乔治·达克沃斯去世。

9月9日,罗杰·弗莱去世。弗吉尼亚重写《岁月》。

1935年 1月,弗吉尼亚的三幕剧《淡水》(*Freshwater, a comedy*)在瓦奈萨的画室里演出。

3月,继续写作《岁月》。

参加自驾游荷兰、德国和意大利。

1936年 弗吉尼亚继续写作和修改《岁月》。

5月,到康沃尔旅行。

6月23日—10月30日,开始写作《一间自己的房间》之姊妹篇《三枚金币》。

1937年 3月11日,《岁月》出版。

7月18日,瓦奈萨之子朱利安·贝尔战死于西班牙内战。

9月28日,杰罗德·达克沃斯去世。

10月12日,《三枚金币》初稿完成。

1938年 2月23日,弗吉尼亚将霍加斯出版社的自由股份转让给经理约翰·勒赫曼(John Lehmann)。

4月,弗吉尼亚开始写作传记《罗杰·弗莱》(*Roger Fry, a biography*)和第十部长篇小说《波因茨宅》(*Pointz Hall*)(后更名为《幕间》)。

6月2日，《三枚金币》出版。

1939年　1月28日，弗吉尼亚在伦敦汉普斯特德（Hampstead）拜访因战祸而从奥地利逃到英国的精神分析师创始人西格蒙·弗洛伊德。

3月3日，弗吉尼亚拒绝利物浦大学授予的荣誉博士学位。

3月9日，英国对德国宣战。因伦纳德·伍尔夫的犹太人身份，伍尔夫夫妇宣布，如果德国入侵英国，他们即自杀。

4月18日，弗吉尼亚开始写回忆录《往事杂记》（*A sketch of the past*）。

8月，伍尔夫夫妇迁居至伦敦梅克伦堡广场（Mecklenburgh Square）37号，但为避战祸，主要还住在萨克塞斯郡的"僧舍"；并去法国旅行。

1940年　4月27日，弗吉尼亚在英国工人教育协会（Workers' Educational Association）做演讲（后以《倾斜之塔》为题发表）。

7月25日，《罗杰·弗莱传记》出版。

9月10日，梅克伦堡广场37号被德军轰炸，伍尔夫夫妇的住所和出版社均被炸毁。《往事杂记》出版。

11月24日，弗吉尼亚开始写作最后一部长篇小说《阿侬》（*Anon*）。

1941年　2月26日，弗吉尼亚完成《幕间》初稿。

3月，弗吉尼亚出现精神病症状，不能阅读和写作。

3月28日，在萨塞克斯"僧舍"附近的乌斯河（Ouse）投水自尽，分别留给丈夫和姐姐一封信说明自杀缘由。弗吉尼亚去世后，其夫伦纳德·伍尔夫陆续整理出版了妻子的散文随笔集、短篇小说集、通信集、日记集以及自己的自传五卷，让人们全面而深入地了解他们的生活与创作。

《幕间》出版。

1942年　弗吉尼亚的随笔散文集《飞蛾之死及其他散文》（*The death of the moth and other essays*）出版。

1947 年　《瞬间及其他散文》(*The moment and other essays*)出版。

1950 年　散文集《船长之死及其他散文》(*The captain's death bed and other essays*)出版。

1953 年　伦纳德·伍尔夫整理了妻子的部分日记,并以《一个作家的日记》(*A writer's diary*)为题出版。

1956 年　《弗吉尼亚·伍尔夫与利顿·斯特拉奇通信集》(*Virginia Woolf & Lytton Strachey：letters*)出版,由伦纳德·伍尔夫与詹姆斯·斯特拉奇编辑。

1958 年　散文集《花岗岩与彩虹》(*Granite and rainbow*)出版。

1966 年—1967 年　查拓与文德斯(Chatta & Windups)四卷本《弗吉尼亚·伍尔夫散文集》(*Virginia Woolf, collected essays*)出版,由伦纳德·伍尔夫编辑。

1969 年　伦纳德·伍尔夫去世。

1973 年　《达洛维夫人的晚宴》(*Mrs. Dalloway's party*)出版,有斯特拉·麦克尼柯(Stella McNichol)编辑。

1975 年　《伦敦景象:弗吉尼亚·伍尔夫的五篇散文集》(*The London scene：five essays by Virginia Woolf*)出版。

1975—1980 年　五卷本《弗吉尼亚·伍尔夫通信集》(*The letters of Virginia Woolf*)出版,由奈杰尔·尼科尔逊(Nigel Nicolson)和琼·特劳特曼(Joanne Trautmann)编辑。

1976 年　萨塞克斯(Sussex)大学出版社出版包含有弗吉尼亚·伍尔夫《往事杂记》自传的《瞬间集》(*Moments of being*),由珍·斯卡尔坎德(Jeanne Schulkind)编辑;《海浪:两部手写稿》(*The waves：two holograph drafts*)出版,由 J. W. 格莱汉姆(J. W. Graham)编辑。

1977—1984 年　六卷本《弗吉尼亚·伍尔夫日记集》(*The diary of Virginia Woolf*)出版,由安·贝尔(Anne O. Bell)和安德鲁·麦克编辑。

1978 年　《帕吉特家族:〈岁月〉原版》(*The Pargiters：the*

novel — *essay portion of the years*)出版，由米切尔·里斯卡(Mitchdll A. Leaska)编辑并作序。

1979年　妇女出版社(Women's Press)出版了《弗吉尼亚·伍尔夫：妇女与写作》(*Virginia Woolf: woman and writing*)，由米歇尔·巴雷特(Michele Barrett)编辑；《"阿侬"与"读者"：弗吉尼亚·伍尔夫最后的散文》(*Anon and the Reader: Virginia Woolf's last essays*)发表. 20世纪文学，1979年第25期，第356—441页。

1982年　纽约公共图书馆(New York Public Library)出版了《梅里姆布罗希尔：〈远航〉的早期版本》(*Melymbrosia: an early version of The voyage out*)，由路易·德萨沃(Louise de Salvo)编辑；多伦多(Toronto)大学出版社出版《到灯塔去：最初手稿》(*To the lighthouse: the original holograph draft*)，由苏珊·迪克(Susan Dick)编辑；约翰·杰(John Jay)出版社出版《波因茨宅：〈幕间〉的早期和晚期打字稿》(*Pointz Hall: the earlier and later typescripts of 'Between the acts'*)，由米切尔·里斯卡编辑。

1983年　普林斯顿(Princeton)大学出版社出版《弗吉尼亚·伍尔夫的读书笔记》(*Virginia Woolf's reading notebooks*)，由布伦达·希尔夫(Brenda Silver)编辑。

1985年　《弗吉尼亚·伍尔夫短篇小说全集》(*The complete shorter fiction of Virginia Woolf*)出版，由苏珊·迪克编辑。

1986年　四卷本《弗吉尼亚·伍尔夫散文集》(*The essays of Virginia Woolf*)出版，由安德鲁·麦克乃里编辑。

1989年　《同气连枝：弗吉尼亚·伍尔夫通信选》(*Congenial spirits: the selected letters of Virginia Woolf*)出版，由琼·班克斯(Joanne Banks)编辑。

1990年　《狂热的学徒：弗吉尼亚·伍尔夫的早期日志》(*A passionate apprentice: the early journals of Virginia Woolf*)出版，由米切尔·里斯卡编辑。

1992年 莎士比亚·海德(Shakespeare Head)出版社出版《妇女与小说:〈一间自己的房间〉的原稿》(*Women & fiction:the manuscript version of A room of one's own*),由 S. P. 罗森鲍姆(S. P. Rosenberg)编辑;企鹅(Penguin)出版社出版《一位女性的散文选》(*A woman's essays*),由雷切尔·波尔比编辑。

1993年 企鹅出版社出版两卷本《现代生活的拥挤舞蹈:散文选》(*The crowded dance of modern life:selected essays*);S. N. 克拉克(S. N. Clarke)出版社出版《奥兰多:手写草稿》(*Orlando:the holograph draft*),由斯图亚特·N·克拉克(Stuart N. Clarke)编辑。